Arpád Soltész, né en 1969, est un journaliste slovaque bien connu dans son pays pour son travail sur le crime organisé. Ardent militant de la lutte anti-corruption, il dirige le Centre slovaque de journalisme d'investigation Ján-Kuciak. Il est l'auteur de deux livres. *Il était une fois dans l'Est* a été couronné par le prix du Premier roman slovaque en 2017. *Le Bal des porcs* a été adapté au cinéma, détrônant la semaine de sa sortie en Slovaquie le dernier épisode de *Star Wars*.

DU MÊME AUTEUR

Il était une fois dans l'Est
Agullo éditions, 2019
et « Points », n° P5248

Arpád Soltész

LE BAL DES PORCS

Traduit du slovaque par
Barbora Faure

Agullo

TITRE ORIGINAL
Sviňa

ISBN 978-2-7578-8553-6

« Pouvoir, argent et sexe. Probablement drogue et alcool. Une poignée d'hommes qui se croient tout-puissants. Et un maître-chanteur qui tient la plupart d'entre eux par les couilles. »

« Moc, peniaze a sex. Asi aj drogy a chľast. Hŕstka ľudí, ktorí uverili, že môžu všetko. A jeden obyčajný vydierač, ktorý drží väčšinu z nich za gule. »

L'auteur de ce livre est un prostitué de journaleux et affabule comme un mécréant.

Son roman ne contient pas la moindre parcelle de vérité. L'action se déroule dans une région qui pourrait bien être la Slovaquie mais qui ne l'est pas vraiment. Si, malgré tout, vous vous reconnaissiez dans l'un des personnages, n'hésitez pas et allez tout de suite vous dénoncer au commissariat ou à la procurature la plus proche.

Prologue

L'homme reconnaît aussitôt le numéro sur l'écran même si, bien entendu, il ne l'a pas enregistré. Il sort de la chambre à coucher avec des précautions inutiles. Son ronflement a empiré, son épouse a pris l'habitude de dormir avec des bouchons d'oreilles. Le mobile continue à vibrer. Il décroche. Ne dit rien, se contente d'approcher le téléphone de son oreille.

« Evelyn n'a plus besoin de toi, tu es fini », lui annonce une voix connue. Wagner. Qu'il aille au diable. Il raccroche sans mot dire. En fait, il est soulagé. Elle lui a déjà fait faire des choses terribles. Il savait ce qui arriverait s'il refusait de l'aider, mais il n'en peut plus. Ça suffit. Il est plus que temps d'y mettre un terme.

Dans le bureau, il allume l'ordinateur et cherche l'horaire du prochain train. Peu importe sa destination. Il n'a pas à aller loin, mais il prend sa voiture par mesure de précaution. Il ne veut pas risquer de le rater et que sa femme parte à sa recherche pendant qu'il attend le suivant.

Finalement il arrive beaucoup trop en avance. Il se tient là, fume et réfléchit : comment a-t-il pu rater sa vie à ce point ? Pour une histoire de coucherie. Si au moins il avait été amoureux. Ce n'avait été que du sexe. Du bon sexe, il faut avouer. Exceptionnel. Elle était magnifique. Il n'avait jamais eu une fille pareille.

« Je ne regrette rien, hormis ce que je n'ai pas essayé », murmure-t-il à voix basse et il éclate aussitôt d'un rire sonore. Un cliché notoire, celui de tous les losers au monde lorsqu'ils font le bilan de leurs décisions catastrophiques. Il tremble de rire, n'arrive pas à reprendre son souffle. Soudain cela lui semble être la meilleure blague de tout l'univers.

Quand il entend le train à l'approche, la grimace crispée n'a toujours pas quitté son visage. Il veut disparaître au plus vite. Il se plante sur les rails à la dernière seconde possible, pour que le mécanicien n'ait pas le temps de freiner.

Nad'a

Avec Broňa il n'y a que des problèmes.

Ce n'est pas le légiste, mais le policier qui est l'expert en cadavres. Wagner connaît le prix de la discrétion. Un système social parfaitement rodé viendra en aide à la mère désespérée. Les journalistes ne sont pas forcés de raconter des mensonges, il suffit qu'ils soient paresseux.

Une droguée morte aux chiottes, cela n'a rien d'inhabituel. Les camées clamsent souvent aux chiottes. Le docteur en a déjà vu un certain nombre et il en verra certainement encore plus d'une. Celle-ci est différente. Généralement, elles ont une seringue plantée dans le bras, pas une bouteille dans l'entrejambe. Il a déjà tout vu, il a l'habitude, mais cela ne veut pas dire qu'il le regarde avec plaisir. Il examine avec dégoût le corps dans la mare brunâtre. Il y a du sang partout. Il imprègne le lit dans la chambre. Une traînée noirâtre va du lit jusqu'à la salle de bains. Le temps que la jeune fille se vide de son sang, ça a encore fait une sacrée flaque.

– Alors je vais la recoudre, mais celle-là n'enfantera plus.

Il prend un coup à la nuque, dur et imprévu.

– Je ne te paie pas pour te foutre de moi !

Le type qui l'a frappé est un pro. On le paie, entre autres, pour que les traces de coups ne soient pas visibles sur les putes. Il n'est pas particulièrement grand. Un peu plus que la moyenne, mais il n'a rien d'un golem anabolisé. Tout en tendons, des cheveux blonds plaqués sur le crâne, des yeux bleu clair. Le coup suivant frappe le docteur aux reins. Il tombe à genoux. Le Directeur est sanguin, mais il ne l'a jamais encore vu tabasser quelqu'un simplement parce que ses nerfs ont lâché. C'est un sadique, il ne frappe pas les gens par colère. Ça, c'est comme si un gourmet avalait un sandwich de station-service parce qu'il n'a pas eu le temps de déjeuner. Il doit avoir les nerfs en vrac. Il panique. Le docteur n'est pas psychiatre, mais il voit bien qu'il peut se retrouver avec pire que des bleus s'il ne ravale pas une autre remarque. Il ne va pas le provoquer. Les camés restent imprévisibles, même s'ils sont sevrés depuis des années.

– Elle est morte, constate le docteur, même si ça doit être clair pour tout le monde.

Le corps pâle et exsangue ne fait pas penser à un être humain, on dirait plutôt quelque chose qu'on aurait rapporté de chez le boucher.

– Je sais, dit le Directeur en haussant les épaules. Je l'ai trouvée comme ça. Le salopard est parti en la laissant là, sans rien dire à personne.

– Alors pourquoi m'avez-vous appelé ?

Ce n'était pas la première fois qu'on l'appelait auprès d'une jeune fille violentée. Certains clients étaient brutaux. C'est justement pour ça qu'ils venaient ici. Ils pouvaient s'offrir des sensations qu'ils n'auraient pas trouvé sur le marché libre, même en payant. Mais même à Solis Ortus on n'envisageait pas de meurtre. Les cadavres ont beau être son domaine puisqu'il est légiste, il ne sait pas réveiller les morts. Chez lui, il était chirurgien esthétique, spécialisé dans les victimes de mines, mais en Europe, il pouvait faire une croix là-dessus. Il était bien content qu'on le laisse au moins exercer la médecine. Les explosions étaient rares par ici et quel autochtone aurait permis qu'un Arabe refasse les nichons de sa gonzesse ? Ça n'intéressait personne quand il essayait de leur expliquer qu'il était en fait pachtoune et qu'il avait fait ses études à Moscou, auprès de sommités mondiales. Il ne se plaignait pas. Les morts ne le regardaient pas de travers et les putes lui étaient reconnaissantes. Celle-ci ne le sera plus. Il n'y a rien qu'il puisse faire pour elle.

– Je veux que vous fassiez les papiers, répond le Directeur sur un ton qui montre clairement qu'il ne comprend pas ce que le légiste ne comprend pas. Vous faites aussi des constats, non ?

– Oui.

– Alors rédigez un document comme quoi il n'y a pas de coupable apparent et je me charge du reste.

– On dit « sans faute d'un tiers ». Mais ce n'est pas possible.

– Comment cela, pas possible ?

La voix du Directeur laisse percer de l'hystérie.

– Bien, du calme, je ne vous dis pas que je ne veux pas le faire. Mais je ne peux pas le faire.

Le docteur s'efforce de prendre un ton apaisant, même s'il est lui-même proche de la panique. Il ne veut pas être mêlé à un meurtre et encore moins en être la victime.

– Je vous écrirai ce que vous me direz, mais de toute manière ils ne vont pas le laisser passer. Elle n'est pas morte à l'hôpital, il va falloir l'autopsier.

– On s'arrangera pour que vous fassiez l'autopsie vous-même.

– Elle est tailladée de partout. N'importe qui le verra immédiatement.

– Et qui va regarder ça, hormis vous ?

– Vous voulez risquer votre liberté sur l'hypothèse que personne ne la verra sauf moi ? Vous allez me la mettre dans le coffre et je vais l'emmener moi-même ? Vous pensez que personne ne va la regarder quand on me l'étendra sur la table ?

– Mais nous allons la laver et l'habiller, dit le Directeur, interloqué. On la mettra en pyjama. Qui la regarderait ?

Le docteur sourit d'un air bienveillant.

– Elle avait quel âge ? Seize ans ? Vous n'imaginez pas le nombre de gens qui vont la reluquer.

– Quinze ans… attendez, vous voulez dire que… vous n'êtes pas sérieux.

– Vous savez quoi ? Les morts, au moins, ça leur est égal.

Le Directeur frémit. Il tourne la tête d'un air incrédule et se tait. On dirait le dieu de la perplexité. Le docteur a pitié de lui.

– Vous devez vous en débarrasser, explique-t-il. Vous en avez toujours certaines qui fuguent, non ? Vous allez dire qu'elle s'est sauvée. Et même ses parents ne vous demanderont pas comment a pu mourir une jeune fille de quinze ans sous votre responsabilité. Qu'est-ce que je pourrais écrire ? Qu'elle a fait un infarctus ? Qui irait me croire ? Je serais obligé d'écrire qu'elle a fait une overdose. Et comment est-ce que vous iriez expliquer ça ensuite ? Et si les parents allaient se plaindre à la police ? Ou aux journaux ?

– M’en débarrasser ? Comment ? Je l’enroule dans un tapis et je la jette à la rivière ou quoi ?

– Je ne sais pas. Je ne fais que les autopsier. Ensuite quelqu’un les emporte.

– Mais vous devez savoir comment on peut se débarrasser d’un cadavre, vous êtes légiste, non ?

– Je ne sais vraiment pas. Appelez Wagner.

Le Directeur souffle lentement. On dirait un ballon dégonflé, comme s’il s’était tout amolli et recroquevillé. Il comprend enfin qu’il va vraiment devoir demander de l’aide.

– Alors arrangez au moins les lieux à votre habitude, aboie-t-il sur le médecin.

Il lui tourne le dos et s’en va, comme s’il lui ordonnait de réparer des cabinets bouchés.

Le Directeur sait qu’il ne peut pas appeler Wagner au téléphone. Il s’installe au volant de sa Toyota tout-terrain, avec sa portière ornée d’un soleil levant « Solis Ortus, n.o.[1], et démarre aussi vite que le permet le moteur diesel de quatre litres. La route qui mène à la Capitale est de nouveau encombrée par des débiles et des épaves qui se traînent à cent à l’heure, comme s’ils étaient en promenade. Ils ne font même pas soixante dans les villages. Il voudrait bien les pousser, mais il se maîtrise. D’ailleurs il devrait ralentir et bien préparer ce qu’il dira à Wagner.

– Que fais-tu, imbécile, tu vas nous tuer !

Sa femme est toujours hystérique quand il est au volant. Elle n’aurait pas dû s’incruster dans la voiture. Madame la Directrice. C’est elle, le vrai chef. C’est

1. « Nezisková organizácia » : organisme à but non lucratif. *(Toutes les notes sont de la traductrice.)*

pour cela qu'il l'a épousée. Elle a un diplôme, c'est elle la spécialiste, garante de tout le centre de réinsertion. Lui est un toxicomane abstinent avec un diplôme de thérapeute. Ils se complètent bien. Par exemple elle préfère les jeunes filles, lui, les garçons. Ils ne se tirent pas la bourre. Ils ne s'apprécient pas trop, mais ils ont besoin l'un de l'autre. Leur établissement se trouve dans une petite ville où les gens fourrent leur nez dans les marmites les uns des autres et jusque dans la chambre à coucher. Sans une façade vertueuse il y aurait certainement des ragots. Alors ils se sont mariés. C'est un couple d'âge moyen dont l'union n'a pas été bénie, mais ils vont chaque dimanche obstinément à l'église, ils prient et demandent en vain un miracle. Et ces gens pleins de bonté font l'impossible pour aider les enfants des autres qui ont eu des problèmes. Personne n'imagine que ce pourrait être une mine d'or.

– La ligne blanche, c'est pas un mur, lance-t-il.

Il rit de sa blague mille fois répétée et pas drôle du tout, mais la gaieté n'est pas au rendez-vous.

– Tu aurais dû rester là-bas et veiller aux affaires.

– Et sur quoi je dois veiller ? Le docteur va faire le nécessaire et elle, elle ne risque pas de s'en aller, dit-elle en se tournant vers lui et en soufflant sa fumée.

Elle sait qu'il ne supporte pas de la voir cloper en voiture. L'intérieur est en cuir fin, il faudra des semaines pour faire partir la pestilence.

– Je préfère te surveiller toi, que tu n'ailles pas encore t'entendre avec Wagner à mes frais.

Elle ne cessait de lui faire comprendre que les services pour une clientèle de luxe la prenaient à rebrousse-poil. S'ils avaient demandé des gamins, cela lui aurait été égal. Mais les messieurs préféraient les filles. Évidemment, ils choisissaient les meilleurs spécimens.

Ceux qui l'intéressaient, elle aussi. Elle n'était jamais parvenue à séparer les affaires et la vie privée. Mais s'il n'y avait pas eu ce marché, ils n'auraient jamais obtenu la licence, sans parler d'un arrivage régulier de marchandise et d'une couverture parfaite.

– Arrête avec ça, bordel, grommelle le Directeur, irrité. Sans lui, tu serais encore en train de trimer comme juriste dans une société. Tu te ferais des films sur les petites de l'open space que se tape ton chef et tu t'astiquerais toi-même le bouton. Tu ferais mieux de l'appeler pour dire que nous sommes en ville.

La maison dans le quartier pavillonnaire sur la colline paraît modeste. Du moins de l'extérieur. Wagner tient au luxe et à sa vie privée. Il ne révèle ni l'un ni l'autre à l'avant de la villa. L'entrée fait penser à un panachage de bureau et de salle de séjour. Tout, depuis le tapis gris clair en passant par l'ameublement en hêtre massif et jusqu'au cuir crème des chaises et à la lampe chromée, est de bonne qualité, sans être d'un prix aveuglant. Seule la tenue de Wagner est d'un mauvais goût criard : une chemise hawaïenne et un short. Un petit type en surcharge pondérale, mais avec des cheveux toujours épais et sombres. Ils sont très noirs, on dirait qu'il se les teint. Lorsqu'il s'assied dans le fauteuil, ses pieds nus dans des tongs en plastique ne touchent pas le sol. Il aurait l'air risible, sauf qu'il rayonne d'une assurance quasi palpable. Ses yeux ne cessent de rire, d'un rire mauvais, comme s'il savait quelque chose d'amusant sur vous que vous n'avez pas encore découvert. Comme si vous aviez la braguette ouverte à une soirée d'entreprise, ou un suçon dans le cou dont tout le monde se moque mais personne ne dit rien pour ne pas gâcher l'amusement des autres. Il réagit mieux qu'ils ne s'y attendaient à la nouvelle de la jeune fille morte.

– C’est advenu à quel monsieur ?

Il pose la question comme si cela avait pu arriver à quelqu’un par hasard, spontanément. Une mésaventure insignifiante. Le Directeur le regarde et hausse les épaules.

– Évidemment, dit Wagner en hochant la tête.

Ils n’ont pas besoin de citer le nom. Tout le monde avait un faible pour Broňa. Un seul, pour les bouteilles.

– Qu’est-ce qui l’a mis dans cet état ? Ni le viagra ni la coke n’ont marché ?

– Non. Et il était soûl, schlass, remarque la Directrice. Et maintenant ?

Elle scrute Wagner du regard, mais celui-ci se tait.

– Mon mari a appelé notre docteur, mais même lui ne sait pas comment arranger les choses. Nous devons chercher à nous en débarrasser et déclarer qu’elle a fugué. C’est ce qu’il y a de mieux. Personne ne la cherchera vraiment, sauf la mère, mais c’est une cas-soc, elle n’intéressera personne et au bout d’un moment tout sera oublié. Mais nous devons faire en sorte qu’elle ne soit jamais retrouvée, même par hasard.

Wagner l’écoute sans mot dire.

– Et même si quelqu’un la trouvait un jour, nous n’aurions plus rien à voir là-dedans, du moment qu’elle a fugué. Une camée en cavale, il peut lui arriver n’importe quoi, non ?

Quand le silence se fait vraiment gênant, Wagner sourit et ouvre les bras d’un air théâtral.

– C’est clair, débarrassez-vous en. Ce n’était vraiment pas la peine de me poser la question.

Le Directeur sait qu’il ne les laissera pas tomber. Il va les aider. C’est sûr. Ce n’est qu’une question de prix. Il faut sans doute marchander. Wagner est comme un vendeur turc dans un bazar. Il adore les marchandages.

– Je… avec ma femme, nous ne savons pas comment. Tu n'as pas quelqu'un qui pourrait nous aider ?

– Non, mais je vais te dire ce que je ferais si j'avais une pute morte dans un bordel.

La femme du Directeur sursaute comme si on lui avait collé une claque.

– Pardon, une enfant morte dans un centre de redressement, dit Wagner en souriant davantage encore à la femme outrée. À votre place, j'appellerais quelqu'un qui est pro dans ce genre de choses.

Il savoure sa pause dramatique. Comme un gosse qui aurait arraché les deux ailes à une mouche et, maintenant qu'il sait qu'elle ne va pas s'envoler, prend son temps avec les pattes. Ils le regardent de leurs yeux ronds, les péquenauds.

– Nous allons appeler la police, dit-il en clignant des yeux, et il tire un mobile de la poche de son short.

La Directrice en a la tête qui tourne, elle manque tomber. Son mari se trémousse d'un air perdu sur le bord du canapé en cuir, comme s'il n'arrivait pas à décider s'il doit se jeter sur Wagner ou prendre la fuite.

– Du calme.

Wagner fait un geste d'apaisement de la main gauche, tandis que, de la main droite, il fait défiler ses contacts.

– Vous l'appelez et vous dites qu'Evelyn a besoin d'aide. Note-le.

Il dicte le numéro. Dès que le Directeur rentre le dernier chiffre, un nom apparaît sur l'écran. Il figure parmi ses contacts.

– Mais c'est…

Il regarde Wagner d'un air interloqué.

– Bien sûr que c'est lui. Qu'est-ce que tu croyais, de quoi est-ce qu'il s'agit ? D'argent ? Bon Dieu, vous deux, vous êtes encore plus cons que vos putes, soupire-t-il. File-moi l'enregistrement et cours régler les choses, ou cette camée va vraiment finir par se décomposer.

Il se plante devant eux et tend la main. Le Directeur met un moment à comprendre ce qu'il lui demande.

– On te le donnera avec les autres, je ne les ai pas ici, *sorry**[1], mais nous sommes partis très vite, ça ne m'est même pas venu à l'idée.

Le rire disparaît des yeux de Wagner comme si on éteignait une ampoule. Ils sont sombres, très noirs, tels les yeux d'un animal en peluche. On y lit soudain une rage pure, concentrée.

– Tu as laissé la vidéo là-bas, espèce de débile de toxico ? Tu sais ce qui arriverait si elle était diffusée ?

Il n'avait jamais encore entendu Wagner hurler. Et il ne veut plus jamais recommencer. Sur la route du retour, il bat le record de vitesse, sa femme n'ose rien dire. Il appelle le numéro dicté par Wagner. Après un moment de silence, une voix masculine demande quand et où. Un pro.

***

– Que puis-je faire pour elle ?

À leur arrivée, il les attendait déjà dans le bureau. Une angoisse réprimée filtre dans sa voix.

– Elle doit disparaître, dit la Directrice en regardant la pointe des baskets du commandant.

Elles sont de marque, chères. Une série limitée. Confortables, mais sales. Un jean Armani, un polo au crocodile, un blouson de motard. Un Prada. L'uniforme

1. Tous les mots en italique suivis d'un astérisque sont en anglais dans le texte.

typique d'un flic en civil en version luxe. Une Breitling au poignet gauche. Des cheveux châtains, grisonnants avant l'heure, il ne peut pas avoir plus de la quarantaine. Un visage sympathique, ouvert, un regard amical. En revanche il semble poisseux et en sueur. Mais peut-être est-elle pleine de préjugés. Ce n'est pas un visiteur régulier, pourtant elle se souvient de lui. Le patron de la NAPA[1]. Ce monsieur est un VIP. C'est ainsi qu'il se comporte, surtout avec les filles. Il ne pose pas de problèmes à proprement parler, rien de pire que quelques gifles et quelques mots vulgaires. Mais il est de taille moyenne, ce qui est aussi vrai pour son poids et ses autres mensurations, elle n'aurait pas cru qu'il aurait un complexe d'infériorité. Elle est sûre qu'il ne fait que repayer ce qu'il reçoit chez lui.

Elle désigne l'escalier.

– Mon mari va vous conduire auprès d'elle.

Elle-même se rend à la cave. Elle traverse un couloir sale au plâtre écaillé et déverrouille une porte abîmée à la peinture grise craquelée et une serrure simple sous une poignée en bakélite noire. Derrière la première porte il y en a une seconde, également grise, mais en acier dépoli. Celle-ci a une serrure électronique spéciale et s'ouvre vers l'intérieur. La pièce éclairée par une ampoule nue est dotée d'une climatisation de pointe, régulée par ordinateur, et d'un vieux pupitre d'écolier sur lequel se trouvent un puissant ordinateur portable et un réseau de disques durs. Un gros paquet de câbles sort du mur. La plupart sont morts, un reliquat du temps des vidéocassettes. Devant le pupitre est placé un fauteuil de jardin en plastique vert sombre. Elle s'assied, engage

1. « Národná protizločinecká agentúra » : Agence nationale contre le crime.

dans le portable une clé USB et rentre le mot de passe. Elle clique sur la pièce dans laquelle Broňa a été tuée. « … tout ça, c'est des conneries », entend-elle dire le policier. Elle choisit une caméra qui lui permet de voir les deux hommes. Le corps lavé est étendu sur le lit, ils s'efforcent de l'emballer dans les draps ensanglantés.

– Ce sont les solutions les plus simples qui fonctionnent le mieux. On va l'enterrer dans la forêt, explique à son mari le type de la NAPA.

La Directrice commence à visionner les archives pour copier tout ce qui a un intérêt pour Wagner. Les types traînent dehors la jeune fille morte. Ce n'est pas une vision très enthousiasmante, mais elle est toujours plus supportable que l'enregistrement destiné à Wagner.

« Nous aurions dû attendre la nuit », entend-elle encore son mari raisonner. Elle retourne à l'enregistrement de la nuit. Broňa était une conne et une insolente, mais la Directrice ne supporte tout de même pas de voir son corps chaud et souple devenir en quelques minutes un morceau de viande crue. Elle dégageait toujours un arôme délicieux. Un fragment de seconde, elle a l'impression de la sentir. Elle soupire et se concentre sur le travail. Le système est complexe, il n'est pas fait pour des amateurs. Elle se met à copier l'enregistrement, c'est une priorité. Il faut le faire parvenir à Wagner sans délai. Ils iront déclarer la fugue au matin. Et il faudra appeler la mère.

***

Cela sonne longtemps. Elle est au travail, il faut qu'elle s'esquive discrètement aux toilettes. On ne la paie pas pour qu'elle téléphone.

– Allô ?

– Madame Veselá ?

– Oui, c'est moi. Il y a un problème ?

– Un instant, je vous passe Monsieur le Directeur.

Elle savait que ce ne seraient pas de bonnes nouvelles. Ils appelaient de Solis seulement quand il y avait un problème. Elle avait l'impression que les thérapeutes considéraient les parents comme un mal nécessaire et en fait, cela ne l'étonnait même pas. Si les parents s'en sortaient avec l'éducation de leurs enfants, les professionnels ne seraient pas obligés de se prendre la tête avec eux. C'était clair, comme mère, elle n'avait pas été à la hauteur. Le directeur du centre de réinsertion avait été compréhensif, il savait qu'elle occupait deux emplois pour arriver à subvenir aux besoins de sa fille, tous deux payés une misère, physiquement épuisants et moralement déprimants. Il ne lui avait pas reproché de ne pas y arriver.

– Ce n'est pas seulement votre faute, ce qui lui arrive, mais c'est à vous seule qu'en revient la responsabilité, lui avait-il expliqué à leur première rencontre. Nous allons nous charger de cette responsabilité, c'est notre travail, mais c'est justement pour cela qu'à la différence de vous, nous ne pouvons pas nous permettre la moindre erreur, comprenez-vous ?

Elle comprenait. Pour Broňa, la meilleure solution était que sa mère disparaisse de sa vie, qu'elle la confie à des gens qui, au contraire d'elle, savaient ce qu'ils faisaient. Mais malheureusement, même eux n'étaient pas tout-puissants. On ne pouvait pas éliminer comme ça les conséquences de tant d'années de négligence et d'une éducation lamentable. Jusqu'à la fin de sa vie, elle n'oublierait pas le jour où elle s'était effondrée à la blanchisserie et où la chef l'avait renvoyée chez elle. Elle avait d'abord eu peur en entendant du bruit derrière la porte. Broňa était à l'école. Elle aurait dû y être.

Elle avait immédiatement compris que des cambrioleurs n'auraient pas mis de la musique. Elle avait ouvert avec précaution et elle était entrée, mais avec ce tapage, ils ne l'auraient même pas entendue si elle avait défoncé la porte à coups de pied et s'était mise à tirer des coups de feu. Ils étaient sur le balcon. Trois garçons, Broňa et encore une autre fille. Elle avait de nouveau vu du noir, mais cette fois-ci d'énervement et de déception. Elle ne s'attendait pas à ce que sa propre fille fasse l'école buissonnière. Et celle-ci lui riait au visage d'une façon tellement insolente. Et pas seulement Broňa, tous ces morveux riaient comme si elle avait été un clown dans un cirque. Elle n'avait jamais battu sa fille mais cette fois-là, sa main était partie toute seule. La gifle était tombée net, elle avait projeté Broňa sur son copain de classe, avait fait voler la cigarette allumée qu'il avait à la bouche et qui serait tombée s'il ne l'avait pas rattrapée. Mais la jeune fille continuait de rire, d'une sorte de braiement incoercible, qui avait quelque chose de sinistre. C'est alors que l'odeur l'avait prise au nez. Elle aussi fumait, pas beaucoup, trois-quatre cigarettes par jour tout au plus, avec son café. Cette cigarette-là n'avait pas la même odeur.

– Qu'est-ce que c'est ?

Elle s'était baissée et avait ramassé une cigarette toute chiffonnée, à moitié consumée.

– C'est quoi ?

Elle ne se maîtrisait plus. Elle n'avait jamais vu de marihuana, mais elle avait tout de suite su. Soudain elle comprit pourquoi ils ricanaient tous si nerveusement sans pouvoir s'arrêter. Ils étaient tout à fait défoncés. Elle avait élevé une toxico.

Elle avait enfermé Broňa dans sa chambre, jeté les copains dehors. Elle hurlait et était en larmes. Elle leur avait clairement expliqué qu'ils ne franchiraient plus jamais le seuil de son appartement, ou elle les balancerait par le balcon, aussi sûrement qu'il y avait un Dieu au-dessus de sa tête. Elle était allée directement à l'école, trouver la professeure principale. Elle commença par l'interroger prudemment sur les heures de cours manquées. Il y en avait un certain nombre, mais elles étaient toutes justifiées. Les mots d'excuse émanaient du père de l'autre jeune fille. Un gynécologue. Elle la connaissait, elle habitait deux entrées plus loin, mais fréquentait une autre école, une école privée, et donc cela n'avait paru suspect à personne. La professeure n'y alla pas par quatre chemins.

– Elle a quatorze ans et des problèmes féminins, je ne voulais pas la traumatiser inutilement, dit-elle pour se défendre. Ses résultats sont moyens, elle n'a baissé d'aucune manière, elle a seulement été un peu plus absente. Et elle a toujours rattrapé les cours.

Elle n'avait rien remarqué, n'était pas au courant d'une quelconque marihuana.

– Pas dans notre école, je vous le garantis, madame Veselá. Elle a dû croiser quelqu'un de dangereux. Mais vous devriez certainement régler ça. Vous savez comment vont les choses, aujourd'hui ils fument juste cette cochonnerie, demain ils vont se l'injecter, ce n'est qu'une question de temps, avait soupiré la professeure avec compassion, mais elle ne savait que faire pour l'aider. Essayez les services sociaux, ils ont de l'expérience, nous ne sommes que l'école, avait-elle conseillé avant de disparaître dans la salle des professeurs.

L'assistante sociale aussi avait été gentille. Ils avaient tous été sympathiques, ils montraient tous leur compréhension.

– On ne va pas vous raconter des craques, ce n'est pas bon, ça non. Votre fille est dépendante et ça peut se soigner, mais non guérir. Elle sera toxicomane pour le restant de ses jours, mais elle peut rester abstinente et surtout, quand c'est pris à temps, ces enfants retournent à une vie absolument normale. Ne craignez rien, nous allons vous aider, nous sommes là pour ça.

Elle lui tendit un mouchoir en papier. Elle était de nouveau en train de chialer. Qui n'aurait pas chialé ?

– De nos jours, nous avons de bons spécialistes même chez nous. Je connais un centre de réhabilitation qui fait vraiment des miracles. Ce n'est pas donné, mais ça vaut le moindre cent, croyez-moi. Et vous pouvez avoir une aide de la région.

Mille deux cents euros par mois. Avec l'aide du canton. Elle ne gagnerait pas autant même en combinant ses deux emplois. Elle pourrait prendre des extras dans des restaurants, elle aurait même les repas gratuits. Mais il fallait payer le loyer, sinon elle allait perdre l'appartement et là, elle n'aurait pas de quoi. Elle savait que l'État pouvait accorder une aide au logement, mais pas quand on touche mille deux cents nets.

La dame des services sociaux rompit le silence pesant.

– Je ne devrais pas vous… mais il existe une solution. Si c'était le tribunal qui ordonnait cette réhabilitation, ils seraient obligés d'accepter votre fille et tous les frais seraient pris en charge par notre ministère. Mais ne dites à personne que ça vient de moi. Vous savez comment c'est, le chef n'aimerait pas apprendre qu'on prodigue comme ça l'argent de l'État. Pourtant mieux vaut qu'on les donne pour votre fille, sinon c'est ceux d'en haut qui s'en mettront plein les poches.

Elle avait levé les yeux vers le plafond et lui avait fait un clin d'œil complice. Sur le visage ridé couvert d'une épaisse couche de fond de teint, ce geste n'avait pas semblé très amical, il lui avait soudain rappelé un film d'horreur idiot avec des clowns qu'elle avait vu dans sa jeunesse, pourtant elle avait été reconnaissante pour cette manifestation d'humanité. Elle avait toujours eu un peu peur des administrations, mais là c'était différent. On n'aurait pas dit, comme ça. Au premier coup d'œil, le bureau ressemblait à tous les autres bureaux où des fonctionnaires l'avaient humiliée. Mais cette dame aux couleurs criardes avec son parfum pénétrant avait été gentille avec elle. Elle lui avait donné un verre d'eau quand elle s'était mise à sangloter et elle avait attendu patiemment que cela lui passe. Elle voulait lui venir en aide. La mère de Broňa n'avait pas l'habitude qu'on lui vienne en aide. Elle s'était remise à pleurer.

– Allons, ne pleurez pas, ce n'est qu'une formalité pour vous éviter de payer de votre poche, la consolait la fonctionnaire. Et qu'est-ce que ça peut vous faire, que les soins pour votre fille soient prescrits par un docteur ou par le juge, ce qui compte, c'est qu'ils seront obligés de la prendre et vous, vous pourrez vous le permettre.

– Mais je ne pleure pas pour ça. Personne n'a été aussi gentil avec moi depuis longtemps, c'est ce qui m'a rendue triste.

– C'est que j'ai un petit-fils comme elle. Il a lui aussi quatorze ans. Ne craignez rien, nous allons tout régler, ça va bien se passer. Je vous arrange ça avec le tribunal, là aussi il y a des gens avec des enfants, tout le monde appréciera que vous vous préoccupiez d'elle, ils vous viendront volontiers en aide. Je vais vous obtenir à toutes les deux ce qu'il y a de meilleur dans la région : Solis Ortus. Cela signifie « lever du soleil ». C'est symbolique : après toute nuit sombre, le soleil finit par se lever.

La mère de Broňa n'avait même pas été obligée de se rendre au tribunal. Mme Vierka des services sociaux avait tout réglé sans que cela lui coûte un cent. Ils étaient venus chercher Broňa à la maison. Ils disaient que c'était pour voir d'où elle venait. Des gens très sympathiques. Un couple marié, sans enfants, alors ils se dévouaient pour ceux des autres. Sévères, à principes, mais elle avait tout de suite remarqué comme ils étaient pleins d'amour. Il suffisait de voir comment cette dame regardait Broňa. Elle lui parlait d'un ton strict, comme pour asseoir son autorité, mais ses yeux exprimaient la tendresse, elle ne pouvait pas le cacher. Ils lui avaient vraiment fait bonne impression.

Mais même là-bas, cette fille ingrate avait causé des problèmes. Et régulièrement, paraît-il. Ils ne pouvaient autoriser de visites, même au bout de deux ans, et il n'était même pas question de la laisser partir. Elle ne faisait que récidiver. Ils se disaient tout à fait découragés, mais considéraient de leur devoir de ne pas abandonner et de lui donner une troisième, une cinquième, voire une dixième chance. Elle eut peur qu'ils aient malgré tout perdu patience. Ils appelaient peut-être pour la renvoyer à la maison. Parce qu'elle était incurable.

– Je suis désolé, elle a de nouveau fugué, lui apprit le Directeur. Nous avons déjà informé la police, on va la rechercher.

Elle a beau être soulagée de savoir qu'ils ne vont pas la mettre à la porte, elle se met tout de même à pleurer. Lorsque Broňa a fugué la première fois, ils l'ont retrouvée dans un campement rom, pouilleuse et syphilitique.

– C'est ma faute, sanglote-t-elle dans l'écouteur.

***

– N'ayez crainte, la police va vous la retrouver. Ils les retrouvent toujours, assure le Directeur avant de raccrocher avec la mère désespérée.

Il n'arrive pas à discuter avec cette bonne femme hystérique, il est exténué. Ce petit fumier de la NAPA l'a laissé creuser seul.

– Ne bâclez pas le travail, on ne voudrait pas qu'un ours vienne la déterrer, l'avait tarabusté le flic.

Lui-même était assis dans la voiture ouverte à fumer.

– Ces brutes ont un odorat hors pair. Ils sentent un cadavre même sous terre et viennent manger leur souper. Et ce n'est pas ce que nous voudrions. Il y aurait d'autres problèmes. Une foule de paperasses et d'embrouilles.

Comme s'il avait parlé d'un contrôle fiscal avec le risque d'une petite amende. Mais dans le fond, il avait raison. Quand une droguée se taille d'un centre éducatif, personne ne la recherche. Pour quoi faire ? Les pauvres petites n'ont nulle part où aller, les parents les renverraient d'où elles viennent et elles n'ont plus d'amis audehors. Tout le monde s'en est lavé les mains depuis longtemps. Elles passent quelque temps dans la rue, mais elles ne savent pas s'y prendre. Il suffit d'attendre un jour ou deux, puis elles se rendent coupables d'une bêtise et se font prendre. Certaines essaient ensuite de raconter aux policiers qu'elles sont martyrisées et abusées au centre et ce genre de fables. Qui croirait une toxico ? Même si on en retrouve une morte, personne n'en fait une affaire. Elle a cherché sa dose auprès du mauvais type. Au moins, elle ne posera plus de problème. Elle ne manquera à personne. Peut-être à la mère, mais c'est une cas-soc, et qui s'intéresserait à une cas-soc ?

***

Elle se tient dans le couloir devant la salle de rédaction et son maquillage brouillé a coulé sur son visage. Elle sent mauvais, elle est désespérée et l'attend depuis une heure.

– Monsieur le rédacteur, vous êtes mon dernier espoir. Ça fait six semaines. Il a dû se passer quelque chose de terrible. Je le sais mais personne ne veut me croire.

Schlesinger ne voit pas pourquoi lui, justement lui, devrait croire cette femme bizarre. Des cheveux gras, des ballerines éculées, à la main un sac en plastique déchiré, plein de papiers. Elle pue l'huile recuite et la sueur. La sueur peut se comprendre, il fait diablement chaud et elle a dû prendre les transports en commun pour arriver à la rédaction. Les trolleybus doivent maintenant ressembler à des cocottes-minute pleines de bouillon.

– S'il vous plaît, vous devez m'aider. Je viens vous voir parce que vous êtes le seul à pouvoir m'aider.

Elle tend la main avec le sac, comme si elle voulait lui confier une carte qui mène au Saint-Graal. Schlesinger se recule d'instinct. Elle pue de la bouche encore plus que lui après une nuit de cuite. En fait, Schlesinger n'est pas un type qui peut se permettre de juger les gens à leur apparence. Il prend un kilo par an. Ses cheveux se raréfient au même rythme que la graisse s'accumule sous son menton. Depuis toujours, son corps a ce superpouvoir – peu importe de quels vêtements il l'affuble, que ce soient des fripes de chez le Vietnamien ou un costume de marque de la boutique du centre-ville, ils pendouillent sur lui comme un sac-poubelle en plastique qui a déjà servi à son usage d'origine. Des taches apparaissent dessus en quelques minutes, même quand il n'est pas en train de manger. Il ne se fatigue pas à repasser, car ses chemises se froissent sur lui à la seconde où il les boutonne. Les gens ont l'impression qu'il claudique un peu, mais sans pouvoir dire de quelle jambe.

– Vous avez déjà retrouvé des jeunes filles, monsieur le rédacteur. J'ai lu vos articles.

– Une jeune fille. Il y a à peu près quinze ans, dit-il en essayant de ramener cette folle à la réalité.

Il est irrité. Il ne comprend pas pourquoi les bouffons de la conciergerie laissent entrer chaque dingo dans la rédaction. Ils l'ont appelé en disant qu'il y avait une dame en larmes qui le demandait, uniquement lui, monsieur le rédacteur Schlesinger et personne d'autre – on ne pouvait pas ignorer l'ironie dans la voix de la standardiste. La femme attendait dans le couloir qu'il ait la bonté de venir la chercher. À dix heures du matin. Schlesinger était justement en train de relire le commentaire d'un jeune collègue talentueux en diable. Une concurrence malséante avec une bonne culture et un cerveau jeune. Il était assis sur son divan avec la tablette, un café devant lui, son chat sur ses genoux qui lui rentrait ses griffes dans la cuisse à travers son pyjama tout en ronronnant de satisfaction. Il avait sacrifié sa douche, mais s'était arrêté en chemin pour boire un café à la station-service. Il en prenait un tous les jours. Devant la porte il avait failli rentrer dans Wagner. Il aurait pu deviner que la Bugatti près du pilier était à lui. Ce n'était pas la première fois qu'il le croisait ici, mais heureusement le petit fumier ne se souvenait pas de lui. Il n'en avait pas de raison. Voilà plus de dix ans que Schlesinger ne fait plus d'enquêtes.

– Je ne fais plus ce genre de choses. Je vous envoie un de mes collègues, dit-il en essayant de se débarrasser de la gêneuse qui a si indélicatement perturbé son rituel matinal.

– Monsieur le rédacteur, j'ai même les documents.

La femme continue à lui présenter le sac en plastique.

– S'il vous plaît… monsieur le rédacteur.

Elle tend la deuxième main vers lui et fond en larmes.

Schlesinger s'injurie grossièrement tout en l'installant à la cantine au sous-sol. Il va lui acheter un café. Il sait que ça va durer longtemps et que ça ne servira à rien. Mais il ne veut pas risquer une scène pénible. Il farfouille d'un air absent parmi les décisions de justice et les rapports de police, écoute d'une oreille distraite le récit entrecoupé de sanglots désespérés. L'histoire est banale. La mère isolée, la fille toxicomane, elle a fugué du centre de soins, personne ne l'a vue depuis six bonnes semaines, personne ne la cherche hormis la mère. Elle va de service en service, tout le monde l'envoie promener. La police ne l'écoute pas, la fille est représentée par le centre de soins dans lequel elle a été placée par le tribunal.

– Je ne voulais embêter personne, je sais qu'ils ont beaucoup de travail, poursuit-elle d'une voix insistante, comme si elle avait besoin de se persuader elle-même. Et ensuite l'autre jeune fille m'a appelée, celle qui s'est sauvée elle aussi, pour dire qu'elle était l'amie de Broňa et qu'elle savait où elle est. Si je lui donnais un peu d'argent, elle me le dirait. Alors je l'ai rencontrée dans un parc, je lui ai donné trois cents euros, mais elle a dit que cela ne suffisait pas, qu'il fallait qu'elle parte quelque part loin, au-delà des frontières, sinon ils allaient l'attraper et la tuer si elle me dit la vérité, alors nous sommes allées au distributeur et je lui ai donné tout ce que j'avais sur mon compte, encore quatre cents euros et ce que j'avais dans mon porte-monnaie, vingt euros environ et elle m'a dit qu'ils avaient tué ma Broňa et qu'ils s'en étaient débarrassés, qu'ils avaient dû la mettre dans un tonneau d'acide ou la jeter à la rivière ou quelque chose de ce genre, parce que si elle avait fugué, elle l'aurait su parce qu'elle ne serait jamais partie toute seule sans elle, elles faisaient tout ensemble, qu'elle était sûrement morte, et je ne l'ai pas crue alors j'ai commencé à lui crier dessus et je voulais qu'elle me rende mon argent, mais elle a pris la fuite et elle ne m'a plus appelée et elle refuse de répondre au téléphone, d'ailleurs ce téléphone ne marche même plus, celui avec lequel elle m'a appelée. Et maintenant je ne sais pas ce qui est vrai ou non.

Il lui paie à déjeuner. Il essaie de lui expliquer que cette petite salope n'a fait que lui soutirer de l'argent – elle connaît sa fille, elle sait qu'elle est en cavale et où elle se cache. Elle a trouvé la mère et l'a arnaquée. Les toxicos sont particulièrement inventifs quand ils ont besoin de leur dose.

– Mais moi non plus je ne la crois pas, monsieur le rédacteur, ce n'est pas vrai, elle n'est pas morte, je le sentirais, moi qui suis sa mère je sais qu'elle est vivante, je le sens très fort, mais peut-être qu'ils la tiennent vraiment enfermée quelque part où qu'ils lui font du mal. Cela fait déjà plus d'un mois. Elle m'aurait au moins appelée, c'est sûr. Ce n'est pas une mauvaise fille, elle a seulement des problèmes. Je vous en supplie.

Schlesinger peut tout à fait imaginer comment une ado fait confiance à sa mère qui l'a fait enfermer. C'est la dernière personne auprès de qui elle chercherait de l'aide.

– Monsieur le rédacteur, vous pouvez au moins leur demander. Ils ne me disent rien, à moi. Même Mme Vierka des services sociaux, elle ne me répond plus au téléphone, et on ne me laisse pas la voir et une fois que je l'ai attendue dehors, le vigile est venu me dire que si je ne me barrais pas ils appelleraient les gendarmes parce que je la menaçais, mais ce n'était pas le cas, je voulais juste demander si elle ne savait pas quelque chose. Au tribunal non plus, ils ne m'ont pas laissée entrer en disant que les juges n'avaient pas à parler aux gens, à Solis ils m'ont dit que tout était de ma faute parce que je l'avais élevée comme ça et que ça ne faisait que leur créer des problèmes maintenant et que je devais déguerpir, que je n'avais rien à faire là-bas tant que ma fille ne revenait pas et d'ailleurs même après, parce que la meilleure chose pour elle serait qu'elle soit élevée par quelqu'un de normal et qu'elle m'oublie. C'est juste la femme du directeur qui est sortie devant la porte et qui m'a dit cela. Et que je ne devais plus y mettre les pieds parce que je représentais un danger pour les autres enfants qui sont normaux et ne fuguent pas et qu'ils allaient appeler la gendarmerie parce que j'étais dangereuse. Mais si vous demandiez, vous, monsieur Schlesinger, ils vous diraient quelque chose, à vous qui êtes journaliste, ils sont obligés de vous parler, non ?

Il est impossible de lui expliquer que personne ne va même lui confirmer l'existence de la jeune fille si son représentant légal s'y oppose. Il prend les coordonnées de la pauvre femme, photographie les documents, promet qu'il les fera parvenir aux collègues des informations et qu'on la contactera sûrement. Il a vraiment pitié d'elle, mais il a depuis longtemps cessé de souffrir du sentiment qu'il doit venir au secours de l'humanité, de la planète et de l'univers environnant. Dans un moment commence la conférence de presse de Président, il doit attraper la diffusion. Il balance les papiers sur le tas avec d'autres. Même leur stagiaire depuis trois mois l'enverrait au diable avec cette histoire de droguée en fuite. Mais à la rédaction cela suscite une énorme hilarité.

– Hé, Schlesi, tu n'es tout de même pas encore si vieux et si désespéré, lui dit une collègue avec laquelle il a eu une petite histoire, brève mais intense, vingt ans et trente kilos auparavant.

C'était alors sans risque, lui vivant dans l'Est et elle, dans la Capitale. Dans leur domaine, les gens tournent dans les mêmes boîtes et ne cessent de s'entrechoquer comme des boules de billard. Ils ont fini par atterrir tous deux à la même rédaction. Elle a deux enfants et tout ce qui va avec – le père, la maison, deux voitures, un crédit, un crédit-bail et un chien. Lui possède un matou misanthrope et il a un loyer exorbitant dans un endroit débile, mais un appartement où il peut fumer.

La collègue retourne le couteau dans la plaie.

– Cette dame n'est vraiment pas à ton niveau, tu trouverais sûrement quelque chose de moins usé dans la même classe d'âge. Mais pour le premier rendez-vous, il faudrait investir plus que deux tickets-restaurant !

Schlesinger sait qu'elle ne dit pas ça dans une mauvaise intention. Alors il lui raconte en quelques mots de quoi il s'agit, mais sans avoir le temps de terminer. Commence la diffusion de la conférence.

Les camées sont des menteuses

Nad'a apprend ce qui est bien et ce qui est mal. Broňa disparaît, Nad'a s'évapore. À la rédaction, c'est différent de ce qu'elle avait imaginé. Elle finit par comprendre et décider qu'elle va vraiment filer doux.

Nad'a est une fille obéissante. Elle sait qu'autrement elle ne sortira jamais. Ce n'est pas qu'ils laissent partir les filles sages, mais ils les surveillent moins. Parfois quelqu'un parvient à se faire la belle. Il est plus difficile de survivre au-dehors, mais elle se posera la question le moment venu.

La dernière fois, il y a trois jours, les flics ont ramené Marek. Le Directeur s'est enfermé avec lui dans la salle de gym du souterrain. Pendant huit heures. C'était vraiment un record. Depuis ce jour, Marek n'a pas quitté son lit, même quand les thérapeutes le battaient. Ils n'ont pas appelé le docteur, il n'était pas malade. Il était simplement étendu, les yeux ouverts. Complètement à l'ouest. La Directrice a fini par leur ordonner de le laisser tranquille. Nad'a ne sait pas ce que le Directeur lui a fait, de l'extérieur, on ne voit rien. Personne ne sait, à part ceux qui sont déjà passés par la salle de gym. Ceux-là n'en parlent pas. Jamais. Lorsque les thérapeutes ont ramené

Marek tout nu dans la chambre, on ne voyait rien, sauf qu'il s'était chié dessus. Nad'a ne voulait pas savoir ce qu'il avait. Cela ne lui arriverait pas, à elle.

Elle avait compris dès la première gifle. Elle l'avait prise dans la voiture, sur le chemin qui l'amenait de chez ses parents.

– Maintenant tu te tais et ensuite on va tout t'expliquer, lui avait annoncé la Directrice dès qu'ils étaient montés.

Devant les parents de Nad'a, ils avaient été tous deux comme du miel.

– Pourquoi ?

Elle était assise à l'arrière, au milieu, pour voir la route. Le Directeur s'était retourné et lui en avait collé une.

– Parce que nous te l'avons demandé, espèce de sale toxico. Et mets ta ceinture !

– Je ne suis pas une toxico, je ne suis que…

La deuxième fois, ç'avait été un coup de poing. Elle avait pleuré tout le long de la route, mais elle n'avait plus desserré les dents. Elle comprenait vite. Ils n'avaient pas besoin de lui expliquer que Solis Ortus était une taule dans laquelle elle resterait enfermée au moins trois ans, jusqu'à sa majorité. Elle avait pigé dès son arrivée, quand elle avait passé la porte avec le bouton de sûreté à l'intérieur.

– C'est nous qui aviserons le juge quand tu seras prête à partir. File doux, respecte les règles, fais ce qu'on te dit et tu pourras avoir une bonne vie, avait dit le Directeur en récitant la règle de base.

D'un ton absolument mécanique. Pour que tout lui soit absolument clair : son bien-être lui était tout à fait indifférent autant que le fait qu'elle obéisse ou non aux ordres. Puis il l'avait laissée à sa femme. Pendant la fouille à corps, elle comprit que quelques gifles de temps en temps étaient le moindre de ses problèmes.

***

– Tu es vierge ? Une vierge de quinze ans, il y a longtemps que nous n'avons pas eu ça ici, avait dit la Directrice en prenant un air satisfait.

Quand elle en eut fini avec elle, elle ne l'était plus.

– C'est pour ton bien. Les types sont des porcs sans aucun égard, je viens de t'épargner un affreux traumatisme à vie, lui avait-elle dit en lui tendant un mouchoir en papier. En bas, avait-elle dirigé impatiemment Naďa, quand elle avait commencé à essuyer ses larmes.

Pendant qu'elle se rhabillait, elle lui avait présenté quelques feuilles couvertes d'instructions denses.

– Voilà le règlement. Tu l'apprends et ensuite je vais te tester. Tu auras à manger quand tu le sauras par cœur.

Naďa fréquentait une école de pointe, elle avait l'habitude de plancher. Elle n'aurait aucun mal à maîtriser ça d'ici le soir.

– La Directrice ne vient au travail qu'après le petit déjeuner, alors tu as le temps, lui annonça le thérapeute en l'emmenant à la chambre.

Il avait quelque vingt ans, il était grand, sec, les cheveux foncés et les yeux gris. Plutôt beau, mais son regard et son rictus inspiraient la terreur. Il voyait que Naďa avait peur et cela l'amusait. Les affaires devaient être rangées dans l'armoire d'une façon précise, c'était détaillé dans le règlement. Naďa avait dix minutes. Elle n'y était pas arrivée.

– Encore une idiote de saleté de droguée, qui ne sait même pas se torcher le cul, avait-il constaté d'une voix dégoûtée lorsqu'il était retourné la voir. Tu es de corvée.

Il l'avait envoyée laver les sols. Elle avait reçu un seau zingué tout cabossé. Pas de balai à franges, juste un vieux torchon puant. Elle devait s'accroupir ou se mettre à genoux.

– C'est la meilleure activité pour commencer, tu vas connaître les lieux et avoir une bonne perspective, avait-il dit en se moquant d'elle. Tu n'as pas respecté la première instruction et tu n'as pas déballé tes affaires, tu es punie. Vingt-quatre heures de silence. Tu ne t'adresses à personne sauf à moi. Tu ne me dis rien, tu fais un signe de tête pour dire que tu as compris. Si je m'aperçois que tu as ouvert ta gueule, tu t'en prendras une.

Elle avait commencé au sous-sol et quand elle eut terminé au deuxième étage, elle avait dû recommencer depuis le début. Jusqu'à la nuit, à genoux, elle avait lavé les sols. À Solis tout était toujours propre.

***

Elle se mit à apprendre le règlement pendant que les autres prenaient leur petit déjeuner. Elle n'avait pas le droit de rester dans la chambre ni à la salle à manger, alors elle s'était assise aux cabinets. La faim lui donnait des crampes et elle avait le sentiment intense qu'elle devait se réveiller, ou elle allait manquer l'école et avoir un problème. C'est alors que l'autre était venue la voir.

– Moi, c'est Broňa, avait-elle dit en jetant un regard dans le box entrouvert et en sortant un morceau de pain de sa poche. Dépêche-toi de manger, je fais le guet, avait-elle chuchoté d'un ton insistant.

Une blonde aux yeux bleus, aux cheveux et aux sourcils presque blancs. Son oreille gauche était un peu décollée, le seul petit défaut de sa beauté. Toute dorée.

– Descends ton falzar et si quelqu'un vient, tu tires la chasse, comme si tu venais de terminer. N'aie pas peur, je surveille le couloir, pas toi.

Naďa tenait la tranche de pain racornie et elle hésitait. Cela la dégoûtait de manger aux toilettes. Elle se demandait si ce n'était pas un piège.

– Dépêche-toi de l'avaler, ma belle. Tu n'auras rien les trois premiers jours. Ils font ça avec tout le monde. Je ne peux pas rester longtemps, je n'ai demandé que pour la petite commission.

Elle lui avait caressé la tête et était partie faire le guet.

Après le petit déjeuner, le thérapeute avait demandé si elle avait appris le règlement. Elle apprenait vite – sans mot dire, elle avait fait non de la tête. Elle avait continué à laver les sols, jusqu'à l'extinction des feux. Le soir, Broňa lui avait discrètement fourgué un autre bout de pain, pendant que le thérapeute était aux toilettes.

Le lendemain, on la laissa étudier. Après le petit déjeuner, Broňa lui fit passer un autre morceau de pain et au début de l'après-midi elle fut appelée chez la Directrice pour être interrogée. Elle n'avait pas réussi à tout apprendre par cœur.

– Ça ne fait rien, l'essentiel est que tu comprennes le règlement, avait soupiré la dirlo. On ne peut pas s'attendre à des exploits de la part de débris camés.

Au dîner, on leur servit de la purée de pois avec du hachis qui contenait plus de tendons que de viande. De sa vie, elle n'avait rien mangé qui lui parût aussi bon.

Au matin, elle fut examinée par le docteur. On aurait dit un Arabe, mais il avait un accent russe. Il avait été plutôt gentil. Depuis ce jour, on lui donnait un comprimé tous les matins.

– Contraceptif, avait expliqué Broňa.

– Pour quoi faire ?

– À ton avis ?

Elle n'avait pas compris, jusqu'au début de la thérapie. D'abord seulement avec la Directrice. Nad'a n'arrivait pas à surmonter son dégoût, elle n'arrivait pas à la toucher. La Directrice était bien pire que le Directeur. Lui, c'était un sadique et un psychopathe primaire, mais les jeunes filles ne l'intéressaient pas. Sa femme était intelligente et sournoise. Sa gueule gardait presque toujours un sourire faux et répugnant. Après le premier refus, lorsqu'elle eut appelé le thérapeute à sa rescousse et l'eut laissé la violer, elle avait presque une voix douce, comme lorsqu'elle était venue chez eux et promettait aux parents de Nad'a qu'elle allait certainement rendre leur petite à une vie normale, qu'il suffisait d'avoir de la patience et beaucoup d'amour. Le pire n'était pas ce qu'ils lui faisaient mais la manière dont ils le faisaient. Elle se sentait comme un objet. Celui qui n'appartenait pas à leur clan n'était pas un être humain. Il n'avait pas le droit d'utiliser son nom. Il n'avait même pas le droit de parler aux autres.

– D'abord le collectif doit t'accepter. Et le collectif t'acceptera quand tu auras accepté ses lois.

La Directrice tenait Nad'a par les cheveux et lui murmurait le règlement à l'oreille d'une voix douce, tandis que le Directeur la tabassait avec un bout de câble caoutchouté.

– Le même principe qu'au-dehors, mais les règles sont un peu différentes.

***

Elle avait vite compris le fonctionnement de Solis. L'enfer et le paradis sous le même toit. Il suffisait de choisir. Les humiliations, la faim, les coups et les viols ou bien l'alcool, la drogue et le sexe. Au bout d'une année, on avait le cerveau lessivé. Totalement. Tous les employés hormis les directeurs étaient d'anciens pensionnaires. Ils restaient là de leur plein gré, c'était un privilège. Les autres revenaient au moins en visite. C'étaient des putes camées, des saletés, des épaves voleuses et menteuses. Les gens de l'extérieur n'avaient pas d'amour pour elles ni elles pour les gens du dehors. Elles n'étaient chez elles qu'à Solis, parmi les leurs. C'était dément, mais elle n'avait aucun pouvoir sur ce qui allait lui arriver, seulement si cela arriverait de gré ou de force. Elle fit donc semblant pendant un certain temps. Et soudain elle se rendit compte que cela lui semblait normal. Elle n'avait plus besoin de feindre.

« On s'habitue vraiment à tout », s'était-elle dit un jour où la Directrice était tellement satisfaite de la séance thérapeutique qu'elle lui avait versé une coupe de rouge et allumé une cigarette de sa propre main. Elle s'aperçut aussitôt qu'elle avait pensé à voix haute. Elle prit peur. Il y avait une chose qui était pire que de ne pas obéir à cette charogne – la vexer.

– Elle est sage, la jeune fille, dit la Directrice en lui tapotant la tête comme à un chien qui aurait bien rapporté son bâton et elle se mit à rire. Tu seras heureuse chez nous, tu verras.

Elle disait vrai. Plus la vie au-dehors s'éloignait, plus celle de l'intérieur devenait normale. C'est alors qu'on l'emmena faire la fête à l'Aurore Ambrée.

***

On lui avait apporté une robe de soirée bleu sombre. Elle avait dû coûter plus cher que la paie mensuelle de son père. Elle lui allait parfaitement.

– C'est moi-même qui l'ai choisie pour toi, avait dit la Directrice en souriant, tandis que Nad'a se pavanait devant le miroir dans la pièce thérapeutique.

Du parfum, du maquillage, tout était luxueux. La Directrice l'avait aidée à se farder et à se coiffer. Elle était vraiment douée, elle aurait pu facilement en faire sa profession. Pour la première fois Nad'a avait eu l'impression que le sourire de la Directrice n'était pas feint. Il était triste.

– Profite de ta soirée, jeune fille, lui dit-elle au moment du départ. Sois sage, obéis et fais attention à ce qu'il ne t'arrive rien.

Elle lui avait pris les épaules par-derrière et l'avait embrassée sur les cheveux. Nad'a était perplexe. Elle savait que Broňa et certaines autres filles partaient régulièrement quelque part avec le Directeur pour toute la nuit, mais elles n'en parlaient jamais.

– Ne nous envie pas, il n'y a pas de quoi, l'avait envoyée balader Broňa quand elle lui avait posé la question.

C'était la seule chose dont elle refusait de parler.

Lorsque Nad'a était montée avec elle dans la grande Toyota du Directeur ce soir-là, Broňa en avait eu les larmes aux yeux.

– Pas dans le cul, avait-elle murmuré en serrant fortement la main de Nad'a.

– Silence, à l'arrière ! leur avait crié le Directeur et ils étaient partis.

À la réception de l'Aurore Ambrée ils avaient pris l'ascenseur. Celui-ci était gardé par deux géants en habit noir, l'un et l'autre en chemise blanche et cravate rouge au logo de l'hôtel. Ils faisaient semblant d'ignorer les filles. Le Directeur avait composé un code sur le pavé tactile sous les boutons. Il le dissimulait avec la main.

Naďa fut étonnée : ils ne montaient pas, il avait appuyé sur -2. La porte de l'ascenseur s'ouvrit sur un espace qui ressemblait à une discothèque ordinaire, animée par une vive musique électronique. Naďa aimait bien le hip-hop mais elle n'avait entendu aucune musique depuis qu'elle était à Solis, alors même cette électro minable valait mieux que rien.

Le Directeur les avait installées sur un divan près d'une table basse. Au bout d'un moment, un serveur était arrivé, il avait posé devant elles une large coupe avec un liquide doré et un grand verre d'eau.

– Ils viennent d'appeler, ils sont en route. Préparez-les, annonça-t-il au Directeur avant de disparaître derrière le bar arrondi au milieu de la salle.

Le Directeur tira de sa poche une boîte plate en métal qui contenait de gros comprimés blancs.

– Allez, les filles, buvez un bon coup, qu'ils ne restent pas coincés, dit-il en les leur distribuant avec une grimace malveillante.

Broňa mit le comprimé dans sa bouche et fit signe du regard à son amie de ne pas faire d'histoire. Naďa prit le verre d'eau.

– Le whisky, espèce de conne, lui cria le Directeur.

L'alcool avait un goût horrible, il lui brûlait la gorge. Elle se sentit toute tendue.

– Allez, sale toxico. On n'a pas de gnôle de genièvre, tu devras te contenter d'un Glenlivet d'à peu près trente ans. Tâche de ne pas gerber, ou tu seras obligée de le rebouffer.

Elle avait vaincu son dégoût et avait tout bu au bout de quelques essais. Son estomac se révoltait, ses yeux larmoyaient. Son regard avait de plus en plus de mal à accommoder. C'était comme si l'air s'était raréfié. Elle avait peur de s'évanouir.

***

Elle s'était réveillée dans son lit. Un goût horrible dans la bouche, son estomac se soulevait. Elle se força à ouvrir les yeux. Broňa était étendue à côté d'elle, le visage tourné vers le plafond. Elle ronflait très fort. Aussitôt, Naďa eut mal à la tête. Elles étaient revenues à Solis. Elle avait mal partout. Elle essaya de se rappeler comment elle avait regagné son lit. Des fragments chaotiques d'images lui parcouraient la tête, comme lorsqu'on s'éveille d'un cauchemar, apeuré mais sans se souvenir de ce qu'on a rêvé. Un couloir avec des portes des deux côtés, un lit circulaire, elle se voit dessus, nue, avec son visage pâle, comme si elle se trouvait hors de son corps. Un miroir au plafond. Quelque chose le recouvre. Quelqu'un. La douleur. Elle continuait à la ressentir dans tout son corps. Elle se rendormit.

Après les sorties nocturnes, les jeunes filles avaient droit à un temps de repos. On les laissait dormir. Lorsque Naďa s'éveilla pour de bon après l'heure du déjeuner, Broňa n'était plus dans le dortoir. Elle alla se doucher, le moindre pas était douloureux. Elle se déshabilla. Son regard se posa sur le miroir fendillé au-dessus de la rangée de lavabos. Et elle péta les plombs.

Ses seins, son ventre, ses cuisses, tout le corps était couvert de taches jaunes et violacées, où on pouvait nettement distinguer l'empreinte de dents humaines. Tout Solis s'était rassemblé à ses cris. Broňa l'attrapa fermement par les épaules et essaya de la tirer vers le dortoir. Puis la Directrice accourut. Elle regarda avec dégoût son corps couvert de morsures et lui fit une piqûre.

***

– Ça va cicatriser. Ça ne laissera pas de marques, n'aie pas peur. Deux semaines, et tout sera rentré dans l'ordre, avait dit la Directrice en lui tapotant l'épaule avant de partir.

Elle n'eut pas de thérapie jusqu'à la disparition des marques. À quelque chose malheur est bon.

– Une saloperie, sans doute du rohypnol, lui avait expliqué Broňa quand Naďa fut de nouveau en état de discuter. Ils ne veulent pas qu'on se souvienne de qui nous fait ces choses. Et tu sais quoi ? Je ne veux même pas m'en souvenir. C'est comme quand on t'endort avant une opération. Après, tu as mal, mais ça guérit et tu es de nouveau en état.

– Regarde, Broňa, ce qu'il m'a fait.

Naďa soulève sa chemise de nuit et montre ses seins.

– Je veux savoir qui est ce tordu. Je veux le tuer, le salopard.

Elle se remet à pleurer, cette fois-ci de rage et d'impuissance.

– Parfois ça se passe bien, mais en général on se réveille avec des bleus. Un jour je me suis retrouvée avec des brûlures, sans doute de cigarette, heureusement à des endroits où on ne voit pas trop les cicatrices. Et le docteur a déjà dû recoudre deux filles. L'une avait l'anus déchiré, l'autre a l'impression qu'on a voulu lui enfoncer une batte de base-ball, mais elle ne sait pas si c'est vrai. Sans doute que oui, puisqu'ils l'ont déchirée. Mais depuis, on ne l'emmène plus là-bas, elle a au moins gagné ça.

– Broňa, on doit se sauver avant qu'ils nous tuent.

– Non, il y a pire que cela. Imagine ce qu'ils nous feraient s'ils nous reprenaient.

– Ils ne nous reprendront pas.

– On les a toujours tous repris.

– Parce qu'ils sont bêtes. Ils rentrent chez eux ou vont voir leurs copains. Là où tout le monde les cherche.

– Moi aussi, ils m'ont reprise une fois, madame Je-sais-tout, et je m'étais barrée dans un campement tzigane. Et toi, tu irais où, hein ?

Les parents de Nad'a sont des gens bien, même s'ils n'y connaissent rien. Son père croit qu'on se pique les veines avec du haschisch et que la masturbation nuit à la santé. Ils ne connaissent du monde que ce qu'ils voient à la télé. Ils n'ont pas le temps de lire, ils ont chacun deux emplois. Ils triment de leurs mains pour pouvoir payer des écoles privées et des activités à leurs enfants. Ils veulent les voir réussir dans la vie. Lorsqu'ils l'ont prise à fumer de l'herbe, ils l'ont fait enfermer, elle avait beau leur expliquer qu'elle n'avait consommé qu'une fois ou deux et qu'elle n'était pas dépendante. Ça les avait totalement mis en panique.

– Je n'irais certainement pas chez mes darons, lance-t-elle.

– Je ne t'ai pas demandé où tu n'irais certainement pas, mais où tu irais.

– Voir les journaux. Tout leur raconter.

– Tu déménages. Le choc t'a vraiment fait perdre les pédales. Qu'est-ce que tu leur raconterais ? Qui voudrait te croire ? Réveille-toi, Nad'a ! Ça n'intéressera personne que tu as fumé trois joints de toute ta vie et que ça ne t'a même pas fait planer ou que c'était peut-être du foin cultivé dans un pot de fleurs par un copain de classe déjanté. Pour eux tu es une sale pute de camée qui se laissait enfiler dans le cul par des camionneurs pour se payer sa dose, sinon tu ne te serais sans doute pas retrouvée dans une maison de redressement sur décision de justice. Tu comprends ? Et les sales putes de camées feraient n'importe quoi pour avoir leur dose, tout le monde sait ça. Elles volent, se prostituent et mentent. C'est ça que tout le monde croira. Ils vont t'enfermer quelque part et appeler les flics pour venir te chercher. Tu n'as qu'une seule possibilité – essayer de durer jusqu'à dix-huit ans et ensuite sortir normalement par la grande porte. Et tu sais quoi ? Tu seras encore heureuse qu'on te garde ici même après, parce qu'au-dehors tu ne seras pour tous et pour toujours qu'une sale pute de camée et tu seras obligée de te laisser baiser par des camionneurs pour te payer au moins à bouffer. Sans anesthésie et sans capote et tu finiras par clamser quelque part avec une seringue dans la veine.

– Non, ce n'est pas vrai, s'était mise à pleurer Naďa. Les journalistes ne sont pas comme ça. Mon frère veut être journaliste. Il n'est pas comme ça. Les journalistes vérifient tout. Ils commenceraient par vérifier si c'est vrai. Tu peux faire confiance aux journalistes, ils ne sont pas comme les autres.

Elles se disputaient à ce sujet dès qu'elles se retrouvaient seules un moment. Elles avaient fini par échafauder un plan. Elles allaient passer la frontière et faire ce qu'elles faisaient maintenant. Aller avec des types pour des thunes. Elles allaient se faire de l'argent et partir quelque part loin jusqu'à leurs dix-huit ans. Puis elles reviendraient quand personne ne pourrait plus rien contre elles. Elles allaient se barrer pendant la thérapie de groupe qui se faisait dans un chalet. Broňa y avait déjà participé. Même d'anciens clients y prenaient part. Pendant toute une semaine, tous étaient soûls, drogués et tout le monde le faisait avec tout le monde. Si elles disparaissaient au bon moment, personne ne s'en apercevrait.

Elles filèrent doux. La groupette, comme disaient les enfants, c'était une récompense. Elles allaient à l'Aurore

Ambrée en espérant qu'elles survivraient à ces quelques semaines sans se faire recoudre.

***

– Broňa, Naďa, ce soir c'est seulement vous deux, avait dit la Directrice en venant chercher ses deux filles préférées.

Elle les avait aidées à se coiffer et à se maquiller en y prenant encore plus de soin que d'habitude. Elle ne les avait pas conduites à la voiture dans la cour, mais par un couloir derrière le bureau, jusqu'à une porte massive avec une serrure électronique, derrière laquelle se trouvait l'appartement des Directeurs.

– Aujourd'hui, c'est une fête privée, mesdames, leur annonça-t-elle.

Mais elles n'étaient pas entrées dans l'appartement, elles étaient descendues dans un souterrain. Elles avaient traversé un couloir de cave typique qui donnait par une porte sur une pièce qui ressemblait à un salon de luxe avec un petit bar. Le Directeur se tenait derrière le comptoir. Il leur tendit deux comprimés et leur versa deux décis de cognac d'une bouteille de forme biscornue ornée de dorures, avec un bouchon de verre.

– Je vais les attendre, dit la Directrice en partant.

Naďa ne savait pas elle-même ce qui lui avait pris, elle avait glissé le comprimé sous sa langue et évité de l'avaler cette fois-ci. Elle voulait enfin savoir qui étaient ces fumiers. Lorsque le Directeur s'était détourné quelques secondes, elle avait tiré le comprimé de sa bouche et l'avait rapidement fourré dans son oreille derrière ses cheveux. C'était désagréable, mais elle n'avait nulle part ailleurs où le cacher.

Elle avait terminé son cognac et elle observait Broňa. Elle s'attendait à la voir s'endormir, mais celle-ci restait assise à regarder devant elle d'un air hébété, comme si elle observait le mur. Totalement immobile, les yeux grands ouverts, on aurait dit qu'on l'avait débranchée.

Naďa se tenait là en silence, les yeux fixés sur Broňa, essayant de garder le regard immobile et espérant qu'ils allaient s'y laisser prendre. Le Directeur ne lui prêtait aucune attention, il restait là, derrière son bar. Il lui semblait qu'il faisait quelque chose avec son mobile, mais elle ne le voyait que de manière périphérique.

Au bout d'un moment elle se rendit compte que ce serait l'enfer. Son nez la grattait et l'alcool lui pesait sur l'estomac. Elle ne savait pas combien de temps ils avaient attendu, c'était interminable. Enfin elle entendit la Directrice et des voix masculines. Ils étaient deux.

– Bienvenue, messieurs, bienvenue de tout cœur, nous vous attendions avec impatience, nous et les dames, dit le Directeur en venant à leur rencontre et sa voix était gluante comme un épais mucus.

Les hommes s'approchèrent pour voir les filles. Elle ne reconnut pas le premier. Quand le deuxième se présenta à sa vue, elle comprit à quel point elle avait merdé. Elle mit toutes ses forces à ne pas bouger une seule paupière et continuer à rester bouche bée en regardant le vide.

Elle le connaissait. Par la télé. Sa mère ne l'appréciait pas beaucoup, elle disait que ce n'était pas un bon chrétien, en fait, elle disait qu'un chien ne donnerait jamais du lard ni un bolchévique, un catholique, mais pour son père c'était le type le plus droit au monde. Une fois, son père et le frère de sa mère s'étaient carrément empoignés à cause de lui. Après cela, les familles étaient restées longtemps sans se parler.

Si on découvrait qu'elle l'avait vu, elle était morte.

– On prend juste un Coca dans la chambre, dit le superhéros de son père.

Il prit Broňa par la main et l'aida à se mettre debout.

– Viens ma belle, on va dans la chambre.

Le deuxième vint l'emmener, elle.

– Elle s'appelle Naďa, dit le Directeur à ses côtés. Dites-lui juste ce qu'elle doit faire, et elle le fera. Chambre numéro quatre. Quand vous aurez fini, laissez-la là-bas, nous nous occuperons d'elle.

Il la conduisit par un couloir avec un tapis, il y avait quatre chambres numérotées. Le quatre était la dernière chambre à droite. On aurait dit un hôtel de luxe. Elle ne voulait pas trop regarder, elle faisait le zombie. La télévision sur le mur en face du lit était allumée, elle diffusait un film porno. Il prit la télécommande et l'arrêta. Grand et mince, les cheveux ras, un complet sombre, rasé de près, trente ans environ. Pour son âge, il aurait pu être plutôt bel homme si elle l'avait choisi elle-même. Il resta un moment immobile à la toiser.

– Déshabille-toi, lui dit-il d'un ton un peu embarrassé.

Elle avait fait tout ce qu'il lui avait demandé. Vraiment tout. Ç'aurait pu être pire. Ses fantasmes secrets n'allaient pas plus loin que les pratiques habituelles apprises dans les films porno. Il était même allé jusqu'à mettre une capote et utiliser le lubrifiant trouvé dans la table de nuit, alors ce n'avait pas été un problème de tenir le rôle d'un cadavre vivant. En comparaison des thérapeutes de Solis, il s'était conduit en parfait gentleman. Quand il en eut fini avec elle, il partit à la salle de bains. En entendant la douche, elle s'encouragea un peu et regarda autour d'elle. L'aménagement de la pièce était luxueux et impersonnel. Sur la table basse en chrome et en verre se trouvait un étui avec une arme. Elle avait vite chassé les idées débiles et était restée allongée. L'homme s'était rhabillé, l'avait embrassée sur la bouche et était parti sans mot dire. Elle ne savait pas ce qu'elle devait faire, alors elle était restée couchée. Elle avait commencé à s'assoupir quand la Directrice était venue.

– Debout, Nad'a, on va au dodo.

Tout en la maintenant, elle ramassa les vêtements de Nad'a de sa main libre et la conduisit nue jusqu'au dortoir.

– Mes petites ! s'était-elle exclamée dans l'escalier obscur.

Nad'a eut l'impression qu'elle retenait un sanglot.

***

Elle mit longtemps à s'endormir. De peur. Il était maintenant clair que si elles voulaient se tailler avec Broňa, elles devaient partir quelque part très, très loin. Cette histoire les dépassait vraiment de beaucoup. Lorsqu'elle s'était réveillée le matin, elle n'avait pas vu Broňa dans son lit. Elle ne comprenait pas qu'elle ait pu se remettre si vite, mais ne se posa pas d'autre question. Elle avait fourré sa tête sous la couette et avait dormi jusqu'au déjeuner.

Elle était allée manger avec les autres. Broňa n'était même pas apparue dans la salle à manger. Personne ne savait rien. Elle voulait interroger la Directrice, mais celle-ci non plus ne s'était pas montrée de la journée. Quand Broňa n'était pas revenue même à l'heure de l'extinction des feux, elle avait compris que ça allait mal. Cela avait vraiment dû merder dans les grandes largeurs quelque part. Le matin, la Directrice la fit venir pour la thérapie. Son sourire était plus faux que jamais.

– Je n'ai pas vu Broňa depuis hier, s'était enhardie Naďa en entrant dans la pièce thérapeutique.

– Elle s'est taillée, cette sale ingrate de camée. Mais ils vont la ramener, n'aie crainte. Ils les ramènent toujours.

– Comment ça, elle s'est taillée ? Il n'était même pas possible…

– Nous aussi, nous pensions que c'était impossible, mais elle a disparu la nuit dernière. Nous enquêtons déjà pour savoir comment elle a pu faire ça, lui répliqua la Directrice d'un ton qui montrait clairement que la discussion était terminée.

***

Naďa s'était taillée par la forêt. Ç'avait été du gâteau. Après la disparition de Broňa, ils avaient reporté la groupette, mais ne l'avaient pas supprimée. Tout le monde était défoncé, personne ne les surveillait. Elle était partie le matin, la nuit elle n'aurait pas pu trouver son chemin dans la forêt. Ils se trouvaient quelque part au bout du monde, au cœur de la montagne, elle ne savait même pas exactement où. À la cuisine elle avait pris une grande bouteille d'eau, quelques gaufrettes fourrées, elle avait mis ses baskets et s'était mise à courir à travers la forêt en tournant le dos à la route. Son père lui avait appris que si elle se perdait en montagne, elle devait descendre la colline jusqu'à ce qu'elle trouve de l'eau et ensuite suivre le courant, qu'elle allait certainement tomber sur un lieu habité. Elle avait eu de la chance. Elle n'avait pas trouvé de ruisseau, mais une route goudronnée défoncée qui l'avait amenée jusqu'à un village. Elle l'avait suivie jusqu'à ce qu'une voiture s'arrête pour la prendre.

L'après-midi elle avait déjà atteint la Capitale. À l'internat, elle dit au portier qu'elle venait voir son frère. Il ne la crut pas, mais cela ne faisait rien, c'était encore l'heure des visites autorisées. Il lui donna le numéro de la chambre et demanda une pièce d'identité.

– Mon Dieu, j'ai laissé tout mon portefeuille à la maison, heureusement que je ne me suis pas fait prendre par un contrôleur.

Le portier ne l'avait pas crue.

– Faites-le appeler, s'il vient vous chercher vous pouvez l'accompagner dans sa chambre, mais vous devez partir avant dix heures.

Elle ne se disputa pas. Elle attrapa le premier étudiant qui passait par là, lui demandant d'appeler son frère parce qu'elle avait oublié ses papiers. Celui-ci arriva presque aussitôt.

– Tu t'es barrée.

Ce n'était pas une question mais une constatation. Il avait sorti son mobile de sa poche.

– Ne fais pas le con, attends, essaya-t-elle de l'arrêter. Ce n'est pas ce que tu penses. S'il te plaît.

Lorsqu'elle s'était mise à pleurer de manière convulsive, il commença enfin à l'écouter.

Ils étaient assis sur son lit dans sa chambre. Elle lui raconta ce qui se passait à Solis Ortus. Elle passa sous silence la plupart des choses. Elle ne lui relata que ce qui était normal. Les humiliations, les coups, le sexe. Elle laissa de côté la grande groupette au chalet. Elle ne raconta que comment ils l'avaient laissée sans manger les deux premiers jours à laver les couloirs à genoux. La Directrice et les thérapeutes. Marek, qui s'était remis à fonctionner mais qui ne parlait toujours pas.

– Écoute, Nad'a, je comprends que tu ne veuilles pas y rester. Mais c'est pour ton bien. Nous allons appeler papa et te ramener. Si tu y retournes de ton plein gré, peut-être que ça ne fera pas un trop gros scandale. Mais il faut que tu y retournes dare-dare, c'est le tribunal qui t'y a envoyée, ce n'est pas comme de sécher l'école.

– Tu ne me crois pas, dit-elle en le regardant d'un air accablé.

– Non, soupira-t-il en attrapant son mobile.

Elle s'y attendait. Elle avait eu tout le chemin pour y penser.

– Attends. Je vais te dire la vérité. Et après tu pourras appeler les parents.

Il l'avait scrutée du regard et avait cessé de composer le numéro.

– Mais il ne faut pas le leur raconter.

– Je ne sais pas ce que tu ne veux pas que je leur dise, mais si tu y retournes de ton plein gré, je promets que tout ce que tu me diras restera entre nous.

– J'y ai couché une ou deux fois avec un type, une espèce de minable, venu du Sud. Il est majeur, avant il y était en cure et maintenant il fait le thérapeute. C'est un vrai débile, mais ça a des avantages. Il peut trouver des cibiches, etc., tu comprends.

Elle vit l'horreur sur le visage de son frère. Maintenant il la croyait.

– Et ce débile m'a mise enceinte. Il a promis de faire attention, mais je suis en cloque. Il faut que je m'en débarrasse, je ne peux pas avoir de gosse avec un crétin pareil, tu comprends ? Et les parents ne seraient jamais d'accord, tu les connais. Le curé les expulserait de l'église, si ça se savait. Ils vont me pourrir le reste de ma vie, dit-elle pour finir, en se mettant à sangloter.

Ce n'était pas un problème de pleurer. Il suffisait de penser à Broňa. Son frère était en état de choc. Une histoire banale qui arrivait chaque jour, mais quand il s'agissait de votre sœur, c'était aussitôt un drame.

– Il faut que je m'en débarrasse. S'il te plaît !

Elle se jeta à son cou.

– Ensuite je reviendrai et personne ne saura rien.

– Bon Dieu, Naďa, ce que tu peux être conne, lança-t-il. Comment as-tu pu te mettre dans un merdier pareil ?

– Ça n'a plus d'importance, hein ? Tu vas m'aider ?

***

Elle ne pouvait pas rester dans le foyer. Il l'emmena chez des copines, dans un appart privé. Là, c'est lui qui ne pouvait pas y rester. Il viendrait la chercher au matin, entre-temps il demanderait aux toubibs comment ça marchait. Elle n'était pas majeure, sans l'accord des parents ce serait un problème.

Les filles avaient été super, même si elles l'avaient traitée comme une gosse. Si elles avaient su… Elles lui firent des spaghettis et du thé, lui trouvèrent des habits propres et l'installèrent sur le matelas gonflable réservé aux invités. Elle dormit un peu et au petit matin elle quitta l'appart avec un peu d'argent et un mobile. Les camées mentent, se prostituent et volent, tout le monde sait ça, non ? Elle trouva le numéro de la mère de Broňa dans l'annuaire internet. Elles se rencontrèrent dans le parc près de la rivière, elle lui soutira un peu d'argent. Sans doute tout ce qu'elle possédait, mais ça n'en faisait pas tant que cela. Elle s'était sentie mal de faire ça, cependant la vieille dame n'allait pas mourir de faim et elle, il y allait de sa vie. En revanche, elle lui avait dit la vérité. Du moins toute la vérité qu'elle pouvait accepter.

Cela n'avait pas marché. Quand la mère de Broňa s'était mise à hurler contre elle, elle avait préféré prendre le large avant que quelqu'un les remarque.

Environ une heure plus tard, son frère commença à appeler sur le mobile volé. Naďa l'éteignit et le jeta dans la poubelle la plus proche. C'était un Samsung coûteux, elle aurait sans doute pu le refourguer quelque part, mais elle ne voulait pas prendre de risque. Elle ne savait que faire désormais. Elle avait assez pour manger et pouvait acheter un billet d'autobus, mais elle ne savait pas où aller. Si Broňa avait été là, elles auraient inventé quelque chose. Mais elle n'était pas là. Naďa préféra en revenir à son propre plan.

***

À la rédaction, c'était différent de ce qu'elle avait imaginé. Mais ce n'était pas non plus comme Broňa l'avait soutenu. On ne l'avait pas enfermée à clé. Elle voulait parler avec la journaliste que son frère encensait. C'était elle qui traitait toutes les grosses affaires. On lui dit qu'elle n'était pas là. On lui attribua une jeune rédactrice à laquelle elle pourrait raconter son histoire. Elle n'avait pas de dictaphone, même pas de carnet. Elle fit du thé pour Naďa, se fit un café instantané et l'écouta derrière la table de la cuisine.

– Mais vous êtes journaliste, vous ?

– Oui, avait dit la jeune femme en souriant et en buvant une gorgée de café. Je n'ai pas fini mes études, mais je travaille ici depuis presque une année.

– Et vous devez vérifier tout ce que je vous dirai, même si vous ne me croyez pas, n'est-ce pas ?

– C'est-à-dire, si je voulais faire un papier dessus, alors je serais vraiment obligée de tout vérifier. Même si je te croyais. Oui. Cela dépend de ce que tu veux me raconter.

– Vous n'allez pas me croire. Mais je vais quand même vous dire la vérité, avait-elle déclaré avec une résolution qu'elle ne sentait pas en réalité. Mais promettez-moi que vous allez vérifier que je ne vous mens pas.

– D'accord. Je vais vérifier, je te le promets.

– Dites-moi d'abord combien de fois vous avez fumé. Je veux dire de la ganja.

– Quoi ?

La rédactrice avait froncé le sourcil, mais ses yeux et ses lèvres continuaient de sourire. Elle aussi ne voyait devant elle qu'une gamine avec des problèmes de gamine.

– Moi, je n'ai fumé que trois fois de toute ma vie. De l'herbe qu'un copain avait fait pousser dans un pot de fleurs. Ça ne nous avait rien fait, sauf que nous avons beaucoup toussé. Mais mon paternel nous a pris sur le fait et ensuite on m'a enfermée comme toxico.

La seule chose qu'elle garda pour elle fut ce qu'elle avait vu la nuit où Broňa avait disparu. Elle avoua comment elle avait trompé son frère et volé ses copines.

– J'étais obligée, parce que personne ne veut me croire et on me renverrait là-bas et je disparaîtrais comme Broňa.

C'est seulement alors qu'elle éclata en sanglots.

– C'est vraiment un peu tiré par les cheveux, tu dois le reconnaître.

– Attendez, j'ai une preuve.

Elle avait tiré de sa poche le comprimé blanc emballé dans de la cellophane de cigarette. Le cachet s'était coincé dans son oreille et elle avait eu du mal à le dégager. Elle se disait qu'il pourrait encore servir un jour.

– Voilà ce qu'ils nous ont donné. C'est le comprimé que je n'ai pas avalé. Vous pouvez vérifier ce que c'est.

La rédactrice prit le petit paquet avec dégoût et le regarda.

– Ce n'est pas aussi simple, nous sommes un journal, pas les Experts.

– Mais vous allez vérifier ? Vous me l'avez promis.

– Tu comprends, je pensais qu'on t'avait fait du mal à l'école ou chez toi. Je ne m'attendais pas à ça, vraiment. Il faut que j'en parle à mon chef et ensuite on verra ce qu'on peut faire.

***

Broňa s'était trompée. Ils ne l'avaient pas enfermée. Ils lui avaient apporté un sandwich du self et ils lui avaient fait une citronnade. L'adjoint du rédacteur en chef était venu, il pouvait avoir l'âge de son père et il lui avait fait raconter son histoire. Jusqu'à l'arrivée de la police.

– Tu as quinze ans, nous n'aurions même pas dû te parler sans l'accord de tes parents, la sermonna l'adjoint lorsqu'ils l'emmenèrent.

Elle n'opposa pas de résistance. Naďa est obéissante. Elle voudrait survivre. Elle va être sage, mais ça ne suffira sans doute pas.

Nous avons un sujet

L'apprentie talentueuse fait des efforts, mais Schlesinger se goure et ça finit comme d'habitude. Nad'a écrit une lettre. Le travail du ministre devient compliqué, mais sa vie sexuelle n'en souffre pas.

... c'est pas ta droguée disparue ?

La collègue ajoute un lien sous le message internet.

C'est l'autre, celle qui dit qu'on a tué sa copine, répond Schlesinger après avoir parcouru l'article. La seconde fois, il le lit plus attentivement. Il omet sa douche, laisse tomber le café et, frustré, tape à coups de poing dans le volant en essayant désespérément de se faufiler parmi la dense circulation matinale. Il passe toute la route à s'injurier et à se traiter de connard. Les autres automobilistes sont certainement d'accord avec lui, même si c'est pour d'autres raisons.

Contrairement à lui, la stagiaire futée de chez la concurrence fait son travail comme il faut. Il n'a pas encore retenu son nom, mais la gonzesse est bonne. Certes, ils avaient remis la jeune toxico en cavale à la police, mais elle était tout de même allée vérifier ses allégations.

***

Elle savait qu'ils avaient pris la bonne décision mais se sentait minable. Elle devait au moins vérifier les faits.

– Patron, il y a une chose qui est vraiment bizarre, avait-elle insisté auprès de l'adjoint qui, après le départ des policiers, avait montré clairement qu'il considérait l'affaire comme close.

– Et moi, je trouve bizarre qu'il vous faille une demi-heure pour travailler sur une dépêche d'agence tout ce qu'il y a d'ordinaire, lança-t-il en guise de contre-attaque.

Elle ne se laissa pas faire.

– Comment est-il possible que les policiers aient été informés de sa fuite seulement par sa famille et pas par l'institution ? Elle a disparu pendant plus de vingt-quatre heures et elle n'a manqué à personne dans ce chalet ?

– Demain vous avez congé ; si ça vous plaît, vous pouvez jouer à l'enquêtrice, ça m'est égal. Aujourd'hui je vous paie pour traiter des dépêches d'agence. Ce petit nouveau est tout à fait à côté de ses pompes, c'est un incapable, et vous, vous avez perdu deux bonnes heures avec une camée. Si la conf sur le paquet social n'est pas sur le web d'ici cinq minutes, vous aurez affaire à moi.

Il avait sorti son portable et s'était mis à composer un numéro. La discussion était terminée.

***

Le soir, elle partit voir un mec qui lui avait fait du gringue quelque temps auparavant. Il ne l'intéressait toujours pas, mais il était étudiant en pharmacie. Une bière en sa compagnie n'allait pas la tuer.

– Ce n'est pas aussi facile que les gens l'imaginent, dit-il en regardant d'un air sceptique le comprimé entouré de cellophane. De toute façon, ça sera sans doute une connerie. Du paracétamol ou de l'aspirine.

– Alors on laissera tomber et je te ficherai la paix.

– Je ne veux pas que tu me fiches la paix, dit-il en souriant.

Il avait un sourire sympa. D'ailleurs, il n'était pas du tout mal de sa personne, mais c'était un terrible pisse-froid. Il ne parlait pas, il faisait des discours. Généralement sur la biologie ou la chimie.

– Très bien, on peut reprendre une bière un de ces jours. Je comprends que ce n'est pas facile. Écoute, tu ne connais pas quelqu'un qui pourrait me l'analyser ?

Elle tendit la main pour récupérer le comprimé.

– Je n'ai pas dit que c'était impossible. Je vais y jeter un coup d'œil.

Il avait caché l'échantillon dans sa poche et commandé une nouvelle tournée. Elle avait eu droit à une longue conférence sur les méthodes qu'il emploierait pour analyser le comprimé et une longue tirade sur la pauvreté de l'équipement des labos d'école qui ne suffirait même pas à une herboriste de village. Ils étaient un peu éméchés, mais il la raccompagna jusque chez elle en tout bien tout honneur, lui souhaita bonne nuit et partit. Un raseur, mais totalement inoffensif.

Il lui fit signe au bout de deux semaines environ. « Il faut qu'on se voie », disait le message. Elle prit cela pour une déclaration amoureuse, alors elle remit la rencontre de deux jours.

– Je ne sais pas où tu as pris cette cochonnerie, mais ça ne s'achète pas comme ça en pharmacie.

– D'une toxico qui s'est barrée d'un centre de soins.

– Ah, alors les camés ont sans doute accès à toutes sortes de friandises.

– Et donc c'est quoi ?

– Une benzodiazépine, le flunitrazépam. Tu le connais peut-être sous le nom de rohypnol. Les benzodiazépines renforcent l'action d'un certain neurotransmetteur et ont des effets sédatifs, anxiolytiques, myorelaxants, hypnotiques et anesthésiants. Toi, c'est ce dernier effet qui t'intéresse, dit-il en passant à un langage humain. C'est ce genre de bonbons qu'on donne aux gens avant une opération, pour réguler leur humeur. Si je voulais te violer, je mettrais exactement ça dans ta bibine. Après, on ne se souvient de rien mais on reste conscient, donc tu peux par exemple emmener la personne dans un endroit tranquille et tout lui piquer ou… tu sais quoi. N'importe quoi. Tu ne te rappellerais sans doute pas du tout qu'on t'a fait quelque chose, ni qui te l'a fait. C'est vraiment une cochonnerie. Je ne mettrais certainement pas ça entre les mains d'un camé.

Le matin, elle se rendit directement chez la rédacchef. Celle-ci n'était pas très contente de voir qu'elle avait court-circuité son supérieur immédiat, mais elle l'avait autorisée à travailler là-dessus. Elle avait la journée pour traiter le sujet et on lui paierait le voyage. Cela lui faisait un effet horrible, mais elle voulait de toutes ses forces que ce soit vrai, même si la vérité était particulièrement répugnante. On ne juge pas les vainqueurs. C'est seulement à Solis Ortus qu'elle réalisa que ce pouvait être une vérité exceptionnellement dangereuse.

***

De l'extérieur, le bâtiment ne faisait vraiment pas penser à une maison de l'horreur. Un mur de béton gris, relativement haut, mais sans barbelés ni tessons de bouteille. Le centre ressemblait à une vieille école à laquelle on aurait accolé une maison familiale de mauvais goût, construite d'après les meilleurs principes du néobaroque des années quatre-vingt-dix. Il se trouvait à la limite de la petite ville, à quelque trois cents mètres des premières habitations. Un taxi, nettement plus cher qu'à la Capitale, l'amena depuis la gare. Elle prit la facture du chauffeur, lui demanda sa carte de visite pour pouvoir repartir et activa une sonnette avec une caméra. Un type gras d'une vingtaine d'années vint lui ouvrir, en se présentant comme thérapeute. Il la conduisit dans le bâtiment principal. Dès l'entrée, on lui prit sa carte d'identité et son mobile.

– Donnez-moi s'il vous plaît un papier d'identité, il faut que je vous inscrive, lui demanda le Directeur. Nous vous le rendrons à votre départ, annonça-t-il en fourrant le document dans sa poche. Et le mobile aussi, dit-il en tendant la main avant même qu'elle ait eu le temps de protester.

– Quoi ?

– Les mobiles sont interdits dans le bâtiment. Nous avons nos règles ici, mademoiselle. Soit vous les respectez pendant toute la durée de votre visite, soit on ne vous retient pas.

Il montra la porte qui avait à l'intérieur un bouton de sûreté commandé par une clé.

Une pensée fugace lui passa par la tête : que diraient les pompiers devant une souricière pareille ? Elle haussa les épaules et lui remit son téléphone. Elle n'était pas ravie, mais elle n'avait pas l'intention de leur donner un prétexte pour la renvoyer dès l'entrée et sans réponses.

– Asseyez-vous, dit le Directeur en lui désignant une chaise de plastique au milieu de la pièce.

Ce n'était pas une invitation polie, plutôt une injonction aboyée. Le Directeur s'assit sur son bureau, derrière lequel était installée son épouse. Le thérapeute resta debout dans l'embrasure de la porte, les bras croisés, derrière elle. À côté, dans un fauteuil près d'une table basse, était assis un homme qu'on ne lui présenta pas. Il portait des baskets de marque, chères, un jean bleu et un blouson de cuir. Il avait l'air plutôt sympathique en fait et relativement inoffensif en comparaison des autres. De tout le temps, il n'avait pas desserré les dents, il s'était contenté de faire un signe de tête en guise de salutation. Comme s'ils étaient de vieilles connaissances. Elle supposa qu'ils se trouvaient dans la maison de famille kitsch, mais après trois couloirs, deux escaliers et une autre porte à bouton, elle avait perdu son sens de l'orientation. Le bâtiment était propre, il y régnait pourtant une odeur bizarre. Comme un mélange de puanteur de cuisine scolaire et de W-C bien entretenus mais qui auraient mal fonctionné. Ils n'avaient pas rencontré un seul pensionnaire en chemin.

– Je peux prendre des notes ?

– Vous feriez bien, dit le Directeur avec une insistance particulière. Notez bien tout ce que nous allons vous dire et apprenez-le par cœur, vous vous épargnerez un tas de problèmes, dit-il en haussant la voix.

Ils ne l'avaient pas appelée pour qu'elle les interroge. C'est la femme du Directeur qui parlait. Son visage gardait toujours le même sourire et elle avait pris un ton aimable et maternel.

– Vous avez écouté plus d'une heure une toute jeune fille placée dans notre centre par décision de justice légitime, et cela sans la présence de ses représentants légaux. Les suites judiciaires pourraient être particulièrement graves. Je veux dire des suites pénales.

On aurait dit la menace d'un parent affectueux, qui tancerait un enfant désobéissant.

– Si vous essayez de publier quelque chose de ces mensonges que vous lui avez inspirés, nous porterons évidemment plainte contre votre rédaction aussi au civil.

– D'où savez-vous ce que Naďa m'a…

– Silence ! C'est à nous de parler, l'arrêta le Directeur.

Pendant deux heures de monologue, son épouse l'abreuva de paragraphes de menaces. Quand elle eut terminé, ils l'accompagnèrent devant le bâtiment, lui rendirent son téléphone et ses papiers qu'ils avaient pris le soin de photographier et lui recommandèrent avec insistance de ne jamais revenir.

– Si je vous revois par ici, notre conversation prendra un tout autre ton, dit le Directeur en déverrouillant la porte et en la poussant littéralement dans la cour.

C'est le thérapeute qui l'accompagna jusqu'au portail.

– Tu peux revenir, tranquille, lui chuchota-t-il à l'oreille avec un souffle puant.

On aurait dit un râle articulé. Il avait des dents jaunes, espacées, et des sourcils exceptionnellement denses au-dessous d'un front bas.

– On se paiera du bon temps, marmotta-t-il en guise d'adieu en lui mettant la main aux fesses.

Elle n'arriva pas à rétorquer.

Elle dut faire un effort pour ne pas se mettre à courir. Elle n'appela le taxi qu'une fois arrivée au milieu des gens et des maisons.

***

Elle ne se calma que dans le train. Plus elle s'éloignait de cette bande de psychopathes, plus la situation lui semblait absurde. Elle se rendit compte peu à peu qu'ils lui avaient donné quelque chose de bien meilleur que la réponse à ses questions – la certitude d'être sur une bonne piste.

Elle envoya un SMS à la rédactrice en chef : *Nous avons un sujet : –)*

– Nous n'avons rien du tout, pas même une simple déclaration, la refroidit la chef à la conférence du matin.

L'adjoint avait pris sa défense, ce qui était inattendu.

– Je ne dirais pas ça.

Il continuait à avoir l'air blessé qu'elle l'ait courtcircuité, mais c'était un vieux briscard qui ne sous-estimait pas même l'intuition.

– Ils ont un drôle de comportement. Comme une espèce de secte.

– Des faits. Tu n'en as pas. Le début d'un commencement.

Avec chaque mot, la chef pointait le doigt, comme si elle parlait à des écoliers demeurés.

– Tu n'as pas l'ombre d'une preuve, si ce n'est les inventions d'une gamine toxico qui s'est enfuie de sa cure.

Elle ne faisait que son travail, elle était responsable de tout ce qu'ils allaient publier devant Dieu, le propriétaire et la loi. Elle avait sa réputation – si on arrivait à la convaincre, elle, ce n'était plus que du gâteau devant un tribunal. Chez eux, on ne perdait pas les procès. Ils ne pouvaient pas se le permettre.

– Tant que vous n'avez rien trouvé de mieux, continuez sur les dépêches d'agence, dit-elle pour conclure. Et essaie de me trouver un remplaçant à ce stagiaire, dit-elle en se tournant vers son bras droit. Celui-là, on ne peut pas le garder, même gratis.

Le gars se tenait à quelque trois mètres d'elle et il se contrefichait qu'elle parle de lui comme s'il n'était pas là. Il n'écoutait pas, il n'en avait rien à faire.

L'apprentie journaliste resta seule pour faire tout le boulot. Dans la journée, elle n'avait pas le temps de penser à son sujet, et encore moins d'en faire quoi que ce soit.

L'adjoint vint la trouver un soir.

– Va voir les parents, petite.

Elle tombait de fatigue.

– Fixe-leur un rendez-vous, je viendrai avec toi. Je pense que tu as raison. Ce n'est sans doute pas l'horreur qu'a inventée ta petite Aďa, mais même comme ça, ça peut faire un beau scandale.

– Naďa.

– Arrête d'ergoter et trouve les parents.

***

Ils n'auraient pas cru leur propre fille, mais quand c'est la journaliste d'un journal réputé qui les appela, cela les fit plier. Ils acceptèrent une rencontre à la rédaction. Elle ne serait pas arrivée à les convaincre toute seule, avec l'adjoint ils avaient une chance. Il avait à peu près leur âge, ils le prenaient plus au sérieux.

– Ils devraient au moins vous expliquer pourquoi ils n'ont pas signalé la disparition, vous avez peut-être droit à cela en tant que parents, leur expliqua-t-il patiemment.

C'étaient des gens simples qui ne voulaient pas faire d'histoires. Ils avaient peur qu'on expulse leur fille du centre de soins et qu'elle reste sans aide.

– Mais ils ne veulent pas qu'on aille la voir, ils nous ont dit ça dès le début, parce que cela perturbe la cure et ne lui fait pas de bien, dit la mère en guise de défense.

On voyait qu'ils avaient peur. Et s'ils avaient vraiment envoyé leur fille quelque part où on lui faisait du mal ? Même sans cela, ils se reprochaient déjà de ne pas avoir su l'élever. Le père était carrément hostile.

– Vous ne cherchez qu'à salir ces gens, passa-t-il à l'attaque. Vous, les journalistes, vous ne faites que critiquer tout le monde, vous ne dites jamais du bien de rien.

– Et ça serait quoi, notre intérêt ? Qui s'intéresse à un centre pour toxicomanes ? C'est votre fille qui est venue nous voir. Nous savons tous que les toxicos sont des mythomanes, on aurait pu s'en laver les mains. Même Naďa affabule à quatre-vingt-dix-neuf pour cent, mais s'il reste un pour cent de risque qu'on lui fasse du mal ou qu'on abuse d'elle, cela vaudrait peut-être le coup d'aller la voir et de vérifier de vos propres yeux. C'est votre fille, c'est vous qui la connaissez le mieux. Vous devez savoir quand elle ment, non ?

Ils étaient partis en disant qu'ils allaient y réfléchir. En retournant derrière son écran avec les messages d'agence, l'apprentie journaliste tremblait de frustration. Deux jours plus tard, le père de Naďa l'appela.

– Madame la rédactrice, pardonnez-moi ce que je vous ai dit. Je ne le pensais pas, essaya-t-il de se rattraper et de faire meilleure impression. Ils refusent de nous laisser voir Naďa. Ils nous ont dit de venir, mais quand nous sommes arrivés, ils ont prétendu qu'elle ne voulait pas nous voir et que nous devions partir. Ils ne nous ont même pas laissés entrer dans la cour. Même nous, nous ne les croyons plus. J'ai peur qu'ils lui aient vraiment fait quelque chose. Est-ce que vous allez nous aider ?

Là, il y avait déjà de quoi écrire un article. Elle s'y était reprise à huit fois. D'abord l'adjoint lui avait tout biffé et ensuite elle avait dû défendre le moindre mot devant la chef. Elle avait totalement castré son texte. Il n'en restait presque rien. Ils n'avaient repris dans les révélations de Naďa que les passages qui parlaient de privation de nourriture, de coups, d'humiliations et de sexe consenti avec les thérapeutes en échange de faveurs. Même cela suffisait largement.

***

Tout le monde a repris l'article, c'est un énorme scandale. Elle ne parvient plus à accepter les nouvelles demandes d'amis sur Facebook. Il y en a une qu'elle laisse en plan pendant longtemps. Pali Schlesinger. Elle lit toutes ses publications, mais c'est un sociopathe arrogant qui refuse d'avoir pour amis même ses vrais amis. Il ne discute pas avec les gens. Il les exécute verbalement sur son mur pour amuser les foules virtuelles. C'est comme un accident sur l'autoroute – tous veulent voir, mais de près, c'est épouvantable. Il finit par lui écrire.

Chère collègue, je ne veux pas insister, maintenant que vous êtes la star du ciel investigatif, mais il existe vraiment une jeune fille qui s'est sauvée de Solis Ortus et a disparu sans laisser de trace, votre Naďa a affirmé à sa mère qu'on l'a tuée, je vous envoie le contact de la mère, peut-être qu'elle vous aidera à avancer dans votre enquête. Bon courage en tout cas.

Sous le message, un nom et un numéro de portable. Elle remercie poliment et l'ajoute au nombre de ses amis. Elle appelle la mère de la jeune fille disparue, mais celle-ci est au travail, elles ne peuvent se rencontrer que le soir. Le rédacteur qui s'occupe des affaires criminelles se met à vérifier où en sont les recherches sur Broňa. Il découvre avec surprise qu'elles n'en sont nulle part. On ne les a jamais entreprises. On a pris la notification de Solis, et on l'a classée parmi les personnes disparues, mais seulement sur papier, on ne l'a pas vraiment introduite dans le système. Autour de midi, toutes les rédactions reçoivent le scan de l'appel de Naďa aux médias. Il est écrit à la main.

Je m'excuse auprès de tous pour les problèmes que j'ai causés et surtout auprès du personnel du Centre de réhabilitation des jeunes toxicomanes Solis Ortus, n.o. que j'ai lésés par mes agissements.

***

Naďa est obéissante. Il semble qu'elle va survivre. Elle sait maintenant ce qui se passe dans le gymnase. Elle y a passé deux journées avec le Directeur. Elle ne voulait pas survivre alors. Mais maintenant elle le désire de nouveau.

Elle écrit ce qu'ils lui dictent.

J'ai eu des relations sexuelles avec un autre patient et quand nous avons été pris sur le fait, j'ai eu peur des conséquences et j'ai fugué. Tout ce que j'ai raconté, je l'ai inventé pour ne pas être obligée de revenir. Après mon retour au centre de réhabilitation, j'ai compris l'étendue de mon erreur. Le personnel et les autres clients de Solis Ortus sont maintenant ma famille, ce n'est qu'avec eux que j'ai une chance de guérir et de retourner à une vie normale. Par la présente, je demande aux médias et à mes parents de cesser de perturber ma thérapie et la marche normale du centre de resocialisation Solis Ortus. Je ne souhaite pas non plus qu'on cite à l'avenir les déclarations que j'ai faites pendant ma fugue.

Naďa signe et le thérapeute l'emmène. La Directrice ajoute à l'e-mail un bref commentaire du centre qui interdit expressément même la publication de la lettre de Naďa.

***

– Alors pourquoi nous l'ont-ils envoyée ?

– Pour nous empêcher d'aller plus loin, explique Schlesinger à la collègue qui s'occupe du sujet.

– Mais puisque ce qu'elle écrit est en leur faveur, hein ?

– Tu sais quoi, ma belle, recopie-le dans ton ordi et lis-le à haute voix, juste pour voir si par hasard quelque chose ne t'écorche pas les oreilles.

– Quoi donc ?

– Tu as sérieusement l'impression que c'est le vocabulaire d'une gosse de quinze ans dans un centre de redressement ?

Il reste toujours assez de matière. Ils ont encore la mère de Broňa. Le moment est venu de poser des questions désagréables au ministère des Affaires sociales.

L'opposition s'empare enfin du sujet et commence à faire pression. Solis Ortus doit perdre son habilitation et les pensionnaires doivent être déplacés au plus vite dans d'autres structures. Le ministre les surprend tous, il commence par brandir la présomption d'innocence et annonce un contrôle approfondi qui peut durer des semaines entières. Jusqu'à sa fin, les enfants placés resteront là où ils sont pour ne pas perturber leur thérapie. Lorsque la commission spéciale constate que tout est en ordre dans la structure et recommande de lui laisser son agrément, l'opposition demande la tête du ministre. Sans espoir de succès, évidemment. Si elle avait assez de voix, elle ne serait pas l'opposition.

***

Schlesinger porte le coup de grâce aux idéaux mourants de l'apprentie futée de chez la concurrence.

– Bienvenue dans le monde du journalisme d'investigation.

Ils sont assis dans le boui-boui en contre-bas de son internat et boivent à leur défaite.

– Au bout de trois jours, toutes les nouvelles sont du passé. Ils ont laissé pourrir la situation, à leur habitude. On est loin des élections, les gens vont oublier.

– J'ai encore une chose que je n'ai pas utilisée puisque nous n'avons plus le droit de travailler avec la confession de Naďa. J'ai toujours ce rohypnol. Je vais leur envoyer un mail, pour qu'ils expliquent comment elle l'a trouvé.

– À mon avis ce comprimé ne prouve rien, dit Schlesinger en prenant un air sceptique. Les toxicos ramassent n'importe quoi, elle a pu se le procurer après s'être taillée.

– Ne dis pas de connerie, je te trouve n'importe quoi sur internet en moins de dix minutes, de l'herbe, de l'E, de la blanche, tout ce que tu veux. Mais du rohypnol, je le trouverais où ? C'est une connerie totale.

– Oui, mais tu verras que ce sera leur argument. Et dans le principe, ça tient le coup. Le rohypnol ne prouve directement rien de ce que Naďa a affirmé.

– Mais ça vaut le coup d'essayer, non ?

– Oui. Même si tu n'obtiens rien, tu ne peux rien gâcher non plus.

Schlesinger est un éditorialiste, donc il se trompe souvent. Mais rarement d'une manière aussi fatale.

***

Naďa veut être obéissante. Elle fait de grands efforts.

– Le comprimé, tu l'as trouvé où ? Quelqu'un te l'a donné ?

Elle veut le leur raconter. Mais elle n'y arrive pas. Elle veut rester en vie.

– Quand est-ce que tu ne l'as pas pris ? Ou est-ce que c'est quelqu'un qui te l'a donné ?

Elle finit par tout leur avouer. Au gymnase.

Le jour même, ils déclarent à la police que Naďa a de nouveau fugué. On la retrouve dans une usine désaffectée spoliée il y a vingt ans par un privatiseur local et qui sert désormais d'abri à des SDF. Une seringue lui pend au bras. Quelqu'un lui a injecté de l'héroïne pure, non coupée. L'extase par overdose. Les toxicos clamsent, c'est courant.

***

On dirait que l'apprentie futée de chez la concurrence sort d'une sévère allergie. Cela fait plusieurs nuits qu'elle n'a pas dormi et elle est défigurée à force de chialer. Schlesinger tente de la dissuader de reprendre un rhum, mais rien à faire.

– Schlesi, c'est sans doute moi qui l'ai tuée.

– Non, ce n'est pas toi. Ce sont eux. Nous, on s'est juste contenté de merder comme d'habitude.

***

Ils boivent des cognacs à l'Aurore Ambrée et essaient de minimiser les dommages.

– Voilà, et maintenant on ne peut pas leur laisser l'agrément, ce n'est pas possible, dit le ministre en prenant un air malheureux. Qu'est-ce qu'on va faire avec ça ?

– Ne t'en fais pas, le calme l'homme chauve vêtu d'un complet de luxe.

Ils sont assis à la table, avec le Directeur et le commandant.

– Il va y avoir un peu plus de paperasse, mais rien ne change. Ils peuvent fonctionner même sans licence, de manière officieuse, comme association autonome pour toxicomanes abstinents, tu ne peux juste pas leur envoyer d'argent. Pas directement. Nous allons passer à un schéma classique.

– C'est-à-dire ?

– Nous allons créer une fondation. Toi, tu vas verser une subvention à la fondation. La fondation financera une association de thérapeutes et les thérapeutes travailleront gratuitement pour Solis. Mes types vérifient déjà s'il n'existerait pas des fonds européens pour ça.

Le ministre soupire de soulagement et part vers une chambre, l'air satisfait. Le commandant dit au revoir. Il rentre chez lui, retrouver son épouse.

– Je comprends pourquoi vous appelez cette ordure Porcelet, lance-t-il en regardant partir le ministre qui emmène une des jeunes filles.

– Ça ne lui serait pas arrivé, à lui, dit le Directeur avec une grimace acide. Elle n'aurait pas pu lui jouer la comédie, faire semblant d'être dans les vapes.

– C'est à vous que ça n'aurait pas dû arriver, dit le Chauve avec rage. Wagner vous fait dire que c'est votre avant-dernière erreur. Je le cite : « Encore une merde et Solis brûle jusqu'au sol, y compris tous les putains de camés et ces deux pervers avec. »

– Faites-le-moi savoir à l'avance, nous ne contrôlons pas tout à fait les pompiers, constate le commandant d'un ton laconique avant de partir.

Intermezzo

Ondro n'est encore qu'un étudiant en journalisme, mais il a déjà un travail. Du vrai travail de journaliste. Il en a même plus qu'il peut raisonnablement en abattre.

Le Quotidien de l'économie avait semblé un bon choix. Il est politiquement neutre, surtout orienté vers les affaires. Y débuter en tant qu'analyste dépassait les rêves les plus fous d'Ondro. Ses chroniqueurs étaient des gens qu'il lisait régulièrement. Il se réjouissait à l'idée d'apprendre des choses à leurs côtés. Ondro était un analyste né. Là où d'autres voyaient un fouillis de chiffres, lui discernait des formules claires, aussi compréhensibles que des signaux routiers ou des pictogrammes. Il ne s'était jamais douté que c'était là une performance exceptionnelle. Bref, c'est ainsi que fonctionnait son cerveau.

Au *Quotidien de l'économie* cela n'intéressait personne. Le service analytique employait trois préposés qui devaient produire jusqu'à cinq compléments par semaine. Ceux-ci avaient un caractère purement commercial. Ils les rédigeaient de manière à ce que les grandes boîtes aient avantage à insérer leur publicité. Ce n'étaient pas des articles de réclame, on y veillait strictement au *Quotidien de l'économie*. C'était un service d'information standard pour le *big business**. On n'attendait pas de grandes révélations et ils n'avaient pas le temps d'approfondir. Les étoiles du journalisme qu'il s'était fait une telle joie de rencontrer ignoraient jusqu'à l'existence d'Ondro.

– Laisse-les tomber et viens chez moi, essayait de l'attirer un rédacteur qui commençait à créer une équipe d'investigation pour un petit site d'information quasiment inconnu.

Sa rédaction venait tout juste de déménager dans la Capitale. Un grand éditeur international avait racheté le site en même temps qu'un paquet de grands titres à sensation bien installés et, visiblement, il ne savait qu'en faire. Cela ne semblait pas un bon choix. Mais le type qui essayait de recruter Ondro était une légende vivante. Dans le Joli Petit Pays sous la Minuscule Chaîne de Hautes Montagnes c'était le roi du journalisme d'investigation.

– Allons, je suis un analyste, pas un enquêteur, dit Ondro en guise de défense.

Il n'aimait pas du tout l'idée de travailler sur le terrain. Partir à la poursuite de gens pour leur poser des questions auxquelles ils n'avaient pas envie de répondre lui avait de tout temps semblé une démarche bizarre et peu efficace. Les informations importantes n'étaient-elles pas partout, dans des endroits accessibles au public ? Il suffisait de savoir où chercher et de les demander normalement, sur les bases des lois relatives à l'information.

– Ondro, je sais exactement qui tu es, c'est moi qui t'ai formé. Nous avons besoin d'un analyste. Nous sommes en 2014. De nos jours, il ne suffit plus de pourchasser ces débiles bas du front et d'écouter les histoires des flics ou des agents à trois lettres[1]. Nous avons besoin de faits concrets. De chiffres, de documents vérifiés. L'avenir est au journalisme de data et notre propriétaire actuel a misé sur l'avenir et il est disposé à investir là-dedans. Nous ne paraissons pas sur papier, il est vrai, mais je te garantis que d'ici une dizaine d'années il n'y aura plus du tout de presse papier. Nous ne sommes pas aussi prestigieux que *Le Quotidien de l'économie*, mais nous allons le devenir. Si je n'y croyais pas, je ne me lancerais pas là-dedans. Et je pourrais même te payer. Pas royalement, mais au moins assez pour que tu puisses t'offrir une piaule à la Capitale et que tu ne sois pas obligé de te taper une heure de train par jour pour venir ici.

– Ça, je pourrais même le faire maintenant, mais je ferais moins d'économies, répond Ondro en souriant. Ma copine et moi, nous voulons acheter une petite maison quelque part dans un village et fonder une famille le plus vite possible.

– Ça, évidemment, c'est ton affaire. Mais tu vas clamser au *Quotidien de l'économie*. Tu vas continuer à trimer sur des suppléments que personne ne lit et quand tu en auras marre pour de bon, tu seras content si quelqu'un t'offre un job aux RP ou dans la pub. Ce serait dommage pour toi. Chez nous tu travaillerais avec les meilleurs et on te laisserait faire ce qui t'intéresse, là où tu es bon.

Ondro avait déjà reçu des offres de RP. Il avait même réfléchi quelque temps sur la dernière, avant de la refuser. Ils se serrèrent la main sur place, dans un bar à vin tranquille à quelques pas de sa nouvelle rédaction. Il avait choisi son avenir.

1. Le SIS, « *Slovenská Informační Služba* » : Service de renseignements slovaques.

***

Voilà quatre fois qu'il relit ce texte sans vraiment comprendre de quoi il s'agit exactement. Rédacteur-chef, c'est un titre imposant, mais quand il doit réviser les textes des jeunes titans de l'équipe d'investigation, il envie tous ceux qui, une pelle à la main, creusent honnêtement de maintenant jusqu'à quinze heures trente. Ceux-là au moins n'ont pas besoin de faire semblant de comprendre quelque chose.

– Tu as fait des études de journalisme, hein ?

– Oui, acquiesce Ondro timidement.

– Et tu enseignes à des jeunes dans une école, n'est-ce pas ?

Ondro est un grand gars, en fait un gaillard, mais il reste toujours voûté, comme s'il en avait honte. Derrière ses lunettes apparaissent les yeux effarouchés d'un génie introverti qui ne comprend pas pourquoi il s'est réveillé un matin dans le corps d'un bûcheron de l'Alaska.

– Ce n'est pas compréhensible ?

– Non, répond le chef en se prenant la tête comme s'il voulait s'arracher les cheveux qu'il a perdus depuis des années.

– En fait, c'est un classique carrousel à la TVA, mais avec des biens immobiliers. Deux des sept sociétés de la chaîne sont domiciliées dans des paradis fiscaux et ont des propriétaires anonymes, mais nous savons qu'elles appartiennent à Wagner.

– Oui, je vois cela, c'est dans le chapeau. Mais en dessous, il y a encore un kilomètre de texte.

– Oui, je décris comment ils ont fait ça et j'apporte les preuves que toutes ces sociétés, même celles des paradis fiscaux, appartiennent à Wagner.

– C'est un fait ?

– Je peux te faire un dessin, propose Ondro timidement.

De n'importe qui d'autre il l'aurait pris pour un sarcasme déplacé, mais il sait qu'Ondro essaie tout simplement de l'aider. Ondro ne connaît pas le sarcasme.

– Tu peux, mais je n'ai pas embauché un graphiste mais un enquêteur.

– Alors je vais le récrire encore une fois.

Il a embauché le pire journaliste de la création. Le gars ne sait vraiment pas écrire. Mais il ne le regrette pas. Le pire journaliste de la création est aussi le meilleur analyste de la région. Il trouve des preuves là où d'autres n'en voient pas la moindre piste. Il soupçonne les parents d'Ondro de lui avoir lu des tableaux Excel au lieu de contes, et lui-même d'avoir regardé à la puberté sur le Net des registres de commerce à la place du porno. Il a pourtant une copine, et pas n'importe laquelle.

Miška est anthropologue et une grosse tête elle aussi, mais elle fonctionne à merveille même dans le monde normal. D'habitude, les textes d'Ondro sont lisibles parce qu'elle les révise à la maison. Mais là, elle est quelque part au diable pour une enquête de terrain. Quand ils vont enfin se marier et qu'Ondro lui fera quelques petits Einstein, Miška restera assise sur ses fesses à la maison et le gars recommencera à fournir des articles normaux dans lesquels il suffit de corriger l'ordre des mots, de raccourcir les phrases et d'intervertir les paragraphes. Ce sont de bons chrétiens, ils pourraient en avoir au moins pour cinq-six ans avec les mômes.

Le rédac-chef agite la main.

– Non, ne fais pas ça. En fait tu as raison. Fais-moi un dessin et va voir les types que je paie pour faire des graphiques. Ensuite, je le mettrai par écrit et tu vérifieras si c'est ça.

Ondro se dirige à son bureau d'un pas posé et se met à dessiner. À l'ordinateur. Avec des vecteurs. Quelqu'un de chez les infographistes va lui aussi avoir une journée dégueu.

Ils publient l'article le matin, mais ça valait le coup d'attendre, l'explosion est de première classe. Tout le monde les cite. Ce n'est pas seulement qu'ils ont les preuves de comment Wagner a volé l'État de quelques nouveaux millions. Même avec le graphique, peu de gens sont capables de comprendre ça. Le point essentiel de l'article est qu'ils ont les flics à leur botte et que ceux-ci ont balayé l'affaire sous le tapis. La NAPA, évidemment, qui d'autre. À la rédaction, on abrège l'Agence nationale contre le crime en Nationale du crime. C'est Doudou qui la dirige, mais quand cela ne nuit pas à ses intérêts, les hommes peuvent faire leurs propres petites affaires, exactement comme le SIS à l'époque du Vieux. Les agents à quatre lettres.

– Est-ce que nous avons des preuves même pour ça ?

Ce n'est pas qu'il en doute, mais il repose la question tout de même. Le secrétaire de rédaction vérifie deux fois, le rédac-chef, jusqu'à cent fois. C'est lui qu'on traînera devant les tribunaux.

– Doudou va faire une crise de nerfs et Wagner va tenter quelque chose, c'est sûr à cent pour cent.

– Qu'ils essaient donc, ils ne peuvent pas s'en dépêtrer, l'assure le secrétaire de rédaction de la cellule d'investigation. Ondro n'est peut-être pas rapide, mais il est fiable.

Le rédacteur-chef sait qu'Ondro n'est pas lent. Il est patient. Il utilise au mieux les lois sur l'information. Il envoie des demandes, presse les gens, complète, précise, re-presse les gens et attend tant qu'il n'a pas tout sur son bureau. Un processus interminable, mais il travaille en parallèle sur tellement de sujets qu'il a toujours quelque chose sous la main.

– Toi aussi, tu étais fiable, mais tu étais rapide aussi.

– C'était une autre époque. Moi, je me la mesurais avec des débiles de brutes épaisses et lui doit affronter des hommes de loi qui prennent plus de l'heure que ce qu'Ondro touche par mois.

– Mais il ne peut pas prétendre à des primes de risques. De nos jours, on ne tabasse pas les journalistes et c'est moi qui vais payer les procès perdus.

– Tu ne paieras rien, nous avons un document pour chaque phrase.

Les suites sont surprenantes et imprévues. Personne ne menace de poursuites. Les politiciens ne les traitent pas d'hyènes ni de putes. La procurature s'en mêle et fait changer l'enquêteur. Elle ordonne des poursuites judiciaires contre Wagner. Il se passe quelque chose. On dirait que c'est quelque chose de positif, mais même ainsi, il a un sentiment bizarre : il ne voit pas vraiment ce que cela pourrait être. Le rédac-chef fait venir Ondro.

– Continue à travailler là-dessus. Maintenant qu'on l'a touché, on peut peut-être aller plus loin. Mais fais attention, c'est un salopard rancunier. Il est capable de nous balancer quelque chose et après, nous allons perdre jusqu'à notre pantalon devant le tribunal.

Ondro prend la mine d'un chiot qui ne comprend pas pourquoi il s'est pris un coup de pied.

– Je ne sais pas écrire, mais je ne suis pas un crétin. Je sais exactement de quoi Wagner est capable.

Président
La sélection

Président ignore encore qu'il sera Président un jour, mais ses qualités sont d'ores et déjà non négligeables. Il se fait ouvrir un compte en blanc et accepte sa responsabilité historique. Tous les animaux ne sont pas forcément des doudous, il suffit qu'ils soient utiles. Les journalistes reçoivent un scoop exclusif.

Il lui est déjà arrivé de gerber dans des endroits pires. Le niveau d'un établissement se reconnaît à ses cabinets. Le niveau de celui-ci est adéquat. Ce ne sont pas encore des toilettes, mais ce ne sont plus des gogues. Si vous le demandez, on vous y mixera même un mojito ou une piña colada. Généralement, c'est un Fernet-tonic qu'on y commande. Lui boit du Fernet pur, sans tonic. Même sans mélanger avec des cochonneries sucrées, il finit généralement par dégueuler quand il en a abusé. En elle-même, la situation n'a rien de nouveau, mais il n'avait jamais encore vomi du fait d'un choc.

Quand il a vu les photos où il baisait une espèce de petite pute, il n'a même pas compris ce que le type espérait de lui. Il n'aimait pas qu'on lui fasse des histoires à la maison, mais là, il n'y avait vraiment pas de quoi le faire chanter. Inutile d'avoir honte d'aucun de ces clichés. C'était de la pub, rien de compromettant. On avait deux ans jusqu'aux élections et de toute manière, ça, ça n'intéressait personne. Le type qui a apporté l'enveloppe devait être un pur amateur.

***

C'est une connaissance commune qui les avait mis en contact dans un dîner d'affaires. Le type des RP faisait du lobbying pour des tâcherons de l'Est. Sans succès. Ils avaient mauvaise réputation. Ils promettaient jusqu'à vingt pour cent de bénéfices, mais quand on leur organisait leur bizness, ils se mettaient toujours à inventer des excuses. Ils finissaient par lâcher quelque chose, mais en vérité, à peine de quoi se payer un café.

L'homme se trouvait de l'autre côté de l'établissement, au milieu d'une bande bruyante avec laquelle il ne cadrait pas. En partant, il avait salué le lobbyiste et s'était installé un moment avec eux. Des yeux verts amicaux sous des sourcils bien dessinés. Une tête chauve, pas rasée, une vraie calvitie, même s'il avait sans doute moins de trente-cinq ans. Grand, mince. S'il avait des imperfections, son costume sur mesure les masquait parfaitement. Une montre discrète pas vraiment très chère, mais il connaissait des gens qui avaient payé moins pour leur voiture. Un homme de goût. Aussi en matière de films, de livres, de musique. Si cela avait été une femme, il serait sans doute tombé amoureux. Ils étaient du même avis jusque pour le foot. Un parfait alter ego. Le lobbyiste s'excusa. Il était venu en voiture, alors il ne voulait pas risquer un cinquième Fernet.

Ils avaient migré dans le bar de l'autre côté de la rue. Ils commandèrent carrément une bouteille. Il envoya un

SMS à sa femme comme quoi il était avec son chef et que ça allait durer longtemps. Le chef était un écluseur de première, alors c'était une excuse légitime qui justifiait même l'état dans lequel il allait s'effondrer sur le divan du salon au petit matin. Au moment de la fermeture du bar, il essayait justement d'expliquer à son nouvel ami que dans son parti personne ne comprenait le peuple.

– Les gens n'ont pas besoin de bla-bla, mais ce que je veux dire, tu sais…

– Je ne sais pas.

– Bouffer. Du pain.

– Des certitudes.

– Oui, des certitudes.

Le barman leur commanda un taxi. Il n'était pas sûr qu'ils prenaient la bonne direction. Il n'arrivait toujours pas à s'orienter vraiment dans la Capitale. Même quand il était sobre. Il fut éveillé par une secousse quand le taxi s'arrêta. Ils se trouvaient devant une grande villa. Peut-être un petit immeuble avec jardin privatif. Il n'aurait pas cru que ce genre de choses existait en ville. S'ils étaient bien encore en ville. Sous les fenêtres du rez-de-chaussée passait une lumière diffuse.

– Ce n'est pas là que j'habite. C'est là que tu habites ?

– Personne n'habite là. C'est la Cabane en Pain d'Épice, un club privé, on y fait des noubas divines. On va s'en jeter encore un et ensuite je te ramène chez toi.

Il savait qu'un autre Fernet l'achèverait, mais il se sentait bien avec ce gars. C'était vraiment un mec super.

– Tu es un mec super.

Il l'avait pris par les épaules et s'était un peu appuyé pour monter les quelques marches. Dans le hall d'entrée se trouvait un escalier en colimaçon en bois sombre et un grand bar du même bois. Le hall donnait dans plusieurs pièces plus petites, toutes discrètement obscurcies.

On n’aurait pas dit un night-club. Plutôt une maison de famille avec plusieurs salons accueillants. Des divans, des fauteuils, des tables basses. Près du bar, plusieurs jeunes filles étaient assises, pas d’hommes nulle part.

– C’est gratuit pour les gonzesses ici, les mecs paient un droit d’entrée. C’est lundi.

Ce n’était peut-être pas une fiesta de tous les diables, mais c’était ouvert et ils avaient de quoi boire. Et les gens y étaient super. Tout le monde était cool. Il les aimait. Même ce grand barman. Il était doué. Il ne parlait pas beaucoup, mais servait comme il se doit. Un type de première. Vraiment grand. Il avait l’air d’avoir déjà vécu pas mal de choses. Personne n’aurait voulu le mettre en pétard. Il se sentait en sécurité auprès de lui. Et les filles étaient adorables. Un peu timides, mais elles étaient venues s’asseoir avec eux. C’est le barman qui les avait amenées. Il leur avait même apporté de quoi boire.

Il essaya d’expliquer aux filles comment les choses marchaient en politique. Surtout à cette petite auburn avec ses taches de rousseur. Elle écoutait, la bouche entrouverte, presque sans ciller, en le fixant juste de ses yeux aux énormes prunelles bleues. C’était évident, elle buvait la moindre de ses paroles.

– Tu veux une autre tournée, pas que des bla-bla, hein ?

Il fit signe au barman pour qu’on apporte une autre tournée. Ce n’était sûrement pas la dernière. Lorsqu’il s’éveilla chez lui sur son divan, il ne se souvenait absolument pas de comment il était arrivé là. Il appela son assistant, se fit confirmer qu’il ne manquait à personne, mit ses affaires au sale, se lava et alla dormir.

***

Son nouvel ami l'appela le mercredi.
– Alors, quand est-ce qu'on remet ça ?
– Je voudrais faire une petite pause.
– Qu'est-ce qui t'a déplu, la bombe ou les séquelles ?
– Beaucoup d'impressions, mais peu de souvenirs, dit-il en riant. Comment je suis rentré chez moi, tu peux me dire ?
– En taxi.
– Tout seul ?
– Eh bien je n'ai pas envoyé Evelyn avec toi, elle aurait sans doute déplu à ta femme.
Evelyn ? Ça devait être la petite rousse. Il espérait qu'il ne s'était pas comporté de manière inacceptable avec elle.
– Écoute, je n'ai rien fait de mal, hein ?
– Tu as été un bon gars, tu n'as rien fait qu'il ne fallait pas. Ils te reverront volontiers n'importe quand.
La voix amicale insinuait quelque chose d'un peu inquiétant. Y entendait-il une légère ironie ? Quoi qu'on dise de lui, il avait le sens de l'humour et saisissait les blagues. La plupart des blagues. Quelquefois seulement, quand il ne comprenait pas, il avait le sentiment qu'on se moquait de lui. Il détestait l'idée d'être risible. Il avait besoin de savoir qu'il n'avait rien fait d'embarrassant. Ils décidèrent de déjeuner ensemble.
Jusqu'au café et au dessert il essaya de prendre courage. Evelyn, qu'est-ce que c'était comme nom, hein ? Un nom que se donnent les putes à deux sous de la campagne, celles qui s'appellent Milka ou Marika.
– Écoute, cette… Ema… ou Ela ?
Il essayait de montrer qu'il ne se souvenait vraiment pas de qui ou de quoi il s'agissait en fait.
– Je ne lui ai pas trop bourré le mou ?
– Evelyn. Elle t'envoie son bonjour.

L'homme chauve mit la main dans la serviette posée sous la table et d'un geste fluide en sortit une enveloppe.

– Et ce que tu lui fourres ne ressemble pas à du mou.

Il lui tendit l'enveloppe. Épaisse. Plus lourde qu'il n'aurait pensé.

– Elle t'envoie un petit souvenir. Pour te rappeler dans tes vieux jours quel étalon tu étais.

Des photos. Plutôt bonnes, étant donné l'éclairage sous lequel ils les avaient prises. Des détails parfaits. Il pouvait compter toutes ses taches de rousseur. Le visage faisait un effet particulier. Il était très beau. Magnifique. Mais comme qui dirait sans expression. Tout à fait indifférent, même pendant les pratiques un peu inorthodoxes. Il ne se serait sans doute pas attendu à la voir enchantée, mais cette expression vide sur le visage était bizarre. Sans doute une professionnelle. Elle avait l'habitude. Normalement, les jeunes filles n'avaient aucune idée de ça. Il faut qu'il demande son numéro. Dommage d'avoir oublié tout cela, maintenant qu'il y avait enfin goûté. Il sentit soudain une tension à l'entrejambe. Il se maîtrisa et fit marcher son cerveau. Il avait gagné d'autres parties de poker avec de plus mauvaises cartes, des enjeux plus gros et des adversaires plus durs.

– Dommage que je ne me souvienne de rien, elle est vraiment bonne. Il faut que tu me donnes son numéro.

Il fixa les yeux verts d'un regard dur et indifférent. Leur expression semblait toujours aussi amicale, pleine de compréhension et d'empathie. Leur regard revint vers les photos sur la table.

– Tu devrais les cacher et ne pas trop t'en vanter. Elle n'a pas quinze ans. Même pas quatorze, d'ailleurs.

Il faillit vider son estomac sur la table. Il était en état de choc. Il ne perpétrait pas d'activités répressibles, mais il était juriste. Il savait ce que cela représentait, de se retrouver au ballon à cause d'une mineure. Il eut du mal à arriver aux toilettes. Tout en repliant sa cravate salopée, il se livrait à des réflexions plutôt sérieuses : de combien écoperait-il s'il s'en servait pour étrangler ce fumier tout de suite, là, devant tous ces témoins ? De douze ans ? Il sortirait au bout de huit. Derrière les barreaux, il serait un roi. Les meurtriers sont l'élite. Il rédigerait les appels des codétenus et leur apprendrait les ficelles légales. Il revint à la table. Il évita de regarder le crâne chauve, sinon il n'aurait pas résisté au besoin de le réduire en bouillie à l'aide du lourd cendrier en verre.

– J'ai bien dit que cette sauce tartare était bizarre, dit l'homme chauve en lui soufflant sa fumée au visage. Ne les laisse pas traîner comme ça sur la table.

Il lui fourra l'enveloppe dans les mains.

– Ce n'est pas un problème de les remplacer, j'ai les négatifs, mais tu ne voudrais pas te prendre une condamnation pour pédophilie à cause d'Evelyn.

– De quoi s'agit-il ? Que veux-tu de moi ?

À la seconde où ces mots s'échappent par sa gorge serrée, il sait qu'il a perdu la partie.

– Moi ? Rien du tout. Mais peut-être qu'un jour quelqu'un viendra te voir en te disant qu'Evelyn a besoin d'aide. Tu es un gentleman, non ? Tu sauras que faire.

***

Président toise le type en sueur en pyjama institutionnel sur le lit d'hôpital inclinable et se demande ce qui arriverait s'il l'étouffait avec son oreiller. Mais il est venu pour le sauver. Peu importe à quel point Porcelet lui répugne, ils sont liés par un lien plus fort que l'amitié, des affaires communes ou la famille. C'est leur homme. De chez Evelyn.

***

Lorsque la voix au téléphone lui annonça qu'Evelyn avait besoin d'aide, il avait de nouveau gerbé. Ils l'avaient laissé tranquille pendant un bon bout de temps, personne n'avait fait appel à lui.

Il commençait déjà à croire qu'ils allaient l'oublier. Lorsque le chauve l'appela, il comprit que sa vie allait changer. Il ne s'attendait juste pas à ce que ce soit en mieux. Et de beaucoup.

– Nous t'avons choisi. Parce que tu en veux, que tu en as les moyens et que tu peux. Nous croyons que tu y arriveras parce que nécessité fait loi, lui dit l'homme chauve aux yeux verts en lui posant la main sur l'épaule et en la tapotant de manière encourageante.

Cette-fois ci, il portait un smoking noir impeccable avec un nœud papillon noué à la main. Il se demanda si sa silhouette parfaite était l'œuvre d'un tailleur viennois de premier plan ou du moniteur privé de la salle de sport au-dessus de leurs têtes.

Il avait reçu des instructions simples : dans quelle salle de fitness il devait s'entraîner et quand, quel moniteur demander. La femme de la réception l'amena dans un vestiaire qui puait comme tous les vestiaires masculins du monde. Ils allèrent au bout du couloir. Derrière la porte en verre laiteux avec un motif de gouttes dépolies, il y avait des douches, jouxtées de toilettes dans lesquelles on entrait par une porte de bois sombre avec une poignée de laiton. Tout au bout, comme un oubli d'une autre ère, se trouvait une simple porte en aggloméré avec un bouton de porte en bakélite noire et une serrure. Manifestement le cagibi pour la femme de ménage. La réceptionniste sortit un trousseau de clés et déverrouilla la porte. Derrière, au lieu de l'étagère avec les produits d'entretien, se trouvait un escalier de béton gris menant dans un souterrain. Des lampes néon, un sol de ciment sale. Au bout du couloir, une autre porte de tôle cabossée peinte en vert. C'est ainsi qu'il se représentait les salles de torture chez la police secrète communiste. Son pouls s'accéléra de nouveau et son estomac se révolta, mais il comprit aussitôt que s'ils avaient voulu utiliser la force brute, ils ne l'auraient pas fait accompagner par une nana anorexique qu'on aurait pu prendre comme bagage de cabine dans un avion. Cette porte aussi avait une poignée bouton, mais en acier. Elle s'ouvrit avant même qu'ils l'eurent atteinte. Il remarqua d'abord un type baraqué en smoking qui la bloquait toute, en hauteur comme en largeur, puis une caméra dans le coin. Elle balayait visiblement tout l'espace. La réceptionniste fit aussitôt demi-tour et disparut sans mot dire. Le type était un géant de taille monstrueuse. Son nœud papillon bordeaux coincé entre son menton et son torse semblait un peu déplacé, comme si quelqu'un l'avait posé là et l'avait oublié. La salle de torture était de nouveau dans le domaine du possible.

– Je vous souhaite le bonsoir, salua le King Kong anabolisé d'une voix étonnamment agréable et profonde, en s'adressant à lui par son nom.

Ses yeux bruns rapprochés qui l'observaient de haut paraissaient pénétrants même s'ils n'étaient pas très vifs. Comme s'ils regardaient carrément sous la peau, mais sans que leur propriétaire ne s'intéresse nullement à ce qu'il y verrait. Le gorille s'excusa poliment de devoir le fouiller et ne négligea même pas les endroits dans lesquels un videur ordinaire préférerait ne pas s'égarer. Il était si poli et si professionnel que ce ne fut même pas désagréable. En fait, il en fut soulagé. Personne ne chercherait certainement une arme sur lui. S'ils voulaient s'assurer qu'il n'allait pas les enregistrer, c'est qu'ils voulaient lui parler et comptaient aussi le laisser repartir du souterrain.

– S'il vous plaît, monsieur, dit le géant en smoking en dégageant la porte.

Un couloir court noyé d'obscurité, la lumière d'éclairages cachés se reflétant sur le plafond blanc décoré de stuc. Au sol un élégant tapis gris, aux murs des papiers peints de soie couleur beurre frais, aux motifs délicats. Le couloir donnait dans un petit casino. Très privé, très exclusif. La première chose qu'il remarqua ne fut pas le bois exotique noir, marqueté d'ivoire, du bar, ni la peau de crocodile qui recouvrait les fauteuils et les tabourets. Il ne lui vint même pas à l'esprit que tout cela pourrait être authentique. Il fut frappé par un parfum qu'il avait depuis longtemps appris à associer à d'excellents cigares, au café de luxe, aux cognacs les plus rares et aux vins vieux que les nantis achetaient à titre d'investissement et conservaient dans les coffres spéciaux avec atmosphère contrôlée. Ici, les hôtes les buvaient. Au-dessus de leurs têtes, dans le gymnase le plus branché de la Capitale, transpiraient des arnaqueurs de seconde zone, des prostituées de luxe et des célébrités d'un jour, tandis qu'ici en bas, au-delà du souterrain crasseux, des messieurs en smoking et des dames en robe de soirée consommaient le meilleur de ce que l'argent peut acheter. Il se sentait comme un crétin avec son jogging de marque.

– Cela ne fait rien, tu en connais la plupart, mais eux ne te connaissent pas.

Son hôte lui signifia qu'il devait pour le moment avoir l'air d'un imbécile, d'un membre du club de gym qui se serait trompé de porte.

– Mais ça va vite changer. Demain tu annonces à ton patron que tu veux être candidat aux élections présidentielles.

L'eau lui remonta par les narines. C'était dommage, c'était une véritable eau de glacier. Dans son village natal, on en avait de la meilleure, puisée gratuitement à leur propre puits. Au prix où elle était, il aurait pu, dans son bistrot local, payer une tournée générale de bière accompagnée de gnôle.

Il eut un rire forcé

– C'est une bonne blague.

Les blagues à ses dépens n'étaient jamais bonnes, mais là, c'était le moindre de ses problèmes.

– Qu'est-ce qui te paraît risible là-dedans ?

Le grand type basané à la barbe noire bien entretenue ressemblait à un voleur de chevaux sorti d'un campement de Roms, mais il avait un charisme qui était devenu le sujet de légendes urbaines. Il aurait pu vous découper vivant en fines tranches comme du jambon de Prague et vous auriez encore été gêné à la pensée que vous n'en aviez pas un plus gros morceau à lui offrir. En réalité, ses racines se trouvaient quelque part dans les Balkans, mais il était né et avait grandi ici, dans la Capitale. Il l'avait déjà rencontré, c'était lui aussi un homme de loi. Il gravitait dans le milieu de l'immobilier, des emprunts et de tout ce qui rapportait de l'argent. Il savait tout régler. Les gens se mettaient en quatre pour lui être utiles même s'ils n'avaient besoin de rien de sa part. Tout le monde l'appelait Doudou.

– Vous êtes des homonymes, lui avait dit le Chauve en les présentant. Et vous avez à peu près le même âge. Un type très habile, à partir de maintenant il va t'aider en tout.

– Sérieux, qu'est-ce qu'il y aurait de risible là-dedans ? répéta Doudou, et la question ne parut ni irritée, ni railleuse, mais encourageante.

Comme si sa candidature n'avait vraiment rien de ridicule. Comme si non seulement sa candidature, mais la fonction présidentielle elle-même allaient de soi.

– C'est que les nôtres se sont mis d'accord depuis longtemps avec ce vieil escroc de l'Est pour le soutenir, lui.

– Et alors ? Nous allons changer leur position.

– Je n'en ai même pas l'âge. Un Président doit avoir au moins la quarantaine.

– Les lois pourraient être changées, remarqua le Chauve.

– La constitution.

– Ouais, la constitution, et alors ?

Doudou était convaincant, mais le regard du Chauve était rieur. Il finit par tout lui expliquer et soudain cela eut du sens.

– C'est clair, tu ne seras pas président de la république. À quoi est-ce que cela nous servirait ? Un Président ne peut que dalle. Tu es jeune et tu as des couilles, tu te fais voir et entendre. Tu es le seul à t'être opposé au Vieux dès le premier jour de son gouvernement et tu as fait de l'opposition active. Les jeunes sont dingues de toi. Leurs gonzesses sont dingues de toi. Leurs darons et daronnes sont dingues de toi. Eux tous peuvent parfaitement te voir en Président. Crois-moi, nous avons fait nos enquêtes. Si ces vieux vendus ne laissent pas faire, les gens seront en colère. Ensuite, tu créeras ton propre parti. Le nôtre.

Soudain, cela ne paraissait plus du tout ridicule.

– Tu seras président du gouvernement, dit le Chauve en souriant et en levant sa coupe qui contenait un liquide d'ambre foncé. Notre Président. À toi !

Ce ne fut pas aussi simple qu'ils l'avaient imaginé, mais cela pouvait marcher. Personne ne mentionnait plus Evelyn. Ce n'était pas la peine. Ces types avaient un plan qui lui plaisait, ils avaient des hommes, ils avaient le savoir-faire et surtout, ils avaient du fric. On lui mit tout à disposition car on croyait qu'il était le meilleur. Et il l'était. Il savait que c'était vrai, il suffisait de lui offrir cette chance.

Il apprit très vite le potentiel d'Evelyn. Certains problèmes disparaissaient d'eux-mêmes de son chemin. Les hommes étaient prêts à se faire couper en morceaux, même si ça ne leur apportait rien du tout. Il se serait bien passé de certains d'entre eux, mais ce n'était pas possible. Ils étaient au service d'Evelyn. On les envoyait pour l'aider, parfois c'étaient eux qui avaient besoin d'aide. L'ordre chevaleresque de sainte Evelyn.

***

Le mec sur le lit d'hôpital est vraiment le péquenaud type. Pas celui qui répand le fumier dans ses champs à la sueur de son front, mais celui qui, soûl, pisse dans une fontaine publique et se sent encore grand seigneur parce qu'il peut le faire. Il aurait très envie de bourrer sa gueule barbue de coups de pied, mais il est là pour lui venir en aide. Dommage qu'il ne se soit pas tué, puisqu'il a réussi à se planter avec un sac plein de billets de cinq cents euros, de capotes, de viagra et de coke, ce porc débile, ce pédophile. Avec sa voiture de fonction.

– Pardon, Président, c'était un accident, s'excuse-t-il.

– Ouais, mais si tu n'y étais pas allé, ça ne serait pas arrivé.

– Qu'est-ce que tu as à faire le vertueux ? Même toi, tu devrais te lâcher un peu plus souvent, tu n'es pas un robot. Nous, on paie pour ça, non, et royalement encore ?

Président tourne la tête d'un air incrédule. Cette enflure a presque autant d'intelligence qu'une montre digitale avec calculette, mais il calcule plus lentement. Le point fort de Porcelet n'est pas la réflexion. Il n'a pas de point fort, sinon un instinct primitif, animal. Il lui fait depuis toujours penser à quelque chose que l'évolution aurait aussitôt rejeté comme une erreur, mais qui avait un tel désir de bouffer, d'écluser et de coucher que ça ne pouvait pas crever. Mais on peut lui faire confiance, là, oui. Ce qui compte plutôt pour quelqu'un qui surveille les fonds. Il ne les gagne ni ne les distribue, il veille simplement à ce que l'argent arrive et reste là où il doit. Dans un domaine où les contrats écrits n'existent pas, la fiabilité est une qualité clé. Même s'il s'agit d'une fiabilité obtuse, presque animale, celle d'un imbécile qui manque d'imagination pour vous trahir.

Porcelet fut l'un des premiers qu'on lui imposa dans son équipe. Ses petits yeux, soulignés de favoris d'un autre siècle sous un groin informe en forme de patate lui avaient tout de suite fait penser à un porc. Et lorsque cet animal velu versa, cul sec, dans son groin un Frapin Cuvée 1888 à sept mille dollars, c'est le nom du petit cochon du conte pour enfants qui se présenta aussitôt à l'esprit de Président et lui resta à jamais attaché. Il a peur de s'oublier un jour et de s'adresser à lui par ce nom.

***

– Il est peut-être mal dégrossi, mais c'est un de nos hommes, avait insisté le Chauve. Il ne te trahira jamais consciemment, parce qu'il est trop bête même pour ça, mais il est tellement avare qu'il est impossible qu'il se laisse voler. Tu vas finir par l'aimer, tu verras.

Cela ne se produisit pas. Il lui était resté tout aussi répugnant qu'au premier soir, même si le reste de ce qu'avait dit le Chauve s'était vérifié à la virgule près.

– Tu sais comment Clarence partage le fric ? avait-il commencé à brûle-pourpoint bien avant l'arrivée de Porcelet.

Président connaissait la blague et il connaissait le surnom du trésorier du parti, celui d'un lion boiteux d'une très vieille série télé[1], mais il se la fit raconter à nouveau. Les gens adorent qu'on rie à leurs blagues.

– Une pour toi, une pour moi (la main parfaitement manucurée posa devant chacun d'eux une allumette). Deux pour toi (en posant une autre allumette devant lui), deux pour moi (en en prenant deux). Trois pour toi (il en posa une troisième sur son tas). Trois pour moi.

Le Chauve en avait repris trois, si bien qu'il en avait maintenant six. En fait c'était vraiment drôle, bien que pas vraiment exact. Clarence était un acrobate de la finance et Président l'admirait en secret. Il jonglait avec des sommes immenses apparues de nulle part. Des sacoches d'un argent qui n'avait pas existé auparavant et n'aurait pas dû apparaître venaient légalement abonder les comptes officiels du parti et de discrets comptes privés dans des banques suisses ou luxembourgeoises. Le vrai tour de magie reposait en fait dans la manière dont il faisait ensuite disparaître à nouveau une partie du pognon sans qu'il ne manque à personne.

– Clarence est une pointure, dit-il à demi-mot.

– Justement. Des types comme lui peuvent te dépouiller même de ton pantalon, expliqua le Chauve

1. *Daktari* – le lion Clarence.

en allumant avec une des allumettes un énorme Gurkha Black Dragon qui devait valoir presque un mois de paie de député. En politique, tu n'as pas besoin de génies. Tu as besoin d'hommes de confiance.

– En politique tu ne peux faire confiance à personne, répondit Président en agitant la main.

– Mais si, par exemple moi, je te fais une confiance totale, dit le Chauve en lui faisant un clin d'œil et en soufflant un rond de fumée aromatique.

Président ne supportait pas la fumée, il trouvait que les cigarettes puaient et se considérait comme un sportif qui se serait senti plus à l'aise là-haut, dans la salle de sport. Dans le casino, cependant, seuls les cigares étaient autorisés et même lui appréciait leur parfum.

Porcelet n'avait rien d'un sportif. Il était arrivé vêtu d'un jogging de chez les Vietnamiens, visiblement tout neuf. Il pendait tristement sur lui comme s'il se savait accroché à un endroit vraiment indigne. Son bide dépassait même sous le tee-shirt trop grand, lâche, avec le logo d'un grossiste en légumes. Le temps qu'ils étaient restés ensemble, il avait pas mal bu.

On voyait que ce qu'il avalait lui était indifférent, du moment que c'était en abondance. Quand il riait aux éclats, sa salive aspergeait la table. Un type immonde. Mais très utile, comme le temps allait le révéler.

***

– N'aie crainte, personne ne trouvera rien.

Porcelet parle avec insistance, on sent qu'il a besoin de se persuader surtout lui-même.

– Solis est un centre de désintoxication normal, non ? Et même si nous disions que nous venons directement de là, ils ne trouveront rien, ça c'est mon travail, c'est directement de mon ressort, c'est moi qui leur donne leur agrément et le fric, non ?

Il a raison, mais même ainsi, Président en a presque un infarctus.

– Tu es allé à Solis ? Pourquoi ?

– Non, je n'ai fait qu'un petit saut à la Vulve.

L'Aurore Ambrée est un centre de relaxation à l'extérieur de la ville. Son nom est une invention du Chauve. Il s'est toujours glorifié de sa formation classique. C'est lui qui a trouvé Solis Ortus – le lever du soleil. Et comme un complément, le nom du spa de luxe où on amenait les filles, en latin Fulva Aurora. Entre eux, ils disaient Vulva Aurea. On n'était pas obligé d'être un grand amoureux de latin pour comprendre la blague.

– Et comment expliqueras-tu ce que tu venais faire en voiture de fonction à la Vulve, hein ?

– Personne n'aura idée de chercher d'où je venais, hein ?

– Ils m'ont déjà appelé du service de presse, pour dire que tes hommes avaient appelé, tout merdeux, parce qu'ils ne savaient pas où tu avais été et ce qu'ils devaient dire. Parce que ces fumiers de la presse à scandale les ont déjà contactés parce qu'un salopard des premiers secours les avait rancardés sur le contenu de tes poches.

Si Porcelet n'avait pas été couché, il serait tombé. On dirait qu'il s'est enfoncé encore plus profond dans le drap blanc jusqu'à se confondre un peu avec lui, comme s'il avait perdu ce qui lui restait de couleur. Président espère que ce salopard aura une congestion cérébrale et que c'en sera fait des problèmes.

– Voilà ce qu'on va faire, lui annonce-t-il. On va tuyauter ces putains de journaleux en disant que tu viens ici, quelque part dans la cité, baiser ta maîtresse, mais personne ne sait exactement qui et où. Et s'ils écrivent ça sans preuves, tu vas les attaquer. Ils n'auront qu'à se la chercher.

– Ne me fais pas ça, ma femme va me tuer.

– On lui enverra une lettre de remerciements.

– Non, sérieusement, ça lui est égal avec qui je couche, mais si c'est dans le journal et qu'elle passe partout pour une pauvre victime, alors on va avoir un grand problème.

– N'aie crainte, on ne le dira pas à ta femme, seulement aux hyènes.

Porcelet le regarde, les yeux exorbités. Il est sur le point de pleurer. Président essaie de le guider.

– Est-ce que tu viens ici dans la cité baiser une pute ?

– Non, je fais attention. Je ne vais qu'à la Vulve.

– Alors la presse à scandale ne peut pas te coincer à venir fourrer une pétasse par ici, hein ?

– Oui… elle ne peut pas.

– Alors ils ne peuvent rien écrire là-dessus, hein ?

Il se passe plusieurs secondes d'un silence pénible, le temps que les processus d'une lenteur géologique traversent l'éjaculat épais qui sert de cerveau à Porcelet.

– Donc ils ne vont pas l'écrire.

– Non, ni ça, ni rien d'autre parce qu'ils vont suivre cette histoire de maîtresse inexistante comme des chiens sur la piste d'une viande fumée.

Les petits yeux de Porcelet s'illuminent.

– Tu es un génie.

Dommage. Quand il chiait dans son froc, il plaisait mieux à Président.

– C'est les types du service de presse, dit-il en haussant les épaules.

Il a acheté en son temps l'hyène la plus sale de la presse à scandale. Facilement, avec de l'argent, et même pas le sien. Le type s'est contenté d'une paie versée par les contribuables et du statut de porte-parole officiel. « Moi et Monsieur le Président, nous avons décidé… » Le bonhomme se prend pour un grand stratège médiatique. Ce n'est pas le cas, mais ce n'est même pas nécessaire. Il suffit qu'il sache comment fonctionnent ses anciens collègues. Ils sont comme des chiens imbéciles qui doivent protéger la maison mais se jettent à la moindre occasion sur une chienne en chaleur que les voleurs leur ont fourrée sous le nez. Le porte-parole l'attend dans le vestibule, ils ont laissé les journalistes plantés devant le bâtiment.

***

Un des chauffeurs de la sécurité allume sa cigarette au bord du parking. Il est allé demander du feu à une starlette montante de la presse politique à scandale. En même temps, le policier vêtu de noir murmure discrètement qu'il n'en peut plus de voir des cochonneries pareilles, que Porcelet utilise régulièrement de façon illicite la voiture de fonction avec la sécurité pour se payer du bon temps avec sa maîtresse dans la cité voisine.

– Je ne sais pas exactement où, ce n'est pas moi qui l'emmène, dit-il en tirant nerveusement sur sa cigarette. Je vais essayer de me renseigner, mais si je me fais prendre, je suis fichu.

Il écrase le mégot du talon et disparaît discrètement. Un bon gars. Evelyn sera contente de lui. La prochaine fois qu'il emmène Président à la Vulve, il aura lui aussi droit à une petite.

Les grandes amours de la petite pute

Emmi se fait renvoyer dans le vaste monde où elle trouve enfin l'âme sœur. Le Chauve se met en rogne, mais le cœur a ses raisons. Président a un trou noir.

L'Est lointain du Joli Petit Pays sous la Minuscule Chaîne de Hautes Montagnes.

Parmi les champs en friche éclosent des agglomérats aléatoires de gargotes et d'églises. Tout autour jaillissent, telles des tumeurs de béton, des maisons enduites de crépi cimenté. Les zones à forte densité de commerces et d'asphalte sont dénommées villes sur la carte. Les gens y naissent à titre de punition. S'il ne descendait pas de sa voiture rouge, le Calabrais y serait sans hésitation traité de sale Tzigane. Seul Ferrari sait assembler un rouge pareil. Emmi s'extirpe du siège passager. Un Italien haut de gamme dans une voiture italienne haut de gamme. Elles le voudraient toutes, mais elles n'ont aucune chance. Ce ne sont pas des beautés royales. Elles n'ont jamais fait la couverture d'un magazine, des milliers de garçons ne se sont pas masturbés sur leurs photos. Elles doivent se contenter de ce Mammouth aux grandes oreilles, ce Tzigane, avec sa Mercedes de bouseux. Lui, elles peuvent se le faire toutes. D'ailleurs, c'est le cas. Même pour celles qui ne voulaient pas. Mammouth ne se posait pas de question. Il prenait ce qui lui faisait envie.

Fredo avait du goût. Il ne choisissait que le meilleur, dans tous les domaines. Voilà pourquoi il l'avait choisie, elle. Une Ferrari, une Rolex, du Prada et Milka. Son nom c'était Emília, c'est seulement chez elle qu'on l'appelait Milka. Elle ne pouvait pas le supporter. Même à ce jour, elle entendait encore crier : « La vache violette ! » Les enfants sont cruels, elle n'était pas bien aimée à l'école. Maintenant elle était Emmi pour tout le monde. Fredo l'appelait Milka seulement quand il voulait la faire enrager. Elle, elle ne cherchait jamais à le faire enrager. Pas exprès. Il était italien, il avait de toute façon le sang chaud. Mais jamais à coups de poing et jamais devant du public, pour l'humilier. Un type bien. Elle en avait eu de plus beaux et de plus riches à la Capitale, mais ils n'avaient aucun intérêt. Ils ne l'aimaient pas. La concurrence y était rude. N'importe laquelle pouvait leur donner la même chose qu'Emmi, alors pourquoi l'aimer ? Mais Fredo l'aimait. Là, il n'y avait que Fredo et Emmi. Ils étaient faits l'un pour l'autre. Jusqu'à ce jour.

– Emmi, mon amour, moi je ne veux pas, mais la famille a décidé et je suis obligé. Tu es une fille intelligente, tu sais comment ça marche chez nous. Je suis obligé d'épouser la fille de Ludovico. Si je ne l'épouse pas, ils peuvent te faire du mal à toi.

Ils sont assis près du lac, à la terrasse de l'hôtel de Mammouth. L'eau est trouble et peu attirante. Il fait chaud. Quelques personnes se baignent. Emmi les envie, mais elle ne peut pas risquer une infection. Surtout maintenant, quand son existence est menacée.

– Fredo, et qu'est-ce que je vais devenir, moi ?

Elle s'était doutée que cela arriverait un jour. Elle n'était pas idiote, elle savait qu'elle n'était pas assez bonne pour sa famille. Elle n'était pas calabraise. Ludovico Bonfatti, le chef de Fredo, avait une fille à marier. Une vache épaisse qu'il ne laissait sortir que pour aller à l'église. Non que quelqu'un soit disposé à lui ôter sa virginité, mais il la surveillait au cas où. Seul un Calabrais était bon pour elle. Fredo était le seul Calabrais convenable avec une bonne situation à mille lieues à la ronde, alors il n'avait pas le choix. Et pour sa famille aussi, il était important qu'il épouse une Bonfatti et que ses enfants héritent du vieux Ludovico.

– N'aie crainte, mon amour, moi aussi j'ai pensé à ce que tu allais devenir. J'ai un ami, c'est un député au parlement et il a besoin d'une assistante. Il va arriver d'ici un moment, il veut faire ta connaissance. Tu vas travailler pour lui.

– À la Capitale ?

– Oui.

Il l'envoie au loin pour qu'elle ne soit pas gênante. La future Mme Morová ne veut certainement pas croiser en ville l'ancienne maîtresse de son mari. Emmi ne se révolte pas, elle ne fait pas de scène. Elle préfère finir en exil que dans la forêt. Dans les forêts locales il y a plus de prête-noms que de biches. Les biches ont été abattues par des braconniers, les hommes de paille, par les mafieux. Tout le monde se mettra en quatre pour rendre service au vieux Ludovico.

– Tu es une fille sensée, la félicite Fredo en lui essuyant du doigt une larme sur la joue. Va te remaquiller un peu aux toilettes, comme ça tu lui plairas.

Au retour d'Emmi, le député est déjà assis avec Fredo. Sur la table sont posées les clés d'une Škoda Superb noire, comme si ça, c'était une vraie voiture. Le type à la couronne de cheveux gris jaunâtre autour de sa calvitie pourrait être son père. Ou plutôt son grand-père. Il est en sueur et pue la cigarette. Sur le nez, des lunettes chères qui n'ont pas été faites pour sa gueule. Il ressemble à un comptable d'usine ukrainienne qui fabrique des brouettes. Pendant tout le temps, il ne quitte pas des yeux ses tétons, qui transparaissent sous son tee-shirt délicat. Mais ils vont se mettre d'accord. Même elle n'a pas le choix.

– Il est répugnant, ça pourrait être mon grand-père, s'enhardit Emmi lorsque son futur chef est parti.

– Il est vieux, c'est une qualité. Tu n'auras pas trop de travail chez lui, remarque Fredo.

Fredo Moro est un homme pratique. Pour garder la maison, il a un chien, pour le lait, une vache, pour le sexe, une maîtresse. La seule chose qui compte est sa famille qu'il a été obligé de quitter pour venir au bout du monde avec son futur beau-père. C'est toujours mieux que quinze ans de taule italienne. Ludovico avait toujours son importance, même au pays ; grâce à ses contacts ils ont réussi à monter un bizness correct même ici, dans ce trou. Sans le vieux Bonfatti il ne serait rien, donc il va être sage et épouser sa fille, prendre sur lui et faire quelques gosses. Pour le sexe, il aura toujours le bordel discret de Mammouth. C'est dommage, parce que ce qu'Emmi lui apporte ne peut pas s'acheter contre de l'argent. Mais puisqu'il est obligé de la renvoyer, il veut au moins en tirer un bénéfice. Il ne donnerait pas gratis même un bon chien de garde. Le député est un investissement pour le futur.

***

Emmi n'a vraiment pas beaucoup de travail avec son nouveau chef. Le vieux monsieur est d'une vitalité surprenante, mais il appartient à une génération pour laquelle la fantaisie érotique la plus perverse se borne au sexe par-derrière. Quand elle lui montre autre chose pour la première fois, le grand-père proteste.

– Emmi, vous n'êtes vraiment pas obligée…

– Je n's pas oblgée, j'en ai nvie, marmonne Emmi, la bouche pleine.

– Vous ne devriez vraiment pas…

– Mmm.

– Je ne vous aurais jamais demandé ça… Emmi, attention, je… Emmi !

– C'est moi qui voulais, dit-elle en avalant et en lui donnant un baiser. Vous le méritez. Parce que vous êtes bon avec moi.

C'était beaucoup plus pratique. Il ne lui bavait pas sur les nichons, elle n'abîmait pas sa coiffure et n'était pas obligée de mariner trois heures dans la baignoire pour se débarrasser de sa puanteur. Il suffisait d'un chewing-gum.

Emmi apporte parfois le café aux visiteurs, mais c'est la secrétaire qui le prépare. Elle a trente ans de métier. Emmi est là pour la frime. L'agenda du parti et du parlement est géré par le jeune Podržtaška qui rêve de faire lui-même acte de candidature. Il ressemble à tous les mecs appartenant à une multinationale, sauf qu'il a des fringues plus moches et un meilleur diplôme.

Elle ne pouvait pas envoyer plus de signaux positifs, et même ainsi il avait fallu au jeune plusieurs semaines pour entreprendre quelque chose.

***

– Le chef va passer trois jours à Bruxelles, on sera plus libres. On pourrait prendre un café, non ? s'était enhardi Podržtaška.

– On peut même dîner, avait-elle répondu en le prenant de court.

Le mec en était resté bouche bée, comme si Romana de Ville elle-même avait pointé son cul hors de l'écran en soupirant qu'elle le désirait.

Emmi l'emmène au McDo et au ciné. Le chef est un rat, il paie une misère, même là, ça dépasse les moyens de Podržtaška. Après le ciné ils vont prendre un café. Chez elle. Ce qu'elle a en tête pour lui demande un peu plus d'intimité qu'un dîner normal suivi d'un petit déjeuner. De toute manière, elle n'a pas envie de se servir de la douche dans sa colloc. Elle fait attention à son corps, elle n'a rien d'autre.

– Tu étais où, avant ?

Il lui tient l'entrejambe d'un geste possessif et se croit le roi de la création. Et ce n'est pas étonnant, c'est sa première fois. L'une et l'autre expérience. Et il cède immédiatement aux deux addictions – au corps féminin et à la coke colombienne pure de Fredo qui vient droit de chez le fournisseur. Il a terminé avant d'avoir commencé, alors elle lui a fait une ligne sur la table basse en verre, pour qu'il se sente un peu plus viril.

– Dans l'Est, dans le trou du cul du monde. J'ai failli y clamser d'ennui. Il n'y a rien là-bas, sauf des péquenauds et des mafieux, bredouille-t-elle dans le torse maigre avec sa touffe de poils blonds clairsemés.

Que le mec se sente comme un caïd.

– Si tu veux une carrière normale et une partenaire qui a de l'avenir, il faut vivre à la Capitale, confirme-t-il d'un ton important en explorant de nouveaux horizons avec son majeur.

Emmi est toujours juste assez stupide pour que ça convienne au type à qui elle se donne. Ou aussi futée qu'il le faut. Pour qu'il ne se sente ni menacé, ni frustré. Car même les hommes ont une sensibilité. Celui-ci a employé le mot « partenaire ». Elle prend mentalement note de ne pas se comporter en mijaurée totale et décide de lui montrer à quoi ressemblent les choses pratiquées par Romana de Ville quand on les fait comme il faut. Après toute cette boisson et la coke, ça n'a ni queue ni tête et comme mère nature affectionne l'équilibre, elle a richement compensé les menottes et les petons mollassons de Podržtaška au plus mauvais endroit. Fredo va encore avoir une addition salée.

Fredo lui verse une généreuse allocation par l'intermédiaire d'une de ses sociétés, qui paie aussi sa location dans un immeuble récent haut de gamme. Le chef est au comité de l'armement et de la sécurité, et la famille s'intéresse à tous les matériaux qui peuvent tomber entre les mains d'Emmi. Les bonnes affaires rapportent de bonnes primes, mais il faut arriver à mettre la main dessus. Emmi n'a pas de raison d'accéder au courrier du député ni à son ordinateur. Essayer par l'intermédiaire de la vieille tortue tiendrait du suicide, alors elle a besoin de Podržtaška.

– Je t'aime, Emmi.

Il est allongé sur son dos et murmure dans ses cheveux les bêtises habituelles sur un ton romantique. Emmi espère qu'il ne se relèvera plus et qu'il va enfin s'endormir.

– Moi aussi je t'aime.

Elle sait le dire de manière à ce que tous la croient. Les imbéciles. Mais elle sait aussi l'exprimer autrement.

***

Quand Podržtaška n'arrive plus à rien sans la marchandise de Fredo, ni au lit ni au travail, Emmi lui explique la situation.

– Peut-être que tu seras ministre un jour, mais maintenant tu es un zéro, tu ne peux même pas te faire une caissière de Tesco.

– Emmi…

Il est touchant comme un chaton qu'on noie dans un seau. Elle ne voulait pas se moquer de lui, mais elle n'arrive pas à se retenir.

– Oui, plus fort, mon amour, plus fort !

Elle fait une grimace qui imite parfaitement l'extase et se met à rire tout haut. Elle est assise derrière le bureau du chef, tient d'une main le sachet de coke, de l'autre une clé USB. Podržtaška est debout dans l'embrasure de la porte, il se cramponne convulsivement au chambranle et il lui coule des larmes et de la morve sanglante.

– Tu débloques l'ordi du patron et tu copies tous les documents et les mails ou alors à partir d'aujourd'hui tu sniffes à tes frais, annonce-t-elle d'un ton pragmatique à l'épave tremblante.

Elle sait que l'idiot va le faire. Il a à peine de quoi bouffer des petits pains et de la morue à la mayonnaise.

– Emmi, s'il te plaît !

– Arrête de supplier. Si tu tires quelque chose de bon de son ordi, tu auras un su-sucre, dit-elle en agitant le sachet. Et un de ces jours, on baisera peut-être encore bien ensemble. Dans une autre vie.

Le gaillard s'exécute, il y est obligé. Comme elle.

***

Podržtaška lui apporte tout ce qui lui tombe sous la main, mais le plus payant, c'est les transactions du chef. Elles perturbent à ce point Emmi qu'elle n'arrive même pas à prendre part à une conversation courante en société.

– Celui-ci est beaucoup plus beau, exprime-t-elle son avis sur les chasseurs supersoniques qu'ils ont sélectionnés pour l'armée.

Le type chauve en costume de chez le tailleur londonien qui habille la famille royale britannique ne fait que lever les yeux au ciel. C'est lui qui s'occupe des affaires d'armement auprès de Président et il ne la supporte pas depuis leur première rencontre. Lorsqu'il parle d'elle, c'est en l'appelant la Petite Pute. Elle l'a appris par les mails du chef. Le Chauve a expressément demandé que le chef s'abstienne de l'emmener au salon de l'armement à Genève. Pas parce qu'il la considère comme un risque sécuritaire, mais parce qu'elle l'énerve plus que de raison. Avec le temps, il a appris à la considérer comme un ornement agaçant et à l'ignorer totalement.

***

– Tu es une fille dangereuse, dit Fredo en levant les sourcils, lorsqu'elle déverse de mémoire au vieux Bonfatti les spécifications techniques des armes, les prix, les quantités et les régions de destination – celles des déclarations officielles et les réelles.

Bonfatti la toise attentivement comme s'il calculait si Emmi représente un bénéfice ou un risque excessif.

– Dix mille unités de pistolets mitrailleurs 58 en Syrie par l'Arabie saoudite, ça est intéressant, mais seulement intéressant. On peut rien en faire. Autre truc, tu as ?

– Non. Le patron n'a rien à voir avec l'énergie, et le Chauve ne peut pas me supporter.

– C'est pédé ou quel problème là-bas ?

– Il n'aime pas les connes.

Elle a tout essayé avec lui, mais les idiotes ne semblent pas l'intéresser.

– Et je ne peux pas faire mon intelligente, je dois me contenter de faire la belle.

– Cela vrai. On va attendre, admet Bonfatti.

Il vérifie qu'Emmi monte dans la Mini qu'elle a reçue de Fredo comme cadeau d'adieu et qu'elle dégage vers la Capitale. La voiture contient un GPS dont le vieux Bonfatti a les codes. Il ne souhaite pas qu'elle passe la nuit chez ses parents. De toute manière, il faut qu'elle dorme, le chef l'emmène à l'Aurore Ambrée pour une soirée d'entreprise d'Horus Security. Il place de grands espoirs dans cette soirée. Horus surveille un tas d'objectifs stratégiques, y compris militaires. Des entrepôts pleins de petites choses qui intéressent Bonfatti. Quelques dizaines de pistolets mitrailleurs égarés en même temps que quelques milliers de munitions, l'armée ne s'en rendrait même pas compte. Ce genre de chose disparaît couramment par tonnes entières et personne ne s'empresse de les chercher. Ce ferait un sacré merdier, et même s'ils mettaient la main sur le coupable, personne ne recevrait de médaille pour ça. Tant que ce ne sont pas des chars ou des canons, ils préfèrent ne pas s'occuper des armes disparues. De toute manière, ils n'ont personne à qui les vendre. Et le fils du propriétaire d'Horus a sa réputation – à la fois de queutard et d'homme d'affaires.

– Mettez quelque chose de convenable, Emmi, ce n'est pas une boum d'entreprise, l'avait prévenue le chef. Il n'y aura que des personnalités importantes, même le Président. Ce soir vous devez être en représentation.

Emmi passe une robe de soie boutonnée jusqu'au cou. Le tissu fin l'enserre comme une seconde peau, ses longues jambes sont mises en valeur par de simples escarpins à talons hauts. C'est mieux que si elle était nue.

***

Le patron n'appartient pas au cercle des élus avec lesquels Président règle les affaires en personne, mais il est invité pour les grandes occasions. Généralement, il y a droit au moins à une poignée de main, parfois une tape sur l'épaule. Cette fois-ci, Président lui consacre cinq bonnes minutes, durant lesquelles il ne quitte pas Emmi des yeux.

– Pardon, monsieur le député, c'est notre éminent soutien, je dois aller faire un discours, s'excuse-t-il.

Emmi voit clairement qu'il n'arrive pas à se souvenir comment s'appelle le chef.

– Venez ensuite prendre une coupe à ma table, dit Président au chef, tout en regardant Emmi.

Président est attentif et galant. Elle ne fait pas l'erreur de se glisser dans son lit le soir même, et pourtant, après tout ce temps, elle aurait vraiment envie de le faire avec quelqu'un. Elle n'est pas obligée de feindre. Ni l'admiration, ni d'être amoureuse. Il est extraordinaire. Il montre aux gens ce qu'ils veulent voir et suit ses propres desseins sans ambages. Il lui ressemble.

La semaine suivante, on appelle depuis les bureaux de Président et on lui propose de se présenter au concours pour une haute situation administrative. En guise de dédommagement, le chef recevra une nouvelle fonction au conseil de sécurité.

– Vous allez me manquer, Emmi, lui dit-il tristement.

Ils n'ont pas cessé de se vouvoyer jusqu'à la fin. D'abord, il voulait garder ses distances et maintenant il n'a plus le courage de lui proposer le tutoiement.

Elle a pitié du vieux bonhomme. Elle se met à genoux pour lui faire ses adieux.

***

Les voilà au lit à boire du champagne, mais à présent il lui parle froidement et concrètement comme un négociant.

– Est-ce qu'on peut leur faire confiance, à tes macaronis ? interroge Président.

Elle a décidé de lui dire la vérité. Presque toute la vérité. Pas qu'elle a espionné le chef, seulement qu'elle a été la maîtresse de Fredo et, quand il a dû se marier, qu'il l'a envoyée à la Capitale pour qu'elle y trouve de nouveaux débouchés commerciaux.

– Ce sont des mafieux, dit-elle en haussant les épaules. De vrais mafieux, pas comme ceux dans *Le Parrain*. Mais pas comme nos bouffons qui jouent à la mafia. Sans doute plutôt comme ces financiers d'Hexagon – si tu ne fais pas attention, ils te dépouillent, en revanche ils savent fort bien qui ils peuvent se permettre d'arnaquer et devant qui ils doivent baisser culotte. Ils savent partager quand ils y sont obligés, et le font de mauvais gré, mais ils n'aiment pas non plus attirer l'attention donc ils n'oseraient rien contre toi. Tu comprends.

– Bien. Ces sulfateuses, c'est une connerie, même pas de quoi se payer un café, mais s'ils me garantissent qu'un débile avec un torchon sur la tête ne va pas s'en servir pour abattre la moitié de Paris, ça m'est égal, qu'ils se mettent d'accord avec nos gens chez Horus.

Le foncier me plaît. Nous n'avons pas d'emprise solide à l'Est et nous y laissons fuir de grosses sommes que se partagent les paysans du cru. Les seuls à y trouver un bénéfice sont les Hongrois qui les rackettent sur les fonds agricoles et l'organisme de paiement. Mais j'ai déjà laissé entrer les Albanais dans l'affaire, alors je dois leur donner quelque chose en échange.

– L'électricité ?

– Oui. Qu'ils se mettent d'accord avec eux, ça m'est égal comment, je veux seulement nos vingt pour cent. Va les voir et emmène le Chauve avec toi.

– Je peux le faire souffrir huit heures dans la voiture ? La vie est belle.

– Non, vous irez par avion.

***

Le Chauve n'est pas ravi. Président sait que chez un homme normal, l'expression dégoûtée sur son visage serait l'équivalent d'une explosion de colère.

– Tu as vraiment laissé entrer la Petite Pute dans le bizness ? Tu es sérieux ? Tu ne sais pas à quoi servent les putes ? Va voir à la Vulve, les mecs se feront un plaisir de te montrer.

Il ne peut pas leur dire qu'il est amoureux, ça serait vraiment la honte.

– Tu n'arrives toujours pas à accepter qu'elle t'ait baisé en faisant l'idiote, dit Président en cherchant des arguments rationnels. Il ne s'agit que de petites affaires et au moins ça l'amusera. Elle n'a rien à se mettre sous la dent chez nous.

– Et d'ailleurs, une pute qui te rapporte du fric, c'est tout bon, le soutient Porcelet.

– D'ailleurs, en fait, nous n'avons pas d'autres putes, ajoute Doudou en riant.

– Vous êtes tous complétement marteau ? Vous planez tous, ou quoi ?

Le Chauve hausse la voix, ce qui ferait normalement l'effet d'une explosion atomique.

– C'est ça, lui accorde Président. Et alors ?

Le Chauve part en vrille. D'un côté, il comprend Président. Le type vient d'avoir la cinquantaine et il a le sentiment qu'il ne lui reste qu'environ trois bouteilles de cognac, deux derniers rails de coke et une seule bonne érection. Il veut en profiter à plein, car demain peut-être finira le deuxième printemps et arrivera le premier infarctus. Mais il doit lui tenir la bride. Il insiste.

– Alors nous serons vraiment obligés de régler son compte à une pute ordinaire par l'intermédiaire d'Evelyn ?

Il ne s'attendait pas à la réaction enragée de Président.

– La Petite Pute reste dans le coup et tu vas aller avec elle conclure cette affaire ! dit-il en frappant du poing sur la table.

Le barman fait comme s'ils n'étaient pas là et continue de briquer les verres impeccables, comme toujours.

– Ça fait combien de temps que tu me dis ce que je dois faire ? Quinze ans ? Et quand est-ce que je t'ai demandé quelque chose ? Jamais, pas une seule fois ! Et maintenant je te dis que la Petite Pute reste avec moi jusqu'à ce qu'elle cesse de m'amuser et que je l'envoie chier moi-même. Et si ça ne te plaît pas, tu peux aller te faire foutre toi aussi ! Je vais voir comment vous allez remporter les élections si j'envoie tout chier.

Le Chauve ne tarde pas à comprendre. Ce crétin est tombé amoureux d'une pute qui s'est fait enfiler par un mafioso calabrais. Et il a raison. À présent, il n'est pas si facile à virer. La Petite Pute conserve sa place.

***

Emmi n'a pas l'habitude de se voir toute vêtue dans la presse à scandale. Elle court nerveusement çà et là dans le salon en rageant.

– Qu'est-ce qu'elles ont à nous faire chier, ces hyènes galeuses ?

– Assieds-toi et calme-toi.

Président lui prend la main et l'attire pour l'asseoir près de lui sur le divan. Le gros titre crève les yeux : « La nouvelle conseillère à tout faire ». Dessous, une photo la montre descendant de la voiture de fonction de Président, et à côté, un de ses anciens shows. Ce n'est pas vraiment de l'art, mais pas de la pornographie non plus.

– Emmi, laisse courir, c'est inoffensif. Dans cette administration, tout le monde a sa conseillère pour tout, ça n'intéresse personne, ça ne va pas faire pencher la balance.

– Mais comment les gens vont me regarder ?

Il perd patience. Il a entendu la même chose chez lui, de la part de sa femme. Il n'entretient pas une maîtresse pour qu'elle lui redise les mêmes bla-bla.

– Quels gens ? Ton paysan calabrais ?

Il y a des crises dans toute relation.

En fait, Emmi ne sait pas pourquoi elle tient à cette confrontation, mais elle presse Président jusqu'à ce qu'il cède.

– D'accord, je vais m'entendre avec Hexagon pour qu'ils rachètent cette feuille de chou et ferment la gueule à ces fumiers. On leur imputera des raisons sanitaires. Satisfaite ?

Même lui est finalement satisfait. Ce soir-là, Emmi lui montre ce que signifie le cliché de la littérature érotique « sa petite langue se promenait partout ». Il essaie ensuite la même chose avec une pute camée de Solis, mais ce n'est pas pareil. Il n'y a là ni cœur ni passion. Emmi s'énerve de plus en plus souvent, et lui retourne de plus en plus souvent à Solis. La jeune fille blonde est allongée sur le lit, son regard vitreux fixe le plafond. Elle fait ce qu'on lui dit de faire, mais ne prend aucune initiative, cette traînée paresseuse. Ce n'est pas étonnant qu'il n'arrive à rien avec elle. Il s'est déjà fait apporter une bouteille de cognac, il en est à son troisième rail, mais même ainsi cela ne marche pas. Pas même avec une pilule bleue.

Le matin il demande au chauffeur comment ils sont rentrés. Il a de nouveau un trou noir.

Rira bien qui rira en Russe

Le ministre joint l'utile à l'agréable et aide à attraper un voleur. Cela entraîne des désagréments, mais il lui reste au moins de quoi se payer un café.

Doudou et le Chauve ne fréquentent pas la Vulve. Ils se rendent en Asie. Ils y ont aussi emmené Président une ou deux fois, mais cela ne lui avait pas plu.

– Il est un peu raciste, commente le Chauve.

Le bar de l'avion privé a une bonne carte de consommations, ils boivent du whisky japonais.

– Pourquoi serait-il raciste ? Toi non plus, tu n'aimes pas les filles aux yeux bridés, remarque Doudou avec malveillance.

– Et toi, tu es homophobe.

Cette fois, ils n'y vont pas pour s'amuser. Pas uniquement.

– J'ai un peu peur du moment où un quelconque gratte-papier s'apercevra que nous avons plus d'échanges commerciaux avec les bridés qu'avec les Russes, dit Doudou en changeant de sujet.

Ils y exportent plus de technique militaire qu'en Inde.

– Il ne s'en apercevra pas. Ce sont des nullards. Ils ne savent absolument pas lire les données, le rassure le Chauve. Si tu veux qu'ils écrivent quelque chose, tu dois le leur apporter sur un plateau d'argent et même là, ils salopent toujours tout.

– Qu'est-ce que j'en sais ? Dis-le à Wagner.

– Ouais, c'est la merde. Ce jeune enfoiré l'a mis dans de beaux draps. J'espère que tu as tout sous contrôle.

– Pour le moment oui, mais ça serait génial que Wagner se mette un peu en retrait et arrête d'énerver les gens pour rien. Bouledogue ne peut pas le supporter, et du coup Wagner a toute la procurature sur le dos. Ils en sont même à mettre la pression sur mes hommes, ça leur fout carrément les nerfs en vrac.

– Il peut leur mettre la pression, mais c'est sans doute tout ce qu'il peut faire, non ?

– Au pire, quelques documents ou quelques témoins vont se perdre, tout peut s'arranger. Mais ça commence à se voir un peu beaucoup et tu sais comment vont les choses – tous les quatre ans il faut être propre, sentir bon et lécher le cul de la populace.

– Pas de panique. On suit les statistiques et pour le moment elles sont bonnes. Même cette histoire de Solis ne les a pas fait changer, dit le Chauve en agitant la main.

***

Ils atterrissent sur un petit terrain d'aviation militaire. Ils en ont encore pour une heure de ballottage en hélicoptère plus une demi-heure en limousine jusqu'à un établissement de luxe sur la mer de Chine du Sud. Des dizaines de kilomètres les séparent de l'aéroport de tourisme le plus proche. Une simple femme de chambre est contrôlée plus attentivement que les chefs de sections chez Doudou, et les patrouilles armées peuvent tirer sans sommation sur toute personne qui s'approcherait à portée d'arme sans autorisation. Le dîner est informel, y participent deux membres du gouvernement local et le chef de la police secrète. Ils n'ont pas encore eu affaire à lui. Les relations ont beau être de niveau supérieur, elles ont tout de même un caractère hautement commercial. Une fois réglées les questions de quantités et les prix, les ministres s'en vont avec leur interprète. Le chef de la police secrète parle un russe moscovite de première classe mais quand il voit que Doudou n'est pas très chaud, il passe à un anglais également parfait.

– Messieurs, j'aimerais vous demander votre aide dans une certaine affaire extrêmement sensible.

Son accent est quasi imperceptible et il s'exprime d'une façon qui plairait même à l'oreille d'un académicien d'Oxford.

– Comme vous le savez certainement, nous nous efforçons autant que possible d'améliorer nos relations avec l'Occident, c'est une de nos priorités, mais nous n'avons pas réussi à défendre certains intérêts légitimes par les moyens diplomatiques habituels. Nous sommes dans l'obligation de chercher une solution alternative dans une affaire où la discrétion est capitale. Nous ne pouvons pas mettre en péril les efforts à long terme de notre politique étrangère.

L'affaire est simple. Un jour, le type qui encaissait auprès des entreprises d'État le pognon privé des notables du parti a pris ses cliques et ses claques et a disparu avec l'argent. Il a demandé l'asile politique à Paris et les Français refusent de le livrer. On a beau leur affirmer que le fuyard est un simple criminel, coupable de détournement de fonds, ce qui est somme toute la vérité, on ne peut pas le prouver légalement. Les voies légales ne sont pas bien utiles à un voleur volé.

– Nous pouvons l'extraire discrètement du territoire français en lui-même, mais nous avons besoin de le faire sortir en toute sécurité de l'espace Schengen. Nous ne pouvons pas nous permettre ne serait-ce que la possibilité théorique d'être pris sur le fait.

– Évidemment, les Français s'apercevront qu'il a disparu. Vous n'échapperez pas aux soupçons, dit le Chauve en exprimant ses doutes à voix haute.

– Les soupçons ne sont pas des preuves. Cet homme est un criminel, ses propres complices veulent sa peau parce qu'il les a trompés et spoliés de leur part. Nos diplomates sauront qu'en faire.

– Je ne sais pas si c'est une bonne idée, dit Doudou. Nous ne pouvons plus nous permettre de mettre les Français en pétard. Notre priorité absolue est d'entrer dans le noyau dur de l'Europe et ce sont justement les Français qui font tout ce qu'ils peuvent pour que les nouveaux pays membres ne puissent pas remplir les critères d'une intégration approfondie.

– Notre gouvernement est prêt à verser une généreuse récompense à toute personne qui aidera à mettre la main sur le criminel, répond le gentleman asiatique avec un sourire imperturbable.

– Combien ?

– Un million d'euros est déposé dans une certaine banque de Monaco et notre consul a l'agrément pour le transférer à la personne qui soumettra les documents nécessaires.

– C'est par là que vous auriez dû commencer, dit Doudou en souriant lui aussi.

***

Le Chauve n'est pas tout à fait convaincu, mais ce n'est pas sa décision.

Il halète dans le spa de l'hôtel.

– Je continue à penser que nous avons déjà vu un tas de pèze et que le jeu n'en vaut pas la chandelle.

Il n'est pas pudique et Doudou n'est vraiment pas homophobe, la vision ne le choque pas du tout. En vérité, à cet âge, les garçons et les filles se ressemblent vraiment beaucoup.

– Je ne vois pas où est le risque. S'ils arrivent à l'amener chez nous sans se faire prendre, personne ne saura jamais comment ils l'ont fait sortir de Schengen, assure-t-il au Chauve. Crois-moi, je sais à quel point la frontière est poreuse. Et s'ils se font prendre avant, ce n'est pas du tout notre affaire, hein ? Du fric gratis.

– Ta responsabilité, ton affaire, souffle le Chauve et il laisse courir.

***

Le chef de la police secrète amène en visite officieuse entre autres le ministre de l'Intérieur et un groupe de ses collaborateurs les plus proches. Tous ont des passeports diplomatiques. Ils arrivent par un vol commercial. Le voleur est amené en voiture devant l'hôtel où a lieu le déjeuner de travail. Doudou a l'impression que le chinetoque enlevé ressemble aux putes de Solis. Le regard vitreux, il n'oppose aucune résistance, il fait ce qu'on lui ordonne. Il prend machinalement le passeport diplomatique que lui tend l'ambassadeur et qui porte le nom d'un haut fonctionnaire d'État et s'assoit dans la limousine gouvernementale.

Doudou confie la mission au chef de la police :

– Accompagne-les et veille à ce que personne ne les emmerde inutilement lors du contrôle des passeports. Ces Asiatiques sont très chatouilleux là-dessus.

Ce dernier n'est pas particulièrement heureux de devoir faire la nounou pour des jaunes, mais c'est toujours mieux que de balayer sous le tapis les conneries de Wagner. Il les embarque dans l'avion gouvernemental spécial affrété par Doudou et attend qu'ils s'envolent. L'avion est de retour avant la nuit, il a livré le chargement dangereux à Moscou. Personne ne demande rien. Pendant presque toute une semaine. Puis l'ambassadeur de France demande à voir Président.

***

Président est furieux.

– Qu'est-ce qui vous est passé par la tête ? Comment je dois expliquer ça aux Français, espèces de crétins ?

– Comme toujours. Zobi arrivera à arranger les choses, il passera un peu de temps à astiquer quelques bites et quelques berlingots, s'enhardit Doudou mais cela n'a pas l'air très convaincant.

Le ministre des Affaires étrangères est déjà parvenu à expliquer bien des choses, mais là, ce n'est pas possible. Doudou ne comprend pas comment les bridés ont pu merder à ce point. Ils ont embarqué le voleur en pleine rue, en plein jour, au centre de Paris juste sous les caméras de surveillance. Ce qui n'était pas encore un problème en soi. Une camionnette blanche immatriculée en Autriche s'était arrêtée près de lui, la portière s'était ouverte, l'Asiatique dans le véhicule l'avait salué. Le voleur avait hésité un moment puis il était monté. Il était seul à voir l'arme qui lui visait la tête. Il avait compris que c'était fini, n'avait opposé aucune résistance. Un vrai travail de professionnel, exécuté à la lettre. Les solutions les plus simples sont toujours les plus efficaces.

Sauf que, dans ce cas, les chinetoques avaient poussé le minimalisme jusqu'à l'absurde.

– Ils ont dit que leur priorité absolue était de ne pas mettre les Français en rogne, essaie d'expliquer Doudou à Président.

– Et c'est pour ça que les agents de leurs services secrets ont réservé leurs billets et leurs chambres d'hôtel sous leurs vrais noms, espèce de débile ?

Ça non plus n'était pas encore forcément un problème.

– Et qu'ils ont amené ce fumier devant un hôtel du gouvernement dans une voiture de location prise à leur vrai nom ? Et suivie par GPS, espèces de crétins ?

Comme si, au lieu d'enterrer un cadavre dans la forêt, ils l'avaient juste abandonné n'importe où.

– Et qu'ils sont allés se vanter devant le monde entier de l'avoir ramené chez eux ?

Zobi avait fini par arranger les choses, mais ça avait coûté cher. Cela lui avait coûté le haut poste dans la diplomatie internationale qu'il avait presque dans la poche. Il prévint le Président de ne pas compter sur lui pour le prochain gouvernement.

***

Il fallut cinq jours aux services secrets français pour se faire une idée complète du tableau. Les agents à trois lettres mirent des mois à sonder les ténèbres. Horus Security fut plus efficace.

– On est la risée de tout Moscou, constate le Hongrois d'un ton laconique.

Le Hongrois n'est pas hongrois et ne s'appelle pas le Hongrois non plus. Il a un nom à tiroirs. C'est le descendant d'une famille de hobereaux appauvris sans nulle influence, mais bouffis d'orgueil. Les Körösföyi-Dömötör. Même sa propre épouse ne sait prononcer le nom correctement, alors tout le monde dit simplement le Hongrois. C'est le propriétaire d'Horus Security et le gérant de la Vulve. Il a gardé quelques vieux amis à Moscou du temps de ses services d'État, et ceux-là ont des amis au Kremlin. Visiblement, les Russes veulent que Président soit au courant, mais seulement en privé, sans une communication officielle qu'il pourrait utiliser contre eux.

– Les bridés voulaient juste faire comprendre à leurs gens qu'ils peuvent les récupérer n'importe où, même au centre de Paris en plein jour, explique le Hongrois. C'est l'école russe – ils vont nier, mais de manière à ce qu'il soit clair que c'est leur œuvre. Ces idiots n'ont simplement pas pensé que les loueurs européens suivent leurs voitures par GPS. C'est la version officielle. Et il paraît que des têtes sont tombées à cause de ça.

– Et la version non officielle ? Je ne crois pas qu'ils puissent être aussi bêtes, dit Président en se tenant la tête.

– Je ne sais pas, mais ils sont rentrés par Moscou et les Russes n'apprécient pas ton noyau dur. Ils ont dû passer un contrat avec eux.

– C'est une connerie, explose Doudou. Avec ce qu'on leur rapporte, ils ne se permettraient pas une arnaque pareille.

– Tu devrais peut-être regarder leur chiffre d'affaires avec Moscou, dit le Hongrois en levant les yeux sur lui. Ils ont certainement plus d'affinités avec les Russes qu'avec nous. De toute façon, l'espionnage russe sait quelque chose là-dessus. Sinon je ne saurais pas que tu n'avais même pas le choix, parce que si tu n'avais pas pris leur fric, alors ils t'auraient fait tomber pour une histoire de cul avec notre copain chauve.

– Ça, ils n'auraient vraiment pas osé, proteste pour changer le Chauve.

– C'est clair, ils ne se le permettraient pas et d'ailleurs ça n'aurait jamais pu t'arriver.

Président avale un double cognac. Cela le fait frémir.

– Et vous, vous vouliez faire un dossier sur la Petite Pute, espèces de tordus.

Le petit nigaud

Petit Tibi tombe amoureux et cela lui change la vie. Président ne veut pas une maison, alors on lui construit un immeuble, mais finalement il reste quand même locataire.

Petit Tibi continue à adorer les voitures mais il a arrêté de les voler. Il se les achète, voilà tout. Il a un garage luxueux dans sa villa. Des Ferrari, Lamborghini, Maserati, Bentley, Aston Martin et l'unique Rolls-Royce de la ville. À leur côté est garée une vieille M3 rouge. La voiture qui lui a changé la vie.

Son père voulait faire de lui un homme de loi ou un docteur, mais Petit Tibi ne s'intéressait qu'à ce qui avait un moteur et quatre roues. Il était fou de voitures, il ne pouvait pas leur résister. Il n'avait pas commencé à les voler pour l'argent, mais juste pour faire un tour. Il était bon, les flics ne l'avaient pas pris une seule fois. Il s'était fait prendre par les hommes de Python.

La BMW rouge n'attendait que lui. Des courbes parfaites, douces, sous lesquelles trois cent vingt et un chevaux piaffaient d'impatience. Ils attendaient le cavalier qui allait enfin les libérer. Un hurluberlu avait abandonné cette beauté. Il l'avait laissée au bord du trottoir et garée de travers, ce n'était qu'une question de temps avant qu'elle se fasse emboutir l'arrière. Des hommes pareils ne méritent même pas une 120 CV. Le petit Tibi s'y était installé plus vite que ne l'aurait fait le plouc qui avait les clés. La démarrer fut plus difficile, mais pas impossible. Il s'en était élevée une musique comme ne savent en composer que les constructeurs munichois et Tibi était parti avec son nouvel amour pour un rendez-vous passionné.

***

Lorsque Doudou sortit du bar, il pensa avoir oublié où il s'était garé. Il n'aurait sans doute pas dû prendre cette dernière vodka. Confus, il fit le tour de la rue. Sa BM ne pouvait pas passer inaperçue, elle avait tout bonnement disparu. Personne ne se le serait permis, ça, il ne le croyait pas. Ce devait être une blague idiote. En ville, tout le monde connaissait sa bagnole. Tous les voleurs de caisses bossaient soit pour Python soit pour les Albanais et aucun d'eux ne se serait autorisé à faucher la voiture d'un pote de Python. Doudou ne faisait pas partie de son gang, mais l'aidait régulièrement avec les affaires légales. Python avait la mainmise sur les flics ; il lui arrivait pourtant parfois d'avoir besoin d'écrire un contrat de garantie irréfutable pour de l'immobilier ou un véhicule. Doudou était vraiment doué pour ça, c'était son gagne-pain. Il prêtait de l'argent à des désespérés et faisait des affaires avec leur immobilier ou leurs voitures. Il appela un taxi et se fit emmener à l'hôtel de Python.

– Salut, Doudou, tu t'en grilles une ?

Le videur sur les marches devant la discothèque lui tendit son paquet de Marlboro.

– *Sorry**, frérot, il faut que je voie Python, quelqu'un m'a fauché ma BM.

– Quoi ?

Le videur resta bouche bée, la cigarette suspendue à sa lèvre inférieure. Les muscles de la cavité de son cerveau peinaient à digérer l'information.

– Elle a tout simplement disparu devant une boîte.

– Non, ce n'est pas possible, personne ne se le serait permis, l'assura le videur mais il s'effaça pour ne pas le retarder.

Pour parvenir au petit salon, Doudou dut carrément se soûler, tout le monde voulait lui payer au moins un verre. Enfin, tous ceux qui comptaient pour quelque chose, et dans la discothèque de Python ne pouvaient entrer que les jolies filles et les mecs qui comptaient.

– Ciao, Doudou, viens t'asseoir, qu'est-ce que tu prends ? dit le roi des rues de la Capitale en se levant pour l'étreindre.

Son statut était comme qui dirait couvert par une licence d'État, octroyée par les agents à trois lettres. Il perpétrait tout ce dont ils avaient besoin et avait le droit de se livrer à toutes sortes d'activités lucratives. Ceux que les SIS ne protégeaient pas étaient sous la protection de Python, contre une rétribution adéquate, cela va sans dire. Au début il se trouva des ergoteurs qui lui assuraient qu'ils pouvaient s'occuper de leur propre sécurité et qu'ils n'avaient pas besoin d'autre protection. Il en étrangla un ou deux. En grand style, avec une ceinture en peau de serpent. Les ergoteurs furent vite liquidés et lui, on commença à l'appeler Python.

– Je préférerais un peu de ça, dit Doudou en montrant les lignes de poudre blanche sur la table en marbre noir. Je suis HS, j'ai besoin de me changer les idées.

– Vas-y, prends ce qui te fait envie.

Doudou tira de sa poche une liasse de billets, roula un cinq mille en tube mince et aspira prestement la cocaïne. Il s'ébroua et ressentit les effets aussitôt. Python avait toujours une marchandise de qualité. Pas tout à fait pure, mais il achetait en gros, et c'étaient ensuite ses hommes qui la coupaient pour avoir la qualité courante.

– J'ai un léger problème, dit Doudou en passant aux choses sérieuses dès qu'il put à nouveau se concentrer.

– Tu n'en as plus, tu es avec moi. Dis-moi simplement comment s'appelle ton problème et considère-le comme résolu.

– Mais je ne sais pas, c'est bien ça ! Quelqu'un m'a piqué ma voiture.

Python se renfrogna.

– Non, c'est des bêtises, tu as seulement oublié où tu l'as garée, personne ne se permettrait ça.

– J'ai un peu consommé, mais j'ai fini de me bourrer la gueule chez toi au bar. Elle a vraiment disparu.

– La BM rouge ?

– Oui.

– Ça devait être un amateur, tous les pros connaissent ta voiture.

– Je sais.

– Ils n'oseraient pas.

– Oui, je sais.

– C'est juste pour que ce soit clair.

– Oui, je ne serais pas venu te voir si je pensais… tu comprends.

– Bien.

– Tu peux me donner un coup de main avec ça ?

– On va te la retrouver, je te le garantis. Avec le fumier qui l'a fauchée.

***

Cela n'avait même pas pris trop de temps. Par acquit de conscience, Python avait encore interrogé les Albanais, mais c'était le ramadan, ce soir-là ils ne travaillaient pas. Tout le monde avait vu la M3 rouge. Les prostituées, les policiers, les taxis. Ils pensaient que c'était Doudou qui déconnait parce qu'il avait un coup dans le nez.

Normalement, Petit Tibi aurait abandonné son nouvel amour le long d'un trottoir dans un quartier peu fréquenté de la ville, mais il n'arrivait pas à s'en rassasier. Les hommes de Python le bloquèrent sur un pont. Il tenta de leur échapper, mais un des monstres anabolisés le serra avec la portière lorsqu'il essaya de s'extirper de derrière le volant, le second l'attrapa par les cheveux et lui cogna la tête contre le toit. Ils fourrèrent le petit voleur inconscient dans la malle de la BM7 et le stockèrent dans l'hôtel de Python, dans une cave à pommes de terre vide.

Petit Tibi était en train de revenir à lui lorsque Python et Doudou vinrent le voir. Il avait les mains retenues dans le dos par des menottes de police et sa jambe gauche faisait un angle étrange avec son corps. Il regardait d'un œil apeuré Python qui défaisait sa ceinture et l'enlevait de son pantalon blanc.

– Attends, je le connais, dit Doudou.

– Et alors ?

Python s'était placé derrière le gamin à moitié étendu, il lui avait passé le mince bandeau de cuir autour du cou et l'avait tiré jusqu'à le mettre à genoux.

– Je voulais seulement… dit Tibi d'une voix éraillée, mais il n'alla pas plus loin.

Un ruisseau jaune commença à couler sous son short.

– Ne fais pas le con, ce n'est vraiment pas nécessaire. Regarde-le, il a assez morflé, protesta Doudou.

– Mais si, il le faut. Marron se fout déjà de moi en disant que je ne contrôle pas les choses et il magouille contre moi avec les Albanais, grommela Python en tirant de toutes ses forces.

Tibi se tordait frénétiquement dans la ceinture.

– Arrête de bavasser et retiens-lui plutôt les jambes, ou il va me cochonner.

– Attends, Python… je ne sais pas si ce n'est pas moi qui lui ai prêté la bagnole ! s'exclama Doudou.

Python relâcha un peu la tension et lui jeta un regard qui fit craindre à Doudou d'être le prochain sur la liste.

– J'étais noir, tu m'as vu. Et lui… il était assis à notre table. J'ai un trou noir… attends, c'était comment ?

Python le regardait droit dans les yeux et attendait. C'étaient visiblement des conneries, ils avaient trouvé une clé bizarre sur le contact, reliée à une boîte en plastique pleine de composants électroniques. Ils la lui avaient apportée pour la lui montrer. Doudou mentait, c'était évident.

– Nous… nous avons fait un pari, bégayait Doudou. Je me souviens, j'ai parié avec lui qu'il n'arriverait pas à déverrouiller ma BM et encore moins à partir avec elle parce que la voiture a un système de blocage et quand on me l'a vendue, on m'a affirmé qu'on ne pouvait absolument pas le feinter, parce que si on ne se sert pas de la clé pour démarrer la voiture, le moteur se bloque au bout de quelques mètres et ne peut être débloqué que chez eux au garage et je lui ai promis que s'il arrivait à partir avec, alors je la lui laisserais jusqu'à la fin de la semaine, avec la clé et les documents.

Python lâcha le bout de la ceinture et il envoya balader le petit Tibi d'un coup de pied en gémissant de frustration. Le voleur aux mains liées dans le dos et à la jambe cassée vint percuter le mur du visage. Il haletait par saccades comme un chameau asthmatique.

– Doudou, espèce de nullard, tu n'es pas normal, j'ai vraiment failli le tuer. De toute manière, je devrais l'achever, parce que ça va faire jaser les imbéciles.

Il se mit à califourchon au-dessus du gamin qui rampait sur le sol comme s'il voulait se tasser et s'enfuir à travers le mur.

– Mais cette histoire d'immobilisateur m'intéresse.

Python était un psychopathe, mais pas un imbécile. Il n'avait pas cru à l'histoire du pari, mais Petit Tibi lui fit gagner pas mal de fric. Il lui infligea une amende qu'il devait repayer de son travail.

***

À l'exception des voitures, Tibi se comportait en toute chose comme un faible d'esprit. Il fournissait sans faillir n'importe quelle caisse repérée par les hommes de Python, il n'avait jamais eu le moindre déboire. Les gains étaient immenses, le marché russe arrivait à absorber toutes les quantités. Parfois, il dérobait jusqu'à trois-quatre voitures par nuit, souvent sur le même parking. Dès que Tibi eut payé sa dette, Python se mit à lui verser sa part. Il finit par lui acheter un garage dans un beau quartier et mettre en place un atelier de petite envergure, mais avec un équipement de pointe.

Tout le monde était content, hormis les Albanais. Ils considéraient le bizness des voitures comme leur pré carré. Auparavant, Python ne le pratiquait qu'occasionnellement quand il avait une commande précise. Pour les Albanais, ce n'était pas seulement un gagne-pain, c'était une question de patriotisme. Les gains finançaient la lutte anti-Serbes au Kosovo.

– Python n'est pas un homme. Sa parole c'est de la merde. Ce n'est pas un homme, s'irritait Dritan Rexhepi devant Marron.

On lui soufflait sous le nez les meilleures voitures, les Autrichiens lui avaient saisi un gros envoi d'héroïne. Cela n'intéressait évidemment personne chez lui. Ses compatriotes avaient besoin de financer la guerre, ils n'avaient ni le temps ni la patience d'écouter ses problèmes. Peu à peu, Dritan se trouva sur le fil du rasoir.

– Oui, Python, il est comme ça, opina le Marron. C'est un serpent.

– Il avait un contrat avec nous. On s'était serré la main. Je vais le saigner et lui couper la main droite, pour que tout le monde voie ce qui arrive si on me trahit.

– Ce n'est pas possible, Dritan. Tu vas te mettre à dos la police et les agents à trois lettres.

– Dis-moi ce que je dois faire.

– Tu n'as qu'à faire dézinguer leur chauffeur magique. Il n'intéresse personne et sans lui, Python sera désarmé, tout va revenir comme avant.

– Personne ne sait qui c'est.

– Moi je sais.

Dritan haussa les sourcils.

– Tu me dis ?

Marron n'en a rien à cirer des Albanais mais Python a vraiment commencé à prendre plus que sa part du marché. Ce dernier n'hésite pas à faire pour les hommes à trois lettres des choses que les autres préfèrent éviter, même les femmes et les enfants, ça ne le dérange pas. Si l'on en venait au moment de vérité, l'État le soutiendrait, lui. Les Albanais sont complètement givrés eux aussi. Récemment, Dritan est venu voir Marron pour demander s'il ne pouvait pas lui trouver des médecins pour détailler en pièces détachées des putes hors d'usage. Parce qu'ils avaient des clients pour les organes. Si Python et Dritan s'affaiblissaient mutuellement, cela renforcerait Marron.

– C'est un certain Tibor Repák, répond-il après une courte hésitation, bien imitée. Mais tu ne le tiens pas de moi.

– Et c'est qui ?

– Je ne sais pas. Paraît-il un tocard complet, mais il s'y connaît en voitures.

Cela suffisait à Dritan, le reste fut l'affaire du policier qu'il rémunérait pour identifier les plaques d'immatriculation et les propriétaires des voitures. Il n'aurait pas aimé voler la voiture d'un homme important.

– Tu appelles de nouveau avec ton mobile, Dritan ? On dirait que tu es au fond d'un tonneau percé, se plaignit l'agent de la circulation à l'autre bout de la ligne bruissante.

Ils finirent par s'entendre plus ou moins en criant, et dix minutes plus tard le flic lui dictait l'adresse et le numéro de téléphone du chauffeur de Python. Deux jours plus tard, les Albanais l'attiraient dans un parking isolé et vidaient sur lui à bout portant un chargeur de pistolet mitrailleur Skorpion. Pour plus de certitude, Dritan en personne lui tira deux coups dans la tête. Ils laissèrent le cadavre dans la voiture. Sitôt le travail accompli, Dritan alla voir Marron pour le remercier de son aide.

– Je m'en souviendrai, dit-il en serrant fort la main de Marron et en le regardant longuement dans les yeux. Si tu as besoin de quelque chose, il suffit de m'appeler.

Dès que Dritan eut pris congé, Marron se précipita chez Python pour lui dire que les Albanais en voulaient à un de ses gars. Il fallait faire vite, avant que Python ne sache qu'ils l'avaient déjà descendu. Il fallait que ça ait l'air d'une mise en garde, malheureusement arrivée trop tard.

– Je ne sais pas exactement qui, il paraît que tu as un chauffeur miraculeux ou quelque chose de ce genre.

Python se mit vraiment en rogne. Petit Tibi fut mis sous protection et, pour un temps, on le sortit des affaires. Le lendemain, les flics embarquaient le cousin et le beau-frère de Dritan avec deux kilos d'héroïne. Ils en avaient pour huit ans avec une interdiction de séjour à vie dans la région. Peu après, les hommes à trois lettres se rendirent chez Dritan et lui conseillèrent de ne pas se lancer dans une guerre avec les autochtones parce que ce serait considéré comme une atteinte à la sûreté de leurs citoyens et de l'État.

– Voyez-vous, monsieur Rexhepi, notre gouvernement n'est de toute manière pas très favorable à votre lutte, celle que vous financez par vos activités commerciales, lui expliqua l'agent de quarante ans vêtu d'un blouson en toile de jean, avec des sandales marron en similicuir, des chaussettes grises et une banane. Si vous nous faites des problèmes, vous allez tous retourner chez vous au Kosovo.

Dritan savait que Python ne se lancerait pas dans une guerre ouverte, mais il savait aussi que son action ne resterait pas sans conséquences. C'était un prix acceptable. Le problème, ce fut que les meilleures voitures recommencèrent à disparaître au nez de ses hommes et qu'il ne pouvait pas se permettre une nouvelle agression.

L'assassinat de l'étudiant en mécanique Ctibor Rapák qui se faisait des extras nocturnes comme taxi au noir ne fut jamais élucidé. Il avait été transformé en passoire dans sa vieille Lada. La police ne se donna pas particulièrement de mal. Si la mafia ne faisait pas consciencieusement disparaître la plupart de ses cadavres, ils en auraient eu plus à gérer que de vols de vélos. Les taxis avaient une foule de trafics douteux, il leur arrivait régulièrement malheur.

Doudou et ses potes commencèrent à fréquenter le garage de Tibi Repák. Petit Tibi avait le meilleur équipement de la ville et il faisait le travail le plus honnête. Ses clients, il s'en foutait, mais il n'aurait jamais fait de mal ne serait-ce qu'à une Favorit rouillée, alors ces beautés de luxe, pensez donc.

– Laisse tomber, j'ai un bon job chez Python, je n'en ai pas besoin, se défendit-il lorsque Doudou voulut lui refiler de l'argent. Tu m'as sauvé la vie et tu m'as fait avoir le meilleur taf au monde, je ne te prendrai rien.

– Tu es un bon gars, Tibi, dit Doudou en lui tapotant l'épaule.

Il l'aimait vraiment. Il le faisait penser à un tchouvatch[1] – lent et bête, mais loyal et fiable. On pouvait compter sur lui. À la fin des années dorées quatre-vingt-dix, quand Marron s'arrangea pour faire envoyer Python dans la stratosphère, Tibi resta sans travail.

– Je t'ai sauvé la vie, donc je suis responsable de toi, le consola Doudou lors de l'enterrement de Python.

Ça grouillait de flics et de caméras là-bas, alors ils avaient allumé quelques bougies dans le garage de Tibi et bu ensemble à leur chagrin.

– Je vais m'occuper de toi, n'aie aucune crainte.

***

Tibi avait beau avoir le caractère et l'intelligence d'un bon chien, il devint un prête-nom de première classe.

1. Gros chien de berger slovaque.

Absolument fiable. Même l'appartement de Président était à son nom, pour le prix de deux briques.

Président avait montré au Chauve une grande parcelle libre sur une colline, dont il était tombé raide dingue. Il passait régulièrement par là en se rendant au parlement.

– Je voudrais bien habiter là un jour.

– Pourquoi tu ne l'as pas dit ? s'étonna le Chauve. On va te faire bâtir une maison.

– Je ne veux pas d'une maison. Une maison ne fait que poser des problèmes. Je voudrais un appartement avec une belle vue.

– Alors on va te construire un immeuble.

Il ne s'agissait pas d'une seule parcelle mais de deux. Une nouille étroite le long de la route et un immense terrain à l'arrière. Quatre étages seraient suffisants pour avoir effectivement de là-haut une vue magnifique sur la ville. Le grand terrain n'avait qu'un seul propriétaire qui se laissa convaincre sans problème. Un vieux qui avait bénéficié d'une restitution, avec une fille dans l'administration d'État. Le Chauve ne savait même pas exactement ce dont Doudou s'était arrangé pour la faire accuser. Une malversation quelconque. Le papa, soucieux, avait vendu le terrain au prix de l'expertise. L'autre parcelle, petite mais capitale, était plus problématique. Huit héritiers, en bisbille, et aux dents longues. Wagner la leur acheta à leur prix exorbitant.

– À ton avis, c'est une bonne idée ? Si Président se rend compte que c'est justement toi qui veux le racketter, il peut se dédire, avait tenté de le dissuader le Chauve.

– Et qui d'autre oserait le racketter, sinon moi ? J'ai racketté tous les gouvernements, c'est de notoriété publique. J'ai même rançonné Hexagon ! Sans compter que j'ai toujours voulu avoir un petit nid d'amour bien tranquille, avec de bons voisins. Et ce sera l'immeuble le plus sûr de la ville.

Le Chauve restait sceptique. Il avait le sentiment incoercible que Wagner devenait de plus en plus insolent et imprudent de jour en jour. Il était le plus gros joueur de la région et ne pouvait s'en vanter à personne. Qui n'aurait pas pété un câble dans une pareille situation ?

– Ils s'en foutent, de toute manière tu es obligé de leur laisser l'accès au terrain et ils s'y installeront tranquillement même sans toi.

– Tu as raison, c'est la loi. Mais moi, je vais installer sur mon terrain un cabanon avec débit d'alcool. De l'alcool bon marché, juste un petit débit de boisson – bière, vodka, eau-de-vie de genièvre, spiritueux du pays. Et tous les soirs, on y servira la soupe gratuite aux sans-abri. Je me dis que nous devrions commencer à rendre un peu quelque chose à la société.

Président dut accepter de compenser Wagner, en grinçant des dents. On lui laissa quelques appartements. Ce ne fut pas trop douloureux, les appartements terminés furent revendus grâce à une fraude carrousel classique et les frais de construction réels furent payés par l'État, cet oncle généreux, moyennant les retours de TVA. Président ne voulait que son appartement, le reste fut acheté au Chauve par Doudou au moyen d'une de ses sociétés. C'est alors qu'il eut l'idée que l'appartement de Président pourrait être enregistré au nom de Petit Tibi.

– Je ne veux pas vivre en location, grommelait Président, déçu.

– Souviens-toi de ce Tchèque qui est devenu le plus jeune Premier ministre dans l'histoire du pays à trente-quatre ans et qui est parti à la trappe au bout de deux ans parce qu'il ne pouvait pas justifier aux hyènes d'où venait l'argent de son appartement, cherchait à le persuader Doudou.

Le Chauve ajouta son grain de sel.

– Oui, Standa Gross[1]. Un socio-démocrate, comme nous. Il n'a pas tenu trois mois avant de donner sa démission.

– Ma femme gagne assez, c'est vraiment une bonne juriste, elle a tellement de travail qu'elle ne peut rien faire d'autre, et une foule de clients étrangers, dit Président pour se défendre.

Officiellement il ne possédait presque rien, c'est le Chauve qui gérait ses possessions, cela ne lui posait pas de problème, mais le logis c'est le logis.

– Une montre à trente mille, ça, elle pourrait sûrement te l'acheter si elle voulait, mais un appartement à un million ? Même elle ne déclare pas assez d'argent pour ça. Sans parler d'un deuxième million pour l'équipement, calcula Doudou. De toute manière, on fera passer la TVA sur Tibi, alors on laissera un appart à son nom et toi tu lui verseras simplement un loyer normal, au cours du marché. Le petit paiera encore des impôts là-dessus, cela lui sera égal, de toute manière il va être gagnant dans l'histoire.

– Et l'administration m'aidera pour le loyer ?

– Je pense que c'est possible, oui, opina le Chauve.

– De toute manière, tu ne seras pas obligé de payer quoi que ce soit à Tibi, le tranquillisa Doudou.

– Rien du tout, c'est clair ! dit Président en gesticulant violemment. Mais ça ne veut pas dire que je ne peux pas toucher une subvention, du moment que j'ai un contrat de location, n'est-ce pas ?

1. Accusé de corruption, le Premier ministre tchèque Stanislav Gross fut poussé à la démission en avril 2005.

– Oui, lui accorda Doudou.

– Et on peut faire confiance à ton Tibi ? Il ne va pas me la faire à l'envers ?

– Petit Tibi ? Jamais !

***

Petit Tibi n'aurait vraiment jamais arnaqué Doudou ni ses amis. À aucun prix. Mais finalement, il leur fit tout de même un sale coup.

– Ôtez-moi ça tout de suite ! hurlait Tibi sur l'agent.

Il n'y avait pas eu de place pour se garer au centre-ville, alors il avait laissé la Rolls sur le trottoir. Il l'avait garée de main de maître, exactement sur l'étroite bande surélevée d'asphalte, le pneu aligné avec le bord. Entre le rétro droit et le mur il restait à peu près un centimètre. Des hordes de touristes erraient désemparées sur la chaussée entre les voitures et c'était un peu le chaos, mais il n'était rien arrivé de terrible, n'est-ce pas ? Il était juste allé se payer un petit expresso vite fait.

– Qu'est que c'est que vous me faites chier à me mettre un sabot ? s'énervait Petit Tibi.

– Monsieur le conducteur, vos papiers s'il vous plaît. Si vous pensez que vous n'auriez pas dû vous voir attribuer un système de blocage, vous n'êtes pas obligé de payer l'amende sur place, vous vous expliquerez lors d'une procédure de comparution pénale, lui expliquait patiemment le type en uniforme.

Lui-même n'était pas ravi, mais on appliquait à ce moment une ligne politique selon laquelle plus la voiture était chère, moins on était tolérant.

– Doudou, voilà vraiment quelque chose pour toi, avait dit Président dans un de ses accès d'inspiration politique. Ce qui met les gens en rogne, ce ne sont pas les affaires de gros sous. Ils n'ont jamais vu de leur vie même cent mille balles d'un seul coup, pour eux ce n'est qu'un chiffre. Ce qui les met en rogne, c'est de se prendre un sabot quand ils se garent sur un trottoir en emmenant à l'hôpital leur mère qui a des béquilles, et que vous laissiez sans rien faire un débile avec une classe G bloquer une place d'invalide, parce que ça oui, ils en ont plein le dos. Voilà exactement ce qui est arrivé à mon garde du corps et s'il n'avait pas eu une carte de police, ils l'auraient fait payer comme tout un chacun. Ce n'est pas normal, hein ?

– Tu as raison, je vais leur parler, reconnut Doudou et il fit appeler les directeurs régionaux.

Il leur demanda avec insistance de s'en prendre aux conducteurs de voitures de luxe et de montrer une certaine tolérance envers les malheureux qui sont obligés de commettre des délits avec leur Skoda de quinze ans. Il savait que la mesure aurait l'appui massif de la populace. Mais Tibi, ce n'était pas la populace.

– Vous savez qui je suis ?

– Certainement, monsieur Repák, c'est écrit sur vos papiers, répondit le policier avec une patience inébranlable.

C'était la malédiction de cette nouvelle directive. Ils pouvaient coller une amende à Repák, mais ils ne pouvaient pas l'embarquer dans leur voiture et lui coller quelques baffes comme à un péquenaud dans sa vieille Octavia.

– Et vous savez qui je connais ?!

– Non, monsieur le conducteur.

– Alors vous allez voir, pédés de flics !

Tibi sortit son mobile et composa le numéro de Doudou.

il a accès à tout, ça va des plans de gestion de crise pour l'armée et la défense civique jusqu'à la protection des objets stratégiques et de la frontière Schengen, en passant par les dispositifs antiterroristes, la sûreté alimentaire, énergétique et informationnelle. Et il avait des marchés avec ces ritals, avec Bonfatti et Fredo Moro, j'ai même les documents pour le prouver.

– Répète-moi ce que tu viens de dire.

– Quoi ? Cette Džubáková ?

– Tu parles d'Emília Džubáková ? La paillasse de Président, hein ?

– Il couche avec elle ?

– C'est clair.

– Mais nous n'avons pas de preuve écrite.

Le secrétaire de rédaction fait signe au rédac-chef. Il est assis un peu plus loin, en train de rédiger un édito.

– Devine ce que notre petit autiste vient de trouver, annonce-t-il, tirant son chef de son travail.

Ondro a la mine déconfite. Il se tapit derrière son écran tandis que les deux hommes le mettent en boîte.

– Tu crois qu'on devrait le virer ? demande le rédacteur-chef.

– Sûr, c'est un nullard total, acquiesce le secrétaire de rédaction.

– Il ne s'intéresse pas à la presse à scandale.

– Il ne regarde pas les bonnes femmes à poil.

– À quoi est-ce qu'il nous sert, tu peux me dire ?

– Tu pourrais le mettre à écrire des horoscopes.

– Nous n'avons pas d'horoscopes.

Ondro est à bout.

– J'aurais vraiment pu m'en apercevoir plus tôt.

Le rédacteur-chef lui porte le coup de grâce.

– Oui, tu aurais pu. À quoi me sert un type qui s'en fiche de savoir qui Président baise ?

– Mais nous ne pouvons pas le prouver, personne ne viendra nous le confirmer, se défend Ondro.

– C'est du bon boulot, Ondro, dit le rédacteur-chef en se faisant sérieux. Quand est-ce qu'on pourra le publier ? Car ça, c'est du sérieux. Si tu dis vrai et que ces ritals sont de vrais mafieux, alors la mafia italienne a des gens en plein dans les bureaux de Président et au conseil de sécurité.

– Eh bien, j'y travaille avec les Tchèques, c'est-à-dire Petra, et elle travaille avec les Italiens. Cette Emmi était employée par l'entreprise de Fredo Moro, ça apparaît sur le registre du commerce. Mais il nous faut d'abord prouver qu'il appartient à la mafia et ce n'est pas aussi simple. En Italie, déjà le fait d'être convaincu d'appartenir à la mafia est un délit, même si tu n'as rien fait d'autre. Ce sont les seuls en Europe pour qui la simple appartenance est un crime. Donc nous ne pouvons pas écrire que c'est un mafioso si nous n'avons pas de preuves qu'il a déjà été poursuivi pour cela. Il ne manquerait pas de nous traîner en justice. C'est leur spécialité. Ils ne tuent plus les journalistes, ils portent plainte contre eux. Ça coûte moins cher et ça fait moins de problèmes.

– On sait au moins où nos propres voyous ont pris des leçons, soupire l'éditeur.

– Oui, je comprends, fait le chef en hochant la tête. Alors nous avons quoi, en fait ? Que pouvons-nous prouver ?

– J'ai la correspondance de la police italienne avec notre ambassade. Quand Bonfatti et Moro se sont installés ici, ils nous les ont signalés.

– C'est un fait ?

– Oui. Nous l'avons eu par la police italienne. Ils ont échangé plusieurs courriers avec les gars de chez nous. Par exemple, ils y énumèrent tous les contacts mafieux de Bonfatti et de Moro en Italie et ils mentionnent aussi un procès qui a mis ces deux types en fuite. Nous essayons maintenant de mettre la main sur l'acte judiciaire pour voir de quoi il retourne.

– Et notre police ne s'est jamais occupée d'eux ?

– Si, plein de fois. Ils ont fait une enquête pour des questions économiques, mais à chaque fois ça a fait pschitt. Quelque chose s'est perdu chez les enquêteurs, quelque chose chez les procureurs. Ils ne sont pas allés une seule fois au tribunal.

– Et tes Albanais ?

– C'est la même histoire.

– C'est clair, mais qu'est-ce que tu as sur eux ?

– Ils font des affaires avec les ritals. Principalement l'énergie solaire. La police ne s'occupe pas d'eux. Ce sont tous des entrepreneurs honorables, surtout dans le domaine agricole.

– Alors, pour résumer : nous avons une mafia italienne et albanaise qui a placé ses gens en plein dans notre gouvernement, nous l'avons noir sur blanc, mais nous ne pouvons pas l'écrire tant que nous n'avons pas la preuve que les mafieux italiens sont vraiment des mafieux ?

– Oui.

– Ondro, et de quoi pouvons-nous parler ? Parce que, sais-tu, nous faisons un journal.

– Eh bien, j'ai quelques nouvelles histoires sur Wagner. Ce ne sont que des détails, mais ça peut se sortir par écrit.

– Alors rédige-le, s'il te plaît. Et qu'est-ce qu'on fait avec les ritals ? Quand peut-on compter là-dessus ?

– Je ne sais pas. J'essaie de les prendre sur des arnaques aux subventions. Avec les Albanais. Nous savons qu'ils ont volé des dotations européennes, mais il faut les documents. J'ai déjà envoyé des demandes d'infos, seulement il y en a à peu près deux cents et il faudra en compléter ou en faire accélérer au moins les deux tiers, comme d'habitude.

– Bien, alors finis ce Wagner demain. C'est mieux que de se tirer une balle dans le pied. Et pense aux infographistes pour que quelqu'un ait une chance de le comprendre, ne seraient-ce que les intellos de salons de thé !

Ondro a déjà préparé le texte avec les schémas. Miška le lui a bichonné à la maison pour ne pas rendre fou le responsable d'édition. Quand elle partira en Turquie pour son chantier sur le terrain, ça va vraiment être dur. Mais pendant qu'elle sera au loin, Ondro en mettra au moins un coup pour aménager la maison. Il s'est fait la promesse que d'ici leur mariage, dans un an, ça devra ressembler à une habitation humaine normale. Au minimum la salle de bains et la cuisine doivent être terminées. Et la chaudière, remplacée, sans quoi ils ne vont pas survivre à un nouvel hiver. Il passe encore un instant à savourer l'idée de voir Miška ravie, mais il se rend compte aussitôt qu'il ne fait que différer l'inévitable. Il prend une profonde respiration, compose le numéro de Wagner et branche l'enregistreur. Il ne s'attend pas à avoir des réponses, c'est évident, pourtant, même ainsi, la réaction le surprend.

– C'est de l'intimidation pure et simple, constate le responsable d'édition quand il écoute l'enregistrement.

– Il dit seulement qu'il est également journaliste et qu'il va chercher à me salir, moi et ma famille, et quand il aura trouvé de quoi, il le publiera. Mais qu'il cherche donc, si cela l'amuse ; ma famille est irréprochable, j'en donnerais ma main à couper, déclare Ondro pour minimiser l'incident. Il ne me fait pas peur, mais j'ai pensé que vous deviez être au courant.

– Ce sont des menaces pures et simple, Ondro, et il ne l'emportera pas au paradis, explose le rédacteur-chef. Demain matin vous allez à la procurature porter plainte, indique-t-il au rédacteur. Tu l'accompagnes, sinon il se fera renvoyer dès l'accueil.

– De toute manière ils ne feront rien, dit le rédacteur en prenant un air sceptique.

– Non, c'est sûr, mais nous, nous allons en parler, répond le rédacteur-chef.

– Wagner n'est pas con, il ne va pas faire de mal à quelqu'un qu'il a publiquement menacé.

Wagner
Lolo revient dans le jeu

Wagner connaît la chanson, mais même ainsi il ne va pas très loin. Drahoš a une gueule de bois et même de bois bien dur et il fait la pire transaction de sa vie. Wagner enterre son premier gouvernement et finalement tout le monde est content.

Lolo Wagner est revenu dans le jeu. Au plus haut niveau. Il n'a pas encore gagné, mais il parierait plutôt gros sur lui-même. D'ailleurs il l'a déjà fait. Et pas seulement en argent. En tout. *All in**.

***

Chaque fois qu'on lui disait à quel point il était vif et intelligent, ou charmant et spirituel, il entendait surtout le « mais » implicite. « Tu es maladroit, mais vif et intelligent. » « On dirait un homme des bois, mais tu es spirituel. » Même ainsi, il restait populaire à sa manière. Quand les gens avaient besoin de quelque chose ils venaient le trouver. Évidemment, pas pour engager un joueur supplémentaire pour le foot, un partenaire pour aller en boîte ou un hôte pour une fiesta. Ils avaient des problèmes à résoudre. Ou besoin d'argent. L'argent réglait la plupart des problèmes qui avaient une solution. Mais dans certains cas, ce n'était pas possible et là, Lolo Wagner entrait en jeu. Ils venaient tous le voir, mais ne l'aimaient pas davantage pour autant. Cela lui convenait. Au moins, il ne devait rien à personne. Tout le monde lui était redevable, à lui. Il savait depuis toujours se débrouiller, mais il était passé à la vitesse supérieure quand il était entré à la radio. Avant 89, tout devait se négocier, depuis les bananes et l'admission dans une école, jusqu'à l'attribution d'un logement. Tout devait et tout pouvait se négocier. Sans argent. Il suffisait d'avoir des appuis. L'argent ne servait à rien, on ne pouvait rien acheter avec. Si on n'avait pas de piston.

Le meilleur capital était l'accès aux bonnes personnes. Et les journalistes avaient cet accès. Ils ne pouvaient toujours pas écrire ce qu'ils voulaient, la glasnost de Gorbatchev n'était pas vraiment populaire auprès des huiles autochtones. On pouvait parler de glasnost ou écrire dessus et on en écrivait et on en disait des tonnes, mais la glasnost en tant que telle était hautement indésirable. Son principe devait être la critique constructive des erreurs du système, ce qui n'avait absolument aucun sens. C'est le système lui-même qui était l'erreur et seuls les trous qu'il comportait permettaient aux gens de survivre. Au moins aux plus aptes. Wagner vivait là-dedans comme une souris dans un emmental. En tant que journaliste, il savait comment avoir accès à tous et à tout. Les journalistes pouvaient faire du mal s'ils voulaient. La peur ouvrait les portes et quand il les avait passées, il se fabriquait des relations. Les trafiquants de monnaie lui passaient des marks et des schillings au prix du marché. Pas vraiment avec joie, mais de bon gré. Ils savaient qu'ils pourraient se tourner vers lui quand ils auraient besoin d'une pension d'invalidité ou d'un emploi où ils ne manqueraient à personne. Les routiers lui ramenaient toutes sortes de choses de l'Ouest en échange de monnaies étrangères meilleur marché. Les docteurs arrangeaient gentiment un avortement pour la fille imprudente d'un fonctionnaire du parti. Ils lui reprenaient des jeans américains, des walkmans ou des magnétoscopes japonais et des médicaments suisses. Tout ce qui leur permettait de dépenser l'argent payé par les patients. L'aide gynécologique discrète apportée à la maîtresse d'un policier lui avait garanti la paix de la part de la Sûreté nationale, les médicaments pour le cœur de la mère d'un fonctionnaire du parti, la paix de la part de ses supérieurs hiérarchiques.

Il mettait un point d'honneur à arroser toute bonne transaction avec la personne intéressée. C'était toujours lui qui payait. Quand ils étaient soûls, ils se mettaient à table, toujours à propos d'autrui. Il ne tarda pas à savoir quelque chose sur tout le monde. Sur tous ceux dont il avait besoin. Le jeune bolchévique Rusnák s'était couvert de merde en essayant de le virer de son job, mais peine perdue, c'est en vain qu'il s'était introduit dans les rectums de tous les membres du parti pour accéder au siège de président des Jeunesses socialistes. Il n'arrivait pas à digérer qu'un certain Wagner, avec ses cigarettes américaines, ses cognacs français et sa Škoda Rapid rouge se soit tapé toutes les nanas sur lesquelles le camarade Rusnák s'astiquait la trique dans les chiottes merdeuses d'un studio pourri au cœur d'une cité.

– Camarade président, tu ne vas pas pécho une communiste convaincue avec de la gnôle de genièvre et une carte d'abonnement de tram, s'était-il moqué de Rusnák lorsque ce dernier s'était pris une claque de la part de Janka des archives, lors de la Journée internationale des femmes.

Tout l'effectif de la radio lui était passé dessus. Et quand Rusnák, qui était soûl, lui avait dit que du moment qu'elle avait baisé avec tout le monde lui aussi voulait son tour, elle lui en avait directement collé une.

Rusnák jetait un doute sur le moindre reportage de Wagner, il l'accusait d'être un vendu opportuniste qui s'était fait amadouer par les faux ors du capitalisme, mais finalement les structures du parti lui avaient chaque fois cloué le bec.

Puis vint le changement de régime, Rusnák échangea la chemise bleue contre un tee-shirt des Sex Pistols et siégea au comité révolutionnaire qui examinait les employés de la radio. Wagner fut parmi les premiers éjectés.

Rusnák continua à monter en grade en s'introduisant dans le rectum des nouveaux chefs des nouveaux partis. Il se ventousa au Vieux, se fit attribuer une licence pour sa propre radio et bâtit un empire médiatique. Les privatiseurs s'en servaient pour le blanchiment de l'argent des siphonages d'entreprises, les politiciens cherchaient de la réclame auprès de lui. Wagner se retrouva à la rue et il lui fallut y chercher de nouveaux bizness avec les vieux trafiquants de monnaie qui avaient eux aussi perdu leur gagne-pain.

Évidemment, il n'était pas apte au travail grossier, mais tous les hors-la-loi n'étaient pas des brutes épaisses. Marron était essentiellement un commerçant et il connaissait le prix des bonnes informations. Non qu'il fût disposé à payer, son avarice était proverbiale, mais on pouvait survivre auprès de lui. Puis Wagner croisa au Šalamún un Drahoš complétement noir.

***

– Quarante millions contre une couronne, dit-il à Marron en lui expliquant le coup sur lequel il est tombé. Et si nous détruisons Rusnák, le Vieux te dira encore merci.

Ils sont assis dans les bureaux de Marron. Monsieur le directeur général est affalé sur un siège en cuir italien entre deux minettes qui ont l'air d'être sorties de la même usine, de la même chaîne de montage, il y a environ quinze ans. Une blonde et une brune, sinon elles pourraient être jumelles. Il jurerait que Marron fait cloner ses lolitas. Des écolières au regard de putes de rues éreintées. Il n'y a même pas besoin de les faire sortir parce que, avec ce qu'elles prennent, elles ne comprennent rien, hormis les chiffres peut-être.

– Bien, accepte Marron après quelques instants de réflexion. On va aller chercher le type et on va racheter sa créance. Si ça marche, tu récupères dix pour cent.

– Cinquante ? contre Wagner, mais avec un point d'interrogation, pour pouvoir se dédire tranquillement et faire comme si ça avait été une blague.

Marron est un commerçant, il calcule très vite que les services de Wagner ne lui rapporteraient pas vingt millions même s'il fallait des années et des années. Il pourrait plutôt se débarrasser de lui ; et quand vous avez été licencié par l'entreprise de viandes de Marron, vous ne risquez plus de vous présenter à l'agence pour l'emploi. Auprès de lui, Wagner a failli devenir végétarien et non parce qu'il aurait considéré les petites bêtes comme ses frères et sœurs.

– D'accord, cinquante, accepte Marron sans hésiter.

Wagner prend peur. Il espérait trente, s'attendait à vingt. Si le gangster lui accorde la moitié sans discuter, il est clair que plutôt que de l'argent il va se prendre une balle dans la tête. Ou une bombe sous la voiture. Selon qui viendra l'exécuter. Mais il n'a plus nulle part où se dégager. Ils partent chercher le type.

***

Drahoš a terriblement mal au crâne. C'est ainsi que le Tout-Puissant châtie les renégats qui boivent de la bière sur une prune kasher. Et il apprécierait même cette ferraille fraîche sur son front, si l'autre extrémité ne se trouvait pas dans la main de Marron.

Le mafieux ne semble pas menaçant. On dirait un peu un jeunot élégant. L'entrepreneur type. Il sourit et il est aimable. Ce qui est menaçant, c'est son arme qui lui appuie sur le front. Drahoš a d'instinct essayé de se dérober, mais en plus de la cuite qu'il s'est payée d'une manière honnête, il doit aussi endurer le gorille de Marron. D'une patte, celui-ci lui enserre les poignets par-derrière, de l'autre, il le tient par les cheveux pour l'empêcher de bouger. Une pensée inutile se présente au travers de la migraine : « Voilà pourquoi tous ces crétins bas du front sont chauves. » La conversation n'a vraiment rien à voir avec les coiffures masculines.

– Hier, vous avez conclu un marché avec M. Wagner pour la transmission d'une créance irrévocable en échange d'une couronne, répète Marron sur un ton poli, neutre. N'est-ce pas, monsieur Wagner ?

– Oui, oui, c'est vrai, nous avons passé un accord verbal, entend-on depuis la cuisine.

Wagner prépare du café. Il fait comme chez lui, l'enfoiré.

– Drahoš, où tu mets le sucre ?

Drahoš a vraiment besoin du café, après la journée de la veille il a un trou noir grand comme la vitrine d'un

K-Mart. La vitrine commence peu à peu à se garnir et ce n'est pas une belle vision.

***

Pas un d'entre eux n'était juif, encore moins croyant, mais le restaurant kasher avait de très loin la meilleure cuisine à mille lieues à la ronde. Drahoš en était à quelque chose comme sa huitième slivovitz kasher et il pleurnichait.

– Ce fumier m'a tout simplement envoyé chier. Vous comprenez ? Il ne fait même plus semblant de me venir en aide.

Drahoš pleurnichait toujours quand il était soûl. Sauf que cette fois-ci, il avait de quoi. Des créanciers et des huissiers avaient commencé à tournoyer autour de son entreprise. L'agence de pub infructueuse et endettée était la dernière chose dans sa vie qui se trouvât sur le point de faire faillite au lieu d'être depuis longtemps en liquidation. Elle avait perdu toutes les commandes quand le Vieux avait balancé Drahoš par-dessus bord. C'est la vie, n'est-ce pas ? Soit vous êtes sur le pont avec le Vieux, soit vous vous noyez dans la mer, déchiqueté par les requins.

– Sans moi, il n'aurait jamais eu l'agrément. C'est moi qui le lui ai négocié auprès du Vieux. Je devais toucher trente pour cent. Il ne m'a jamais versé une seule couronne et je ne lui ai jamais rien demandé, sauf quelques commandes. Juste de quoi me permettre de survivre. Ils ne m'ont même pas laissé entrer. Le salopard merdeux.

Il tapait sur les nerfs de tout le monde. Personne n'ignorait comment Rusnák avait arnaqué Drahoš. Il s'était servi de lui puis il s'en était débarrassé. Qu'est-ce qu'il espérait ? La richesse et la gloire ? Rusnák vous arnaquait dès la seconde où il vous disait bonjour. Le jour où vous croisiez Rusnák ne pouvait pas être un bon jour. S'il vous faisait un sourire depuis l'autre côté de la rue, vous pouviez être sûr qu'il vous avait fait un sale coup. S'il ne voulait pas se servir de vous, il ne vous regardait même pas. S'il ne vous avait pas volé de l'argent, il n'aurait pas eu de quoi ricaner. Rusnák divisait les gens en utiles et superflus. Tout le monde le savait. Même Drahoš le savait. Personne ne le plaignait. Ce qui ne l'empêchait pas de pleurnicher sans arrêt.

– Le fumier se balade en Mercedes et moi je n'ai pas de quoi bouffer.

Drahoš sentit sur lui des regards assombris. C'était à son tour de payer. Ils en étaient à arroser leur déjeuner à trois services par un dessert obligé à la prune.

– Du calme, les gars, ce n'est pas ce que je voulais dire, le déjeuner, je le paie, leur assura-t-il avant de se remettre à geindre.

À cet instant entra dans Šalamún la caricature miniature du plus grand mafieux du Joli Petit Pays sous la Minuscule Chaîne de Hautes Montagnes. Un gnome rondouillard en habit mal taillé, une moustache que même un metteur en scène de porno autrichien n'aurait pas supportée. Un petit type avec de grands complexes. Tout le monde le connaissait, soit depuis l'école, soit de la radio. Un ancien journaliste, comme eux. Ils lui avaient fait un signe de tête mais ne s'attendaient pas à ce qu'il se joigne à eux. Ils ne pouvaient le souffrir. Une seule chose les liait à lui – Lolo Wagner non plus ne pouvait souffrir Rusnák.

– Lolo, viens par iciii ! claironna Drahoš en faisant des deux mains des signes forcenés à Wagner.

Tous s'étaient figés. Wagner s'assombrit, mais il s'approcha de la table à pas hésitants.

– Viens t'asseoir et boire un coup avec nous, le convia Drahoš.

Les autres se tortillaient et marmonnaient quelque chose d'incompréhensible, une salutation, ou bien une insulte. Wagner posa prudemment la moitié de son fessier gras sur le coin du siège qu'on lui offrait. Il se penchait en arrière de manière affétée comme s'il voulait être le plus loin possible d'eux, mais sortait en même temps son double menton de manière belliqueuse, comme s'il les invitait à l'attaquer, s'ils osaient.

– J'ai une affaire pour toi, Lolo, essaya d'articuler Drahoš.

Wagner pencha la tête d'un air soupçonneux et cligna un peu des yeux. Il attendait le mot d'esprit.

Wagner était un affairiste combinard avec qui on pouvait conclure des marchés par un serrement de main. Tranquillement, même sans document. Il tenait toujours parole. Mais peu lui importait le nombre de cadavres qu'il devrait piétiner pour le faire et que le vôtre aussi se trouve parmi eux. Ils auraient très bien pu se compléter avec Rusnák, sauf qu'ils se haïssaient. Wagner avait crié publiquement à maintes reprises qu'il allait détruire Rusnák.

– J'ai une créance sur Rusnák et je vais te la passer, annonça Drahoš victorieusement en versant d'un coup dans sa gorge un nouveau demi-décilitre de gnôle. Il était censé me donner le tiers de la boîte et il me doit le tiers des profits, mais il ne m'a jamais versé le moindre sou et il ne le fera pas, parce que je sais que c'est un salopard avare, hypocrite et arnaqueur. C'est une créance normale, légale, et je la donne à quiconque réglera son compte à ce fils de pute. Je te la donne pour une couronne, mais je veux le voir à genoux, le fumier.

Wagner pencha la tête de l'autre côté et fixa les yeux de Drahoš d'un air pensif. Il leva son verre, renversa sa tête et le vida dans sa bouche.

– Marché conclu. Les formalités pour demain. Quand nous serons tous deux sobres.

Il lui serra la main, se leva et partit. À pas pressés, comme s'il était seulement venu par hasard au Šalamún et venait de se rendre compte qu'il devait se trouver depuis longtemps tout à fait ailleurs.

***

Lorsqu'une sonnerie continue réveilla Drahoš au matin, il ne se souvenait pas du tout qu'ils s'étaient rencontrés la veille. Il voulut claquer la porte au visage de Wagner, mais le gorille de Marron y lança un coup de pied et il se retrouva par terre.

– Prends tes copains et allez vous faire foutre !

Il jurait et les menaçait d'appeler la police jusqu'à ce que Marron se présente. Normalement, par son nom légal. Il sut tout de suite de qui il s'agissait. Tout le monde savait qui était Marron. Il resta un moment assis au milieu de son salon sur sa chaise de salle à manger, dans ses habits puants de la veille, avec le calibre 9 contre la tête.

Il se souvenait vaguement qu'il avait exhibé cette malheureuse créance. Nominalement, la boîte de média RuPress de Rusnák lui devait quarante briques. C'était écrit. Mais c'était comme s'il avait un acte de propriété pour des terrains sur la Lune. Essayez donc de vous y rendre. RuPress était l'empire médiatique le plus influent de la région. Des radios, des journaux, des magazines. De plus, depuis que Rusnák lui aussi s'était disputé avec le Vieux et qu'il avait permis à ses hommes de s'en prendre à lui, il était devenu une sorte de héros populaire. Lâcher sur lui Wagner et Marron signifiait remettre les médias les plus influents du pays à la mafia et donc au Vieux qui étendait sur elle sa main protectrice. Ce n'était pas correct. Ce n'était pas la première chose incorrecte qu'il ait faite, mais cette fois-ci, il passerait pour un salopard aux yeux de tous sans que cela ne lui rapporte rien.

– Tiens, dit Wagner qui apparaît avec la tasse préférée de Drahoš à la main.

Elle est en céramique, avec un motif coloré de fleurs et un émail craquelé. La seule chose qui lui reste de sa grand-mère. Marron hoche la tête et le gorille sans cou lâche les mains de Drahoš pour le laisser prendre son café. L'arme est toujours appuyée contre son front, si bien qu'il n'arrive pas à boire.

– Écoute, je ne suis pas un fils de pute comme Rusnák. Si on arrive à lui tirer un peu de fric, tu auras quelque chose sur ma propre part, lui assure Wagner.

La pression sur le front disparaît. Marron recule. Il désigne la tasse de son arme, pour montrer qu'il peut boire.

– Nous avons préparé tous les documents nécessaires, dit Marron. Nous allons transférer votre créance sur la société Alfa Tax contre une couronne payable en espèces à la conclusion du marché.

Il parle presque comme un homme de loi.

Wagner ouvre sa serviette et en sort des papiers.

– Arrête de penser qu'on veut te faire du mal, dit Wagner en souriant comme s'ils étaient les meilleurs amis du monde.

Comme s'il ne faisait que lui venir en aide.

– Tu es foutu, tu as fait faillite. Mais n'aie pas peur, maintenant que nous sommes associés, je vais t'aider. Je vais te prêter de l'argent parce que je sais que tu auras de quoi me rembourser. Et je vais t'envoyer un peu de travail, tu verras. Je sais que tu es bon. Tu étais le meilleur d'entre nous, mais tu n'as aucun sens des affaires. Il te faut un partenaire.

Il ne cesse de débiter ces insanités, sans la fermer une seule seconde. Il adore sa voix. Ce petit salopard égomaniaque. C'est clair, il aime mieux s'écouter que se regarder. Il continue à dégoiser tout en étalant des papiers sur la table basse. Drahoš ne les lit pas, il se fait montrer où il doit signer. Quand la porte se referme sur eux, il continue à serrer dans sa main gauche le café turc de Wagner, intact. Il balance violemment la tasse contre le mur et regarde s'écouler la lavasse marron pleine de marc sur les fragments multicolores des fleurs en céramique pulvérisées.

***

Il finit par se lever à la recherche de son portable. Il est complétement déchargé. Il lui faut un moment pour trouver le chargeur. Il compose par deux fois le mauvais code PIN, ses mains ne cessent de trembler. Il inspecte ses contacts. Il parvient à avoir son correspondant à la quatrième tentative.

– Secrétariat de Me Ernst, bonjour, en quoi pouvons-nous vous être utiles ?

Ernst a encore laissé son mobile à sa secrétaire. Il se présente et demande que son ami le rappelle. Si lui ne peut pas l'aider, alors personne ne le pourra. Il est assis sur son divan, il fixe l'écran du Sagem et attend. Au bout de deux heures, il appelle de nouveau. Ça sonne, mais personne ne répond. Une heure plus tard, Me Ernst, la star des avocats de la ville le rappelle enfin.

– Salut, excuse, j'avais des clients. Est-ce que tu veux qu'on se fasse ce déjeuner ?

– Non. Si. Mais ce n'est pas pour cela que j'appelle. J'ai besoin de ton aide. Je viens de faire passer à Wagner la créance sur Rusnák.

Le silence se fait à l'autre bout de la ligne.

– Allô ?

– Combien t'a-t-il donné ?

– Une couronne.

– À Wagner ?

– Oui, à Wagner.

– Tu as complètement perdu les pédales. Est-ce que tu imagines ce que ce salopard va faire avec ? Il va courir droit chez le Vieux et la lui vendre au prix fort. Ensuite ils vont liquider tous les médias de Rusnák. Qui sont à peu près les seuls à s'opposer à ces fumiers qui nous gouvernent. Et après on sera tous foutus. L'État entier sera foutu. Et ça sera ta faute.

La voix d'Ernst ne montre aucune émotion. Si au moins il criait, mais il se contente d'énoncer la simple réalité d'une voix glaciale, cette réalité que Drahoš s'était intensément efforcé de ne pas laisser entrer dans son cerveau pendant les trois dernières heures.

– Je ne voulais pas, gémit Drahoš. J'ai été obligé.

– Comment ça, obligé ? Qu'est-ce que tu racontes ? Tu avais un pistolet sur la tempe ?

– Oui.

– Quoi, oui ?

– Oui, j'avais un pistolet sur la tempe.

– Tu as vraiment perdu les pédales. Tu veux dire que Lolo est venu te voir avec un pistolet et qu'il te l'a mis sur la tête, hein ? C'est ça que tu essaies de me dire ?

– Non.

– Mais c'est exactement ce que tu m'as dit.

– Non, je n'ai pas dit ça. Évidemment que Lolo n'est pas venu avec un pistolet. Il est venu avec Marron et Marron est venu avec le pistolet.

– Seigneur Dieu… tu es où ? Je t'envoie une voiture.

Une demi-heure plus tard ils sont installés chez Ernst. Il ne reste rien d'autre à faire que d'appeler Rusnák pour le prévenir. Il est en train de négocier quelque chose au café au coin de la rue. Cinq minutes plus tard, il fait irruption dans le bureau d'Ernst et au lieu de saluer il assène un coup de poing à Drahoš. L'avocat les sépare, l'ancien judoka est toujours en très bonne forme. Il s'efforce de trouver une solution légale.

– Il ne faut pas que tu reconnaisses cette créance, conseille-t-il à Rusnák. Drahoš va témoigner pour dire qu'elle était fictive, qu'il voulait simplement faire son intéressant.

Ils ne pouvaient pas savoir que le fondé de pouvoir de Rusnák à RuPress avait déjà accepté la créance et qu'il avait touché une commission de cinq pour cent de la part de Wagner. Il savait qu'il n'obtiendrait pas même une fraction de ce que Rusnák lui avait promis au début. Wagner lui remit sur-le-champ quatre cents Štefánik[1] dans un sac de supermarché en plastique blanc. Deux millions. Il était tiré d'affaire.

L'histoire du Joli Petit Pays sous la Minuscule Chaîne de Hautes Montagnes s'emballe. L'après-midi, des hommes des services de sécurité de Marron viennent occuper tous les médias de Rusnák. Radio Angelika ne passe que de la musique. Le matin, le journal à scandale le plus lu du pays ne paraît pas, le soir, les gens sortent dans

1. Avant le passage à l'euro, billet de cinq mille couronnes slovaques.

les rues. On dirait que Marron travaille pour les services secrets qui tentent d'éliminer l'opposition médiatique au gouvernement anti-occidental. Wagner vient d'enfoncer le dernier clou du cercueil politique du Vieux. Un mois plus tard, les élections l'enverront dans la fosse à purin de l'histoire politique. Rusnák devient un héros populaire, un combattant pour la liberté et la démocratie[1]. Il transfère RuPress à un groupe de médias allemand et celui-ci paie son dû à Wagner. Il ne reste pas grand-chose à Rusnák, mais c'est tout de même plus qu'une couronne. Le monde entier pourrait se souvenir de Drahoš comme d'un salopard qui a remis les médias libres entre les mains de la mafia, mais tout le monde l'a oublié à jamais.

***

Šalamún est presque vide, le déjeuner est terminé et le dîner est encore loin. Drahoš ne pleurniche pas, il se contente d'écluser machinalement une prune après l'autre. Ce serait à son tour, mais personne ne s'attend à ce qu'il paie. Quand Ernst entre dans l'établissement, Drahoš est complétement schlass.

– Du courrier de la part de M. Wagner, dit l'avocat en posant sur la table une grande enveloppe marron et en s'asseyant à leur table.

– Qu'est-ce qu'il me veut encore, ce fumier puant ?

1. Cette partie de l'histoire se déroule au moment où le gouvernement anti-occidental tente de ramener la Slovaquie dans la sphère d'influence russe. Les événements sont inspirés de « l'affaire Markíza » qui a contribué à la chute de Vladimir Mečiar, incapable de former un gouvernement après les élections de 1988. Il laisse ainsi la place à l'opposition. Une autre raison de la chute de Mečiar fut son attitude anti-européenne alors que la majorité de la population souhaitait l'entrée de la Slovaquie dans l'UE.

Drahoš tente d'accommoder de ses yeux injectés de sang, d'abord Ernst, puis l'enveloppe.

– Tu devrais regarder, non ?

Drahoš entrouvre l'enveloppe décachetée et dessoûle aussitôt.

– Bon Dieu, il y a combien ?

– Une brique. On n'a pas pu faire plus. Même là, j'ai pris des risques.

– Tu l'as vraiment fait cracher ?

– Tu vois bien, non ?

– Et comment ?

Les lèvres d'Ernst grimacent d'une façon qui rappelle lointainement un sourire. Comme s'il avait par erreur mordu dans un citron et qu'il avait trouvé ça drôle.

– Ne t'occupe pas de ça. Tu ne veux pas savoir.

– Si, je le veux.

– Tu es soûl.

– Je veux savoir quand même.

– Quand tu es soûl, tu veux des conneries. La dernière fois, tu as voulu transférer la créance à Wagner pour une couronne. Tu n'as qu'à t'en foutre, et évite de tout boire d'un seul coup, dit Ernst en se levant.

– Mais je veux savoir, répète Drahoš avec une obstination d'ivrogne.

– Il n'y a pas de quoi, répond l'avocat en guise de salutation et il s'en va.

En fait, Drahoš n'a vraiment pas de quoi le remercier. Car il ne lui a rien demandé, n'est-ce pas ? D'ailleurs Ernst ne l'a pas fait pour lui. Il avait besoin de se prouver qu'un petit salopard sournois comme Wagner ne pouvait pas avoir de prétentions vis-à-vis de lui. Et il avait surtout besoin de le prouver à tout son entourage, sans quoi les autres requins n'auraient pas manqué de l'utiliser comme serpillière jour après jour.

Ce n'était pas difficile, c'était seulement sale. Ernst avait beau avoir son ministre à un poste clé dans le nouveau gouvernement, celui-ci avait les mains liées. Il ne pouvait pas se les salir, du moins pas pour le moment. C'était une question de stratégie à long terme. Et Wagner mettait un point d'honneur à ce que tout soit réglo sur papier. Ils n'avaient aucune chance devant un tribunal. Mais Marron n'était pas aussi pointilleux. Plus que sur les contrats, il comptait dans les transactions sur la force brute qui avait perdu l'essentiel de son efficacité avec le départ du Vieux. En ce moment, il s'échinait à fond de train pour se transformer en chef d'entreprise légitime mais pour y parvenir, il avait besoin de nouveaux alliés.

– Il vous faut du calme et du temps pour vous débarrasser des anciennes transactions ; à nous, en revanche, il faut des résultats rapides.

Ernst s'efforçait d'imposer un contrat à Marron.

– Il y a plusieurs personnes qui ont une belle dent contre vous, mais si vous nous aidez à régler ce bordel que le Vieux a laissé derrière lui, ils peuvent l'oublier.

Marron n'était pas enthousiaste, mais s'il avait refusé net, il ne se serait même pas donné la peine de le rencontrer. Évidemment, il avait fini par accepter.

– Pour commencer, comme preuve de bonne volonté, vous pourriez faire pression sur Wagner pour qu'il arrête de s'en prendre à Rusnák, fit remarquer Ernst comme en passant, entre deux portes, lorsqu'il raccompagna Marron de son bureau.

– Je n'ai plus rien à voir avec cette transaction, je me suis dégagé dès que j'ai appris que c'était un problème pour le Vieux, dit Marron en fronçant le sourcil.

– Je sais, mais vous pouvez faire pression sur lui, n'est-ce pas ?

– Mais qu'est-ce qu'il lui reproche encore, à Wagner ? Mes hommes se sont retirés et j'ai lu dans le journal que Rusnák aussi avait résilié son service de protection serbe et qu'il a fait revenir chez lui sa femme et ses enfants, alors que veut-il de plus ?

– Rusnák a un acheteur pour RuPress, mais Wagner bloque la vente par sa créance de Drahoš. Tant que le tribunal ne règle pas l'affaire, il n'est pas clair à qui appartient l'entreprise.

– Ah, grimace Marron, le garçon a pris des leçons chez nous. Même si votre ministre pilonnait ça comme Rocco Siffredi une minette, cela prendra des mois et l'acheteur enverra tout chier. C'est mieux qu'un calibre 9 contre la tempe, n'est-ce pas ?

Ernst n'apprécie pas vraiment la métaphore de Marron, mais il doit reconnaître que le mafieux fait une description parfaitement exacte de la situation.

– Faites-lui entendre raison.

– Si vous voulez, on peut se mettre d'accord avec les héritiers, c'est toujours plus facile, propose Marron comme s'il parlait d'un banal fait juridique.

– Non ! Je ne travaille pas comme ça. Persuadez-le. Faites-lui peur comme vous voulez, ou faites-lui sauter une ou deux dents, à cette ignoble crapule, mais rien de plus. Dites-lui que nous le paierons correctement, mais j'ai une condition : Drahoš touchera huit millions. Vingt pour cent, c'est un prix juste pour cette créance.

Wagner négocia finalement cinq millions, alors Drahoš toucha moitié moins que ce qu'il avait projeté de lui donner. Comme il n'attendait rien, il n'avait exceptionnellement pas de quoi pleurnicher. Fin de l'histoire. Tout le monde était content, tous en tirèrent un bon profit. Même le dentiste de Wagner. Cela ne dura pas longtemps.

Le meilleur ennemi

Valent le Barge ne fait confiance à personne, mais il doit confier l'affaire à quelqu'un. Un jeune policier amorce sa carrière. Wagner apparaît comme un bon père et met une fin définitive à une vieille inimitié.

Le ministre ne crie jamais.

– Vous êtes certainement devenu fou, dit-il d'une voix calme, égale, glaciale. Qu'est-ce qui vous est passé par la tête ? Est-ce que vous avez seulement une idée de ce que cet homme a fait pour l'État ? Comment avez-vous pu vous permettre ça ?

Ce n'est pas par hasard qu'on surnomme le lieutenant-colonel Valent « le Barge ». Dans son costume, il fait l'effet d'un ours sur un scooter, mais il connaît les usages. Il vient voir le ministre en costard.

– Monsieur le Ministre, il protège ces brigands. Si nous ne trouvons pas d'informations, nous ne les prendrons jamais.

– Alors vous avez confisqué les ordinateurs de l'avocat le plus célèbre de la ville ? Et vous vous disiez que ça allait passer comme ça ?

Évidemment, le Barge n'avait pas pensé une seule seconde que ça passerait comme ça. Il risquait un tir à vue. À le voir, on dirait quelqu'un que même une bande de malfrats ne voudrait pas rencontrer dans une ruelle mal éclairée, mais il liquide la mafia avec sa tête, pas avec ses poings. Il n'est pas idiot, il sait bien qui est qui. Il ne s'agit pas du fait qu'Ernst soit l'homme du ministre. Ça, il n'en a rien à foutre. C'est le ministre qui est l'homme d'Ernst. Voilà déjà deux fois que son ancien tuteur l'a installé dans un gouvernement.

– Monsieur le Ministre, regardez d'abord ceci.

Il lui tend un mince dossier marqué « Confidentiel » en lettres rouges.

– Seigneur Dieu !

Le ministre invoque le nom du Seigneur en vain dès la première page. C'est un bon catholique, cela ne lui arrive pas d'habitude. Le Barge sait qu'il a fait mouche.

– Ça sort vraiment de son ordinateur ?

Le Barge hausse les épaules.

– Ça et bien d'autres choses.

Ernst a dépouillé plus de malfrats que la chute de la Bourse de New York. Il savait s'y prendre parce qu'il savait être pire que le pire de ses adversaires. Selon lui, la cause qu'il servait sanctifiait sans réserve n'importe quel procédé. C'était un entremetteur typique, mais au service de l'État. Il était détesté par une foule de magistrats dont il gâtait les transactions. Pour le Barge, il avait été facile de s'arranger pour que quelqu'un signe l'ordre de perquisition de son bureau et la confiscation de sa comptabilité.

– C'est comme ça, Monsieur le Ministre, quand on nettoie un égout, on se met de la merde partout, je comprends cela, on ne peut pas faire autrement. Il a agi ainsi parce qu'il ne pouvait pas faire autrement. Il n'y avait pas de solution légale, alors il a fait appel à la mafia parce que sinon on aurait volé l'entreprise de son client.

Ensuite l'entreprise aurait attaqué l'État et avec un bon juge elle l'aurait délesté d'environ vingt millions. Mais maintenant, il doit défendre ces bandits.

– C'est son boulot, il est avocat. Ce sont les gens à problèmes qui font vivre les avocats. Les gens sans problèmes n'ont pas besoin d'avocats. Où irions-nous si nous commencions à récupérer des informations confidentielles dans les ordinateurs des avocats ?

– D'accord, mais ce sont ces mêmes malfrats dont vous avez proclamé qu'ils devaient être notre priorité. Doudou les a protégés pendant quatre ans, là, derrière ce bureau où vous vous trouvez. Ils s'en mettaient plein les poches, les salopards. Ils ont toujours leurs taupes ici. Si Ernst se met à jouer contre nous lui aussi, nous n'avons aucune chance.

– Que proposez-vous ?

– Nous allons lui rendre ses ordinateurs. Nous nous excuserons poliment. De toute manière nous ne pouvons rien utiliser là-dedans en cas de procès. Ensuite, vous irez le voir et lui dire qu'il défende ces fumiers comme il veut, à condition de le faire proprement. Et moi, je vous garantis que je vais m'en occuper pour vous. Je les ferai beugler, les fils de putes.

***

Quand le Barge retourne dans son bureau, il se met à inspecter les disques copiés d'Ernst. Des jugements tout prêts au bénéfice de ses clients, avec même les attendus, dont certains auxquels ne manquait plus que la signature des juges. Les actes de propriété d'entreprises chypriotes. Les numéros de comptes avec les noms et les montants. Les copies de lettres de change douteuses pour des dizaines de millions. Des conversations privées avec des politiciens et les magistrats de la Cour suprême. Avec les avocats des parties adverses. Des notes personnelles sur les hommes du milieu ou les procureurs. Ceux qui préfèrent du liquide dans un sac en plastique et ceux qui se contentent de vacances à Cuba.

Si on pouvait s'en servir, il faudrait faire ajouter à la taule un nouveau bâtiment pour loger ces crapules corrompues. Mais il serait aussi obligé d'impliquer Ernst et ce ne serait pas juste. L'avocat ne fait que la même chose que le Barge. Il choisit le moindre mal. Le Barge se fait l'effet d'un gosse diabétique qu'on aurait enfermé toute une nuit dans une confiserie.

Au petit matin, il arrive à un dossier spécifique, Lolo. La seule chose qui y manque, c'est le jugement préfabriqué qui enverrait Wagner au trou pour deux cents ans environ. Il ne prendrait pas moins, impossible. Ernst a systématiquement réuni contre lui quantité d'affaires et s'il les sortait, Wagner serait cuit.

Il remet à son adjoint la clé USB avec les informations sur Wagner.

– Écoute, donne-le à quelqu'un pour qu'il commence à le vérifier. Mais prudence, mon vieux, parce que ça ne vient pas de nous, tu comprends. Donne-le à quelqu'un qui a un cerveau. Qu'il essaie d'arriver à ça par un autre biais, d'accord ?

– J'ai ce petit jeune qu'on a récupéré à la région quand on a viré la taupe de Doudou.

– Non, je ne le connais pas. Donne-le à quelqu'un à qui on peut faire confiance.

– Tu ne fais confiance à personne.

– Non.

– Alors à qui dois-je le donner ?

– À quelqu'un en qui tu as confiance, mec.

– Je vais le donner à ce jeune. Il est habile, ça le démange, il veut travailler et il n'a pas encore de liens à la Capitale.

– Bon, d'accord.

***

Payer pour se compromettre lui-même faisait à Wagner un effet bizarre. En même temps, il savait bien qu'il n'avait jamais acheté d'informations plus importantes. Il fallait qu'il sache ce que les flics savaient pour pouvoir régler les choses à temps. Il avait promis une bonne prime au jeune capitaine aux fringues décaties et au blouson de similicuir de chez les Chinois, s'il examinait les différentes affaires au rythme et dans un ordre qu'ils fixeraient tous deux d'avance. C'était un garçon futé, il avait une belle carrière devant lui.

– Me Ernst nous pose un problème que nous ne pouvons pas continuer à ignorer, il va falloir le régler, annonça-t-il au Hongrois.

– Nous lui rappellerons avec insistance que nous avons un accord.

Le puissant sexagénaire aux cheveux gris coupés court met en suspens une sorte de point d'interrogation à la fin de la phrase. Ils sont assis dans la suite privée du Hongrois à l'Aurore Ambrée, celle dont il se sert pour des rencontres sensibles. Elle est sécurisée contre les écoutes plus sûrement que le bureau du directeur des services secrets. Ce n'est pas possible autrement, l'entreprise veille sur la sécurité de la centrale nucléaire et les dépôts de l'armée.

Horus Security n'est pas uniquement un robinet supplémentaire sur l'aqueduc à finances étatique. Son logo comporte l'œil d'Horus, symbole de force dans l'Égypte ancienne. Horus n'éprouve assurément pas de répugnance à mettre en œuvre des solutions énergiques. Hormis les légionnaires en retraite et les cagoulards, l'entreprise emploie aussi des spécialistes de la surveillance électronique et des hackers d'élite. Elle fournit des services complexes à des clients choisis.

– Cet accord est mort, lui annonce Wagner.

***

C'était un accord de gentlemen, dont on ne pouvait guère invoquer la validité devant un tribunal.

Quand on avait sorti la petite Wagnerová de sa classe G en accordéon, l'unique substance légale qu'on découvrit dans son sang fut l'alcool.

– Papa, ne fais pas d'histoires, avait-elle dit en prenant un air blessé, lorsqu'il s'était rué, plus effrayé qu'en rage, dans la chambre de l'hôpital privé dans lequel on l'avait fait transporter.

Elle avait démoli un réverbère. Elle avait foncé droit dedans, à pleins gaz, comme s'il n'y avait pas eu de virage. S'il lui avait payé une voiture moins sûre, elle y serait restée. Il avait rémunéré la police sur place, la presse à scandale n'était pas un problème. Il entretenait sa propre meute d'hyènes pour qui le salaire payé par leurs rédactions ne constituait que de l'argent de poche. Il les laissait écrire qu'il était un homme d'affaires controversé, mais pour les médias, sa famille n'existait pas. Ils ne publiaient des choses horribles que sur les gens à qui il fallait donner une leçon ou qui cherchaient vraiment des problèmes.

Elle était choquée, la ceinture lui avait contusionné les côtes et l'airbag, cassé le nez, mais elle n'avait pas d'autres fractures ni d'hémorragie interne. Par acquit de conscience, ils la gardèrent en observation et l'examinèrent avec un soin par trop excessif. Ils avaient enfin la chance de prouver qu'ils méritaient leur salaire annuel exorbitant. Les résultats ne furent pas bons.

– Monsieur Wagner, votre fille n'a souffert d'aucune blessure sérieuse, mais nous avons trouvé certaines choses que vous devriez savoir, dit le médecin qui avait eu la charge de s'occuper d'elle, sur un ton gêné.

Il comprit aussitôt.

– Elle est enceinte ?

– Non, monsieur Wagner, elle n'est pas enceinte.

Il mit un bon moment à comprendre enfin.

– Jésus-Christ… elle a un cancer ?

Les antibiotiques suffirent pour les chlamydias, la blennorragie et la syphilis, le test VIH était, grâce à Dieu, négatif. L'ecstasy et l'herbe ne présentaient pas de problème majeur, mais il s'avéra presque impossible de la faire décrocher de la cocaïne. Il ne comprenait pas comment cela avait pu lui arriver. À peine commença-t-il à poser des questions ciblées qu'il découvrit que tout le monde était au courant, alors que lui, dont le gagne-pain était de savoir toutes les crasses sur tout le monde, ne s'en était même pas douté. Le soir où on l'avait tirée de la voiture démolie, elle revenait de discothèque où elle s'était donnée à sept footballeurs et à plusieurs autres hôtes de passage. Dans les toilettes hommes. Elle n'avait pas été violée. On disait que quand elle avait consommé et qu'elle avait envie, même une petite armée d'occupation ne lui aurait pas suffi.

– Je n'ai pris que quelques verres et je n'ai pas tenu le coup. C'était une erreur, pardon papa.

Elle le regardait avec des yeux qui savaient toujours tirer de lui ce qu'il y avait de meilleur – des concerts à Londres, des achats à New York, des sacs à main que ses parents à lui auraient mis un an à payer de leur travail, des bijoux plus chers que leur appartement. C'est uniquement en voyant ces yeux d'une sincérité enfantine qu'il avait l'impression d'être vraiment aimé. De compter pour quelqu'un. Il se tenait là avec le rapport du médecin dans les mains, il regardait ces yeux innocents et il ne savait que faire.

– Papa, tu crois des docteurs et pas moi ?

Les camées vous mènent en bateau. Et font les putes.

Il s'abaissa et alla trouver Ernst. Comme un père va voir un père. Il ne pouvait tout de même pas l'envoyer à Solis. Son meilleur ennemi organisa aussitôt l'admission dans une clinique discrète en Suisse.

– Nous avons merdé, Lolo. Nous avons tout, mais nous n'avons jamais de temps. Nous leur avons tout donné, mais elles n'ont pas eu de père.

Ils s'étaient terriblement soûlés dans le bureau d'Ernst.

– Nous faisons tous deux la même chose, baragouinait Wagner à la troisième bouteille de cognac. Sauf que toi, tu le fais pour ces putains de salopards et moi je le fais pour ma famille.

Ils avaient conclu un pacte. Ils savaient qu'ils seraient toujours adversaires dans le bizness, mais ils ne chercheraient jamais à se prendre à la gorge.

– C'est un sport. Un coup tu gagnes, un coup tu perds, et ils se serrèrent la main.

***

Wagner hésite un moment et il détourne le regard comme s'il avait l'esprit tout à fait ailleurs. Quand il se retourne à nouveau vers les yeux du Hongrois, son propre regard ne montre de nouveau plus que la rage.

– C'est un salopard et un arnaqueur à qui on ne peut pas faire confiance. Débrouille-toi pour que je n'entende plus parler de lui.

– Tu es sûr ? interroge le Hongrois en levant les sourcils.

– C'est clair que je suis sûr, explose Wagner. Tu es là pour régler les problèmes, alors occupe-toi de ce merdeux.

– C'est pas un problème de s'occuper d'Ernst, mais peut-être que ça peut poser un problème de régler les conséquences. Les nôtres ne sont pas au pouvoir en ce moment. Il a pour lui la moitié du gouvernement. Ils vont te sauter dessus comme un chien sur de la viande fumée.

– Je leur chie dessus, qu'est-ce qu'ils peuvent me faire ? Ils m'enverront les flics, ils n'ont pas les couilles pour faire autre chose et les flics ne sont pas un problème. Ils ne pourront rien prouver contre moi, les petits crétins.

Le Hongrois hausse les épaules et fait venir Casse-Dalle.

– Je veux une surveillance approfondie. Les habitudes, la famille, les déplacements, les contacts, tout, ordonne-t-il en guise de préparatifs.

– Des écoutes ?

– Seulement les téléphones. On ne peut pas risquer qu'il trouve quelque chose chez lui ou dans son bureau.

– Au cas où, on peut s'arranger pour que ça ait l'air de venir de la part de l'État.

– Vous avez encore ces trucs dont ils se servent ?

– Je pourrais en trouver.

Horus s'est doté d'une technologie que la police demande d'année en année au Père Noël mais qu'il ne lui apporte jamais, parce que les autres n'auraient même plus de quoi mettre leurs chaussettes sous l'arbre. Les services secrets ont un équipement presque aussi bon qu'Horus, mais d'une fabrication meilleur marché.

– Pas la peine, les téléphones suffisent, décide-t-il. Est-ce que Junior est arrivé ?

– Il doit venir déjeuner.

– Dis-lui de passer me voir, j'ai besoin de lui parler. Et appelle Solis, ce soir on a des invités, qu'ils amènent des filles pour onze heures.

L'hôtel a des parties privatives comme cette suite, et des parties commerciales qui rappellent par leur nature plutôt des studios de télévision. Des micros et des caméras que même un professionnel des plus avertis ne découvrirait pas à l'œil nu en couvrent chaque mètre, toujours depuis plusieurs angles.

***

L'Aurore Ambrée avait été une idée de Président. Quand il était tombé dans le pot au miel, il y avait pris goût.

– Chez moi, ça vaut que dalle, s'était-il plaint.

Ils le savaient. C'était un secret de polichinelle qu'il n'avait pas épousé sa femme mais son beau-père. Président avait des ambitions, le beau-père, des moyens. La fille était restée sur le carreau, c'était écrit dès sa naissance. Elle n'était pas bonne à grand-chose, tellement elle était revêche.

Elle l'avait épousé car il n'y avait personne d'autre sous la main et c'était convenable d'avoir un mari. Ils avaient fait un fils, ça aussi c'était de bon ton. La chose avait été rapide et banale comme un acte notarié. Leur vie érotique s'était arrêtée là. Elle ne s'intéressait pas à ce qu'il faisait en dehors de la maison, pourvu qu'il n'y ait pas de ragots.

– Peut-être que je pourrais un peu renforcer mes contacts avec Evelyn aussi de manière personnelle, qu'en penses-tu ? avait dit Président en faisant un clin d'œil au Chauve. Mais sans caméras !

Ils étaient en plein brainstorming avec Doudou. Une idée, un cognac. C'est ainsi qu'ils réglaient les affaires et la politique. Tous les trois se mettaient d'accord puis ils le faisaient savoir au public. Du moins à ceux qui devaient être au courant. C'était à peu près la quinzième idée de la soirée.

Le Chauve n'était pas d'accord et faisait non de la tête.

– Ça ne te suffit pas, ce que tu as au siège ?

– Toi non plus, tu ne veux pas bouffer la même chose tous les jours.

– Oui, toi, tu changes de voiture tous les six mois et pourtant tu les aimes, tes autos, le soutenait Doudou.

Lui-même aurait pu se payer n'importe quelle fille, mais on n'avait entendu parler d'aucune aventure. Sa femme était capable de le tuer pour ça et de s'arranger pour qu'on croie à un accident. Elle avait une formation spéciale. On ne devrait jamais se taper sa collègue, surtout dans sa branche.

– J'ai une idée, les rembarra le Chauve.

Il fallait d'abord qu'il en discute avec Wagner et il était sûr que l'idée n'allait pas lui plaire.

***

– Bien au contraire. On va leur construire le baisodrome le plus luxueux de la république, à ces idiots, dit Wagner en se frottant les mains d'un geste volontairement exagéré, comme le méchant sorcier du conte. Un hôtel avec spa pour les familles avec accès illimité. On amènera les putes de l'extérieur. Le même matériel que d'habitude parce qu'elles ne peuvent pas faire de problèmes. Ça sera le meilleur reality show de l'histoire, dommage qu'on ne puisse pas le diffuser en live.

– Je ne comprends pas qu'ils aient pu venir avec cette idée. Tu comprends, me la présenter à moi.

– Ils se disent que tu les possèdes depuis longtemps, que vous vous appartenez. Vous faites du bizness ensemble. Vous dirigez même tout l'État ensemble. Tu ne vas pas les empaumer, à quoi cela te servirait-il ?

– À titre de précaution, dit le Chauve en riant.

– Et là, ils vont encore se lâcher, ricanait Wagner avec lui.

– En comparaison avec ça, ce que nous retirons de la Cabane en Pain d'Épice sera comme Blanche-Neige et les sept nains.

Il s'avéra que Wagner était un fin connaisseur de la nature humaine.

Quand Porcelet eut compris qu'il pouvait faire ce qu'il voulait avec les filles, il se livra à des trucs qu'il n'avait même pas pu prendre sur internet.

– Ça sort vraiment de sa tête de cochon de pervers malade, dit Wagner en se détournant de son portable.

Il ne regardait généralement pas ces choses, mais le Chauve avait estimé que là, il devait faire une exception. Et on pouvait compter sur le jugement du Chauve.

– Berk, ça, c'est vraiment trop, dit-il en frissonnant.

– Un jour, l'une d'elles s'en souviendra et nous aurons un problème, lui assura le Chauve. Il faut qu'on en finisse, ou au moins qu'on arrive à le mettre sous contrôle.

– Non. Tu devras régler ça.

– Comment ? On va les enterrer dans la forêt comme les prête-noms des années quatre-vingt-dix ?

– Et elles manqueraient à quelqu'un ?

Le Chauve réfléchit.

– En fait, non. C'est des cas-soc.

C'était un dealer de pervitine[1] qui leur fournissait les filles. Il était allé en cure de désintoxication et, fait étonnant, il s'était sevré de sa marchandise. Il leur amenait ses clientes qui n'avaient pas de quoi se payer une dose. Soudain, le Chauve relia tout cela dans sa tête et il inventa Solis Ortus.

L'assistante sociale leur choisissait des fumeuses d'âge optimal, jolies, saines, avec des parents adéquats, sans contacts, sans moyen, sans jugeote. Le tribunal les bouclait et jetait la clé. Le ministère des Affaires sociales les payait grassement pour chaque unité. La qualité monta nettement, les épaves accros à la meth furent envoyées ailleurs, pour une tout autre clientèle. L'ancien toxicomane et dealer devint directeur du centre de réhabilitation et quand, après une courte pause dans l'opposition, ils revinrent au gouvernement, ils livrèrent carrément le secteur à Porcelet, pour avoir les choses totalement sous contrôle.

– Je reconnais que tu es génial, le félicita Wagner. Un *perpetuum mobile* de putes gratis.

Ce fut le Hongrois qui construisit et géra l'hôtel. Cela avait sa logique. Il venait le contrôler personnellement tous les mois et annonçait dans son rapport qu'il était propre et sûr. Comment pouvait-il en être autrement, il était protégé par Horus, la meilleure agence de sécurité

1. Drogue semblable à la métamphétamine, fabriquée dans les pays de l'Est.

dans ce Joli Petit Pays sous la Minuscule Chaîne de Hautes Montagnes.

***

Le Hongrois n'est soudain pas si sûr de ne pas s'être associé avec un fou dangereux. Ernst raisonne comme un tordu et suit des sentiers très spéciaux, mais à la différence de Wagner, il a de vrais amis et une réputation sans tache. Cette ordure morveuse qui occupe maintenant le fauteuil de Doudou liquide leurs hommes dans la police les uns après les autres. Ils n'auront personne à l'intérieur pour les couvrir. Cela reviendra à danser l'*odzemok*[1] sur une fine couche de glace.

– Écoute-moi bien, Junior.

Il laisse son fils debout comme à l'armée lorsqu'on formule un ordre.

– Si je te revois sur la liste des chambres non numérotées, je t'interdis l'entrée dans l'établissement et tu n'y mettras plus les pieds tant que je serai en vie. C'est clair ?

– Oui, père.

– Que dirait maman, si elle savait ?

Le jeune tente au moins un peu de résistance passive.

– Si maman savait, on prendrait la porte tous les deux, toi et moi.

Devant son père, le bagarreur le plus redouté du district se sent comme une souris d'animalerie achetée pour une maison avec un terrarium plein de serpents.

– File à la maison et dis à maman que je rentre tard.

En fait, il n'est pas aussi en rogne qu'il le prétend. C'est contre ses principes d'utiliser leur propre

1. Danse populaire masculine au caractère enlevé.

marchandise, mais si son fils se choisit une fille en même temps que d'autres clients, cela leur donne au moins un sentiment de sécurité.

***

Il se passe des mois avant que le Hongrois ne rassemble toutes les informations pour permettre à ses hommes de mener une opération propre. Il vérifie que le travail n'a pas été inutile. Il serait soulagé si c'était le cas.

– Tu es toujours sûr ?

– Ne recommence pas, dit Wagner en agitant la main.

Le Hongrois fait appeler Casse-Dalle.

– J'ai un boulot spécial pour toi. Ça ne te plaira pas, mais tu es le seul à qui je puisse le confier.

***

Pour Casse-Dalle, c'est une idée idiote de laisser le type à l'air libre. Mais il n'est que l'exécutant, il ne va pas commenter les décisions de ces messieurs. Ils doivent savoir ce qu'ils veulent. Casse-Dalle se considère comme un plombier. Si vous avez un problème de chiottes, Casse-Dalle peut le régler. Il faut avoir l'estomac bien accroché et savoir ce qu'on fait quand on met les mains dans les merdes des autres. Il suffit d'une petite inattention et elles vous collent à la peau. Un travail sale, mais bien payé. Et relativement simple.

La voiture de Casse-Dalle porte le logo du service de surveillance concurrent, celui que se paie Ernst. Même si quelqu'un la remarquait par hasard, ce qui n'arrivera pas, cela ne semblera bizarre à personne qu'il inspecte un bien protégé. La maison est située au bout de la rue.

L'avocat tient à sa vie privée, la maison n'est visible d'aucun voisin. Ce serait une pure insanité de tripoter le système de sécurité. Casse-Dalle en sait assez sur les équipements d'alarme pour ne pas chercher à les toucher. On peut les court-circuiter, mais c'est compliqué, risqué et ça laisse des traces. Il faut les contourner. Il est beaucoup plus simple de monter sur le toit. Pourquoi irait-on sécuriser son toit et sa cheminée ? Pour qu'un Père Noël arsouillé ne tombe pas dans l'âtre le soir de Noël ?

Il enfile des gants chirurgicaux, choisit une fiole en verre contenant un liquide clair et le verse dans la cheminée. Une petite chose inoffensive – elle s'évaporera d'ici un moment et ne laissera derrière elle qu'une pestilence insupportable. À faire gerber même un putois. Il prend soin de ne pas toucher cette cochonnerie. D'ici quelques minutes, la maison deviendra temporairement inhabitable. Il descend du toit, monte dans sa voiture et se gare dans une ruelle adjacente d'où il a vue sur la rue principale. Il tire de sa poche son sandwich. Il ne pense pas devoir rester jusqu'à la nuit, mais il se l'est fait préparer de toute façon. Une escalope de poulet avec du cornichon. Cela lui semble une petite supercherie, il aurait préféré un rôti de porc classique, mais de la part de son épouse, toute grillade est une grande concession. Il attrape une canette de bière sans alcool sur le siège arrière et fait comme si c'était un vrai déjeuner. Il n'a pas encore besoin d'être aux aguets, on lui fera savoir quand l'avocat quittera son étude.

***

En quittant le Hongrois, Wagner appelle Ernst. L'avocat décroche à la première sonnerie.

– Salut, il se passe quelque chose ?

Ils ne s'appellent pas souvent. Parfois ils arrivent à se mettre d'accord. Faire un troc. Une chose contre une autre. Ou quelqu'un contre quelque chose.

– Non, rien. Sauf qu'aujourd'hui ça fait deux mois que ma fille est rentrée de Suisse et pour le moment, tout baigne. Je voulais te remercier.

– Pas de quoi, peut-être que ça marchera cette fois-ci. Je croise les doigts.

– Merci. J'apprécie, vraiment.

***

La sonnerie du portable tire Casse-Dalle de sa sieste.

– Il est à toi, dit la voix dans l'appareil.

Il n'a pas besoin de répondre. Moins ils en disent, mieux ça vaut. Il raccroche, s'étire un peu et surveille la rue. C'est un quartier tranquille avec un minimum de circulation. Manifestement, Ernst ne rentre pas directement chez lui. Au bout de deux heures, Casse-Dalle commence à se faire moins attentif, mais la Mercedes noire classe S ne peut pas passer inaperçue. Il attend quelques minutes, puis se dirige vers la maison. Le temps qu'il arrive, toutes les fenêtres sont grandes ouvertes. Et pas seulement les fenêtres, la porte d'entrée aussi. Il ne s'attendait pas à ce que ça soit aussi facile. D'un bond fluide, il saute par-dessus la basse haie ornementale. Malgré sa silhouette de lutteur vieillissant, Casse-Dalle est agile comme un chat. Il se reçoit tout à fait discrètement. Il sort son CZ 9 mm et débloque la sûreté. La balle est dans la chambre, il suffit d'appuyer sur la détente. Il entre dans la maison sans bruit. La porte donne dans une grande pièce à vivre avec une cheminée. Des lignes pures, des tons élégants de bleu et de gris. L'ameublement semble presque ordinaire, mais Casse-Dalle ne doute pas que les seuls meubles ont coûté plus cher que tout son appartement. La puanteur est incroyable, elle le crispe et il manque rejeter son escalope de poulet. Il bande ses forces pour se maîtriser. Laisser du dégueulis sur le lieu du crime serait un suicide professionnel. Dans le cas présent, sans doute pas uniquement professionnel. Il se tient dans l'entrée et regarde rapidement autour de lui. Il ne voit pas l'avocat, son portefeuille et son mobile sont posés sur la table basse, sa serviette de cuir, sur le canapé. Il ne peut pas jouer au chat et à la souris dans une maison inconnue.

– Maître Ernst, monsieur ? Vous êtes là, maître ?

Il entend des pas, du bois qui grince. Manifestement un escalier. L'avocat apparaît dans le couloir à gauche, une expression de surprise sur son visage.

– Bonsoir, monsieur Ernst, tout va bien ? Je suis de la sécurité, tout est ouvert, dit-il en devançant toute question.

Il tient son arme baissée le long de son corps.

– Bonsoir, salue l'avocat tout pâle et perturbé.

Il s'arrête un moment, puis il s'avance vers Casse-Dalle.

– Quelque chose pue terriblement ici, explique-t-il inutilement et il regarde autour de lui comme s'il cherchait l'origine de la pestilence.

Quand il est à trois mètres de lui environ, Casse-Dalle lève le bras et lui tire dans la poitrine. La détonation discrète du 9 mm semble bruyante dans la maison, mais Casse-Dalle est sûr que personne ne l'a notée au-dehors. Les gens ne font pas attention même à des choses plus sonores. Ernst n'a même pas le temps d'avoir peur. Étonné, il s'effondre au sol en cherchant à aspirer une bouffée d'air. Casse-Dalle vérifie. Un tir net, en plein cœur. Il était inconscient avant de tomber sur le tapis de laine. Il attend que le râle respiratoire cesse pour de bon. Cela ne prend pas trois minutes. Il sort discrètement de la maison et referme la porte d'entrée derrière lui. Il fera son rapport au Hongrois en personne.

***

Le jeune capitaine en baskets de marque, jean bleu et blouson de cuir fait attention, mais il n'a aucune raison de s'inquiéter. Tous veillent à ne pas effacer des indices dans la maison d'Ernst, pourtant personne n'irait imaginer qu'il puisse s'en ajouter de nouveaux.

***

Il faut du temps, mais la police finit par mettre la main sur deux cambrioleurs. Ils avouent qu'ils sont allés chez Ernst pour le voler. Quand il les a surpris, ils ont paniqué, lui ont tiré dessus et ont pris la fuite. Des amateurs, ils ont laissé des indices biologiques sur place.

– Ils nous les ont offerts sur un plateau.

– Oui, Monsieur le Ministre, convient le Barge.

– Des cambrioleurs qui tuent un homme et n'emportent rien, pas même les huit mille qu'il avait dans son portefeuille, là, sur la table près de laquelle on l'a trouvé étendu ?

– Oui, c'étaient peut-être de vrais connards, mais ils ne l'auraient pas eu d'un seul tir au cœur, ce n'est pas si facile. Même moi j'aurais du mal à le faire et je me dis que je suis plutôt bon.

– Valent !

– Vous avez demandé, alors je vous dis ce qu'il en est.

Le ministre n'est pas un mauvais gars, mais en même temps, il n'est que juriste. Il ne sait pas à quoi ressemble la vraie vie. Ou la vraie mort.

– Il faut qu'on les fasse parler. Qui les a envoyés ?

– On ne pourra pas, Monsieur le Ministre. Je m'en suis occupé. Séparément. Entre quat-z-yeux. Ils ne diront rien.

– Ils vont prendre vingt ans. On leur promet une réduction de peine s'ils coopèrent.

– Ils ne le feront pas.

– Essayez au moins.

– Monsieur le Ministre, ils savent qu'ils peuvent se faire coffrer, mais qu'on devra les relâcher un jour ou l'autre. Ils ne diront que dalle. Ils passeront longtemps au trou, mais ils resteront en vie.

Wagner a donné, Wagner a repris

Boulier ne sait apprécier que la quantité, la qualité le laisse sur sa faim. Le ministre de la Défense s'aperçoit qu'il a ses propres Bond et qu'il est monsieur M. Wagner fait tomber un autre gouvernement et laisse échapper un mouflon d'une réserve privée.

Wagner a une aversion innée envers les types de haute taille, mais il aime bien Boulier. Celui-ci le fascine. Il a connu une foule de gens dans sa vie, mais personne qui soit arrivé si loin en étant aussi limité. À première vue, Boulier paraît presque intelligent, mais la réflexion logique n'est pas son fort. Wagner est arrivé à la conclusion qu'il ne sait pas réfléchir du tout, il ne sait que compter et même là, il n'est pas allé plus loin que les tables de multiplication. C'est pour cela que tout le monde l'appelle Boulier par-derrière, d'après le boulier de calcul que les caissiers russes utilisaient encore au début des années quatre-vingt-dix.

– Lolo, mes sondages ne font que baisser, ce n'est pas normal. Il faut arriver à stopper ça.

Ils prennent leur petit déjeuner dans la cuisine de Wagner, et Boulier enfourne son omelette comme si c'étaient des flocons d'avoine dans un buffet d'hôtel.

Même s'il aime bien Boulier, Wagner est vexé. Le garçon n'a aucun respect pour la bonne nourriture.

– C'est comment ?

– Hem, ça va, répond Boulier, la bouche pleine.

– J'ai fait mariner les champignons toute la nuit dans un mélange spécial, secret du chef.

Wagner essaie de lui extirper ne serait-ce qu'une once d'appréciation. La cuisine, c'est sa passion. Certes, on lui a enlevé les trois quarts de son estomac – les docteurs lui faisaient peur en lui disant qu'il n'arriverait même pas à cinquante ans avec une obésité pareille – mais il continue à apprécier la bonne chère. Tant qu'il se voit uriner, il n'a pas de raison d'avoir des craintes.

– Je suis allé chercher les œufs moi-même à la ferme. J'y ai aussi carrément acheté le jambon fumé maison et le lait frais. Une vraie omelette paysanne. Saine. Bio.

– Deux pour cent, c'est de la folie, Lolo !

Cela n'a aucun sens. Quand il l'a emmené dans le meilleur restaurant d'Autriche avec deux étoiles au Michelin, Boulier n'a pas arrêté de se demander comment ils pouvaient servir de si maigres portions à des prix aussi exorbitants. Il avait beau lui expliquer qu'il s'agissait d'un vrai travail d'artiste et qu'il devait le savourer… « Je l'aurais savouré, si seulement ça m'avait nourri », geignait-il encore lors du voyage de retour en avion privé tout en enfournant des poignées de noisettes et d'amandes du bar.

– Il faut stopper ça, sinon aux prochaines élections ils vont me chasser du parlement, dit Boulier en agitant sa fourchette en argent, sur laquelle est gravé un W coiffé d'une couronne.

Quand Boulier est arrivé du premier coup au gouvernement avec son nouveau parti, il s'est mis à croire en lui-même à la façon dont les saints croient en Christ.

Il ne pouvait admettre que c'était peut-être lui-même qui ne faisait pas ce qu'il fallait. Il ne doutait jamais de lui. C'est aussi pour ça que Wagner l'aime. Boulier est tellement limité qu'il n'a même pas besoin de le payer. Wagner renonce à sa discussion culinaire – si Boulier doit continuer à prêter attention, il faut qu'ils parlent de Boulier.

– Ils ont peur de toi, alors ils intriguent.

Wagner en rajoute, en parlant à un ego déjà monstrueusement surdimensionné.

– Ils savent qu'après de nouvelles élections ce serait toi qui formerais le gouvernement et ça, ils ne peuvent pas l'accepter.

– Le pire, c'est que même les médias leur obéissent.

– C'est sûr, ils ont vraiment tous les journalistes à leur solde. Ils écrivent ce qu'on leur dicte. Je sais de quoi je parle.

– Mais maintenant, je vais leur régler leur compte, à ces salopards de scribouillards, dit Boulier avec une grimace de rire malveillant.

Wagner hausse les sourcils.

– Dis voir, qu'est-ce que tu proposes ?

– Je vais leur imposer un dress code au parlement. Pas de tongs ou de bermudas, ils vont bien transpirer, les fils de putes. Je vais leur montrer ce que c'est que le protocole.

Boulier est content de lui-même comme s'il venait d'acheter une télévision publique d'État avec en sus deux quotidiens d'opinion. Wagner fait un effort pour ne pas lever les yeux au ciel. Manifestement, Boulier n'a pas encore digéré les titres de journaux après qu'il a reçu des ambassadeurs vêtu d'une chemisette à manches courtes et chaussé de sandales avec des socquettes.

Wagner ricane d'un rire malveillant et espère qu'on ne voit pas à quel point il se force.

– C'est ce qu'il leur faut, à ces putes de journaleux ! Mais ils n'écriront pas mieux sur toi, même si tu les habilles en smoking. Tu as tout de même un ministre de la Culture, pourquoi ne lui demandes-tu pas de leur serrer un peu la bride ?

– C'est une espèce de connard, un incapable et un paresseux. Il leur a encore libéralisé la loi sur la presse, ce débile, non ?

– Alors il te sert à quoi ?

– Il me fallait des gens quand je voulais fonder mon parti et il ne s'est présenté personne de mieux. Je dois travailler avec ce que j'ai.

Boulier s'est créé un parti comme d'autres créent une société à responsabilité limitée. Il en a sélectionné les membres comme des salariés, il a eu un entretien personnel avec chacun d'eux. Cela aurait pu fonctionner, s'il avait su ce qu'il cherchait vraiment.

– Les journalistes, je leur chie dessus, je n'ai pas besoin d'eux. Je vais faire un blog et je le mettrai sur Facebook.

– Est-ce que ça va marcher ?

– Tu serais étonné, Lolo, de voir combien de gens lisent ça. Je peux te montrer les chiffres.

– C'est toi, le roi du marketing, si tu dis que ça suffit, alors je suis sûr que tu as raison.

En fait, Wagner se fiche de ce que Boulier deviendra aux prochaines élections, l'essentiel pour lui est qu'elles arrivent le plus tôt possible. La Première ministre est une conne folle qui a totalement perdu les pédales. Wagner ne comprend pas que ses propres hommes ne l'aient pas encore fait priver de ses droits civiques et enfermer dans un asile de fous. Encore si elle passait tous les bizness à ses copains, ça pourrait s'accepter. Les gros joueurs ont des pions dans les deux camps, de temps en temps ils récupéreraient quelque chose. Une fois un peu plus, une fois moins, mais personne ne resterait sur sa faim. Mais elle, elle avait commencé à liquider les bizness. Des offres publiques étaient remportées par des non-entités qui pouvaient se permettre de faire du dumping parce qu'elles n'étaient obligées de verser de pourcentages à personne. Soudain, les juges eurent peur de décider librement et se laissèrent contraindre par les lois. Le moindre flic ou fumier de proc commençait à se faire une carrière en faisant chier les gens qu'auparavant il ne se serait même pas permis de regarder de travers. Un large consensus s'était fait jour, allant des boîtes concurrentielles jusqu'au spectre politique, pour dire que le régime de cette oie dingue devait se terminer immédiatement. Et Boulier était enfin mûr pour remplir son rôle historique.

– Tu as raison, les journalistes ne sont pas ton vrai problème. Ton problème, c'est la Première ministre. Au lieu de te nommer ministre des Finances, elle s'est arrangée pour te dégager du parlement et te mettre absolument sur la touche en te donnant un poste purement honorifique.

– Président du parlement, c'est la deuxième plus haute fonction constitutionnelle, se défend Boulier en sortant belliqueusement le menton.

Un bout d'omelette est collé dessus.

– Oui, un honneur extraordinaire. Tu peux même ordonner aux journalistes de s'habiller correctement. Et c'est sans doute tout ce que tu peux faire. Tu ne voulais pas être ministre des Finances, par hasard ? Tu n'avais pas au programme la légalisation de la marihuana et l'union civile ? Et qu'est-ce qu'elle t'a laissé de tout ça ? Rien. Elle l'a fait partir aux chiottes avant même les débats de la coalition. Elle t'a baisé comme un gamin.

Boulier arrive enfin à une juste indignation.

– Les pédés et les camés, on n'en a rien à cirer, ce n'était que du marketing, mais autrement tu as raison, oui. Cette connasse de juive sournoise me baise à chaque pas et elle s'imagine que je ne le vois pas.

– Tu dois t'en débarrasser.

– Mais comment ?

– Ton Gargotier a mis son téléphone sur écoutes, non ? Il n'y a vraiment rien d'utilisable ?

Boulier se porte au secours du ministre de la Défense : ce n'est pas un gargotier, c'est le patron d'un réseau international de restaurants.

***

Mais de toute manière, tout le monde l'appelle Gargotier. C'est un type encore plus redevable que Boulier. Une culture exceptionnelle, un QI élevé que ne surpassent que son complexe d'infériorité et son manque total d'imagination. Le résultat est une caricature de salopard corporatiste qui tente de gérer le rayon des forces armées pour la satisfaction de son chef imbécile. Quand il s'est mis à liquider le réseau commercial des armes, d'une complexité à vous rendre fou, que le Chauve avait mis une dizaine d'années à mettre sur pied, ce dernier avait failli en avoir une attaque.

– Je comprendrais si cet imbécile avait voulu le détourner pour son bénéfice, mais lui est en train de le détruire, avait-il expliqué à Wagner. Tu sais, il est génial dans son imbécilité, alors il a vu d'un seul coup comment tout cela fonctionne.

– C'est un matheux, il s'y connaît en figures. Mais il ne sait que dalle sur les gens, nous allons régler ça, l'avait tranquillisé Wagner. Doudou a toujours ses hommes dans le contre-espionnage militaire, non ?

– Oui, mais maintenant ils ont ce débile pour chef.

– Et ça leur convient ?

– Qu'est-ce que j'en sais ? Ce sont des soldats. Ils obéissent aux ordres.

– Mais ils préfèrent donner des ordres qu'obéir, ça, je te le garantis. Et il leur plaira de pouvoir donner des ordres à leur propre ministre.

– Et tu veux y arriver comment ?

– Moi ? Je n'en ferai rien. Il faut que ce soit Doudou. Mais ça n'a rien de compliqué.

***

Le ministre de la Défense savait que ce ne serait pas une mince affaire d'épurer l'armée, mais qu'il y risquerait sa propre vie, il ne l'avait pas imaginé, même dans ses pires craintes.

– Monsieur le Ministre, je respecte votre courage, mais il est de notre devoir de vous protéger et vous ne m'aidez pas beaucoup, le chapitrait le chef des services secrets.

– Non, colonel, ils n'oseraient tout de même pas commettre un attentat contre un membre du gouvernement.

– Il me semble que vous ne comprenez pas à qui ou à quoi vous avez affaire. Des milliards transitent par le marché de la technologie militaire et vous essayez de briser les structures mafieuses internationales qui le contrôlent chez nous. Ces gens-là, rien ne les arrête.

– Je ne crois pas qu'ils se le permettraient vraiment. Ce ne sont que des balivernes.

– Vous avez vu le dossier opérationnel. Ils ont déjà passé commande.

– Oui, mais comprenez que je ne peux pas me cacher quelque part. Si vos hommes disent vrai, alors nous devons justement faire maintenant preuve de force. Je vais convoquer une conférence de presse et je le dirai net devant tout le monde.

– Monsieur le Ministre, vous ne pouvez pas faire ça.

– Comment cela ? Je suis ministre, je peux dire ce que j'estime souhaitable pour que cela se sache. Les gens doivent savoir à quelle mafia nous avons affaire.

Le directeur du renseignement militaire voyait qu'on s'acheminait vers une nouvelle diatribe enflammée sur la lutte entre le bien et le mal et il préféra l'étouffer dans l'œuf.

– Bien entendu, c'est votre droit, Monsieur le Ministre, mais si vous dévoilez notre opération maintenant, ils vont sans doute éliminer certains de nos hommes qui travaillent dessus.

– Quoi ?

– Ce sont des soldats, ils sont prêts à donner leur vie, d'autant plus qu'ils ont enfin un ministre qui se préoccupe de l'armée et qui leur a délié les mains pour qu'ils puissent liquider les sangsues qui lui ont pendant si longtemps impunément sucé le sang. Mais s'ils meurent, nous perdons nos informations et nous ne serons pas capables de vous protéger.

– Seigneur, je ne veux pas que qui que ce soit meure pour moi !

– Monsieur le Ministre, faisons un compromis. Je vais renforcer votre sécurité. Discrètement. Nous allons mettre en place de nouvelles dispositions, surtout en direction de votre épouse et vos enfants.

Le ministre blêmit perceptiblement.

– Ils n'oseraient tout de même pas… ils sont en danger ?

– Pour le moment nous n'en savons rien, mais si les assassins ne peuvent pas arriver jusqu'à vous, ils pourraient bien essayer par le biais de votre famille.

– Bien, faites le nécessaire.

– Je peux comprendre que vous autorisez à faire appel à des forces létales ?

– Quoi ?

– Écoutez, Monsieur le Ministre, nous ne pouvons pas arrêter ces gens et les faire juger. Les donneurs d'ordre sont certainement chez nous, mais ils ont demandé des faveurs à leurs partenaires commerciaux dans une des anciennes républiques soviétiques. Ce sont eux qui ont fait appel à des vétérans de la guerre en Tchétchénie. Des terroristes professionnels. Cela doit ressembler à une attaque de fanatiques islamistes. Il n'y a aucune manière de le prouver tant qu'ils n'essaient pas au moins de réaliser l'attentat… et ce n'est pas ce que nous voudrions.

– Non, c'est vrai.

– Nous allons éliminer le commanditaire étranger, secrètement, et tout le contrat deviendra caduc. Ce sera une manière d'envoyer aux responsables le message comme quoi nous connaissons leur existence et nous prendrons aussi des mesures rigoureuses contre eux dans le futur. Je suis certain qu'ils vont se retirer, mais évidemment, nous allons continuer à les surveiller de très près à l'avenir. L'opération est prête, nous n'avons besoin que de votre accord.

– Vous avez quelqu'un comme 007 ? Avec un permis de tuer ?

– Monsieur le Ministre, vous avez le droit de tout savoir, dans le moindre détail, mais il est des choses que vous ne voulez peut-être pas savoir. On pourrait un jour vous interroger dessus, et vous pourrez dire en toute conscience que vous n'en avez pas la moindre idée. Même sur un détecteur de mensonges, tranquille.

Le ministre hésita quelques instants.

– Bien. Je vous donne mon accord. Je dois signer quelque chose ?

– Non, Monsieur le Ministre, je donnerai l'ordre en personne. C'est de ma responsabilité. Vous en avez déjà assez fait, maintenant c'est à notre tour, à nous les soldats. Nous vous tiendrons informé.

Le directeur des services secrets prit le dossier sur la table et sortit d'un pas militaire assuré.

– Vous n'auriez pas dû vous en prendre à moi, salopards, marmonna le ministre pour lui-même quand il se retrouva seul.

Il se leva et alla à la fenêtre. Il regarda un moment son reflet dans la vitre derrière laquelle entre-temps la nuit était tombée.

– J'ignorais totalement que nous avions nous aussi nos Bond. Et maintenant, moi, je suis M.

Cette pensée le tranquillisa. Il n'était plus aussi démuni que ces bandits le pensaient. Soudain il réalisa que près de la fenêtre il constituait une cible idéale pour un tireur. Il tira le lourd rideau et se rassit derrière son bureau. Il étudia les chiffres jusque tard dans la nuit. L'armée n'était qu'une société comme une autre et s'il comprenait sa comptabilité, il comprendrait son fonctionnement. Le reste serait du gâteau.

***

– Il a vraiment gobé cette connerie de l'hameçon jusqu'au moulinet. Incroyable.

Doudou retourna la viande sur le gril et but un peu de bière.

– C'est clair qu'il l'a gobé, mon chéri, dit son épouse en souriant et en continuant de couper les légumes pour la salade. Ce pauvre malheureux ne sait rien de nous, tout ce qu'il sait sort de ces idioties de *James Bond*.

– Quand je lui ai annoncé que c'était terminé, il a changé d'humeur comme une vieille fille à la ménopause, annonça le chef des renseignements en ouvrant une canette de bière. Il a d'abord été soulagé de ne pas se faire descendre, puis il s'est effondré parce qu'il avait une vie sur la conscience et finalement il m'a pris dans ses bras et m'a remercié parce que nous avions sauvé sa famille. Un vrai crétin. Encore plus crétin que nous n'espérions.

– Et maintenant que nous sommes ses meilleurs amis du monde, il fera tout ce qu'on lui dira.

Sa femme maniait habilement le couteau à large lame ; ses yeux s'illuminèrent.

– Oui, je vais attendre un peu et ensuite je lui demanderai l'autorisation de mettre sa propre Première ministre sur écoutes. Entre-temps, tu pourrais mettre au point cette légende comme quoi la malheureuse s'est mise avec les Américains et qu'elle reprend les marchés.

– Attends, je vais t'aider avec ces légumes, proposa le Chauve. Quand je te vois avec un couteau à la main, ça me fait froid dans le dos.

***

Wagner sait qu'il n'y a rien d'intéressant sur les écoutes. Il ne s'attendait d'ailleurs à rien d'autre, la Première ministre est une idiote naïve avec un complexe messianique. Une dame, que le diable l'emporte. Elle n'accepterait même pas un ticket de caisse erroné. Il était sûr qu'elle était nette, mais voulait l'entendre de la bouche de Boulier.

– Rien. De temps en temps, elle roucoule avec son mec, mais pas de cochonneries, ce n'est même pas bon pour la presse à scandale.

– Ça ne nous sert à rien, elle est veuve et ils sont ensemble de manière plus ou moins officielle. Si au moins elle en changeait.

– Mais dis-moi, qui voudrait d'elle ? Regarde-la donc.

– Elle préside le gouvernement, ça pourrait marcher pour certains.

– Putain, je ne voudrais pas d'elle même si elle était présidente de l'Amérique.

– Sûr, mais les gens l'apprécient plus que toi, si on en croit tes sondages, dit Wagner en jetant de l'huile sur le feu.

– Ou alors elle me liquide volontairement, cette truie de juive, cette salope.

– Il est temps que ce soit toi qui la liquides.

– Mais comment ?

– C'est toi l'homme politique, tu dois savoir, mais selon moi tu ne fais pas ce qu'il faut. Tu la laisses te mettre sur la touche parce que c'est une femme et que tu es correct. Mais aux yeux des gens, elle apparaît comme une femme forte et toi comme un faible. Et les gens n'éliront pas un homme faible. Tu dois faire preuve de force. Montrer que tu as des principes et que tu t'y tiens.

– Mais en quoi ? Je n'aurais vraiment pas dû lâcher ces pédés et la ganja.

– Et ce prêt pour les Grecs ? C'était pas dans ton programme, par hasard, que nous ne donnerions pas un cent à ces romanos ?

– C'est vrai, mais ces enculés de Bruxelles se sont déculottés et ils leur ont tout passé. Il paraît que nous ne pouvons vraiment pas aller contre les Allemands et les Français parce qu'ils nous le feront payer par ailleurs et que nous y perdrons beaucoup plus.

– Tu vois ? Elle ne vaut rien, mais elle s'arrange toujours pour que ce soit toi qui aies l'air d'un faiblard.

– Mais en fait, elle a raison. Ce n'est qu'une promesse à crédit, en vrai on ne leur donnera pas un cent pour leur action sociale, à ces cochons bâfreurs et paresseux. Mais si on se met à dos Paris et Berlin, ils se mêleront de nos euro-fonds et non seulement on ne touchera pas d'autre pognon, mais il faudra rendre des dizaines de millions à Bruxelles. Ça nous saignerait à blanc.

Ce qui fascine Wagner, c'est que Boulier ne sait pas faire de calculs même à un niveau politique élémentaire.

– Tu sais quoi, je ne suis qu'un type ordinaire d'une petite ville et dans tout ça, je n'ai compris que la chose suivante : les Grecs sont des cochons bâfreurs et paresseux qui s'offrent des actions sociales sur mon dos.

– Non, ce n'est pas tout à fait…

– Mais je ne suis qu'un habitant ordinaire d'une petite ville, l'interrompt Wagner. Je ne m'intéresse pas du tout à la vérité des choses, comprends-tu ? Je ne veux tout simplement pas entretenir des romanos qui vivent beaucoup mieux que moi.

– Oui, ça fait chier les gens, nous avons une étude qui nous montre…

– Alors prends le parti de ces gens ! l'interrompt-il pour éviter une nouvelle analyse statistique. Frappe du poing sur la table. Montre enfin de la force et de la décision et tu verras que tes sondages vont monter en flèche.

– Tu penses ?

– Je le sais ! Et toi aussi, tu le sais, évidemment. Tu comprends mieux que moi le marketing et la politique, mais tu t'es laissé manipuler par cette psychopathe qui fait sa belle partout et qui a fait de toi une chiffe molle.

– Tu as raison. Qu'elle cherche des voix dans l'opposition, moi je ferai preuve de principes.

Wagner ne doute pas que la Première ministre pourrait finalement s'entendre d'une manière ou d'une autre avec Boulier. Personne ne résiste à la pression de Berlin. Ils s'entendraient même s'ils étaient obligés d'accepter que Boulier légalise l'héroïne et passe une loi constitutionnelle imposant à l'Église de marier les homos. Mais maintenant, ce ne sera plus un problème pour mettre des bâtons dans les roues de la Première ministre.

Il raccompagne Boulier et retourne à la cuisine. Il décroche la pendule et récupère l'enregistrement de la caméra qu'elle dissimule. Madame la Première ministre le trouvera sur sa table lundi matin. C'est une femme. Elle ne laissera pas passer ça.

***

Lors de leur dernier petit déjeuner commun, Boulier est désespéré et Wagner craint qu'il ne finisse par s'effondrer.

– Cette conne lie le vote sur l'emprunt grec au vote de confiance. Je ne peux pas faire tomber mon propre gouvernement, j'ai fait un sondage, ça ne passerait pas auprès des électeurs.

– Continue à garder tes principes, tu vas enfin montrer à tout le monde ce que tu vaux. N'aie crainte, le gouvernement ne va pas tomber.

– Non, écoute, ces derniers temps elle a complètement pété les plombs. Je ne sais pas ce qui s'est passé, mais on ne peut même pas lui parler. Si nous ne l'approuvons pas, elle va vraiment faire tomber le gouvernement.

– Elle, peut-être, mais moi non.

– Quoi, toi ? Comment ?

– Je me suis entendu avec l'opposition, ils vont voter pour nous. Ils joueront la comédie jusqu'au dernier moment, comme quoi c'est votre problème et votre responsabilité, mais ils finiront par voter pour. Tu vas montrer que c'est toi qui as les plus grosses couilles du parlement et le gouvernement ne va pas tomber.

– Pourquoi feraient-ils ça ? Pourquoi est-ce qu'ils m'aideraient ?

– Certainement pas pour tes beaux yeux, rit Wagner.

– Tu as acheté leurs voix ?

– Tu déconnes ou quoi ? Je ne t'aime pas à ce point. Non, ils ont leurs propres motivations.

– C'est-à-dire ?

– Ils ont fait un sondage, eux aussi. S'il y avait des élections anticipées, ils les gagneraient de nouveau et ils n'auraient encore personne avec qui former une coalition, alors ils ne sont pas pressés. Et s'ils votent pour les Grecs, ils vont humilier la Première ministre en prouvant qu'elle ne peut pas gouverner sans l'opposition. Et ils se feront bien voir de Bruxelles. On ne leur a toujours pas pardonné là-bas d'avoir gouverné avec le Vieux. Ils vont montrer qu'ils sont responsables et pro-européens. Tout le monde s'en trouvera bien, sauf elle, qui passera pour une conne hystérique.

– Lolo, tu es génial.

– Va donc, je n'ai rien inventé, ça s'est juste présenté comme ça. C'est toi le caïd et si tu joues bien ton jeu, tu seras vraiment un roi. Ensuite, quand tu seras Premier ministre, tu vas t'en foutre de moi et je serai obligé de déjeuner tout seul, dit Wagner en lui faisant un clin d'œil.

***

Deux jours plus tard, le parlement refuse la confiance au gouvernement. Président est de nouveau en position de force, reste à régler le sort de Boulier qui a tout de même fini par comprendre. La conférence de presse où Wagner explique qu'il n'a pas la moindre idée de qui a installé une caméra dans sa cuisine ni comment l'enregistrement est arrivé sur internet est diffusée en direct.

– C'est d'un culot incroyable, quelqu'un s'est introduit dans ma vie privée et a diffusé une conversation confidentielle avec un vieil ami et qui plus est, le président de l'assemblée. Heureusement, il n'y a pas tout. Vous savez comment il en va des conversations privées. On ne se contrôle pas tout à fait et on dit des choses qu'on ne dirait jamais en public concernant cette dame. Mon ami était alors un peu en colère contre la Première ministre et à juste titre, je pense. On a peut-être prononcé des mots plus durs que ceux que vous avez vus. Ce n'était pas joli, mais humainement, ça peut se comprendre.

Le Chauve est enchanté.

– Lolo, tu es un vrai génie. Président et Doudou n'ont toujours rien compris. Ils siégeaient au parlement en écarquillant les yeux quand ce débile a fait tomber son propre gouvernement, et encore, pour une connerie pareille.

– Oui, c'est joli mais avec leur potentiel de coalition il n'est pas encore sûr que ça va nous aider. La Première ministre s'en sort en victime et tu sais comment ça marche chez nous – plus grande est la blessure, plus on remporte de voix. Nous sommes une nation de victimes.

– Ça se tassera d'ici les élections. On ne la verra plus que comme une hystérique qui a merdé.

– C'est possible, mais on ne peut pas en être sûrs. Il faut enfoncer le clou.

– Tu penses à la même chose que moi ?

– Oui, il est plus que temps de lancer la bombe atomique.

– Mouflon ?

– Oui, Mouflon. Mets Moineau sur le coup.

***

Moineau aussi est un ancien journaliste. L'étoile montante de sa génération. C'est lui qui a fait tomber le Vieux. Toute sa vie, le type a eu de grandes ambitions. Et de grosses couilles. La seule chose qui lui manquait, c'était une colonne vertébrale. Pauvre, toujours hirsute, des gestes nerveux, toujours en mouvement, il se tortillait et sautillait. Un vrai moineau.

Il s'attaquait à toutes les grandes causes. Et ce n'était pas étonnant, il avait des informations directement de l'intérieur. On l'avait installé à la rédaction du plus important quotidien d'opinion, et les agents à trois lettres s'étaient arrangés pour qu'il devienne rapidement une star. Dans les années quatre-vingt-dix, il écrivait sur la mafia. Il était souvent au courant des événements avant même qu'ils se produisent. Ils étaient organisés par les mêmes hommes qui le contrôlaient. À la fin, lorsque le Vieux fut tout à fait à côté de la plaque et se mit à liquider ses propres hommes dans des accès de paranoïa, c'est justement par le biais de Moineau que ces hommes avaient diffusé dans les médias des informations qui l'avaient définitivement discrédité.

***

Wagner et Moineau s'étaient rencontrés à propos de RuPress, sujet sur lequel ils occupaient des côtés opposés de la barricade. Moineau était venu le trouver à Alfa Tax, pour lui parler en tant que son adversaire dans une certaine affaire. Il n'était pas venu poser de questions, il voulait lui annoncer quelque chose.

– Rusnák vient de commanditer le meurtre du président-directeur de sa télévision.

Wagner le regardait, perplexe, en essayant de déchiffrer à toute vitesse quel jeu il jouait. Il attendait, en silence, que le journaliste s'explique.

– Monsieur Wagner, je ne plaisante pas. Il y va de sa vie. Si ce type meurt ou disparaît, ils vont récuser la traite qu'il vous a signée, vous allez en avoir pour des années de procès et l'affaire sera fichue.

– Même si c'était vrai, pourquoi m'aideriez-vous, justement vous ?

– Vous avez une idée de la vitesse à laquelle les sondages du Vieux sont en train de baisser ?

Cela commençait à tenir debout, tout en continuant à puer comme un wagon de merde.

– Et vous, vous le sauriez de quelle source ?

– J'ai mes sources.

– Oui, c'est sûr.

Wagner avait le sentiment d'être comme une vieille carpe qui hésite devant un ver bien gras au bout d'un fil de nylon. Il y avait certainement un hameçon quelque part, mais il ne le voyait pas.

– Je ne vous crois pas. Personne ne se le permettrait.

– Vraiment ? Ou alors est-ce que vous êtes dans ce bizness avec Marron ?

Le ton de Moineau était à la fois ironique et irritant. Wagner ne dit rien, il se contenta de hausser les épaules. Ce n'était pas vraiment un secret.

– Les trois phrases les plus fréquentes avant de mourir, monsieur Wagner : « Ils ne se le permettraient pas », « Les gens ne laisseraient pas faire » et « Ça ne peut pas m'arriver à moi ». En réalité, chacun se permet tout ce qu'il peut se permettre, les gens s'en contrefoutent et c'est vraiment ce qui est en train de vous arriver. Marron est grand, mais ce n'est pas le plus grand. Même à la Capitale, il n'est pas le plus grand. Si vous ne mettez pas ce clown de président-directeur quelque part à l'abri, ils vont vous le descendre et c'en sera fini de votre bizness. Ernst vous transformera en calendrier à souches. Si le Vieux tombe, et il va tomber, puisque vous aussi vous y avez bien contribué, ils vous poursuivront en plus pour fraude. Mais faites comme vous pensez.

– C'est une connerie. Comment Rusnák aurait-il accès à des hommes plus forts que Marron ? dit Wagner en réfléchissant tout haut.

– Par son journaliste, évidemment. Ce sont eux qui le paient. Aujourd'hui, même la mafia sait ce que sont les RP.

Il avait accordé une interview officielle à Moineau et ils s'étaient entendus pour que ce dernier la lui envoie pour autorisation. Le temps que le fax arrive, ils avaient réussi avec Marron à vérifier qu'il avait dit vrai.

– Tout est en ordre, merci, avait-il répondu à Moineau. Il n'avait pas perdu son temps à relire l'interview. Avec Marron, ils se firent une excursion du côté de l'Est.

***

– Allez-y, les gars, dit l'homme le plus redouté du pays en leur versant un petit verre. Elle est maison, souligna-t-il.

Wagner ne supportait pas ces poisons distillés dans les appentis de campagne, mais il n'osa pas refuser. Son hôte avait atteint le statut de boss de tous les boss essentiellement parce qu'il tuait par pur caprice. Il avait l'empathie d'un hachoir à viande, il était rude et brutal, mais pas bête.

– Pardon, les gars, mais ça, c'est un marché. Je n'ai aucun profit à tirer de votre bizness, mais Rusnák est disposé à payer deux briques pour un débile que même un de mes débutants peut descendre, expliqua-t-il sur un ton jovial.

Wagner avait le sentiment qu'après le président-directeur ça pouvait aussi bien être à son tour, voire sans problème à celui de Marron.

Finalement, le boss des boss se montra plutôt magnanime. Il ne demanda que les vingt pour cent qui constituaient un prix d'ami et ajouta comme bonus la tête de Rusnák. Ils ne la demandaient pas, à long terme ça aurait fait plus de mal que de bien. Il suffisait que Rusnák pense que sa tête aussi était dans la balance. Juste pour lui faire passer le goût de ses conneries.

Si son propre fric n'avait pas aussi été en jeu, Wagner aurait eu un certain plaisir à ce que quelqu'un dégomme Marron.

***

Quelques semaines plus tard, le Vieux tomba et avec lui la barricade qui séparait les bons des méchants. Tout se mélangea et les héros positifs disparurent de l'histoire. Les vainqueurs des élections s'entre-égorgeaient et les ennemis de jadis aidaient à liquider leurs anciens amis qui étaient selon eux encore pires.

Les anciens trafics des agents à trois lettres furent repris par la nouvelle direction. Elle éjecta un tas de gens, mais il n'y avait aucune raison de changer un système bien rodé, surtout quand il rapportait royalement. Moineau continua à fonctionner en tant qu'assassin médiatique au service des agents à trois lettres. Il écrivait ce qu'ils lui apportaient et se faisait payer par eux en même temps que par sa rédaction. Mais tout un chacun lui apportait des tuyaux. Il était plus qu'une star, il était devenu une légende vivante. Il en avait tellement qu'il aurait pu remplir le journal entier chaque jour. Il lui fallait faire des choix. Il donnait les bonnes histoires à la rédaction, gardait pour lui les meilleures. Pour toujours. Il suffisait de payer.

Cette fois-là ce fut Wagner qui alla trouver Moineau.

– Un certain ami est venu me voir. Un ami très triste. Quelqu'un l'a méchamment calomnié à vos yeux et il n'a pas assez d'arguments pour réfuter ces mensonges.

– Je fais mon travail, dit Moineau en haussant les épaules. Je suis payé pour ça.

– Excusez-moi, ce n'est pas un salaire, ce sont des allocations de travail. Je connais ça, j'ai été journaliste moi aussi, mais je n'ai pas tenu le coup. J'ai le cœur terriblement tendre. Je ne supporte pas de voir les gens malheureux parce qu'on a écrit sur eux des choses horribles qui ne sont peut-être même pas vraies. Ça m'a même empêché de dormir la nuit dernière.

En entendant ces salades, Moineau voulut lui couper la parole, mais Wagner le fit taire d'un geste.

– Je sais ce que vous pensez, mais écoutez d'abord ma proposition. Vous verrez, c'est une bonne proposition. À vous, elle vous garantira un sommeil paisible et elle protégera la réputation des innocents. Avant d'écrire quelque chose de méchant sur quelqu'un, venez me voir et montrez-le-moi. Comme un professionnel à un autre professionnel. Si nous nous apercevons que vous pourriez léser quelqu'un de bien, alors je vous achèterai votre article. J'en garderai l'exclusivité, juste pour moi.

Moineau comprenait vite. Il ne risquait rien avec Wagner. Si quelqu'un l'intéressait, c'était de l'argent facile sans risque. Si Wagner n'était pas intéressé, Moineau se payait lui-même la personne en question. Cette cruche lui avait permis de remplir des cuves entières d'eau, jusqu'au jour où l'anse s'était cassée.

Il s'en était pris à la mauvaise personne. Dès que son rédacteur-chef eut reçu l'enregistrement, il le vira dans la minute. Ce n'était pas une tragédie. Moineau retourna dans les services. Là, les affaires dévoyées ne scandalisaient personne, tout le monde en faisait. Il ne pouvait plus servir d'agent opérationnel, alors on l'installa dans un fauteuil de cuir qui correspondait à la haute fonction à laquelle il pouvait prétendre de façon légitime après toutes ces années sur le terrain. Et là, on lui rendit la monnaie de sa pièce. On le dénonça à ses anciens collègues des médias, ce qui donna lieu à un terrible scandale. Il était évident qu'un civil ne pouvait pas du jour au lendemain parvenir à une si haute fonction, c'était une progression de carrière qui durait des années. Les hyènes se chièrent dessus en apprenant que leur plus grande star était en fait un agent des services secrets. Finalement ces derniers durent le lâcher.

À cette époque, la Cabane en Pain d'Épice tournait déjà à plein. Les cités étaient remplies de mineures camées qui ne manquaient à personne chez elles la nuit. Ils avaient acheté une maison de famille dans une ville tranquille et l'avaient équipée. Au-dessus de chaque lit, un miroir et derrière chaque miroir une caméra.

– Dis voir, ce jeune bolchévique est plutôt bon, dit Wagner en réfléchissant tout haut lorsqu'ils regardèrent l'enregistrement de la nuit précédente.

– Oui, un bon bandeur, regarde comment…

– C'est pas ça qui m'intéresse, espèce de pervers, interrompit-il Moineau qui n'arrivait pas à détacher les yeux de l'écran et en bavait presque sur le tapis. Il a un bon sens politique. Il sait ce que les gens veulent entendre. Il sait se vendre. Il travaille pour lui. Il a commencé comme une espèce de ringard, mais aujourd'hui il est le second du parti.

– Oui, mais du mauvais parti, marmonna Moineau en passant la pointe de sa langue sur ses lèvres.

– Je te fais une copie et tu pourras te branler chez toi, dit Wagner d'un ton dégoûté.

– Non, non, ça, ça ne doit pas sortir du coffre, la sécurité, comprends-tu… ah, c'était du sarcasme, comprit-il enfin. D'accord. Qu'est-ce que tu lui veux ? C'est un gaucho. Ce n'est pas trop à la mode de nos jours.

– On va fonder notre propre parti.

– Tu veux dire nous deux ?

– Oui. Ça ne m'amuse plus de me faire passer devant à tout bout de champ par des guignols comme Ernst parce qu'ils ont des copains dans les ministères. Leur arrogance m'emmerde. Il faut les déloger. On y met nos gens et on les envoie chier.

– *Sorry**, je ne veux pas dire du mal, mais tu te doutes de ce qu'on a comme réputation, non ? Qui viendrait voter pour nous ?

– Pour un cheval blanc[1], si. Je parle de quoi depuis tout ce temps ?

– Mais celui-là, c'est au mieux un bourricot et encore un bourricot rouge, il n'a rien d'un cheval blanc. Tu n'iras pas loin sur lui… regarde-moi ça ! qu'est-ce qu'il a… c'est du Coca ?

– On le repeindra en blanc.

– Dis-moi, cette petite a pu remarcher ?

– Qu'est-ce que j'en sais ? Le matin, on l'a jetée dans le ruisseau d'où on l'avait sortie. Elle va sans doute avoir mal au cul pendant quelques jours, mais de toute manière, elle ne se rappellera que dalle. Pourquoi ça t'inquiète ?

– Qu'est-ce qu'on ferait si ce débile la tuait ?

– Le matin, on la jetterait tout bonnement dans le ruisseau d'où on l'a tirée. Là, pendant quelques années, ce sera silence radio là-dessus et ensuite juste quelque chose de honteux, mais s'il la tuait, on le posséderait pour toujours.

***

Moineau était un véritable as. C'était lui qui avait amené Mouflon. Il avait du nez pour la thune et les informations. Au début, Wagner n'y croyait pas beaucoup, mais un diamant brut n'a pas non plus l'air d'une chose qu'une dame se plairait à accrocher à ses oreilles ou à mettre à son doigt.

1. Dans le monde du crime slovaque, ce terme désigne un homme de paille.

– Tu te souviens de mon ancien collègue que tu as payé avec un trois-pièces en ville ?

– Non. Un journaliste, ou un des services ?

– Des services.

Ceux-là, il y en avait pas mal. Une vente fictive d'immobilier contre des actifs revenait à Wagner meilleur marché que de payer les indics en argent. Le contrat comportait une somme qu'ils pouvaient en théorie se permettre. En bouffant des petits pains secs toute leur vie et en habitant chez maman.

– Celui qui nous apportait les choses quand je me suis fait virer, précisa Moineau.

– Et donc ?

– L'autre appart, le studio d'à côté, il est libre ?

– Il n'est pas encore sorti du circuit des taxes. Tu as un acheteur ou quoi ?

– Ça se pourrait.

– Toi aussi, tu t'es mis dans l'immobilier ? Ce n'est pas aussi simple que ça en a l'air, mais fais-toi plaisir, essaie si tu en as envie, de nos jours, tout le monde est marchand de biens. Je vais te donner une avance.

– C'est peut-être une connerie, mais Hexagon est sur le point d'aménager une planque.

– Tu le sais comment ?

– Le type qui s'en occupe est venu me trouver.

– Toi ?

– Oui, nous nous connaissons du temps qu'on était agents. Nous l'avons viré avec un tas d'autres mecs quand le Vieux est tombé. Un technicien sans tache, habile, expert en communications, mais tu sais, quand on coupe une forêt, il y a des copeaux qui volent. À l'époque, on a viré beaucoup de gens. Hexagon en a récupéré quelques-uns.

Wagner resta bouche bée comme si sa tatie préférée avait sauté sur la table au cours d'une fête de famille et s'était mise à faire un strip-tease.

– Je ne sais pas quel jeu tu joues avec moi, mais il est débile.

– Ce n'est plus mon jeu depuis longtemps, mais ça pourrait être le nôtre.

– Si c'est une blague, tu devrais en venir au fait, dit Wagner d'un ton mielleux qui représentait chez lui le dernier avertissement.

Moineau en eut tous les poils hérissés.

– En fait, on ne l'a pas lâché dans la nature, on l'a fourré dans Hexagon et il continue à travailler pour les services, mais jusqu'à maintenant il n'a servi à rien parce qu'il ne fait qu'installer ces trucs pour Hexagon, les micros, les caméras, etc., mais il n'a pas accès aux résultats, alors dans les services ils ont beau savoir qui est dans le collimateur d'Hexagon – et il y a là des noms très intéressants, parfois même au point qu'on peut les faire tomber, parce que Hexagon ne les possède pas non plus, car les mecs d'Hexagon sont maintenant beaucoup plus professionnels que n'importe quel service d'État et qu'ils ont en fait un équipement et des moyens bien meilleurs…

Moineau avait du mal à reprendre son souffle

– … et maintenant il s'est présenté une chance parfaite, parce qu'à Hexagon ils ont décidé qu'il leur fallait une planque et le hasard est con, mais il y a un appartement de libre juste à côté de cet homme des services, qui répond à tous les paramètres, un studio dans un immeuble neuf du centre-ville, avec garage souterrain et deux issues et c'est sans doute une chance unique pour qu'ils se procurent quelque chose de vraiment intéressant.

– Et ils se sont aperçus que cet appartement précisément m'appartient.

– Oui. Ils veulent que tu le leur laisses pour un bon prix et ils paieront assez pour que tu sois satisfait. Très satisfait même. Beaucoup plus satisfait que dans une vente normale.

– Pourquoi leur homme n'achète-t-il pas un appartement quelconque pour l'installer comme il veut, avec des micros du sol au plafond ?

– Parce que son travail, justement, c'est de l'équiper pour qu'il soit absolument sûr. Des brouilleurs efficaces, un dispositif contre la réception des sons par laser depuis les fenêtres… tout ce qui est possible, sans regarder à la dépense. Ensuite les gens d'Hexagon vérifieront périodiquement qu'il n'y a pas eu de pénétration. Il ne peut y laisser aucun transmetteur, ils le découvriraient aussitôt et chez eux, ce genre d'affaires ne se règle pas par un licenciement.

– Ah, bon.

– Tu comprends maintenant ?

– Lentement, mais sûrement. Si tu te trouves dans l'appartement voisin, il suffit de mettre un verre contre le mur.

– C'est-à-dire, en vrai tu colles un récepteur sur le mur et tu le branches sur un enregistreur digital, mais oui, dans le principe c'est ça. C'est tout à fait primaire mais personne n'y pense.

– Ils ne vont pas contrôler les voisins ?

– Sûr, ils vont le faire. Un comptable dans une grande maison d'audit. Des revenus solides, une hypothèque, un leasing, des pensions alimentaires, divorcé, vit seul, de temps en temps la visite d'une dame mais jamais de fiestas débridées, le week-end à la pêche. Une non-entité. Correct mais pas sociable.

– D'ailleurs, pourquoi les services emmerdent-ils Hexagon ? Ces salopards du gouvernement sont leurs potes, non ? Ils leur passent toutes les bonnes affaires.

– Et alors ? Ils auront au moins de quoi payer, s'ils les prennent pour quelque chose.

– Bien, on peut essayer. Mais je ne veux pas seulement du fric. Je veux les copies des écoutes.

– Je me suis déjà renseigné et c'est absolument infaisable. Tout à fait impossible, et d'après ce que j'en sais, ils disent la vérité. Mais nous aurons les transcriptions.

Wagner réfléchit longtemps. Moineau voyait à quel point cela lui était suspect. Il finit par se décider.

– D'accord. Les transcriptions sans le son ne valent que dalle, mais nous n'avons rien à y perdre. Et moi aussi, ça m'intéresse de savoir pourquoi ces clowns d'Hexagon ont besoin d'un appartement sécurisé.

***

Lorsque arrivèrent les premières transcriptions, même Wagner en resta bouche bée.

– L'opération Mouflon ? Qu'est-ce que c'est que ce nom idiot ?

– Ne cherche pas à comprendre. Des noms d'animaux par ordre alphabétique. N'y cherche aucun sens, il n'y en a pas. C'est justement l'intérêt des noms codés, ils n'ont aucun sens, tu ne peux rien en déduire, lui expliqua Moineau.

Wagner continua à lire pendant longtemps en silence, mais Moineau éprouvait une vraie jouissance à voir l'expression de son visage.

– Les gars des trois lettres ne regrettent pas encore de s'être lancés là-dedans ?

– Tu peux le dire. Ils ne savent pas quoi en faire, acquiesça Moineau. Selon les procédures officielles, ils devraient poser ces transcriptions sur le bureau de la plupart des gens qu'ils ont enregistrés. Tous des bénéficiaires de la loi. Soit à eux, soit au procureur général.

– Lui, c'est moi-même qui vais les lui donner, dit Wagner en éclatant de rire. Il vient faire un barbecue samedi. Ça sera le meilleur dessert qu'il ait eu de sa vie.

Presque tous les membres du gouvernement passaient par l'appartement d'Hexagon. S'ils s'étaient contentés de négocier des marchés ou des commandes pour Hexagon, cela n'aurait été que délicat. Le fait qu'ils marchandent directement leurs propres commissions était déjà relativement mauvais, mais ça non plus, ce n'était nouveau pour personne. Non, ils venaient là recevoir leurs instructions. On leur transmettait des listes détaillées : qui nommer à quel poste, où gonfler les factures et quel marché conclure, ainsi que le mot à mot exact des lois à venir.

– En fait, c'est Hexagon qui dirige ce pays.

– Oui, ça en a tout l'air, reconnaît Moineau.

– Ils ne s'en font pas. Celui-ci est en train de dire tout net que l'électeur compte pour de la merde.

– Oui.

– Putain, ils sont vraiment bons.

– Oui, mais qu'est-ce qu'on peut en faire ?

– Rien. Pour le moment. On pourrait simplement regarder cette ristourne de Rusnák pour l'énergie.

– Une démarche standard, on dirait qu'ils l'ont copiée chez toi. L'entreprise lui a versé du fric sous forme de prêt, contre une reconnaissance de dette. S'il les arnaquait, ils lui soumettraient la créance. S'il tient parole, ils la déchirent et la jettent aux chiottes.

Wagner fait un geste impatient.

– Oui, je vois, je n'ai vraiment pas besoin de toi pour ça. Je veux les traites.

– Ils ne vont pas te les passer, c'est sûr. À ce que je sache, Rusnák respecte le contrat.

– Ce serait une première.

Moineau hausse les épaules.

– Il y a un commencement à tout. Maintenant qu'il est ministre, il doit filer droit.

– Il suffirait des copies.

– Pourquoi ? Aucun tribunal n'acceptera une copie.

– Pour les hyènes, tu piges ? Qu'elles voient ce que vaut leur héros. Un ministre qui emprunte cent millions de couronnes à une entreprise qui fait des affaires dans sa branche ?

Wagner ne digérait toujours pas qu'on ait fait de lui un mafieux et de Rusnák un ministre.

– J'achèterais les traites sans problème à leur juste valeur si elles étaient à vendre. On verrait enfin lequel de nous deux est un arnaqueur et un salopard. Je l'enverrais mendier. Je te garantis qu'il n'a plus ces cent briques, et une traite est un titre exécutoire. Il irait dormir dans un carton sous les ponts, l'ordure.

– Ils ne te les vendront pas. Ils ne vont ni dénoncer le contrat ni aller contre le gouvernement. Mais ils doivent les avoir dans leur comptabilité, ça pourrait suffire aux journalistes.

– Trouve-moi les bons documents.

***

Quand le scandale éclata, Moineau se demanda sérieusement si Wagner ne se masturbait pas au-dessus du journal. Il ne l'avait jamais vu aussi ravi.

– Regarde comme ils l'ont assaisonné, lui dit-il en lui fourrant sous le nez l'édito du plus grand quotidien d'opinion. De temps en temps ils sont capables d'écrire normalement quelque chose qui se tient.

Moineau s'en fichait. Il aurait préféré utiliser toute l'histoire comme un levier pour soutirer quelques affaires à Rusnák, mais Wagner n'avait pas voulu en entendre parler.

– L'argent, ce n'est pas tout ! C'est une question de principe ici !

Quand Rusnák fut limogé, la coalition s'effondra et on décréta des élections anticipées. Moineau dut reconnaître que Wagner avait fait ce qu'il fallait, même si c'était pour de mauvaises raisons. Le parti de Rusnák cessa d'exister, les forces changèrent de camp et leurs hommes à eux arrivèrent au pouvoir. Même si ce ne fut pas sans mal.

***

Président était installé au siège du parti et campait obstinément sur ses positions.

– Je ne vais pas entrer au gouvernement avec le Vieux, vous avez tous dû perdre la raison. Nous avons monté toute notre campagne sur l'idée que nous étions des forces neuves, celles qui allaient enfin mettre de l'ordre.

Doudou essaya de lui expliquer comment se présentait la réalité.

– Nous avons gagné. Tu ne peux pas dire à tes investisseurs qu'ils vont devoir attendre encore quatre ans parce que tu t'es conchié devant cette vieille ordure.

– Je ne me suis pas conchié, mais le Vieux tout seul ne passera pas devant les gens.

– Quels gens ?
– Les électeurs, évidemment.
– Tu déconnes ou quoi ? Nous sommes trois jours après les élections. Si tu exterminais aujourd'hui tranquillement à la hache toute une école maternelle avec les maîtresses, d'ici quatre ans ce serait oublié.
– Le Vieux va nous détruire !
– Tu parles. C'est toi qui le détruiras. Tu es le meilleur.
– Bruxelles va nous pendre par les couilles en plein courant d'air.
Finalement, le Chauve dut intervenir.
– Tu as des engagements, rappela-t-il à Président dans le club sous la salle de sport.
– Je me fous des sponsors. Ils savaient tous fort bien que c'était un investissement à risques. Ils ne vont pas faire faillite pour ça.
– Moi aussi, je m'en fous. Tu as des engagements vis-à-vis d'Evelyn et Evelyn désire que tu entres au gouvernement.
– Mais ce… ce n'est pas…
– *Roma locuta, causa finita !*
Tous ceux qui étaient autour de la table comprenaient ce latin juridique – Rome a parlé, la cause est entendue.

***

Le dossier Mouflon partit pour quatre ans dans le coffre de Wagner. Entre-temps, Président liquida effectivement le Vieux, mais par conséquent il n'avait plus personne avec qui diriger le pays.
– Tous se sont ligués contre le Vieux, maintenant nous sommes dans de beaux draps, constata le Chauve dans la villa de Wagner.

– On verra combien de temps ça tiendra, leur alliance, dit Wagner en essayant d'introduire un peu d'optimisme dans l'atmosphère étouffante. Tu connais ce mec qui vous a servi de serpillière pour les sols de toutes les coalitions ?

– Tu veux dire Boulier ?

– Oui.

– Je le connais.

– Alors présente-nous, demanda Wagner. On verra ce qu'il a dans le ventre. Il est peut-être temps de changer de cheval.

Il restait un dernier coup, depuis que Wagner avait, deux ans auparavant, liquidé avec succès la Première ministre que même ses propres hommes détestaient. Larguer la bombe atomique.

– Alors Mouflon, opine le Chauve.

Il a peur. Il commence à comprendre l'état d'esprit d'Harry Truman quand il a donné l'ordre de bombarder Hiroshima.

– Je vais appeler Moineau, qu'il rédige un peu tout ça. On garde le meilleur comme assurance sur la vie. On se fera un peu payer par Hexagon, qu'on couvre au moins nos frais. À la population, on ne montrera que le principe, ça devrait suffire.

Cela avait suffi. Dès que le dossier apparut sur internet, tous devinrent fous, non seulement les médias, mais la nation tout entière. La concurrence droitière fut effacée de la carte politique. Président n'eut aucun mal à composer un gouvernement unipartite.

– Tu vois, espèce de crétin, comment on fait du véritable journalisme, dit Wagner en faisant un doigt d'honneur à Rusnák.

Il avait encadré et suspendu à son mur la une du journal qui annonçait son limogeage.

Moineau donne un coup d'aile

Parfois, même Evelyn ne peut aider. Casse-Dalle a honte d'avoir salopé son travail. Wagner s'embrouille avec Bouledogue. Moineau donne un coup d'aile et Schlesinger déclenche une tempête.

Wagner a appris par les journaux, ou plus précisément par internet, que Bouledogue vient de déposer plainte contre lui. Il a relancé une affaire que Wagner espérait enterrée et pour laquelle il a déjà déboursé une coquette somme. Pour comble de tout, les hyènes se sont félicitées que Bouledogue ait agi sur la base de leurs articles. Wagner écume, même Bouddha réincarné ne saurait le calmer, encore moins le Chauve qui est le premier dans sa ligne de mire.

– Putain, qu'est-ce qu'ils veulent faire avec ça ? Ce possédé de Bouledogue a complètement pété sa chaîne, aboie Wagner.

Depuis qu'il s'est rasé la barbe, on dirait un peu un chat en peluche qui boufferait des enfants. Et là, son visage est empourpré avec des veines gonflées au cou.

– Ce n'est pas ma faute si ton copain s'est soûlé à mort et qu'on ne pouvait pas le garder à son poste, dit le Chauve en haussant les épaules. Ce n'est pas non plus ma faute si nous n'avons pas réussi à garantir les voix à notre homme. L'opposition était contre nous, nous n'en avons pas tenu compte. En fait, il ne nous est resté que Bouledogue. On ne le possède pas, mais c'est au moins un copain de Président. Il ne joue pas pour l'autre camp et ne fait pas de coups bas.

***

Le plus grand problème du prédécesseur de Bouledogue n'était pas qu'on ne l'ait pas vu sobre depuis des années. Le chef de la procurature avait besoin de sa dose régulière pour maintenir son taux d'alcoolémie à un niveau stable et lui permettre d'effectuer parfaitement son travail. Président en avait hérité de la fournée précédente, il n'était cependant jamais entré en conflit avec lui. Mais c'était avant tout un homme de Wagner, ils ne s'en cachaient nullement et voilà justement ce qui était devenu un problème insoluble.

– Écoute, je te le dis tout net, c'est pour Evelyn une priorité, il faut qu'il soit réélu, insiste le Chauve.

– Et en quoi ça me concerne ? Nous sommes dans l'opposition, répond Président pour le renvoyer au monde réel.

– Alors va discuter avec la coalition, c'était leur homme, non ?

– Peut-être, mais pour le moment, même un cannibale pédophile issu d'un campement de gitans serait plus acceptable. Si cet escroc a aidé Wagner à voler cet immeuble et s'il a même signé ça de sa propre main, le con, il s'est complétement grillé. Il est inutilisable, rien à faire. Sérieusement.

– N'exagère pas, ce qu'il a fait n'est qu'une question de point de vue juridique différent.

– D'accord, mais nous n'avons pas besoin de nous y embrouiller nous aussi. Excuse-moi, moi aussi je suis juriste et ça, ce n'est pas un point de vue juridique différent, c'était carrément du vol, sauf qu'au lieu d'une arme ils se sont servis d'un sceau de procureur.

– C'est une embrouille juridique, les gens n'y comprennent rien. Ça leur sera égal.

– Et qu'est-ce qu'il y aurait d'incompréhensible ? Ces connards ont spolié des gens tout ce qu'il y a d'ordinaire : ils avaient acheté ces logements sur plans et maintenant ils n'ont ni le fric, ni un toit sur la tête, il ne leur reste que leurs yeux pour pleurer et des emprunts sur trente ans à se coltiner. Tout le monde peut comprendre ça, voilà, et ça ne serait pas acceptable même si c'était légalement correct. Ce qui n'est pas le cas, n'importe qui d'autre serait déjà en taule pour ça.

– Nous avons accepté des choses bien pires. Et si on imposait cet escroc à la Première ministre, elle se prendrait une bonne baffe de la coalition. Ça lui donnerait une leçon. Son propre camp la déteste plus que toi. Et si elle n'arrive pas à provoquer des élections générales, les gars de la coalition ne risquent rien.

– Ils voulaient le faire et on avait même préparé quelques hommes de chez Boulier pour assurer les choses, ceux-là la détestent vraiment comme la lèpre, mais cette conne s'est enfermée à clé dans son bureau toute une demi-journée, elle a arrêté de répondre au téléphone et refusé de parler avec qui que ce soit. Ensuite elle est sortie après avoir pleuré tout son soûl, et elle a enfoncé le clou : c'était pour elle une question de principe et si on élisait un homme de Wagner, elle ferait tomber le gouvernement.

– Elle aurait intérêt à bien y réfléchir, c'est comme ça qu'elle arrangerait vraiment les choses.

– C'est ça, le plus grand problème de ces amateurs, intervient Doudou. Elle est arrivée là par hasard, d'une façon totalement gratuite. C'est une godiche naïve qui n'a jamais voulu gouverner. Quand ça cessera de l'amuser, elle laissera tomber du jour au lendemain et retournera dans l'enseignement.

– Le pire, c'est que même ses hommes n'ont rien sur elle, opine Président. Elle est totalement incontrôlable. Un peu comme ce connard d'Obama, en plus petit. Elle est capable de totalement désorganiser l'État au nom de ses principes idiots. Madame la professeure, éructe-t-il d'un ton méprisant.

– Merci, les gars, vous m'avez bien expliqué comment ça ne peut pas se faire, mais moi je veux entendre comment vous allez régler tout ça. Il n'est pas possible que cette chochotte tarée que veut imposer la Première ministre s'assoie dans ce fauteuil, parce qu'il va commencer à causer des problèmes à tout le monde. Même les autres procureurs ont les nerfs qui lâchent à cause de lui.

– Ça ne m'étonne pas du tout, grimace Doudou. On ne les paie pas assez pour qu'ils aient envie de se contenter de leur salaire.

Il est le seul à rire.

– Peut-être qu'on a juste mal cerné le problème, dit Président au bout d'un silence pesant. On pourrait peut-être s'arranger pour que ce trouduc n'arrive pas dans ce fauteuil même s'il était élu. Je ne fais que réfléchir tout haut, mais est-ce que par hasard il ne doit pas être nommé par le président de la république ?

– Si, confirme Doudou.

Le Chauve ne manifeste pas la moindre once d'enthousiasme.

– Mais ce n'est qu'une formalité, n'est-ce pas ?

– Oui, mais sans cette formalité, il ne s'assoira pas dans ce fauteuil, réplique Président d'une voix décidée. Nous nous entendrons avec le président.

– Écoute, il est peut-être obligé de le nommer, dit Doudou d'un ton dubitatif.

– Oui ? Et tu peux me dire ce qui arrivera au président s'il ne le fait pas ? Il va avoir une amende ? Ou aller en taule ou quoi ?

– Eh bien, si tu le vois sous cet angle… c'est peut-être jouable. Mais la Première ministre va s'empresser de porter ça devant la Cour suprême, dit Doudou, songeur.

– Tu veux dire cette cour dont la présidente a eu son poste en passant par le lit du président ?

Même le Chauve finit par sourire.

– Bien, je comprends que nous ne pouvons pas tout avoir. On va bloquer ce clown et on verra la suite.

***

Ce qu'ils voient au bout de deux années de péripéties ne convient finalement pas au Chauve. Mais en comparaison de Wagner, il est carrément enthousiaste.

– Alors je leur fais tout leur travail, j'envoie cette conne folle dans le bourbier, je liquide tout son gouvernement de tordus et même toute l'opposition à Président, je le fais arriver à un poste de pouvoir dont il n'a même jamais rêvé et lui finit par m'installer là cette espèce d'avorton ? Tu n'es pas sérieux, écume Wagner.

– C'est simple, ton homme, ils n'en veulent pas.

– Ce n'est pas à eux de décider. Il faut peut-être leur rappeler comment ils se sont incrustés au gouvernement, les salopards.

– Ton homme est un alcoolique imprévisible qui a arraché sa chaîne et attaque comme un chien enragé tous ceux qu'il trouve sur son passage. Personne ne le veut à ce poste. L'élection doit se faire à bulletins secrets, c'est nousmêmes qui avons insisté là-dessus, tu t'en souviens ? Et dans une élection secrète, ton crétin a à peu près autant de chances qu'un bonhomme de neige au Sahara. Les mecs se sont vraiment surpassés à inventer et à faire passer toutes ces histoires qui ont bloqué le bouffon de la Première ministre. Et maintenant, ça se retourne contre nous.

– C'est pas possible qu'on y laisse Bouledogue, il me déteste.

– N'exagère pas. Il ne t'aime pas, c'est vrai, mais ce n'est pas la même chose.

Bouledogue était un réaliste. Quand il recevait l'ordre d'enterrer des poursuites contre des fraudeurs et des voleurs, il pouvait vivre avec. Mais il était de notoriété publique qu'il détestait les violeurs et les assassins. Depuis quand avait-il rangé Wagner dans cette catégorie ? C'était entre eux une affaire personnelle.

***

En fait, il ne s'agissait pas d'un meurtre mais d'un suicide. S'en prendre à Wagner avait été de la part de ces bouseux une idée stupide et suicidaire. Wagner, qui jouait dans la cour des grands, ne se mit même pas en rogne contre eux. Il ne s'en occupa tout simplement pas. Il avait des hommes pour cela.

– Ils veulent s'en prendre à moi sur mon propre terrain, ces petits chéris, hein ? Alors c'est ça, je vais jouer avec eux, dit-il au Chauve de cette voix faussement sympathique qui sentait le miel et le sang. C'est quoi, ces bouffons ?

– Des matadors locaux. Un certain Patrik Andoni et Martin Hála. Chez eux, ils tiennent quelques petits fonctionnaires et quelques juristes, alors ils se sentent forts.

– Andoni… j'ai déjà entendu ça quelque part, dit Wagner, songeur.

– C'est possible. Il a pris des cours chez ton copain Egon Kalman. Ensuite il a commencé à l'entuber, lui aussi. Egon l'a laissé partir en pleine santé, mais en l'avertissant qu'il était fini à la Capitale. S'il essayait quelque chose ici, il lui soumettrait la note avec les pénalités de retard. Ce crétin en a conclu qu'il pouvait faire ce qu'il voulait dans son trou natal.

Il n'avait pas tellement tort, sauf que, dans ce trou, Wagner avait investi dans des terrains. Il avait employé un schéma classique. Il était mandataire d'un bénéficiaire des restitutions censé vivre en Amérique du Sud. Le type était mort dans les années quatre-vingt, mais il s'agissait d'une mort relativement prématurée, et qui saurait à quoi devait ressembler un mandat de procuration rédigé par un notaire argentin ? Wagner soumettait aux administrations des copies authentifiées avec traduction officielle. Il avait auparavant organisé au cadavre un séjour permanent dans le Petit Pays sous la Minuscule Chaîne de Hautes Montagnes, s'était occupé des restitutions et avait acheté en son nom un bout de champ à la périphérie de la petite ville. Au niveau du Fonds foncier, cela avait coûté à Wagner cinquante pour cent du prix officiel de la terre arable, la sortie du foncier agricole n'avait demandé qu'un petit bakchich. La modification du plan d'aménagement avait été gratuite, il avait des seaux entiers de malpropretés concernant le maire. Il venait juste d'envisager la vente d'une parcelle à bâtir, en centuplant à peu près son bénéfice.

– Et je serais bien content de voir avec quoi ils ont acheté ce juge siphonné.

Toujours ce ton mielleux. Le Chauve en avait des frissons dans le dos.

– Un blanc bec, ils l'ont eu gratis. Ils l'ont diffusé vendredi après-midi sur les plateformes électroniques. Exactement comme nous le faisons. Ils l'ont posté et retiré, et cela plusieurs fois de suite, jusqu'à ce que le système le notifie comme opération suspecte. Le président du tribunal a ensuite attribué par hasard le dossier au juge que ces messieurs lui ont désigné. La plainte comporte quatre-vingts pages, et des annexes. Le jeune n'avait aucune chance de lire ces conneries, encore moins de les analyser. Il a statué à titre provisoire pour l'interdiction de disposer du bien et il espère que nous allons en appeler à la région, pour leur repasser la patate chaude.

Andoni et Hála avaient utilisé leur propre stratégie. Ils avaient soumis la copie d'une traite fictive pour un demi-million d'euros qu'ils disaient avoir achetée à une entreprise depuis longtemps liquidée, appartenant à un prête-nom disparu sans laisser de trace. La traite était garantie par l'entreprise dans laquelle Wagner avait placé ses terrains. Ils avaient obtenu du tribunal une décision conservatoire interdisant à Wagner de vendre le bien immobilier tant que le procès était en cours.

***

– Messieurs, vous savez bien que c'est une arnaque. Si on en vient au procès, vous n'avez pas une chance, essayait de les raisonner le Chauve.

– Sûr, nous en sommes conscients, répondit Andoni en haussant les épaules. Nous allons attendre quatre ans que les tribunaux tranchent la question. S'ils arrivent à le faire dans ce temps record. Vous avez certainement des possibilités exceptionnelles, peut-être que vous arriverez à le réduire à trois ans. Mais si nous échouons, il se peut que nous vendions cette traite pour un euro, pour donner sa chance à quelqu'un d'autre, expliqua-t-il avec la grimace arrogante d'un homme qui est conscient de son avantage.

– Je comprends, dit le Chauve sans chercher à discuter et il partit sans leur serrer la main.

***

– Voilà un cas typique qui devrait intéresser la police. C'est pour cela qu'on la paie, dit Wagner en suggérant une solution qui allait de soi.

– On pourrait leur mettre un tas de choses sur le dos, mais ça ne résout pas notre problème. Ça va traîner pendant des semaines et nous avons sur la table une offre exceptionnelle d'un grand promoteur. Il veut acheter ça en bloc, mais il ne va pas attendre, il va devoir se décider entre deux localités équivalentes.

– Alors, qu'est-ce que tu proposes ?

– On n'a qu'à payer. Ça ne fait que dix pour cent.

– Non. Ça serait un mauvais signal. Si tu te laisses racketter une fois, tout le monde va s'y mettre.

– Alors il faut que nous leur fassions entendre raison.

– Oui. Va voir le Hongrois, trancha Wagner.

***

Casse-Dalle était appuyé contre le capot d'une Toyota tout-terrain. Il sortit de sa poche gauche un sandwich enveloppé d'une serviette et d'un sachet plastique. Hála était déjà en train de creuser, mais Andoni continuait à jouer les durs.

– C'est comme ça, monsieur Andoni. Vous n'êtes pas forcé de creuser, je ne peux pas vous y obliger. Ça va durer deux fois plus longtemps, mais nous attendrons que votre collègue le fasse, nous ne sommes pas pressés.

D'une main, il déballa adroitement son sandwich et regarda ce que sa femme lui avait préparé. Une mince couche de margarine avec du saucisson de régime. Comme sandwich, il y avait mieux. De l'autre main il visa nonchalamment à peu près en direction d'Andoni. Il commençait à comprendre comment ces deux sacs à foutre s'étaient attaqués à des hommes de cette envergure. Ils avaient réussi quelques affaires, s'étaient fait un peu d'argent et avaient commencé à se prendre au sérieux. Mortellement au sérieux.

– Je vais juste vous tirer un peu dans le ventre, monsieur Andoni, pour ne pas vous laisser le temps de faire des conneries tandis que votre collègue creuse, d'accord ?

Après cela, tous deux avaient creusé. C'était aussi rapide que de chier pour un mort-de-faim, mais Casse-Dalle avait appris que les clients essayaient toujours de gagner du temps. Il les comprenait et il comptait dessus. Il finit son sandwich et aspira un peu de thé de sa thermos. Ce n'était pas des plus faciles à travers l'ouverture de la cagoule de police, il n'avait pas l'habitude. Et le thé était dégueulasse. Depuis qu'on lui avait trouvé du diabète, sa femme avait cessé de sucrer. Entre-temps, les autres types somnolaient dans la voiture. Il les laissa dormir, quand il aurait fini, ils se réveilleraient de toute manière.

– Ça va, messieurs, nous y sommes. Sortez du trou et déshabillez-vous !

Andoni était sans doute pudique, mais quand il lui brisa le nez avec son pistolet, il se dépêcha de jeter ses habits par terre. Hála les arrangea bien en ordre, heureusement sans faire de véritable pile, le con. Il était tout à fait à côté de la plaque.

– Maintenant je vous prie de retourner dans le trou et à genoux. Ensuite, vous reposerez en paix, je vous le promets.

Andoni recommença à faire le dur, mais quand Casse-Dalle eut tiré, ce fut lui qui chia dans le trou. Hála tremblait comme un chien de manchon, à en faire greloter ses menues couilles, et il marmonnait quelque chose à voix basse. Casse-Dalle fut surpris de reconnaître le Notre Père. Toute la ville prenait les Hála pour des Juifs. Sans doute parce qu'ils représentaient presque tous les candidats juifs à restitution. Le vieux Hála avait même été élu président de la communauté religieuse juive. Il tira une deuxième fois. Hála continuait à prier, mais Andoni se coucha comme s'il l'avait vraiment touché.

Casse-Dalle avait depuis un moment besoin de soulager sa vessie, mais il avait gardé ça pour maintenant. Il glissa l'arme dans son étui d'aisselle, déboutonna son pantalon et se soulagea sur les deux hommes dans le trou. Ça les ranima un peu.

– Je vous ai baisés, hein, dit-il en leur faisant signe de la main gauche et en secouant les dernières gouttes. On vous foutra la paix si vous foutez la paix à nos amis.

Il se reculotta, monta dans la voiture et les abandonna là. Il leur avait laissé leurs vêtements, mais avait cassé leurs mobiles. Il restait à peu près une heure jusqu'à l'aube. S'ils n'étaient pas tout à fait cons, ils retrouveraient le chemin de la ville par leurs propres moyens.

***

Wagner n'en crut pas ses oreilles quand le Chauve lui annonça qu'Andoni et Hála étaient allés porter plainte.

– C'est un jeune proc ambitieux qui s'est emparé de l'affaire. Un protégé de Bouledogue, un hyperactif qui veut faire son malin, dit le Chauve en faisant non de la tête.

– Laisse courir, je vais régler ça par le haut. Je vais appeler notre ami pour un barbecue au jardin.

Wagner n'était pas fou de rage. Il avait l'expression de quelqu'un qui vient de voir tomber quelque insecte particulièrement intéressant dans sa soupe.

– C'est clair que je vais intervenir, Lolo, ce n'est tout de même pas normal que des espèces de nullards aillent te racketter et qu'ils se servent encore de mes hommes et de la loi pour le faire, s'exclama le chef de la procurature dans un juste courroux. Mais si je peux te donner un conseil, comme procureur et comme ami : là où il n'y a pas de victime, il n'y a pas de crime.

Le Chauve fut d'accord avec lui.

– Ils ne nous laissent pas le choix. L'acheteur commence à être nerveux.

– On peut comme qui dirait les déménager au Belize, mais ça ne règle pas notre problème premier, dit Wagner, songeur.

– Je pense que si, murmura le Chauve, la bouche pleine. C'est excellent, Lolo, comment fais-tu pour ces steaks ?

– Un de ces jours je te soutirerai cette recette de marinade, même si je dois te griller sur ton propre gril, ajouta le procureur.

– Vous me flattez, messieurs, mais cette recette est un secret de famille et je voudrais bien qu'on en revienne à notre affaire.

– Andoni et Hála sont des pros, enchaîna le Chauve. Ils ne risqueraient pas des embrouilles pour une fausse créance. Ni l'un ni l'autre n'est gestionnaire de cette entreprise. Ils ont un bourricot qui leur sert de prête-nom. Son paternel a une petite usine en ville, il a fait des magouilles avec son comptable et ils le tiennent par les couilles. Sinon le type a une réputation solide, alors ils se servent de son fils comme façade. Si on lui explique que ces deux types ne reviendront certainement pas du Belize, il faudra moins de dix secondes pour s'entendre avec lui.

Wagner ne posa pas d'autres questions. Il savait quand il n'était pas nécessaire de savoir.

***

Casse-Dalle se réjouissait de pouvoir pour une fois dîner tranquillement chez lui.

– S'il vous plaît, messieurs, vous avez creusé votre trou, vous connaissez la procédure, leur dit-il en les poussant vers la tranchée. Non, monsieur Hála, ne vous déchaussez pas s'il vous plaît, aujourd'hui il ne s'agit pas de théâtre, nous n'avons pas toute la nuit, nous avons aussi des choses plus importantes que vous.

Lorsqu'il s'agenouilla, Hála avait des larmes qui coulaient.

– J'ai essayé de le convaincre ! dit-il en jetant un regard de haine noire sur Andoni. Je ne voulais pas, je le jure, c'est lui, je vais réparer tout ça, je le jure…

– Vous ne voulez pas faire votre prière, monsieur Hála ?

Casse-Dalle avait pris une voix apaisante, compatissante, qui les calmait toujours. Ils avaient sûrement l'impression que s'il était correct avec eux ça ne pouvait pas être aussi mauvais que ça en avait l'air. Ce qui meurt en dernier, c'est l'espoir.

– Nous pouvons nous permettre quelques Notre Père.

– Notre Pè…

Casse-Dalle tira. Il avait pitié du type, alors il l'expédia aussitôt sans crier gare. Andoni paniqua et essaya de sortir de la tranchée. Il était étonnamment leste, l'adrénaline faisait son effet. La première fois, il l'atteignit à l'épaule, le deuxième coup lui emporta la moitié de la mâchoire. La troisième balle se logea dans le cerveau, mais il y avait de quoi avoir terriblement honte.

– Les mecs, vos gueules là-dessus, dit-il en se tournant vers la voiture. Je n'ai jamais de ma vie salopé un taf comme ça.

***

Quand son ancien stagiaire était venu pleurer auprès de Bouledogue, celui-ci avait vite compris dans quelle direction s'orientait l'enquête et où avaient sans doute disparu les victimes. Il n'irait sûrement pas les chercher au Belize ou en Thaïlande. Il était furieux, mais il avait expliqué au jeune qu'une des vertus de la procurature était la patience.

– La procurature est un organe autocrate, alors tu claques des talons et tu exécutes l'ordre de ton supérieur, mon petit, lui avait-il dit en lui ôtant son dernier espoir. Tu gardes une copie de tout et tu n'oublies rien, ça, personne ne va te l'interdire. Nous allons attendre. C'est un petit pays, n'aie aucune crainte, nous ne manquerons pas de croiser la route de cette ordure de Wagner.

***

– S'il pouvait, il me condamnerait à la peine de mort, dit Wagner d'un ton blessé. Il n'oublie rien. Pourquoi crois-tu qu'on l'appelle Bouledogue ?

– Oui, s'il pouvait, alors oui, sans doute, mais il ne peut pas, donc tu n'as qu'à t'en foutre, le tranquillise le Chauve. Président va gentiment expliquer à Bouledogue que tu n'es pas son problème, nous nous sommes mis d'accord.

– Et je dois risquer mes biens et ma liberté là-dessus ?

– Je m'en occupe, n'aie pas peur. Les gars en ont conclu qu'Evelyn te tient toi aussi par les couilles et qu'elle t'extorque du fric, parce que rien d'autre n'a de sens à leurs yeux et je ne les ai pas détrompés. Ils fixent les priorités et les limites de Bouledogue et veillent à ce qu'il s'y tienne sans faire de coups bas. Il ne te poursuivra pas directement et Doudou va s'arranger pour qu'il n'en ait pas l'occasion. Il stoppera toute activité indésirable au niveau de la police. Ça lui fera un peu de boulot supplémentaire, mais toi, vraiment, tu ne risques rien. Certaines opérations commerciales deviendront plus compliquées pour nous, mais il n'y a là rien que nous ne puissions régler au fur et à mesure.

– Ça ne me plaît pas. J'ai un mauvais pressentiment.

***

Le temps donna raison à l'intuition de Wagner. Les policiers filaient droit, mais les hyènes s'acharnaient sur lui. Quand sortit l'article qui expliquait en détail comment l'enquêteur de la NAPA arrangeait les affaires de Wagner, Bouledogue relança l'enquête.

– C'est un fanatique et un cinglé, s'énervait Wagner. Il n'y a pas moyen de discuter avec lui.

– Laisse tomber, le tranquillisait le Chauve. Doudou a les flics sous contrôle et s'ils ne donnent rien au procureur, il peut bien faire les pieds au mur. On ne peut pas monter une accusation sur des articles de journaux.

– Que Doudou contrôle ses hommes, encore heureux. Ça aussi, ça crée des problèmes, tu comprends ? Les gens ne veulent plus faire affaire avec moi. On va statuer sur ces traites de RuPress et cette pétasse du tribunal a fait dans son froc.

– Ce ne sont que quelques millions, tu n'as qu'à t'en foutre.

– Non. Quatre-vingts millions, ce n'est pas « quelques millions ». Mais piquer de l'argent, ça c'est personnel.

Ce n'est pas uniquement personnel. Tout le monde croit que Wagner veut simplement donner encore quelques coups de pied à Rusnák, même si ce dernier est à terre depuis longtemps. Mais il ne s'agit pas de cela. Il cogne sur Rusnák jour après jour, juste comme ça, pour le plaisir. Il l'a abattu, il a des choses contre lui et il a fait de lui sa pute. Rusnák suivra les ordres de Wagner, sinon il l'enverra au trou et le laissera crever là-bas. Au tribunal, Rusnák confirmera qu'il a signé une traite comme part du paiement lors de la vente de RuPress, c'est chose acquise. Il n'a pas le choix.

Il s'agit d'autre chose : les Allemands refusent de lui livrer RuPress tant que le groupe leur rapporte. Pas beaucoup, mais il s'autofinance. Pour eux, c'est une question de principe. Ils ne peuvent pas livrer leurs médias comme ça à des oligarques douteux de l'Est. Cela nuirait à leur réputation chez eux. Quand ils seront obligés de payer cette traite, les salopards bouffis d'orgueil, ils ne vendront pas juste comme ça. Il leur faudrait plus de cent ans pour couvrir la dette que Wagner leur prépare. Ils seront encore heureux qu'on leur reprenne RuPress pour le prix de ses dettes. Les acheteurs locaux paieront ensuite Wagner avec des actions de l'entreprise, mais il n'est pas utile que Doudou et Président le sachent. Le retour de Wagner dans sa sphère d'origine ne leur plairait certainement pas.

– Et que veux-tu en faire ? demande le Chauve.

– Je ne sais pas encore. Il faut surtout régler tout ça.

– Tu dois surtout te calmer.

– Arrête de me faire chier toi aussi et appelle plutôt Moineau. On doit arriver à mettre les médias sous contrôle pour qu'ils arrêtent de remuer la merde.

***

Quand Moineau arrive enfin, Wagner est toujours bouillant de colère.

– Comment est-ce possible que vous n'ayez rien sur ce salopard ? C'est un saint ou quoi ?

– Qui ? Bouledogue ?

– Non, le pape François.

– Sur François on pourrait peut-être trouver quelque chose, mais Bouledogue, soit il est propre, soit il fait sacrément attention. C'est un pote de Président, voilà son plus grand défaut moral connu. Et peut-être même un ex-pote.

– Arrange quelque chose au moins avec les journaux, qu'ils arrêtent enfin de délayer tout ça, grogne Wagner sur Moineau d'une voix irritée.

– Nos journalistes font ce qu'ils peuvent pour jeter un doute sur toute cette histoire. Mais le mieux, ce serait de trouver une affaire bien juteuse pour l'éclipser.

– Nous n'avons rien. Tous font maintenant attention, sauf les nôtres.

– Les journalistes sont comme des mouches. Ils sont inoffensifs mais ils bourdonnent et ils font chier les gens. Tu leur jettes un bout de merde et ils se précipitent dessus, réfléchit Moineau.

Parfois, il tape vraiment sur les nerfs de Wagner.

– Alors, mon gars, jette-leur enfin quelque chose, dit-il d'un ton doucereux.

Moineau blêmit. Il connaît son chef, c'est le dernier avertissement. Il ne va pas lui expliquer que sur le marché des informations il ne se trouve pour le moment pas de bouse plus nourrissante que Wagner.

– J'ai quelque chose de mieux.

– Oui ?

– Tu te souviens du mobile de l'ex-ministre que le Hongrois avait piraté ?

– Et alors ? Il n'y avait rien dedans.

Les hommes du Hongrois étaient parvenus à mettre la main sur le contenu du téléphone de la ministre. Elle n'arrêtait pas d'oublier son mobile partout et elle était tellement conne qu'elle ne l'avait pas bloqué. Ça l'énervait, alors elle avait désactivé le verrouillage. Ils avaient eu accès à tous ses messages et à son courrier, mais à part une petite affaire érotique qu'ils avaient depuis longtemps jetée en pâture à la presse à scandale, ils n'avaient rien trouvé d'intéressant.

– Rien de ce que nous voulions trouver. Mais presque tous les vieux canassons des médias sont ses amis, du temps où elle travaillait dans le secteur tertiaire. Ils correspondent régulièrement. Les conneries banales que tu échanges entre potes sur d'autres potes. Que le père de la fille de Dominika n'est pas Fero mais son secrétaire de rédaction. Que Petra refuse toujours de coucher avec toi, même après que ce putois de Pišta se l'est faite à la bringue d'entreprise. Cette chienne a couché avec absolument tout le monde, sauf avec toi. Tu piges ?

– Non.

– On publie ça sur internet. On fait un site, par exemple presseрute.com. Ensuite, tu fais une conférence de presse sur les liens entre les journalistes et la classe gouvernante. Pour dire à quel point c'est contraire à l'éthique et qu'ils devraient arrêter de jeter du fumier sur les autres parce qu'ils sont exactement pareils.

– Et ça intéressera qui ?

– Eux, évidemment.

– Je crains de ne pas te comprendre. Est-ce qu'il y a quelque chose qui dit qu'elle leur dicte leurs articles et qu'elle les paie pour ça ou quoi ?

– Non, elle échange des choses tout à fait normales avec la plupart d'entre eux, elle répond aux questions courantes des journalistes. Les affaires privées font à peu près cinq pour cent du total, voilà pourquoi je n'y ai pas pensé tout de suite.

– Pensé à quoi ? Parce que moi, je ne comprends toujours pas.

– Imagine ce qui va se passer quand les journalistes liront ce que leurs collègues écrivent sur eux.

– Ah, bon.

– Certaines de ces choses sont vraiment crues. Du point de vue humain uniquement, comprends-tu, mais crois-moi, tu ne veux pas lire des choses pareilles sur toi. Et encore moins que tous les autres les lisent.

Ils vont s'entrebouffer. Et ils nous laisseront un peu tranquilles.

– Bien, on peut essayer ça.

***

Wagner n'arrive pas à comprendre pourquoi ses estimés ex-collègues viennent à ses conférences de presse. Tous font toujours acte de présence. Parfois il se demande si les sommes qui lui servent à rémunérer l'escadrille de moineaux ne sont pas de l'argent jeté par la fenêtre. Parce que ces arriérés sont à disposition gratis.

– D'où tirez-vous les communications des journalistes avec madame l'ex-ministre ?

La question est inévitable, mais totalement inutile.

– Comment les avez-vous obtenues ?

– Je les ai trouvées sur internet, à l'adresse que je viens de vous donner, répond-il avec un sourire charmant.

– Vous les avez trouvées par hasard ? Vous, justement vous ?

– Bien sûr que non. On a attiré mon attention sur cette page, explique-t-il patiemment comme s'il parlait à des enfants demeurés.

– Qui ça ?

– Je ne sais pas. On me l'a envoyé anonymement, par internet.

Ils sont vraiment comme des mouches, ils ne savent pas résister à la merde. Sitôt la conférence terminée, la guerre éclate entre les journalistes. L'escadrille de moineaux jette systématiquement de l'huile sur le feu. Surtout les moineaux que les journalistes et la ministre avaient soupçonnés de travailler pour la mafia.

C'est clair, personne n'ignore que Wagner est derrière tout ça. Mais on ne peut rien prouver contre lui, et c'est amplement suffisant. Le crime n'a pas eu lieu, la loi n'a pas été enfreinte.

***

Le collègue de la concurrence pleure sur l'épaule de Schlesinger.

– Elle a tout bonnement pris les gosses et elle est partie chez sa mère.

– Ça t'étonne ? Après ce qu'elle a lu…

– Ce n'était qu'un flirt. On n'a pas eu d'histoire ensemble, je le jure !

– Ç'aurait pu être pire, le réconforte-t-il.

Ils sont assis dans la cuisine de Schlesinger. Le gros matou noir à la queue en panache traverse la table à manger et laisse tomber ses poils dans leur Jameson.

– Comment ça, pire ?

– Elle aurait pu rester et te jeter dehors. Tu aurais été obligé d'habiter avec moi, chez Lucifer.

L'hôte regarde le matou d'un œil hostile et frotte son bras qui porte de profondes griffures sanglantes.

– J'aimerais mieux dormir sous un pont.

Lucifer s'étend et se met à ronronner avec satisfaction.

– Vous avez essayé de faire quelque chose avec ça ? Je veux dire en tant que rédaction, dit Schlesinger en changeant de sujet.

Il n'a pas le sentiment d'être le mieux placé comme conseiller matrimonial.

– Nous avons demandé une mesure conservatoire auprès du tribunal pour déconnecter cette adresse, mais ça ne sert à rien, tout ceux que ça intéressait ont depuis longtemps téléchargé les informations. Et nous avons porté plainte, mais ça aussi, ça ne sert que dalle, ce fumier ne serait pas inquiété même pour un meurtre.

– N'exagère rien. Wagner est un maître-chanteur professionnel, pas un assassin.

– Je ne sais vraiment pas ce que nous devons faire. Ça ne sert à rien d'expliquer qu'aucune de ces informations ne comporte le moindre manquement professionnel. Personne ne les lit, elles sont emmerdantes comme la pluie. On ne retient que nos noms et que nous sommes une bande de corrompus à la botte de la ministre. Exactement ce que Wagner voulait.

– Peut-être qu'il faudrait arrêter d'écrire ce que Wagner veut et commencer à écrire ce qu'il ne veut pas.

– Que veux-tu dire ?

– Moi, par exemple, je trouve beaucoup plus intéressant de savoir qui n'a pas été mis en cause sur cette page web.

– Qui ça ?

– Par exemple presque personne de la presse à scandale.

– Sans doute qu'ils ne correspondaient pas avec la ministre, hein ?

– Mais si, je lui ai posé la question. Elle prétend qu'on a dû télécharger tout le contenu de son téléphone. Ils en ont simplement épargné certains. Volontairement. Alors nous savons au minimum qui sont les rats et nous pouvons nous méfier d'eux.

– Et après ? On écrit quelque chose sur eux ?

– Non, mais on devrait les lire plus attentivement. Voir qui ils attaquent. Et ceux-là, on pourrait s'allier avec eux.

Intermezzo

L'idée de Schlesinger était désespérée, mais à long terme, payante. Le flic dont on dit qu'il tabasse sa femme. Le procureur qui est censé avoir des problèmes avec l'alcool. L'homme d'affaires qui a des ambitions politiques et qui s'est fait photographier en compagnie d'une prostituée.

Ils n'avaient pas tous envie de parler. Il était clair que certains n'avaient reçu qu'un discret avertissement et risquaient toujours de voir publier sur eux des articles encore pires. Mais d'autres n'avaient plus rien à perdre. Ils n'avaient qu'à indiquer à Ondro dans quelle direction chercher, la suite n'était pour lui que de la routine, longue, mais simple. Il s'avéra que Wagner n'était pas particulièrement sophistiqué dans ses arnaques.

– Il fait ça totalement à la grosse, il compte sur son impunité, explique Ondro à Schlesinger. Tout ça, tu le trouves sans problème dans les données ouvertes.

– Je ne sais pas. Je n'y ai jamais rien trouvé, dit Schlesinger, la mine sceptique.

– Bien sûr que non, dit le rédac-chef en tapotant l'épaule d'Ondro. À part le jeune, personne ne le voit, pas même les autres analystes.

– Bien sûr que si, se rebiffe Ondro. Si tu avais le temps, tu le trouverais, tranquille.

– Assez parlé travail, Schlesi, les arrête le rédac-chef. Je t'ai invité à manger la kapustnica[1], pas à une conférence inter-rédactions. Raconte plutôt aux petits comment Miki Miko et Valent le Barge t'ont caché aux mafieux dans cet hôtel au bout du monde. Qu'ils sachent à quoi ressemblait le journalisme d'enquête quand c'était encore une question d'adrénaline.

1. Soupe à la choucroute, plat traditionnel de Noël.

Casse-Dalle
Le jargon mafieux

Le Directeur Potočný est persuadé que seul un ministre peut le dégommer. La police enquête de manière à contenter tout le monde. Un juge prononce la peine de mort. Casse-Dalle commence à creuser pour l'autre bord.

L'homme politique n'est pas très habile à manier la pelle. Évidemment, il n'a pas fait des études pour travailler de ses mains. Il se tient enfoncé dans la tranchée jusqu'à la taille et il pleurniche. Ses mocassins de cuir sont fichus, les jambes de son costume sont imprégnées d'eau et de boue jusqu'au genou. Il a suspendu son veston à une branche. Ils l'éclairent avec les phares d'une Pajero. La tâche est interminable. Il pleurniche plus qu'il ne bosse.

– Ça ne se passera pas comme ça, grogne-t-il comme un vieux tracteur. Dès le matin, j'appelle le ministre et vous allez voir ce que vous allez voir.

Il jette une autre pelletée de terre. Ce n'est pas assez, c'est vraiment trop peu pour une exécution. Il essaie clairement de viser Casse-Dalle, mais celui-ci est assis sur un tronc déraciné, hors d'atteinte de sa pelle. Les autres sont dans la voiture, ils fument les Sobranie noires à filtre doré du gros bonnet, boivent de la bière en canettes et se disputent pour savoir quelle cassette mettre dans le lecteur – un vieil enregistrement d'Elán ou le nouveau hit-parade allemand.

Casse-Dalle est assis sur son tronc et enfourne son sandwich. Sa belle lui prépare toujours un sandwich quand il lui dit qu'il est de service de nuit. Elle se dit que si son mec travaille pour une usine de réfrigérateurs, alors il fabrique des réfrigérateurs. Et qu'il n'y a sûrement pas de cantine la nuit. Il ne lui explique rien. Ce que la fille pense, il s'en fiche. Une fille doit être belle et non réfléchir. C'est un bon sandwich – du pâté de campagne, du fromage, du salami, tout ce qu'il faut. Ce serait dommage de le jeter. Dans l'autre main, il tient son 9 mm mais sans le serrer. Il sait qu'il n'y aura pas de problème. Le type croit qu'ils veulent juste lui faire peur pour qu'il signe. Mais pour quoi faire ? Marron a une nana dans l'entreprise, elle sait refaire toutes les signatures. Et ils tiennent un notaire qui leur authentifiera tout ce qu'ils veulent. Il n'explique même pas la chose au notable. C'est plus facile s'ils ne savent pas.

– Vous pensez que je vais chier dans mon froc, espèces de bandits ?

Casse-Dalle ne répond pas, il mâche et fait un rond impatient avec le canon de l'arme pour lui dire d'accélérer. Il commence à faire froid. Il apprécierait une gorgée de limonade à la framboise, ça ferait descendre le pain. Dans la voiture il y a de la bière mais il ne boit pas au travail. Par principe.

– Qu'est-ce qu'ils s'imaginent, vos chefs mafieux ? Votre boss va me menacer de me descendre ? Il n'y a que le ministre qui peut me dégommer !

Il se contente de le regarder sans comprendre comment un idiot pareil a pu arriver à ce haut poste. Car c'est un homme important. Monsieur le chef. Un grand patron. Un vrai crétin.

– Jusqu'à quand ça va encore durer, cette comédie ?

Il jette la pelle dans le trou et commence à s'extraire de là.

Casse-Dalle le vise, enlève le cran de sûreté avec le pouce et tourne la tête de gauche à droite. Il se met debout pour mieux voir l'excavation. Peut-être que ça suffirait déjà. Par la vitre ouverte de la Pajero, Jožo Ráž explique à la statuette de la mort sur l'horloge de Prague qu'il ne tient pas du tout à elle[1]. Il énerve Casse-Dalle encore plus que le débile dans son trou. Il hausse les épaules pour montrer que cela ne dépend pas de lui.

– Seulement une trentaine de centimètres encore, monsieur Potočný, et nous y serons, annonce-t-il d'un ton neutre en fourrant dans sa bouche le reste du sandwich qui fait environ deux bouchées

... je vous invite tous à prendre une bière...

La rengaine avec son texte idiot retentit dans tout le parc national. Un crétin a encore monté le son. Le gros bonnet fait un geste résigné, se retourne avec une mine méprisante et se baisse pour ramasser la pelle.

...je me fous de la mort, je ne crois qu'à la vie...

Les genoux de Potočný cèdent et il s'effondre dans la fosse. Il n'a pas entendu le coup de feu. Un tir net, en pleine tête. Le plus gros de sa cervelle s'écoule lentement sur la paroi de la tranchée. Il n'a même pas eu le temps de s'apercevoir qu'il était mort. Il a l'air comique,

1. Josef Ráž, chanteur du groupe pop-rock Elán, s'adresse en chanson à une statuette de la célèbre horloge de la place de la Vieille Ville de Prague.

étendu, les bras le long du corps, le haut du visage enfoncé dans la terre, seul son postérieur dépasse. Casse-Dalle saute dans la tombe superficielle. Son manque de profondeur ne plairait pas à Marron, mais Marron n'est pas obligé de tout savoir. Il tire sur les jambes, allonge le corps. Il avale avec peine. Il aurait dû partager cette dernière bouchée en deux.

– Venez par là, les mecs, il va pas s'enterrer tout seul, crie-t-il. Et arrêtez cette merde ou vous allez réveiller le mort.

***

Peťo Vajšung n'était pas un ami proche de Potočný, mais il était tout de même plus qu'une simple connaissance. Un camarade. Il pouvait lui faire confiance.

– Viens juste t'asseoir avec eux et écouter leur proposition, ça ne te coûtera rien, avait-il dit à Potočný pour le convaincre.

– Pardon, mais comment dois-je discuter avec des gens qui m'envoient des messages par Marron, Python et leurs associés ?

Potočný avait manqué faire une attaque en se souvenant comment le boss local l'avait convoqué pour une rencontre dans son hôtel pouilleux portant le nom pompeux d'Everest ; il l'avait fait asseoir face à une élite choisie de mafieux et ils avaient tous fait pression sur lui pour qu'il laisse entrer dans son capital des hommes d'East Invest. L'État venait d'engager la privatisation de vingt pour cent d'actions supplémentaires concernant l'ancienne entreprise publique sur laquelle Potočný avait un droit de préemption en tant que propriétaire.

***

– Monsieur Potočný, si vous voulez que votre entreprise continue à se porter aussi bien que par le passé, il vous faut absolument un partenaire stratégique. Nous vous assurons que vous ne trouverez pas de meilleur partenaire qu'East Invest.

Marron savait parler en véritable commerçant.

– Vous parlez de cet East Invest qui a privatisé dans cette région quelque deux cents entreprises, n'a pas payé à l'État le prix entier pour une seule d'entre elles et les a toutes envoyées à la faillite, sans la moindre exception ?

Potočný avait été moins gêné par Python car lui, au moins, ne faisait pas semblant. Il tenait le même discours que Marron, mais sans ambages.

– Écoute, mon garçon, je vois que nous ne nous comprenons pas. Soit tu t'entends avec nous, soit c'est ta fin, tu comprends ?

Potočný avait ignoré le tutoiement et le ton. La politique l'avait habitué à la fréquentation d'hommes primaires, il ne se laissa pas impressionner.

– Nous verrons. Là, c'est cette discussion qui est terminée, répondit-il poliment mais fermement.

Il ne comprenait pas où cette bande de racketteurs imbéciles avait trouvé l'aplomb de le menacer ouvertement, lui, un représentant du parti et de l'État. Même s'il n'avait pas le numéro personnel du Vieux, il tutoyait le ministre de l'Intérieur et avait grandi dans la même rue que le chef de la police.

– Messieurs, si vous permettez, j'ai du travail. Je ne suis pas seulement le plus gros employeur de la région, j'en suis aussi le président et je n'ai donc pas le temps pour des bavardages stériles.

Python l'avait regardé d'un air incrédule, les yeux exorbités, en commençant à se lever. Marron lui avait mis la main sur l'épaule en faisant non de la tête.

– Écoute bien, espèce de nullard, je vais te le dire encore une fois pour que même toi tu comprennes, mais retiens-le bien parce que je ne te le répéterai pas, avait dit Python en le visant du doigt. Soit tu nous donnes ton usine de merde, soit on te liquide.

– Au revoir, messieurs, moi aussi je vous souhaite une bonne journée, avait répondu Potočný avec une politesse imperturbable, et il était parti.

– Adieu, monsieur Potočný, avait salué Marron, mais Potočný ne l'entendait déjà plus.

***

– Ils comprennent bien qu'ils sont allés trop loin, c'est pourquoi ils m'ont prié d'essayer de te persuader de les rencontrer au moins pour une entrevue informelle. Ils veulent te présenter des excuses personnelles, avait dit Vajšung en prenant un ton conciliant. Ils veulent simplement une deuxième chance. Si leur proposition ne te plaît pas, vous ne vous entendrez pas, mais au moins vous vous quitterez en bons termes. Eux non plus ne veulent pas que tu dises partout que ce sont des mafieux.

– Et ce n'est pas vrai ?

– N'exagère rien. Ils jouent à la dure, mais ce ne sont pas des criminels.

– Ce sont des liquidateurs professionnels. Je sais exactement ce qu'ils feraient avec Lokomotor. Ils souscriraient des créances, transféreraient l'argent dans leurs sociétés anonymes, vendraient les bâtiments et les terrains, licencieraient les gens et prononceraient la banque-route de la fabrique. En laissant derrière eux deux mille familles sans revenus et une nouvelle vallée affamée. Je mourrais de honte jusqu'à la fin de mes jours si je les laissais faire ça.

– Là, tu exagères vraiment.

– Non, Peťo, je n'exagère pas. Je peux te montrer un rapport des trois lettres. Deux cent sept entreprises. C'est le nombre qu'ils ont privatisées. De nos jours, il en reste douze et toutes sont en liquidation ou en faillite. Deux milliards et demi de couronnes de traites impayées dans quatre banques différentes. Et tu sais ce que le Vieux a fait avec ça ?

– Quoi ?

– Il nous les a cités en exemple. Quand il est venu ici la dernière fois pour un meeting, il nous a tous fait convoquer et il avait la liste des entreprises non privatisées dans la région en demandant ce que ça signifiait. Il nous traitait d'incapables et disait qu'on devait prendre exemple sur eux. Nous avons tous été obligés de choisir au moins quatre dossiers dans sa liste. Notre devoir est de les privatiser d'ici la fin de l'année.

– Je ne comprends pas.

– Qu'est-ce que tu ne comprends pas ? Vingt pour cent de la valeur de l'entreprise va dans la caisse du parti, vingt pour cent directement au Vieux, dans un sac en plastique, sans problème. C'est sa fille qui vient récupérer le fric. Tout ce qu'on peut faire, c'est prendre la créance, siphonner l'argent et les payer en espérant qu'il vous restera quelques sous et pas seulement des dettes.

– D'accord, mais qu'est-ce que tu reproches à East Invest alors ?

– De faire ça. Parce qu'on peut procéder autrement, tu le sais bien. Je fabrique des turbines, toi des réfrigérateurs. Nous donnons du pain aux gens, nous payons nos traites, nous versons nos impôts, nous bossons comme des dingues. Je ne leur donnerai pas mon entreprise.

– D'accord, je te comprends. Mais viens avec moi au moins pour ce dîner à la Bergerie. Fais-le pour moi.

Je t'en prie. Je t'y emmène et ensuite on va prendre un verre quelque part tous les deux pour te dédommager de cette torture.

Il savait que Vajšung faisait des affaires avec eux et que celles-ci lui avaient permis de survivre quand les temps étaient durs. Il avait eu des problèmes, il avait absolument besoin d'argent et les taux bancaires étaient mortels. Vajšung avait aidé East Invest à blanchir une partie de son butin au travers de son usine et de terrains en bordure du parc national qu'il rachetait pour quelques piécettes aux bénéficiaires des restitutions ou à l'État. Il avait touché une bonne commission, sauvé son affaire, mais ils le tenaient déjà par les couilles. Il avait manifestement reçu l'ordre de le traîner à cette rencontre.

– D'accord, pour te faire plaisir.

Il avait dit au revoir à son épouse, son fils dormait déjà.

– J'aurais préféré prendre un verre de vin avec toi et ensuite régler quelques documents officiels, mais je ne veux pas le laisser en plan. Il vaut mieux s'asseoir avec ces vauriens et en finir une fois pour toutes avec cette histoire, dit-il pour se justifier.

– Pour ce que ça change, avait-elle répliqué d'un ton sec.

Elle se laissa embrasser mais ne lui rendit pas son baiser.

***

La Bergerie était un restaurant snob décoré d'un assortiment d'éléments populaires et de baroque pour entrepreneurs russes. Il répugnait à Potočný depuis toujours, mais sa cuisine était de très loin la meilleure des alentours. Les propriétaires d'East Invest les attendaient déjà dans un petit salon. Rigan était un ancien juge de district. Un des rares à qui il fut recommandé avec insistance d'aller se faire voir ailleurs que dans la justice, parce qu'il était trop sale même pour le milieu de la magistrature. Kipta était un homme d'affaires et un mécène du monde artistique qui blanchissait de l'argent dans sa galerie par le biais de barbouillages nuls d'artistes étrangers de troisième zone.

– Monsieur Potočný, acceptez avant tout nos excuses, avait commencé Kipta dès qu'ils eurent passé leur commande et furent restés seuls. Ce que nous avons causé nous ennuie infiniment, mais cela a été un grand malentendu. Nous vous assurons que ces hommes n'agissaient pas en notre nom et que nous ne leur avons jamais rien demandé de semblable.

Potočný se taisait, mais son expression montrait clairement ce qu'il pensait.

– Évidemment, nous ne sommes pas tout à fait innocents, enchaîna Rigan. Nous vous avons mis involontairement dans une situation déplaisante, mais nous nous sentons un peu responsables. Vous savez comment marchent les choses, dans le bizness on a parfois affaire à cette sorte de gens. Nous avons imprudemment laissé entendre que nous aimerions entrer dans la gestion de Lokomotor mais que nous n'arrivions pas à obtenir votre accord. Ces messieurs ont ensuite agi de leur propre initiative, manifestement pour se concilier nos bonnes grâces.

Potočný avait continué à garder le silence. Il voulait voir ce qu'ils allaient encore inventer. Kipta n'en pouvait plus de ce silence gênant.

– Monsieur Potočný, jouons cartes sur table. Nous savons ce que vous pensez de nous, mais nous vous assurons que la dernière chose que nous voulons serait de mettre en danger l'existence de Lokomotor. Quand nous vous aurons expliqué notre offre, vous comprendrez comment ce regrettable désagrément est arrivé.

– Parlez donc, je vous en prie. Je ne suis pas venu pour manger, je ne suis là que pour vous entendre.

– Notre but n'est pas de tirer de l'argent de votre usine, bien au contraire. Nous avons à disposition un volume non négligeable de capitaux dans une banque chypriote et nous aimerions les investir au pays. Notre entreprise commune percevrait une part significative de ces finances pour son développement ultérieur ou pour une rénovation éventuelle de sa technologie. Nous vous laisserions le soin d'en décider, nous n'interviendrions nullement dans sa direction. Et nous ne vous ennuierions pas non plus pour la gestion des moyens supplémentaires que nous investirions dans d'autres branches.

– Monsieur Kipta, si je vous comprends bien, vous voulez transformer ma société en entreprise de blanchiment ?

– Je n'utiliserais pas un terme aussi grossier, ne serait-ce que parce que nous avons le projet de faire don à votre parti d'une portion de cet argent. Car vous devez, n'est-ce pas, financer au moins en partie la campagne électorale à l'aide de comptes officiels. Et par exemple, ces messieurs avec qui vous avez parlé ne peuvent pas y déposer les fonds comme si de rien n'était. Cela aurait l'air suspect.

– Je crois comprendre, mais c'est non. Excusez-moi.

– Réfléchissez-y encore, monsieur Potočný, vous n'êtes pas obligé de répondre tout de suite, demanda Rigan. Nous sommes sincères, nous avons abattu nos cartes. Ensemble, nous pourrions élever Lokomotor à un tout autre niveau. Je comprends que vous n'avez aucune raison de nous faire confiance, mais demandez à M. Vajšung, vous êtes amis, non ?

Ils avaient passé la soirée à lui faire miroiter des propositions mielleuses. De nouveaux marchés, l'accroissement de la production, l'augmentation des salaires et des recrutements, la construction de logements d'entreprise. Vajšung les avait bien préparés. Ils jouaient sur les bonnes cordes, mais ils jouaient faux. Il perdrait sa liberté et, à long terme, ils le dépouilleraient de tout.

– Merci pour votre proposition, elle est vraiment intéressante, mais c'est non. Je pense que nous arriverons un jour au même résultat sans aller aussi vite.

– C'est votre dernier mot, monsieur Potočný ?

– Oui, monsieur Rigan, c'est mon dernier mot. Je suis heureux que nous ne nous quittions pas en mauvais termes, mais nous ne serons pas partenaires.

Ils s'étaient serré la main et s'étaient salués avec des sourires quelque peu forcés.

– Attends-moi à la voiture, j'en ai pour un petit moment, lui avait dit Vajšung près de la sortie, en se dirigeant vers les toilettes.

Potočný était sorti sur le parking et avait allumé une cigarette noire à filtre doré.

***

Vajšung dépassa les toilettes et ouvrit une porte marquée « Private ». Derrière celle-ci se trouvait le bureau du gérant qui se leva sans mot dire et sortit dans le couloir. Vajšung tourna vers lui l'appareil téléphonique et composa de mémoire un numéro.

– Hôtel Everest, que puis-je pour vous ? dit l'homme de la réception dès la première sonnerie.

– Potočný est en route, annonça Vajšung avant de raccrocher.

Sa main tremblait un peu. Il resta là un moment, à hésiter. Il soupira profondément et se dirigea vers la voiture.

– On va s'arrêter à ma boîte, j'ai des papiers à prendre, et ensuite nous irons boire ce verre.

C'est un grand type en jogging et blouson de cuir qui ouvrit le portail de l'usine de réfrigérateurs. Dès qu'ils l'eurent passé, il le referma aussitôt. L'usine tournait, mais la cour du bâtiment administratif était vide, à l'exception d'une Pajero garée là. Vajšung coupa le moteur et éteignit les phares. À la même seconde, les phares du véhicule tout-terrain s'allumèrent et trois hommes en descendirent. Ils s'avancèrent et l'un d'eux ouvrit la portière du passager. C'est seulement là que Potočný s'aperçut qu'il tenait un pistolet à la main.

– Bonsoir, monsieur le directeur. Terminus, dit-il en le visant de son arme.

– Je te demande pardon, tu aurais dû t'entendre avec eux, je regrette vraiment, dit Vajšung.

Potočný se raidit, il ne croyait pas cela possible. Ces voyous ne se permettraient tout de même pas de l'intimider ainsi. Vajšung tendit la main vers le siège arrière et prit une chemise de documents.

– Ça peut encore bien se terminer. Tu n'as qu'à signer et on te ramène chez toi, supplia-t-il Potočný.

Le type armé attendait, en continuant de le viser nonchalamment.

– Qu'est-ce que c'est ?

– Un accord écrit par lequel tu renonces à ton droit de préemption sur les actions de Lokomotor.

– Non !

Il s'était braqué. Il savait qu'il ne devait pas se laisser impressionner. S'il reculait maintenant, ils lui mettraient leur pistolet sous le nez tous les jours, jusqu'à tout lui prendre.

Il avait lancé les papiers au visage de Vajšung, était sorti de la voiture, avait contourné le type au pistolet et s'était avancé vers le portail.

– Et toi, j'aurais encore quelques mots à te dire, espèce de salopard.

Il sortit son mobile de sa poche pour appeler un taxi. Quelqu'un lui fit un croche-pied par-derrière. Il tomba durement au sol. Le Nokia lui échappa de la main. Le type au pistolet l'écrasa plusieurs fois avec ses lourds croquenots de randonnée, il ramassa les morceaux, les fourra dans la poche de son blouson vert de surplus militaires allemands.

– Debout, monsieur le directeur, on part en excursion.

***

Lorsque l'épouse de Potočný se réveilla à sept heures du matin et ne trouva pas son mari auprès d'elle, elle commença par préparer son fils pour l'école. Ce n'était pas la première fois. À huit heures, elle fit au téléphone le tour des secrétaires. Diriger à la fois une administration et une usine était le travail de deux hommes, alors quand il n'arrivait pas à dormir, il s'évaporait de la maison et restait sur ses papiers jusqu'au matin. Ni l'une ni l'autre des secrétaires ne savait où il était passé. Elle appela le portable de Vajšung.

– Salut, Peter, qu'est-ce que vous avez fait hier soir avec mon vieux ? Il n'est pas rentré à la maison et il n'est pas au travail.

– Il a peut-être un rendez-vous matinal. Je l'ai laissé devant votre entreprise. Il a dit qu'il avait encore quelque chose à régler et qu'il allait appeler un taxi.

Lorsqu'il n'apparut même pas pour déjeuner et que les deux secrétaires commencèrent à l'appeler elle, pour demander si elle savait où il était passé, elle comprit que quelque chose avait dû lui arriver. Elle se souvint de la rencontre de son mari avec la mafia.

– Normalement, nous devrions attendre quarante-huit heures, mais ceci est, évidemment, une situation exceptionnelle, madame Potočná. Nous avons déjà informé le ministre, lui dit le patron de la criminelle un peu moins d'une heure après qu'elle eut signalé sa disparition.

On lui envoya une voiture, on lui fit traverser la ville avec le gyrophare et la sirène. On aurait dit que la police avait mobilisé toute la région. Cela lui fit peur.

Le patron de la criminelle dévidait une mauvaise nouvelle après l'autre.

– Il n'est dans aucun hôpital, ni lui, ni aucune personne non identifiée. Aucun taxi ne l'a chargé, nous avons vérifié même auprès de ceux qui travaillent au noir.

Il fit rappeler tous ses hommes en congé, récupéra des agents affectés à d'autres enquêtes.

***

Vlado Roth ne s'était pas hissé jusqu'à la fonction de patron de la criminelle en s'insinuant dans l'appareil digestif des fonctionnaires de police ou des politiciens. En premier lieu, c'était un pro. Il avait des résultats. Il savait tout ce qui se passait sur son territoire. Quand tous les boss de la mafia étaient arrivés en nombre dans la ville, il avait été parmi les premiers à être au courant. Et il savait aussi qui avait fait l'objet de leur convocation. Lorsque Mme Potočná lui dit avec qui son mari avait partagé son dernier repas, il comprit aussitôt les tenants de l'affaire.

Il savait également qu'il ne résoudrait pas ce cas-là. Les manœuvres policières devaient produire de l'effet. Pas sur la veuve, il n'était pas cynique à ce point. Mais Roth savait comment allaient les choses. Quand il n'était pas permis de trouver le coupable, il fallait au moins chercher le responsable. Quelqu'un qui avait merdé. Il devait protéger ses hommes. Et lui-même, dans la mesure du possible. Il interrogea personnellement Vajšung. Celui-ci maintint qu'il avait déposé le directeur devant les bureaux de l'entreprise familiale. Ils se trouvaient à l'extérieur de l'usine, à la limite du centre-ville. Le bâtiment n'avait pas de gardien alors personne n'avait rien vu.

– Merci, monsieur Vajšung, c'est tout pour le moment, nous n'allons pas vous retenir inutilement. Si nous avons besoin de quelque chose, nous fixerons une entrevue avec votre secrétaire, dit-il en le raccompagnant de son bureau.

Il était convaincu que Vajšung était impliqué, mais le type avait des connexions. Cela n'avait aucun sens de le provoquer tant qu'ils n'avaient rien de solide. Roth fut étonné de voir à quel point ils avaient agi bêtement.

– Examine aussi les écoutes de l'Everest, au moins les deux-trois derniers jours, pour voir si on n'y trouve pas quelque chose qui puisse nous servir, demanda-t-il à son adjoint.

Celui-ci revint aussitôt.

– Mes gars ont eu la même idée et regarde ce qu'ils ont trouvé.

– Potočný ?

– Lui, on ne le retrouvera sans doute pas de sitôt.

Il plaça devant lui un magnétophone portatif et enclencha l'enregistrement.

« … tel Everest, réception, que puis-je pour vous ?… Potočný est en route », entendit-on dans l'appareil.

L'enregistrement était un peu brouillé, mais il reconnut aussitôt la deuxième voix.

– C'est ce fumier de Vajšung, constata Roth après avoir écouté une nouvelle fois pour plus de certitude.

– Comment le sais-tu ?

– Il y a une demi-heure, il était assis à ta place et il assurait avoir déposé Potočný devant ses bureaux.

– Il se peut qu'il l'ait amené devant l'entreprise, qu'est-ce que tu en sais ? Mais qu'il l'a livré, ça, c'est maintenant du béton.

– D'où venait cette conversation, on le sait ?

– Oui, ils ont appelé d'un fixe, de la Bergerie pour la réception de l'Everest.

– Dommage.

– Même Vajšung n'est pas assez idiot pour appeler depuis son mobile.

– Ça ne fait rien. Allez entendre le réceptionniste de l'Everest et le personnel de la Bergerie. Mettez-leur la pression mais ne dites pas ce que nous avons. Avec discernement, hein ?

***

Le matin, Roth se prépara à interroger Vajšung. Il avait enfilé son blouson et se tenait déjà dans l'ouverture de la porte lorsque la secrétaire apeurée se précipita dans le bureau et manqua lui casser le nez. Elle ne parvint même pas à annoncer la visite imprévue. Le type gris, l'âge d'être retraité, se glissa agilement derrière elle.

– Fermez la porte, mademoiselle. De l'extérieur. Et ne laissez entrer personne.

Il l'éjecta du bureau et s'installa à la table de Roth comme s'il était chez lui.

– Nous ne nous sommes pas encore rencontrés, mais je n'ai sans doute pas besoin de me présenter.

C'était inutile. Tout le monde connaissait le patron du contre-espionnage. Roth fit oui de la tête.

– Bonjour, salutations cordiales, s'il vous plaît asseyez-vous et faites comme chez vous, ne put-il s'empêcher de dire.

– Gardez votre sens de l'humour policier, monsieur Roth, vous en aurez besoin très prochainement. Je suis venu vous aider. Je vais vous décharger d'un lourd fardeau que vous ne seriez peut-être pas en mesure de porter.

– Est-ce que ce n'est pas le chef de district qui devrait me limoger ?

– Je ne suis pas venu vous limoger. Je suis venu chercher cet enregistrement.

– Un enregistrement ? Quel enregistrement ?

– Monsieur Roth, ne me prenez pas pour un imbécile, je ne suis pas flic, moi.

Roth était un professionnel expérimenté. Avec un soupir, il tendit la main par-dessus son propre bureau, ouvrit le tiroir du haut, sortit une cassette et la posa sur la table.

– Encore une fois et ce sera la dernière, monsieur Roth, je ne suis pas policier, on ne fait pas de blague sur notre compte. L'original. Tous les enregistrements de l'Everest pour le mois écoulé. Et les transcriptions. Et vous savez quoi, faites aussi apporter le dossier d'enquête. En entier.

Roth sortit du bureau et patienta au secrétariat. Il n'avait pas envie d'attendre dans la même pièce que ce fils de pute. Le chef du contre-espionnage feuilleta rapidement le dossier et en sortit l'interrogatoire du réceptionniste et celui du gérant de la Bergerie. Ils ne contenaient rien, les deux avaient nié, mais il les prit tout de même.

– Haut les cœurs, j'ai une bonne nouvelle pour vous, conclut le second homme des services secrets en se retournant sur le seuil. Potočný est mort, fin de l'enquête.

Il partit sans saluer.

– Nous n'avions que dalle et ils nous ont pris même ça, ces salopards de fils de putes à trois lettres, se laissa aller l'adjoint de Roth. Que veux-tu faire maintenant ?

– Rien. On continue.

– Tu as gardé une copie ?

L'adjoint le regarda plein d'espoir.

– Tu déconnes ou quoi ? Ce fumier a sur la conscience plus de morts qu'un interne dans un grand hôpital.

– Alors, qu'est-ce qu'on peut donc faire ?

– Se mettre en action. Comme toujours.

***

Quelques jours après, Marron apparut en ville. Il avait une procuration générale de la main de Potočný, authentifiée par notaire. Il pouvait quasiment tout faire en son nom, mais il ne parvint pas à prendre la direction de Lokomotor. Les actions étaient la propriété de l'entreprise familiale, le directeur introuvable n'en était qu'un des associés. La deuxième gestionnaire était son épouse, les décisions devaient être prises d'un commun accord.

– Tant que M. Potočný ne dit pas le contraire, vous êtes le directeur général et le gestionnaire de Lokomotor, mais vous n'avez pas le droit de vendre des actions, expliqua le juriste à Marron.

C'était Vajšung qui l'avait trouvé. Ce n'était pas un avocat de province. Ils étaient conseillés par un jeune juge du tribunal de district, très talentueux, avec une carrière prometteuse, des liens directs avec le Vieux et des moyens supérieurs à la normale.

– Potočný ne dira pas le contraire, grimaça le boss local.

Vajšung se tortilla nerveusement, baissa les yeux et on aurait dit qu'il aurait préféré être assis dans le fauteuil d'un dentiste fou muni d'un marteau piqueur, plutôt que dans son propre salon avec deux mafieux et un juge.

– Dans ce cas, nous veillerons à ce que la famille ne puisse pas se débarrasser de vous par la voie légale, ça, c'est certainement en mon pouvoir. Mais même moi je ne peux faire en sorte que vous vous débarrassiez de la famille, ce n'est pas légalement possible.

– Laissez-nous faire, monsieur le juge, dit Marron. Nous arriverons à nous entendre avec la veuve.

Vajšung sursauta, mais le juge conserva un visage de marbre.

– Ils ont des enfants ? S'ils étaient confiés à des proches, ceux-ci deviendraient leurs tuteurs, ce qui compliquerait un peu plus la situation, les avertit-il d'un ton neutre.

– Ils ont un fils, David, c'est encore un enfant, il a huit ans, lança Vajšung.

– Nous nous occuperons aussi du môme, dit le boss local en agitant la main.

Vajšung pâlit, mais n'osa pas protester.

***

Le Yeti refusait de faire des saloperies pour les agents à trois lettres.

– C'est un pacte avec le diable, disait-il à ses hommes. D'abord ils vous donnent tout, ensuite ils vous prennent tout. Même la vie. On ne peut pas leur faire confiance.

On ne pouvait pas leur faire confiance, mais la vérité était plus complexe. Et plus dangereuse. Il pouvait faire ce qu'il voulait, mais travailler pour les trois lettres lui était interdit. Cela compliquait pas mal la vie du Yeti. Il était poursuivi à la fois par l'Agence de renseignement de la sûreté et par les flics. C'était le seul qu'on les avait autorisés à poursuivre. Et finalement, à cause de ça, il se mit à dos tout le milieu.

– Le Vieux et ses sbires sont devenus tout à fait fous, s'excitait le capitaine du contre-espionnage militaire dans la station-service de l'autoroute.

Ils avaient recruté et formé le Yeti sous l'ancien régime, pendant qu'il se tapait le service militaire. À la différence des civils, l'armée n'éjectait pas les anciens professionnels et ne permettait pas qu'on fasse exploser le réseau d'agents qu'elle avait mis trente ans à fabriquer. Les trois lettres, c'étaient des dilettantes, les militaires les méprisaient.

– Ils laissent disparaître leur propre homme et ne font même pas semblant de le chercher. Ils ont complètement perdu la tête.

– Oui. Et maintenant ils vont descendre sa femme et son fils.

– Hein ?

Casse-Dalle était venu voir le Yeti. Cela sentait l'intrigue, mais le Yeti le laissa raconter ce qu'il avait à dire. C'était toujours payant d'écouter ce que disaient les gens. Même s'ils ne disaient pas la vérité.

– Nous devons liquider la Potočná et son fils, dit Casse-Dalle, allant droit au but. Le soir de Noël. Chez eux. On ne les fera pas disparaître, pour que ça ait l'air d'un cambriolage.

– Pourquoi est-ce que tu me racontes ça ?

– Je leur ai dit que nous ne nous attaquions pas aux femmes et aux enfants. Mais je manque d'envergure pour ça. Ils les liquideront de toute manière et moi par la même occasion.

– Oui. Quand tu les as rejoints, je t'ai dit que c'étaient des fumiers. Et qu'est-ce que tu attends de moi maintenant ?

– Tu vas laisser faire ? Laisser tuer des enfants chez nous ?

– Et comment est-ce que je suis censé intervenir ?

– Protège-les. Je te donnerai un coup de main.

– Ça sera la guerre.

– Oui, sans doute.

Le Yeti pouvait faire ce qu'il jugeait nécessaire, mais là, il ne voulait pas être le seul à décider. Dans les guerres, même des civils mouraient.

Le capitaine regarda d'un air dégoûté le contenu du gobelet en plastique et but une gorgée de lavasse brun clair.

– On ne va sans doute pas décider ici… en prenant un café.

– Nous avons encore quelques jours, attendez les instructions.

Finalement, le Yeti obtint le feu vert. Il alla voir Mme Potočná avec Roth deux jours avant Noël. Elle n'était pas heureuse de voir que le chef de la criminelle était accompagné du deuxième mafieux le plus connu du district. Quand ils lui dirent qu'on voulait la tuer et son fils aussi, elle s'effondra.

– Vous êtes policier ? Quel genre d'hommes êtes-vous donc ?

Roth la comprenait. Il lui dit la stricte vérité.

– Nous sommes impuissants, Mme Potočná, totalement impuissants. Je peux vous accorder une protection policière, mais de toute manière ceux d'en haut ne la maintiendront pas. Si je proteste, ils se débarrasseront de moi et me remplaceront par quelqu'un qui va coopérer. Ou alors, nous pouvons faire comme si je coopérais, et je ferai des bourdes. De graves erreurs.

La solution ne plaisait pas non plus au Yeti, cela avait presque fait exploser sa famille, mais ils n'avaient pas trouvé mieux. Deux jours avant les fêtes, il s'installa chez la Potočná.

– Madame Potočná, je vais être aussi sincère que possible, lui dit-il dès qu'ils se trouvèrent seuls. Cette entreprise ne restera pas dans votre famille. C'est trop important, et vous n'êtes pas votre mari. Mais je vais m'arranger pour que vous surviviez, vous et votre fils. Et je vais trouver des hommes qui vous paieront un juste prix pour la boîte.

Il se garda de contredire les cancans qui faisaient d'eux des amants. Que tout le monde pense donc que c'était une question personnelle.

***

– Il a dit qu'il faudrait passer sur son cadavre, dit Casse-Dalle en haussant les épaules quand il vint rapporter les derniers événements à son chef.

– Alors fais-le !

Un premier essai d'attentat échoua lamentablement lorsque la police tira de la voiture les hommes de Casse-Dalle lors d'un contrôle automobile de routine, avant d'y découvrir un arsenal qui aurait suffi à la prise d'une petite ville. On les relâcha, mais il fallut du temps et de l'argent. La deuxième tentative s'acheva par un échange de tirs, après lequel Casse-Dalle se retrouva avec un trou dans la jambe, et deux hommes de Marron, acheminés exprès depuis la Capitale, avec un trou dans la tête. Dans l'arrière de la tête, précisément, mais ce secret-là, ils l'emportèrent dans leur tombe commune. On ne retrouva pas les corps, ce qui convenait aux deux parties en présence. Cela n'aurait aidé personne si les journaux en avaient parlé.

Les charognes de Marron furent enterrées sur le terrain de Vajšung, près de la forêt. Ils prenaient des risques terribles en décidant de creuser en terrain découvert, mais la blague en valait la peine.

– J'imagine qu'ils seront à peu près sous le septième trou, dit le Yeti en grimaçant.

Le temps montra que leur décision avait été absolument stratégique. Même si une des personnes présentes n'avait pas surveillé sa langue, aucun juge ne se serait permis d'autoriser qu'on creuse sous le green de Vajšung. Il était régulièrement fréquenté par des hommes de la Cour suprême.

– Fais gaffe à ne pas toucher l'os ou l'artère, avait dit Casse-Dalle au Yeti quand il lui avait visé le mollet avec son 9 mm, après le travail. Aïe, putain, je n'aurais pas cru que ça puisse faire aussi mal !

S'il n'avait pas eu une boîte automatique, il aurait eu du mal à arriver jusqu'à son chef pour lui rapporter la catastrophe.

Un des hommes à trois lettres finit par décider que les dépenses de l'opération Taupe commençaient à revenir trop cher et qu'on allait régler les choses par des voies plus douces. Les hommes que Marron avait placés chez Lokomotor se mirent à faire tout ce qu'ils pouvaient pour amener l'entreprise à la faillite.

Un des plus gros clients étrangers essayait de faire entendre raison à l'administrateur-chef de Lokomotor.

– Il vous faudrait décider ce que vous voulez vraiment. Vous voulez qu'on vous paie ou non ? Parce que vos juristes nous ont envoyé une sommation précontentieuse.

Le vendeur-chef de Lokomotor, un type massif à la tête rasée, avec un scorpion tatoué sur l'avant-bras, n'avait parlé à ce client qu'une seule fois. Il était allé le trouver personnellement à Varsovie et lui avait proposé des rabais très attractifs s'il arrêtait de compenser les factures.

– Nous ne voulons pas que vous nous payiez tant que nous ne vous donnerons pas le feu vert.

Le client vérifia deux fois auprès de l'interprète qu'il avait bien compris. Il finit par accepter. Cela entraînait de menues incohérences dans la comptabilité, mais étant donné le prix proposé, il ne valait même pas la peine d'en parler. Il ne comprenait pas à quoi cela pouvait servir, cela ne faisait que faire perdre de l'argent à Lokomotor avec les prix et l'inflation, mais ce n'était pas son problème. Quand les juristes commencèrent à le poursuivre comme mauvais payeur, il se mit en rogne.

– Ne faites pas attention, nous sommes une grande entreprise, parfois la main droite ignore ce que fait la gauche. Cela ne se reproduira pas, lui assura l'administrateur.

La Mercedes du beau-frère de Potočný fut incendiée et cela ne se reproduisit en effet pas.

Ils faillirent y arriver. Lokomotor approchait de la limite de l'insolvabilité lorsque le Vieux tomba. Ensuite ce fut au tour de Marron, et l'entreprise fut recouvrée par le Yeti.

Le rat et la taupe

Casse-Dalle se conduit en amateur. Même de petites bites peuvent jouer un grand jeu. La minuscule chaîne de hautes montagnes a un nouveau boss.

Casse-Dalle sait que ce n'est pas professionnel. Il devrait jouer la prudence. L'angle n'est pas idéal, pourtant à cette distance il aurait aussi bien pu choisir de l'atteindre à la racine du nez ou au milieu du front. Mais il ne veut pas que ce soit professionnel. Si le Yeti voulait un travail de pro, il ne se serait pas adressé à Casse-Dalle. C'est une affaire personnelle. Il attend que son homme sorte de la voiture et vise soigneusement l'abdomen. Très personnelle. Avec sa balle bidouillée, il fait gicler une partie des entrailles de Marron hors de son ventre.

Une fille beugle hystériquement. En bas, les vigiles courent çà et là dans la cour de l'entrepôt en gros. Ils tirent leur chef blessé dans sa voiture blindée. Ils essaient de le protéger et d'arriver au plus vite aux urgences. L'hôpital est tout près, à un petit kilomètre, les rues sont désertes. Ils n'ont aucune chance, mais par bonheur ils ne le savent pas. Casse-Dalle laisse le fusil de chasse sur place. C'est un bon fusil. Cher. Ils l'ont volé à un chasseur autrichien qui voulait abattre un ours dans le parc national. Peut-être que les flics le lui rendront un jour. Quelques moments plus tard, Casse-Dalle marche par une rue bien éclairée, un autre de ces marcheurs nocturnes qui reviennent du bistrot. Il y en a des douzaines aux alentours. Il disparaît d'un pas nonchalant dans l'obscurité entre les maisons.

Il a accordé au salopard quelques secondes d'agonie, ça laissera au moins aux hommes de Marron d'autres soucis que de chercher le tireur. C'est ce qu'il faut. Ils ne font que leur travail, il n'aimerait pas leur faire du mal. Demain, ils travailleront peut-être avec lui. Ce n'est pas leur faute si Casse-Dalle a descendu leur patron. Les muscles étaient efficaces, c'est le cerveau qui était malade.

Marron n'avait pas réussi à s'adapter à la nouvelle époque. Ce n'était qu'une question de temps avant qu'il se fasse descendre. Mais le Yeti ne pouvait pas se permettre d'attendre, et Casse-Dalle était content de lui régler personnellement son sort. Pour la première fois de sa vie, son travail lui donnait vraiment satisfaction. Il avait fait justice. Que Marron ait descendu Potočný, c'était du bizness normal. Ainsi vont les choses. Mais il n'aurait pas dû s'en prendre à la veuve et à l'enfant. Cela ne se fait pas.

***

Casse-Dalle monte dans la voiture garée devant l'immeuble. Il tire du compartiment latéral un paquet enveloppé d'une serviette et d'un vieux journal. Du beurre allégé et du paprika. Pas de viande. Il avait bien eu l'impression que sa gonzesse faisait la gueule. Quand il lui avait demandé ce qu'elle avait, elle lui avait assuré que rien.

Les routes sont vides, il lui faut trois heures pour atteindre la pension de famille. S'il le fallait, le propriétaire et sa femme témoigneraient qu'il n'a pas mis le pied dehors. Les époux avaient perdu un premier établissement quand ils avaient été forcés de le vendre pour une couronne aux hommes de Marron. Ils avaient d'abord refusé, mais ensuite quelqu'un leur avait ramené leur fils de la maternelle. Sa mère se préparait justement à aller le chercher quand il était descendu d'une BMW aux vitres teintées. Il lui avait raconté, tout excité, que le tonton l'avait promené, qu'ils étaient allés très vite et qu'il n'avait pas du tout été malade ni n'avait eu peur. Le lendemain, ils signaient le contrat et recommençaient à zéro.

Le Yeti les connaissait, la femme avait été à l'école avec lui, plus bas de quelques classes, et il avait jadis fait de la lutte avec son mari. Ils n'étaient pas vraiment amis, mais il avait toujours été réglo sur le tapis. Quand le Yeti avait appris ce qui leur était arrivé, il les avait fait appeler. Il leur prêta de quoi financer un nouvel établissement et y entra comme associé tacite. Cela suffisait pour qu'on les laisse en paix. Marron ne voulait pas d'une guerre ouverte. Ce fumier hypocrite ne s'était jamais opposé à personne frontalement.

***

Au petit matin, le Yeti part pour la Capitale. De Pologne. Si quelqu'un le soupçonnait, il a un alibi parfait, une note de l'hôtel et des tampons sur son passeport.

Il s'apprête à chasser les hommes de Marron de son territoire et il n'a pas envie d'une guerre à coups de feu. Les temps ont changé. Aujourd'hui, c'est l'époque des juristes. L'avocat l'attend déjà, depuis une bonne heure, mais il ne se permet aucun commentaire. Le Yeti le paie assez pour que sa secrétaire vienne carrément le sucer avec son café. Et s'il l'ordonnait, le maître en personne serait obligé de lui tailler une pipe.

– Alors allons-y, donnez-moi ce qu'il faut signer, je n'ai pas toute la journée, dit-il en entrant dans le vif du sujet.

– C'est prêt, mais j'aurais d'abord besoin de voir quelque chose avec vous d'urgence.

L'avocat fait signe à la secrétaire pour qu'elle les laisse seuls. Il est bon, il ne cille même pas. Mais il est peut-être seulement relax.

– Ce matin nous avons été contactés par M. Wagner, continue l'avocat. Vous le connaissez ?

– Non.

– Mais vous savez certainement qui c'est.

– Oui. Wagner est un rat et je ne parle pas avec les rats.

– Cependant M. Wagner tient à vous rencontrer. Il y a environ deux heures, il m'a appelé et m'a informé qu'une troisième partie va entrer dans le litige.

– Quelle partie ? De quoi parlez-vous ?

– Si j'ai bien compris ce que M. Wagner sous-entendait, alors notre récemment décédé exécuteur des droits des actionnaires agissait pour le compte d'une certaine institution d'État.

– Vous voulez dire la BIA[1] ?

– Oui. L'Agence de renseignement de la sûreté, si j'ai bien compris.

1. « Bezpečnostná informačná agentúra » : Agence de renseignement de la sûreté qui a remplacé le SIS au moment de la chute du Vieux.

– Et donc ?

– Vous le saviez ?

– Et qu'est-ce que vous croyiez, que Marron pouvait juste comme ça siphonner la plus grande entreprise du district avec les pleins pouvoirs de son propriétaire porté disparu, un haut fonctionnaire et agent de l'État dans le parti du Vieux ? Qu'ils l'auraient laissé faire, s'il n'avait pas travaillé avec eux ?

– Pardon, mais il y a vraiment une différence colossale entre « avec eux » et « pour eux ». Il s'agit de deux choses diamétralement opposées. Je me permets de vous avertir que si la seconde possibilité était avérée, nous irions, avec une probabilité confinant à la certitude, au-devant de complications que nous ne pouvons nullement prévoir aujourd'hui.

– Et c'est pour ça que vous avez fait de grandes études ? Pour me débiter de pures insanités sur un ton sensé ? Écoutez bien, maître, Marron ne travaillait pas pour l'agence à trois lettres. Marron travaillait pour les hommes pour lesquels travaillait l'agence à trois lettres. Et parfois aussi avec Wagner, mais pas là, parce que je sais exactement pour qui il a agi. Tout le monde le sait parce que tout le monde sait qui veut racheter l'entreprise de Potočný et tout le monde sait avec qui il est allé discuter et qui l'y a amené et qu'il n'est jamais revenu de cette entrevue. Ensuite, Marron est arrivé avec ce document qui l'autorisait à agir en son nom. Seuls les flics ne le savent peut-être pas, parce que ce sont des crétins, et ils ont encore touché de l'argent pour ne pas le savoir. Wagner a fait des affaires avec Marron, il sait sans doute pas mal de choses par lui et ça l'amène à intriguer. Alors faites seulement savoir à Wagner qu'il arrête ce jeu, parce que moi je ne lui ai pas donné la vie alors je ne vais pas la lui prendre, mais si nous

nous affrontons quelque part, je n'y tiendrai pas et je l'achèverai avec mes mains nues jusqu'à…

Il s'arrête. Il a de nouveau perdu les pédales. Il ne va tout de même pas faire des menaces. Il n'en fait jamais. S'il promet quelque chose, il s'exécute. S'il ne veut pas faire quelque chose, il ne promet rien. Et il ne veut certainement pas rosser Wagner. Il lui chie dessus. L'avocat enlève les mains de la table et se rencoigne dans le fauteuil, comme s'il voulait s'éloigner de lui le plus possible. Son visage est toujours pareillement immobile.

– Envoyez Wagner se faire foutre, maître, dit le Yeti d'un ton quelque peu calmé.

– J'ai l'impression que M. Wagner veut simplement vous offrir ses services.

– Maître, personne n'est assez riche pour se payer les services de Wagner. Continuez à agir comme nous l'avons décidé, et laissez-moi le soin de m'occuper de Wagner.

***

Le Yeti retrouve Ernst à la première station-service au-delà de la Capitale. L'avocat arrive dans une discrète Octavia, achète un café au distributeur et sort sur le parking à sa suite.

– C'est fait, lui annonce le Yeti en guise de salutation.

– J'ai entendu aux informations, répond Ernst avec un hochement de tête. Merci.

– Ne me remerciez pas, contentez-vous de respecter notre accord.

Quand le juriste célèbre était venu le trouver, il avait pensé qu'il s'agissait d'une embrouille, mais il avait résisté au désir de lui coller son poing dans la figure et de le renvoyer là d'où il était venu.

***

– Il me semble que nous avons un problème commun, avait dit Ernst tout de go.

– Moi je n'ai pas de problème.

– Alors expliquez-moi comment Marron n'est pas un problème pour vous et je ne vous ennuierai plus, avait insisté l'avocat en se levant du fauteuil en cuir.

Ils étaient installés dans le petit salon kitsch du bar d'un hôtel classieux visant une clientèle de Russes fortunés. Ils n'avaient même pas eu le temps de passer la commande.

– Très bien, on peut prendre un café, consentit le Yeti en ouvrant les paumes dans un geste de conciliation.

– Je sais qu'il est en train de détruire votre entreprise, dit l'avocat en se rasseyant. Tant qu'on ne déclare pas Potočný mort, ce qui va prendre des années, ce pleins-pouvoirs falsifié sera valide et il va installer des hommes dans l'entreprise pour l'amener à la faillite. Ensuite, les gens pour qui il travaille l'achèteront pour quelques sous.

– Et quel est votre problème avec lui, maître ? Je pensais qu'il travaillait aussi pour vous.

– Je ne travaille pas avec des hommes comme lui, se défendit Ernst.

– Si vous êtes venu raconter des craques ou chercher des embrouilles, je n'ai pas de temps pour ça. Le café, c'est pour moi, dit le Yeti en se levant à son tour.

– Allons, allons. Soyons honnêtes. Oui, il a été utile un certain temps. Mais c'est devenu un problème qu'il faut résoudre.

– Et qu'attendez-vous de moi ? C'est moi qui dois le résoudre ?

– Oui.

Le juriste leva les yeux sur lui.

– Si c'était possible, il y a longtemps que vous n'auriez plus de problème. Savez-vous combien de fois on a déjà voulu descendre ce fumier ?

– Cinq fois.

– Six, du moins à ma connaissance, maître. Une fois ça ne s'est pas su, parce que ses gens ont eu le tireur avant qu'il ait eu le temps de s'approcher de lui. C'était un amateur, là, de chez nous. Ils l'ont débarrassé et c'est sûr, ils ne sont pas allés s'en vanter.

– C'est vous qui l'aviez envoyé ?

– Non, je me suis juste assuré qu'il ait une bonne arme. Mais elle lui a servi à que dalle. Marron est excessivement prudent. Les types qui lui servent de protection ne sont pas d'anciens monte-en-l'air à qui quelqu'un aurait fourni des armes. Ce sont tous d'anciens cagoulards ou des soldats. Maintenant il y a même des gars que ces nouveaux venus ont éjectés de la BIA. Ils sont bons, ils savent de quoi il retourne. On n'arrivera pas jusqu'à lui.

– J'ai une taupe chez lui. D'après mon homme, il y a un endroit d'où un bon tireur peut l'atteindre avec un fusil et s'en aller sans problème. Mon homme peut s'arranger pour que Marron s'y trouve.

– Et qu'est-ce que ça va me rapporter ?

– La même chose qu'à moi, non ?

– Je vais prendre des risques et vous, vous serez assis sur votre cul et si quelque chose foire, vous trouverez juste un autre idiot qui va tirer les patates chaudes du feu à votre place. Je veux quelque chose en plus.

– Combien ?

Il secoue la tête.

– Non, maître, ce ne sera pas aussi bon marché. Vous vous occuperez de l'État. Qu'on arrête de me faire des problèmes. Ni les flics, ni les impôts, personne. Plus jamais.

– Vous me surestimez sans doute un peu.

– Dans ce cas, je suis trop cher pour vous.

L'avocat se tait. Il se gratte le menton avec le pouce.

– Je ne peux pas promettre quelque chose qui n'est pas en mon pouvoir. Je peux le garantir seulement tant que ce sont mes hommes qui sont au gouvernement.

– Marché conclu.

***

Ils s'étaient serré la main. Dans un monde sans contrats, sans tribunaux et sans huissiers n'existent que la poignée de main et la confiance. Le Yeti avait tenu sa part du marché. À peine vingt-quatre heures plus tard, il avait Wagner et les services secrets sur le dos.

– Votre collègue qui doit faire les documents m'a dit que les trois lettres cherchent à me coincer.

Ernst boit un peu de café. On dirait de l'eau d'égout tiède et trop sucrée.

– Je sais, il m'en a informé, je l'ai vérifié. Tout le reste va aller, mais ça, c'est plus compliqué. Les hommes d'East Invest tiennent le sous-directeur de la BIA. Lui-même est très proche du directeur. À votre place, j'essaierais de m'entendre avec eux et de leur tirer un prix juste. Je peux servir d'intermédiaire, mais je ne sais pas comment les arrêter.

– Nous nous sommes serré la main.

– Notre accord tient. Je vais chercher un moyen. Mais écoutez, vous non plus, vous ne saviez pas qu'ils avaient un homme aussi haut placé et pourtant vous connaissez sans doute mieux que moi la situation de l'Est. Là, c'est une force majeure. Je vais faire tout ce que je pourrai pour vous protéger d'eux, mais je ne les contrôle pas. L'idéal serait que vous vous entendiez. Eux non plus ne veulent pas la guerre, ce sont des marchands.

– Je ne vendrai jamais l'entreprise à ces fils de putes. J'ai juré que ces fumiers ne l'auront pas aussi longtemps que je vivrai.

Ils ne se quittèrent pas en meilleurs amis du monde, mais le juriste l'avait un peu rassuré. Le Yeti est un homme rude et primaire, mais ce n'est pas un idiot, il comprend qu'il s'agit d'une complication imprévisible. Il est juste en rage. Il monte dans sa Mercedes, pousse au maximum son moteur douze cylindres et disparaît au loin en quelques secondes. Ernst se demande s'il ne devrait pas appeler directement Wagner et savoir ce qu'il conseille, mais ensuite il se dit que ce serait de toute manière une impasse. Depuis qu'Ernst a utilisé Marron contre lui, Wagner le considère comme son ennemi. Heureusement, ce petit avorton ne joue pas dans la même cour qu'Ernst.

***

Reste à régler une dernière affaire. Ernst appelle et attend directement à la station-service. Il a sur lui l'enveloppe avec la deuxième partie de la rémunération d'Egon Kalman, au moins il ne sera pas obligé de revenir. Le temps que le taxi aux vitres noires arrive, il reprend une mauvaise imitation de mauvais café. Sans doute lui aussi à base de pétrole. Kalman sort de la place du passager. Il n'a pas bonne mine.

– Salut, Egon.

Ernst lui serre la main et lui remet l'argent. Ce n'est pas une somme exorbitante, surtout étant donné les risques que le garçon a pris. On dirait qu'Egon revient d'une nuit de bamboche, même si c'est sans doute la première fois depuis de longues années qu'il n'a ni baisé ni éclusé. Les flics ont passé la matinée à interroger tous les témoins, au moins de manière préliminaire. Il avait aidé à fourrer dans la voiture Marron dont le ventre laissait échapper toutes ces affaires visqueuses et sanglantes, alors il n'avait de toute manière pas envie d'aller s'amuser. Il savait ce qui allait arriver, mais même ainsi, cela avait été un choc. C'est Kalman qui avait informé Ernst que Marron voulait le remettre aux trois lettres en échange de la protection qu'il avait perdue après les élections. Ces derniers temps, il avait exécuté quelques corvées pour Ernst, il avait donc eu accès à des informations sensibles.

C'était Egon qui avait eu l'idée : le bâtiment administratif près de l'entrepôt de Marron donnait sur la cour et avait une seule entrée depuis la rue. Il avait loué là un bureau par le truchement d'un homme de paille. C'est aussi lui qui s'était souvenu, à la discothèque, peu avant minuit, qu'il avait oublié dans le bureau de Marron son blouson avec de la coke pure venue directement de Colombie et qui avait proposé d'emmener quelques filles pour en profiter un peu dans l'intimité. Il se tenait à quelque deux mètres de Marron quand il s'était fait dégommer.

– Merci Egon. Je te revaudrai ça. Le fric, c'est une chose, mais si jamais tu as besoin de quelque chose un jour, n'importe quoi, tu as mon numéro. N'importe quoi, dit l'avocat en le quittant.

Kalman monte dans son taxi et se fait emmener à une adresse privée dans un quartier résidentiel.

***

– Ça a été facile, mon vieux, dit Wagner en faisant une grimace en direction de Kalman dans son séjour et en lui tendant une enveloppe qui contient la même somme que celle remise par Ernst.

– Pour toi peut-être, moi j'en ai assez vu, lui répond l'ancien trafiquant de devises.

Ils se sont connus sous l'ancien régime. Ce que la nature avait refusé à Egon en intelligence, elle l'avait richement compensé en ambition. Par ailleurs, c'était un bon gars. Simple mais loyal. Il suffisait de lui témoigner un peu de respect. Il n'aurait même pas filouté Marron si celui-ci ne l'avait pas humilié et rabaissé systématiquement. Surtout devant les filles.

– Tu sais, ma mère était seule, on n'a jamais eu de pognon, s'était mis à raconter Egon un jour, quand ils avaient déjà un peu bu.

Wagner venait tout juste de le sortir du pétrin. Egon avait essayé de vendre des marks de l'Est au lieu de l'Ouest à une bande de Roms friqués du Sud. Il n'avait jamais su distinguer entre les différents groupes de Roms, pour lui un Tzigane ressemblait à un autre Tzigane. Ils l'auraient saigné comme un porc si Wagner n'était pas intervenu. Egon avait été forcé de rendre les couronnes et de laisser en supplément aux Roms les marks d'Allemagne de l'Est. En guise de compensation, Wagner leur organisa des visas pour l'Autriche, leur trouva des schillings bon marché et des acheteurs pour leurs appareils électroniques de contrebande. Il s'était fait quelque chose sur chaque transaction et avait sauvé le cul d'Egon.

– Nous n'avions rien, se rappelait Egon. Tous les gosses de l'école bouffaient des sandwichs jambon-beurre à dix heures, j'étais le seul à n'avoir que du pain beurré. Sans rien d'autre. Alors j'ai demandé à ma mère pourquoi les autres enfants avaient du pain avec du beurre et du jambon alors que moi je bouffais seulement du pain beurré. Elle m'a répondu que je pouvais être content d'avoir du pain beurré, parce que nous n'avions même pas de quoi nous payer le beurre. Alors je me suis dit que quand je serais grand, je ne boufferais que du jambon. Je boufferais du jambon tous les jours. Juste du jambon, sans pain. Il faut que je me fasse mon premier million, Lolo, c'est le plus difficile et ensuite je vais démarrer en grand, ça sera du gâteau.

– Si tu continues comme ça, tu vas juste te faire quelques années au trou ou un couteau entre les côtes, le chapitrait Wagner. Dorénavant, si tu veux faire une connerie, viens me voir d'abord, d'accord ?

C'est ce que fit Egon. À la chute du régime, ils commencèrent à acheter au pays de l'argenterie bon marché qu'ils faisaient passer en Autriche. Là, ils achetaient aux Turcs de l'héroïne bon marché qu'ils coupaient au pays avec de la farine avant de l'écouler. Les Albanais ne tardèrent pas à arriver et à les évincer du marché, mais à ce moment, ils disposaient déjà d'un capital solide et ils commencèrent à faire du vrai bizness.

– Je n'ai jamais eu aussi peur de ma vie, Lolo, et pourtant nous en avons fait des choses.

Kalman prend son enveloppe et dit au revoir. Ça représente pas mal d'argent et il en a vraiment besoin. Ça valait le coup. Déjà quand il remettait des marks à

Wagner au prix du marché, il savait qu'il rentrerait dans ses frais un jour.

***

Après la mort de Marron, la ville retrouva une certaine tranquillité. Le Yeti ne supportait pas le chahut, il voulait faire du bizness. Selon ses propres règles, mais tranquille, sans arnaques et sans embrouilles. Il avait son âge, il était fatigué de ces guerres permanentes.

– Viens travailler pour moi, j'ai besoin d'hommes pour mon service de sécurité, avait-il proposé à Roth.

Quand ce fut le jeu des chaises musicales dans la police, Roth fut l'un des premiers à être rendu à la vie civile.

– Soyez heureux de ne pas être poursuivi pour ces saloperies que vous avez faites quand vous avez couvert le meurtre de Potočný, lui avait dit sèchement le nouveau directeur du district en plaçant une feuille devant lui. Votre demande de démission. Signez et nous vous laissons partir avec tous vos droits.

Roth savait exactement qui le virait. Le même policier qui avait jadis prévenu les agents à trois lettres qu'il avait l'enregistrement entre Vajšung et la Bergerie. Il savait aussi que cela n'avait aucun sens de protester. Il avait signé. Après deux décennies dans le service, il avait droit à une pension de retraite correcte, il n'avait pas besoin d'un nouveau travail. Mais il voulait régler quelques comptes de nature non financière et il avait besoin du Yeti pour y arriver.

Casse-Dalle avait reçu la même proposition.

Le patron de Casse-Dalle se cachait en Italie. On n'avait réussi à lui coller aucun meurtre sur le dos, mais on lui reprochait un tas d'arnaques patentes et de siphonages d'entreprises. Casse-Dalle ne versa pas une larme sur lui, l'ancienne bande était en train de se désintégrer. Les hommes regardaient Casse-Dalle comme leur nouveau boss, ce qui était une connerie totale. Casse-Dalle savait faire du bon travail, mais à condition qu'il fût conçu par d'autres messieurs. Il ne faudrait que très peu de temps avant qu'un de ses propres hommes ne commence à se dire qu'il serait un meilleur boss que Casse-Dalle. Pas d'histoires, il allait se mettre au service du Yeti, qui avait de l'autorité et un bon cerveau. Les autres le suivraient. Ce serait le mieux pour tous. Ils s'étaient serré la main avec le Yeti. Depuis, Casse-Dalle creuse des trous pour lui.

La plus grosse affaire de Schlesi

Schlesinger fait confiance à son indic, mais ce n'est pas là sa plus grande erreur. Il ne croit plus personne, pourtant ils se serrent la main avec le Yeti. Il monte en voiture avec Casse-Dalle.

Ducable était un homme de la BIA, ce qui veut dire qu'il était aussi crédible qu'un politicien dans un meeting électoral. On l'appelait Ducable parce qu'il portait, même au plein cœur de l'été le plus chaud, un veston sous lequel se tortillaient toutes sortes de câbles, et qu'il passait son temps à enregistrer tout le monde.

– C'est quoi ton problème ? Tu ne me crois pas ? Quand est-ce que je t'ai dupé ? avait-il demandé à Schlesinger d'un ton indigné.

– Je ne sais pas, voilà le problème, avait répondu le journaliste en haussant les épaules.

Le directeur de la BIA, un homme à la fois ancien et neuf, passait pour un héros. Il avait démissionné de lui-même quand le Vieux était arrivé au pouvoir parce qu'on l'obligeait à faire des affaires sales. Maintenant il était de retour, mais Schlesinger n'était pas naïf – les services secrets, même s'ils fonctionnent bien, ne protègent pas le citoyen, ils protègent l'État. Et qu'importe si cela peut mener à la mort du citoyen.

– Tu n'es pas obligé de me croire, il suffit que tu regardes les documents.

Ducable servait depuis longtemps d'indic à Schlesinger et ses renseignements étaient fiables. Ils lui avaient permis d'écrire plus d'un article sans qu'aucun d'eux ne pose jamais de problème. Le journaliste vérifiait les affaires de Ducable plus soigneusement encore que le reste, et jusqu'à présent elles s'étaient toujours montrées exactes. Mais c'est la première fois qu'il lui apportait des documents. Voilà ce qui était le plus suspect dans toute cette histoire. Ducable avait toujours insisté sur le fait que Schlesinger devait vérifier par lui-même ses tuyaux, que c'était là son travail.

– Tout est là-dedans, les conclusions de l'enquêteur et les verdicts. Il suffit de le recopier et de le sortir, avait insisté Ducable. Sinon le juge va de nouveau le libérer et ce n'est vraiment pas normal. C'est l'un des derniers racketteurs, ils ont des preuves contre lui, mais il suffit d'acheter un fils de pute au tribunal et le voilà de nouveau libre comme si de rien n'était.

Le Yeti n'avait jamais été au centre des préoccupations de Schlesinger, mais on disait vraiment qu'il était l'un des derniers grands boss survivants des années quatre-vingt-dix. Cela se comprenait. Schlesinger avait bien entendu dire qu'il y avait des juges qui n'en palpaient pas, mais personne n'avait pu lui donner un seul nom.

– Les flics ont enfin une victime qui a les couilles de porter plainte. Le Yeti lui a fait brûler sa roulotte avec une marchandise dans laquelle il avait mis tout son argent. Alors ça l'a énervé et il est allé le balancer. Si on ne condamne pas le Yeti cette fois-ci, c'est un homme mort, avait dit Ducable en essayant un autre angle d'attaque.

– D'accord, d'accord, je vais y jeter un coup d'œil et je l'écrirai si c'est possible.

La seule chose qu'il n'était pas parvenu à se procurer était la déposition du Yeti. Il n'avait pas réussi à le rencontrer. Ce n'était pas par hasard qu'on l'appelait le Yeti. Par ailleurs, c'était un cas d'école. Le type avait refusé de payer le tribut, alors sa cabane avait brûlé. La vieille école. En fait assez rétro. Les années quatre-vingt-dix étaient terminées. Malgré les faits, le juge de district avait libéré le Yeti par trois fois, même si la Cour suprême invalidait et renvoyait assidûment le jugement. À l'époque actuelle, c'était vraiment du toupet, même au vu de la situation locale. À la rédaction non plus, personne n'avait jugé particulièrement important de demander à monsieur le racketteur ce qu'il en pensait. Ce n'était pas du matos pour la une, pourtant cela avait trouvé un écho. Le Yeti s'était manifesté de lui-même. La conversation ne fut pas agréable, mais elle aurait pu plus mal tourner.

– Écoutez voir, maintenant vous avez mon numéro, alors quand vous voudrez écrire des conneries sur moi, appelez-moi d'abord. Parce que si vous écrivez encore une fois que je suis un mafieux, je me comporterai comme un mafieux avec vous.

La conversation téléphonique avait duré un bon moment et Schlesinger avait dû tenir tout le temps le mobile éloigné de son oreille. Il avait de l'entraînement pour ça.

– C'est encore une fois renvoyé aux calendes grecques, l'informait périodiquement Ducable. Il serait peut-être temps d'écrire carrément qu'il a dézingué Potočný et qu'il s'est accaparé sa femme et son entreprise.

– Ce n'était pas le travail de Marron, par hasard ?

– Ouais, mais ils ont fait ça ensemble. Le Yeti a commencé à coucher avec la femme de Potočný. Alors Marron et lui ont éliminé le mari et ils ont partagé. L'entreprise, je veux dire. C'est le Yeti qui s'est gardé la Potočná.

– Qu'est-ce que j'en sais ? L'anniversaire de la disparition de Potočný approche, on nous demandera sans doute un papier. Peut-être que je rappellerai ça d'une phrase, mais on ne peut vraiment pas le prouver.

Il avait suffi de cette seule phrase dans laquelle il évoquait le Yeti et Marron comme deux hommes forts des bas-fonds qui s'étaient partagé Lokomotor. Un fait pur et simple, il n'y avait rien à vérifier là-dedans. On ne pouvait vraiment pas le nier.

Le Yeti avait passé une bonne heure à lui hurler dessus au téléphone. Schlesinger avait mis le haut-parleur et en avait enregistré une partie. À titre de précaution.

***

– Tu as écrit que le Yeti était de mèche avec Marron ? Tu débloques ?

Le café de Miki Miko manqua lui sortir par les narines. Schlesinger était infiniment content de lui. Miki Miko et Valent le Barge étaient les deux policiers les plus brutaux qu'il ait jamais connus. Hormis Bruce Willis dans *Piège de cristal*. Mais pas de beaucoup. Parmi les mafieux, il se disait qu'il valait mieux ne pas se trouver sur le chemin de ces deux-là, parce que quand la moutarde leur montait au nez, ils ne vous mettaient pas au trou mais carrément dans un trou. Schlesinger en doutait, mais plus il les connaissait, plus les doutes s'affaiblissaient. Ces deux-là avaient fait des choses dont les policiers normaux n'auraient même pas osé rêver. Même après un dîner très indigeste. Peu de choses étaient susceptibles de les impressionner. Mais lui, Schlesinger, venait d'en faire une.

– Ouais, ça a dû le mettre en pétard, mais les faits sont les faits, dit-il en se permettant de fanfaronner.

– Tu es vraiment un connard.

Le Barge éteignit le dictaphone et regarda Miko.

– Qu'est-ce qu'on va faire de lui maintenant, de ce connard ?

– On devrait le dégommer parce que sans ça c'est le Yeti qui le dégommera et là, il restera dégommé pour de bon.

– Quoi ?

Schlesinger avait l'impression d'avoir pris une paire de baffes.

– Écoute, Schlesi. Premièrement, le Yeti fait toutes sortes de magouilles, même des meurtres, mais ce n'est pas lui qui a liquidé Potočný parce que c'était un civil et le Yeti n'a jamais dégommé quelqu'un qui n'ait pas essayé de l'entuber d'une manière ou d'une autre, dit le Barge en comptant sur ses doigts. Deuxièmement, est-ce que tu as regardé la vieille Potočná ? Même toi, tu n'en voudrais pas, et pourtant tu as l'air d'un con et tu n'as pas de pèze. Et troisièmement, le Yeti et Marron ne pouvaient pas se souffrir.

– Hein ?

– Oui. C'est le Yeti qui a fait descendre Marron. Il paraît que c'est lui en personne qui a remis à Casse-Dalle ce fusil volé avec lequel il l'a abattu, dit Valent en agitant ses bras immenses.

– Hein ?

– Quoi, « hein » ? Rien, sauf que le Barge dit la vérité. Tu es un connard. Mais même comme ça, nous ne voulons pas que tu te fasses descendre. Prends-le avec toi et mets-le à l'abri, dit Miko en se tournant vers Valent. Moi, je vais faire un tour chez Vlado Roth pour essayer de régler ça.

– Thule ?

– Oui, planque-le à Thule, prenez sa voiture et ensuite je viendrai te chercher. Là-bas, il aura au moins le temps de réfléchir sur son immense connerie.

– Hein ? Où ?

– Tu verras, grimaça Valent en le poussant vers la voiture.

Quand ils passèrent le dernier village tout à l'est du Joli Petit Pays sous la Minuscule Chaîne de Hautes Montagnes, le cerveau de Schlesinger commença à lui mettre la pression. Et s'il était tombé sur quelque chose de vraiment grand ? Et si ces deux-là étaient partie prenante dans tout ça ? Et si le Barge allait l'enterrer maintenant, là, dans la forêt, au bout du monde ? Est-ce qu'au moins ce serait rapide ? Est-ce que ça ferait mal ? Il n'avait pas fini de lire son Douglas Adams. Il se l'était économisé comme du bon cognac, et maintenant il ne saurait jamais comment ça se termine. C'est alors qu'apparut, à la sortie d'un virage, un immense bâtiment moderne. La route goudronnée défoncée s'arrêtait sur le parking devant l'entrée qui portait une inscription discrète – « Ultima Thule ». Avec cinq étoiles dessous.

En une semaine, il ne croisa que trois personnes dans l'hôtel de luxe qui aurait fait ses affaires même au centre de Londres. La fille de la réception, qui faisait en même temps office de femme de chambre, de cuisinière, de serveuse et si nécessaire de psychologue hôtelière pour journalistes traumatisés ; un type qu'il avait vexé d'entrée de jeu en l'appelant barman. Igor était un mixologue, un artiste dont les *drinks** parvenaient à transporter ses hôtes au-delà des frontières des jours ordinaires et de la raison. Finalement, il rencontra l'un des deux propriétaires de l'hôtel. Hormis le fait qu'il couchait avec Igor, il faisait aussi plein d'autres choses dont Schlesinger préférait ne rien savoir. Il suffisait de quelques allusions.

– Mettez-vous à l'aise, monsieur le rédacteur, le tranquillisa Igor peu après son arrivée. Peu importe qui veut votre peau. Il n'arriverait pas jusqu'au bar.

Schlesinger était reconnaissant pour cet asile sûr, il n'avait pas besoin d'en savoir plus.

***

Miki et le Barge étaient venus le rechercher au bout d'une semaine.

– Roth a dû attendre que le Yeti se calme un peu, avait expliqué Miko. Tu dois l'appeler. Il veut te parler. En personne.

– C'est une bonne idée que je me mette en contact avec lui ?

– Tu sais, ce n'est pas lui, l'ordure, avait répondu Valent sur un ton qui ne laissait aucun doute sur qui était une ordure. Il se peut qu'il te descende, mais pas si tu vas le voir sur rendez-vous.

La rédac-chef de Schlesinger avait essayé de le lui interdire.

– Pavol, cet homme est dangereux. Je ne vous laisserai pas y aller.

Schlesinger l'aimait bien. On l'avait amputée de toutes les émotions et du sens de l'humour, mais elle comprenait le métier, elle protégeait ses hommes et elle était réglo.

– Il n'y a pas longtemps vous vous cachiez de lui et maintenant vous voulez aller le voir ? Qu'est-ce que c'est que cette insanité ?

– Ce qui serait dangereux, ce serait de l'ignorer, expliqua-t-il.

– Vous me contacterez toutes les trente minutes, avait-elle exigé avant d'autoriser une rencontre dans les montagnes.

Évidemment, il ne s'était pas manifesté, ce n'était pas nécessaire. Elle l'appela elle-même toutes les dix minutes. Le Yeti s'amusait divinement quand il prit l'appel pour la quatrième fois afin d'annoncer brièvement que tout était en ordre.

– Votre cheffe, elle pense aussi que je suis un débile ?

– Elle a peur pour moi.

– Alors quand elle vous rappellera dans dix minutes, vous lui direz que vous êtes mon invité.

– Mais je sais…

– Vous savez que dalle, comme d'hab. Vous croyez savoir, mais vous ne savez rien. Vous pensez que parce que vous avez dit à tout le monde que vous veniez chez moi, je ne peux rien vous faire. Je pourrais, sans problème. Vous êtes parti de chez moi en bon état, qu'est-ce que je sais de ce qui vous est arrivé en route ? Mais j'ai donné ma parole que si vous veniez me voir vous partiriez sans dommage. Et je ne suis pas comme ces fumiers qui vous dictent vos articles. Je tiens parole, moi.

Quand Schlesinger avait sonné à l'entrée du loft où on l'avait envoyé en ascenseur privé depuis la réception de l'hôtel d'altitude du Yeti, un type énorme avait ouvert la porte. Il n'était pas tellement grand, simplement baraqué. Il s'était d'abord tu en le toisant sombrement d'un regard fixe sous des sourcils qui laissaient percevoir les premiers poils gris.

– C'est toi le journaliste qui écrit des conneries ? avait-il dit, l'air renfrogné, en bloquant la porte sans un geste.

– Laisse-le tranquille, Casse-Dalle, c'est notre invité, dit une voix à l'intérieur.

Elle tordit les entrailles de Schlesinger. Il avait déjà entendu parler de Casse-Dalle. C'était le bourreau personnel du boss de la Minuscule Chaîne de Hautes Montagnes, quel que fût le boss du moment. Soudain, les craintes de la cheffe lui parurent tout à fait justifiées.

– Fais-le entrer et laisse-nous.

Derrière Casse-Dalle était apparu un costaud, la quarantaine. Schlesinger s'était senti un peu soulagé.

***

Ils étaient assis dans la suite privée du Yeti. Un énorme tas de papiers était posé sur la table basse.

– Et qu'est-ce que vous pensiez, que j'allais juste vous raconter quelques balivernes ? demanda le type coiffé au bol en apercevant sa mine surprise.

Il était comme taillé à la serpe dans du bois dur, rugueux, plein d'arêtes aiguës. Manifestement, il se maintenait en forme. Il semblait plus âgé que Schlesinger ne l'avait imaginé. Plus proche de la cinquantaine que de la quarantaine. Mal dégrossi et rude, mais malin. À le voir, Schlesinger commençait à comprendre ce que signifiait un sain esprit paysan.

– J'ai des preuves pour tout ce que je vais vous dire. Ou alors des témoins, le rassura le Yeti d'entrée de jeu.

C'était vrai. Sans cela, Schlesinger ne l'aurait pas cru. Il n'aurait pas voulu le croire.

– Quand on a dézingué Marron, je me suis dit qu'on aurait enfin la paix, dit le Yeti en entrant dans le vif du sujet.

***

Il était déjà au lit avec sa femme. La sonnerie du mobile l'avait irrité. Un numéro masqué. Il avait hésité, mais avait fini par prendre l'appel.

– Allô ?

La personne à l'autre bout avait d'abord vérifié qu'elle parlait bien au Yeti.

– Bonsoir. Excusez-moi de vous appeler si tard, mais je… je suis là, en ville, je suis venu… je suis venu pour vous tuer, mais je ne veux pas le faire. Pouvons-nous nous rencontrer ?

Le Yeti n'était pas d'humeur pour des blagues débiles, mais il ne croyait pas que quelqu'un se permettrait une telle facétie. Il avait fixé une rencontre dans le parking abandonné derrière Lokomotor. Il avait appris à régler ses affaires par lui-même, pourtant, cette fois-ci, il envoya Casse-Dalle en éclaireur.

– Prends quelques gars et allez voir discrètement là-bas. Appelle-moi.

Le type était seul, il était venu dans une Fabia ordinaire. Casse-Dalle le tira de sa voiture et ses hommes le fouillèrent.

– Un Skorpion, un silencieux et deux chargeurs, annoncèrent-ils.

Le trentenaire blond que Casse-Dalle tenait en joue n'avait vraiment pas l'air d'un tueur à gages. Il regardait le Yeti d'un air suppliant en tremblant. Si Casse-Dalle ne l'avait pas tenu de l'autre main par le col de son blouson en faux cuir couleur moutarde, il se serait manifestement effondré.

– Qu'est-ce que c'est que cette embrouille ?

Le Yeti ne semblait pas apprécier particulièrement la mauvaise volonté du tueur pour exécuter sa tâche.

– Ils veulent vous liquider. À cause de Lokomotor. Je ne voulais pas, mais j'en ai reçu l'ordre. Si je n'étais pas venu, c'est moi qu'ils auraient tué. Je suis là-bas depuis assez longtemps, je sais comment ça marche.

La chose sembla déjà plus crédible au Yeti. Le type ne s'était pas découvert une conscience, il avait simplement fait dans son froc.

– Un ordre ? Quel ordre ? Et toi, tu es quoi ? Un soldat ?

– Je suis de la BIA. Regardez dans mon blouson, j'ai ma carte dedans.

Ils regardèrent. C'était vrai.

Même après le changement de leur dénomination, les agents à trois lettres faisaient pression sur le Yeti pour qu'il laisse l'entreprise à East Invest. Ils commencèrent par lui proposer de l'argent. Une bonne somme. Vingt millions. De marks. Ils allèrent même jusqu'à les lui montrer. Ils refusaient de comprendre qu'il avait donné sa parole à la veuve Potočná. Il prit cela comme une insulte et les envoya chier. Avec quelques mots durs et quelques coups. Ensuite ils avaient trouvé ce cave qui voulait faire une fraude à l'assurance. Il avait acheté une caravane hors d'usage et l'avait assurée en tant qu'entrepôt. Comme quoi il y stockait de la marchandise, des appareils électroniques et autres. Elle fut réduite en cendres. Elle était vide, le cave ne s'était même pas fatigué à y laisser ne serait-ce que quelques téléviseurs récupérés à la décharge. Un vrai amateur. Mais il convenait aux agents à trois lettres. On lui donna le choix – soit il serait poursuivi pour incendie volontaire et fraude à l'assurance avec dommages conséquents, soit il dirait que c'était le Yeti qui l'avait incendiée et il deviendrait témoin protégé.

– C'est une connerie totale, avait dit son avocat au Yeti pour le tranquilliser. Aucun magistrat du ministère public ne peut aller au procès avec ça. Il n'y a rien dedans, hormis une fraude manifeste à l'assurance et le témoignage extorqué au fraudeur.

Bien entendu, le procureur alla au procès avec ça. Il en avait reçu l'ordre. Mais le Yeti avait de la chance dans son malheur, c'est un bon juge qui fut chargé de l'affaire. Le Yeti lui apportait personnellement de l'argent pour les hommes de Python quand ils étaient encore potes. Le juge suivit scrupuleusement la lettre de la loi et le libéra par trois fois.

Le Yeti fut surpris qu'on finisse par lui envoyer un assassin. Et surtout un type de ce genre. Cela frisait l'insulte.

– Et qu'est-ce que je dois faire de toi maintenant ?

– Je ne sais pas. Que dois-je faire ?

– Ce que tu veux, je m'en fiche. Écoute, je ne t'ai pas donné la vie, alors je ne vais pas te la prendre. Mais disparais de ma ville et n'y reviens jamais. Parce que si je te revois, tu n'en repartiras plus, c'est clair ?

Ils avaient enfourné la petite silhouette tragicomique dans sa voiture et avaient attendu qu'elle disparaisse.

– C'était quoi ?

– Un sac à foutre, résuma Casse-Dalle et par acquit de conscience il envoya une voiture devant la maison du Yeti.

C'était inutile. Le tueur des agents à trois lettres alla se garer devant le poste de police le plus proche et se rendre, en avouant avoir prémédité l'assassinat d'un entrepreneur local.

***

– C'est une histoire un peu folle, avait commenté Schlesinger prudemment.

– Lisez donc, dit le Yeti en lui tendant le verdict. Il a été condamné. Il est en taule. Ils l'ont laissé tomber. Les agents à trois lettres ont affirmé qu'ils l'avaient renvoyé au moment où ils avaient nettoyé le bordel laissé par le Vieux. Mais c'est un mensonge. Quand il est venu me voir, il avait sa carte officielle. Et nous avons vérifié sa voiture. Sa plaque était celle de leur entreprise de couverture.

Schlesinger reçut l'original du rapport de l'enquêteur sur la mise en examen du fraudeur à l'assurance.

– Ensuite ils ont arrêté les frais, mais j'ai trouvé une copie sur le bureau, elle est même dans le dossier du tribunal, dit le Yeti en lui tendant d'autres papiers. Ça, Ducable ne vous l'a pas donné, hein ?

– Je ne comprends pas, c'est…

– Ouais, vous ne comprenez pas. Vous devriez vous trouver un autre boulot. Ça serait bon pour votre santé, dit le Yeti en le regardant. Mais de toute manière, je vous donne encore ceci. La copie de l'acte d'accusation. Les trois lettres en ont pris de la graine, ils ont recruté un pro. Par leurs copains d'Hexagon. Alors je me suis mis en pétard, voilà.

***

Ce qui avait sauvé le Yeti, ç'avait été ses vieux contacts dans le contre-espionnage militaire. Quand il avait appris qu'on cherchait un tireur pour le buter, ce n'avait pas été un problème de savoir qui prendrait la commande. Il n'y avait pas tant de tueurs que ça sur le marché.

– Je viens avec toi, avait insisté Roth lorsque le Yeti eut fixé à son assassin un rendez-vous à la Capitale.

– Non. Je vais seul partout. Tout le monde le sait. Ils vont penser que j'ai chié dans mon froc.

– Ils vont te tuer.

– Qu'ils essaient donc.

Dans le restaurant plein de monde de l'hôtel, personne n'allait lui tirer dessus. Ce n'étaient plus les années quatre-vingt-dix.

– J'ai entendu dire que vous vouliez me descendre, remarqua-t-il comme en passant en prenant un café avec l'homme qu'on surnommait « le chauffeur de la femme du président ».

C'était un secret de polichinelle qu'il se trouvait au volant de la voiture qui l'avait écrasée sur un passage piéton. Elle avait survécu par miracle. Ses propres hommes avaient alors commencé à se détourner du Vieux. Une tentative de meurtre juste pour briser psychologiquement le chef de l'État, c'était la dernière goutte, même pour les plus fidèles. On ne trouva pas le coupable, pas plus que le véhicule, mais tout le monde savait ce qui était arrivé. Vraiment tout le monde. Moineau avait écrit une série d'articles là-dessus. Il avait été jusqu'à publier dans son journal la photo de la voiture avec sa plaque, ainsi que l'identité du chef de la section des opérations spéciales qui se trouvait au volant. Sitôt les élections passées, on éjecta de la BIA ce spécialiste entraîné à l'étranger pour un prix exorbitant. Avec toute sa section, qui fut carrément supprimée. Ils n'avaient donc plus personne d'utilisable dans la maison.

– Vous êtes exceptionnellement bien informé, avait répondu le chauffeur.

À première vue, on aurait dit le gérant ordinaire d'une grande entreprise. Bien, mais discrètement vêtu, avec des manières policées, en bonne forme et dans la force de l'âge. Il n'avait vraiment pas l'air d'un tueur. Les tueurs n'en ont jamais l'air.

– Quelque chose de personnel ? demanda le Yeti.

– À sa manière, l'argent est très personnel. Essayez donc d'y toucher chez quelqu'un et vous verrez.

– Alors il s'agit d'une transaction.

– Certainement.

– J'ai mieux à vous proposer.

– Pardon, mais je n'ai sûrement pas à vous expliquer que ça ne marche pas comme ça. Il y va de ma réputation.

– De toute manière, dites à vos chefs que Lokomotor a besoin d'un partenaire stratégique. Je ne veux pas dire à ces débiles qui ont commandité votre travail. Je veux dire à vos vrais chefs, à ceux que les débiles ont contactés pour faire ça.

– Je vais leur en toucher un mot. Mais ne vous faites pas d'illusions. La prochaine fois que nous nous rencontrerons, ce ne sera sans doute pas pour discuter.

C'était marcher sur des œufs, mais les hommes d'Hexagon étaient avant tout des commerçants. Bien assez puissants pour promettre de rendre service aux agents à trois lettres et ensuite tout envoyer promener. Le directeur de la BIA avait eu beau venir faire du tapage, frapper du pied et même du poing sur la table, quand divers membres du gouvernement lui avaient rappelé qu'il n'était qu'un fonctionnaire d'État, un parmi tant d'autres, et aisément remplaçable en cas de besoin, ne fût-ce que par pur caprice, il s'en fut réfléchir à des solutions alternatives.

***

– C'est une plainte contre le directeur de la BIA.

Schlesinger avait fait de son mieux pour ne pas mettre un point d'interrogation à la fin de sa phrase. Même sans cela, il se faisait déjà l'effet d'être un crétin.

– Il a voulu me faire assassiner. Alors que la police fasse son travail. Pourquoi est-ce que je paie des impôts, hein ? Vous voulez savoir combien j'ai payé d'impôts seulement pour l'année écoulée ? Je vais même vous montrer ma déclaration de revenus, si vous voulez. Et pas celle de l'entreprise. La mienne, la personnelle. Cinq millions de couronnes. Et j'en suis fier. Et que la police fasse maintenant ce pour quoi je la paie.

– Mais c'est un dépôt de plainte contre le directeur de la BIA, avait répété Schlesinger.

– Vous tournez en boucle ?

– Je dis seulement que c'est…

– Oui, c'est ce salopard de directeur de la BIA, l'avait interrompu le Yeti.

Ce journaleux confus cessait de l'amuser.

– Et alors ? Lui aussi, ce sont mes impôts qui le font bouffer. Et il veut me faire descendre parce que je ne veux pas lui donner l'usine de Potočný. Je ne la donnerais pas à ces chieurs même si elle m'appartenait. Jamais. Mais ce n'est pas le cas. Elle est à la veuve et au fils de Potočný.

– Et qu'attendez-vous que la police fasse avec ça ?

Schlesinger avait posé la question sur le ton qu'on prend généralement pour donner aux gens un thermomètre et une poignée de pilules multicolores.

– Demandez à l'enquêteur. Il a dit que je devais vous transmettre son numéro.

Une fois parti des montagnes, Schlesinger avait rassuré sa cheffe mais ne lui avait rien raconté au téléphone. Il avait beau emporter une pile de papiers qui semblaient crédibles, cela restait complètement dingue. Il ne voulait pas se discréditer totalement à ses yeux.

***

L'enquêteur fut d'accord avec les premières impressions de Schlesinger.

– Quand ça m'est tombé entre les mains, moi aussi j'ai pensé que ce mafieux était devenu complètement cinglé.

Ils s'étaient retrouvés dans une gargote miteuse de village. Les clients du lieu, en jogging ou en bleu de chauffe selon qu'ils étaient en train de boire leurs allocations ou de raccourcir leur temps de travail, les fixaient d'un œil soupçonneux, mais les laissèrent tranquilles. Schlesinger avait l'air inoffensif, l'enquêteur, au contraire, de quelqu'un qu'il valait mieux ne pas provoquer. Au premier coup d'œil, il ne semblait pas aussi menaçant que le Barge ou Miko. Il était relativement grand, mais par ailleurs totalement ordinaire. C'était plutôt dans ses gestes et son regard.

– Il a porté plainte contre le directeur du service à trois lettres, alors c'est arrivé chez nous, à la section spéciale. J'ai dû prendre au moins quelques renseignements préliminaires, pro forma, pour que j'aie de quoi laisser tomber.

– Et alors ? Vous avez pu ?

Le type avait fait tristement non de la tête.

– Ils ont complètement salopé la chose. Ils ont fait chanter et ont intimidé l'entourage du Yeti, sans même se cacher. Par exemple, ils sont venus voir le juge avec leurs cartes de la BIA et ils ont fait pression sur lui pour qu'il condamne le Yeti pour raison d'État. C'est lui-même qui me l'a dit, j'ai un enregistrement officiel.

– Mais cela ne prouve pas qu'ils aient commandité un assassinat.

– Cela montre de toute façon un abus de pouvoir. Et il y a beaucoup d'autres choses là-dedans.

– Vous le croyez ? Je veux dire le Yeti.

– Non. C'est un criminel et il est dangereux. Mais là, il dit la vérité. Les preuves sont là.

– Est-ce que vous pouvez m'en montrer un peu ?

– Non, je ne peux pas. Ils ont lancé une véritable opération de renseignement contre le Yeti. L'opération Fouine. Exactement ce qu'il faut pour liquider un boss de la mafia. Nous, cela fait des années que nous nous intéressons au Yeti et nous n'avons rien sur lui. Il y a les services secrets pour cela, grand bien leur fasse, qu'ils règlent ça eux-mêmes, puisque nous n'y arrivons pas. Sauf qu'eux veulent vraiment s'approprier les biens de la veuve de Potočný. Et ça, ça ne va pas, ou alors on n'avait qu'à garder le Vieux et sa bande. J'ai donc fait une demande officielle de levée du secret des dossiers et du secret professionnel des membres de la BIA. Leur directeur a appelé mon directeur et il a vraiment pas mal hurlé. On m'a confisqué le dossier et je peux être content de ne pas être rendu à la vie civile. C'est fini pour moi, mais je peux vous conseiller quant à qui aller voir et quoi demander.

– C'est clair, je peux par exemple appeler l'attaché de presse de la BIA pour qu'il me confirme tout ça, avait ironisé Schlesinger.

– Vous pouvez faire beaucoup mieux. Quand le directeur actuel est revenu à la BIA, il a amené avec lui un nouveau chef du contre-espionnage. Un certain Pr Sova, avocat jusqu'à présent. Et devinez à qui il procurait auparavant ses services juridiques ?

– Aucune idée, je n'ai jamais entendu parler de lui.

– À East Invest.

– Ah.

– Et ce Sova a amené avec lui un autre type, un certain M. Strýk. C'était le troisième homme du service, il s'occupait des opérations spéciales. Environ six mois, ensuite il est parti à sa propre demande. Ou plus exactement, on l'a démissionné.

– Pourquoi ?

– Il paraît qu'il s'est rebiffé quand ils lui ont demandé de faire liquider le Yeti. Un assassinat, c'en était trop pour lui. Si vous trouviez comment le contacter, il vous dirait peut-être quelque chose.

– Je peux essayer, mais je ne pense pas qu'il sera disposé à me rencontrer.

– Essayez par Vlado Roth. C'est son ancien partenaire de l'antidrogue.

Schlesinger était resté bouche bée. Il connaissait Roth, c'était une version plus cynique de Miki Miko. Il ne se pliait pas en quatre pour mettre un truand derrière les barreaux, mais quand les voitures explosaient et que les balles sifflaient, il faisait l'impossible pour protéger les passants innocents. Et cela, même après être passé de l'autre côté.

***

Roth avait amené Strýk dans le hall de réception du meilleur hôtel de la ville. Un terrain neutre. Tout le monde s'arrêtait ici de temps en temps pour prendre un café. Même des ennemis de toujours échangeaient une salutation froide, voire parfois quelques phrases polies.

– Vous avez raison, j'étais dans le renseignement. Je n'y suis plus, mais je continue à être soumis au secret professionnel, avait dit l'ancien agent à trois lettres en tuant dans l'œuf l'enthousiasme de Schlesinger. Voici ce que nous allons faire, vous me direz ce que vous pensez savoir et je ferai peut-être ceci ensuite, dit-il en faisant non de la tête.

Il ne promit pas de faire oui.

Schlesinger comprit qu'il en serait quitte pour régurgiter ce qu'il savait sans rien recevoir en échange. Déçu, il avait regardé Roth qui avait haussé les épaules comme pour dire « c'est à prendre ou à laisser, moi je m'en fiche ». Bien, il n'avait rien à perdre. Si ça sortait, de toute manière ils pourraient tous le lire bientôt dans le journal. Et si ça ne sortait pas, ça serait pareil, en fait.

Il lui avait tout raconté. Le type assis écoutait, le visage impassible, il n'avait même pas touché à son café. Quand Schlesinger eut fini, le type se leva. Schlesinger s'attendait à le voir partir sans un mot.

– Vous en savez étonnamment beaucoup, monsieur Schlesinger, dit-il inopinément. Et tout ce que vous savez est vrai. Mais ce n'est pas toute la vérité. Toute la vérité est tellement dure que vous ne pourriez de toute manière pas l'écrire.

Ensuite il était parti pour de bon. Sans saluer.

– Génial. Alors maintenant je sais que je ne sais en fait rien, et ce que je sais, je ne peux pas le prouver, avait-il dit à Roth sur un ton de reproche.

– Il faut que tu apprennes à raisonner comme un policier, avait répliqué Roth en souriant. Tu sais ce qu'est un dossier opérationnel ?

– Oui, quelque chose comme mes notes dans le bloc. Sans preuves, ce n'est que du papier gribouillé.

– Pas tout à fait. On ne peut pas l'utiliser au tribunal, mais dans certains cas il a son poids. Mets par écrit tout ce que tu as dit aujourd'hui, à qui tu l'as dit et ce qu'il t'a répondu. Et je vais signer comme quoi j'ai été témoin de cette conversation et qu'elle s'est déroulée exactement comme tu l'as écrit. Devant notaire.

***

– Bon Dieu, avait dit l'enquêteur en finissant de lire le document notarié. Fourrez-le dans un coffre et ne dites à personne que vous avez ça ou vous êtes un homme mort, avait-il conseillé à Schlesinger.

Il restait une seule chose à faire. Il avait rédigé des questions à l'intention du porte-parole de la BIA et les avait envoyées par e-mail. La réponse était arrivée par la rédac-chef qui l'avait convoqué à la Capitale.

– Monsieur le directeur de la BIA m'a appelée, lui avait-elle annoncé.

Son visage lui rappelait depuis toujours une statue antique. Il était d'une beauté et d'une immobilité parfaite.

– Il m'a hurlé dessus, en criant de quel droit vous vous permettiez de vous en prendre à lui. Il a employé des mots que je ne répéterai pas parce que je ne les emploie pas. Il m'a demandé de vous l'interdire sur-le-champ.

Schlesinger comprit que c'était sa fin. On pouvait s'y attendre.

– Vous savez, Pavol, au début, je n'ai pas cru à votre sujet. Les temps ont changé. Nous sommes entrés dans l'OTAN, nous allons être admis dans l'Union européenne. Vous n'êtes pas un mauvais journaliste, mais vous êtes encore jeune et inexpérimenté. Je vous ai laissé faire, parce que j'espérais qu'en vérifiant ces sottises vous alliez vous apercevoir que ce mafieux ne fait que vous manipuler. Mais maintenant j'ai compris que vous étiez sur une bonne piste. Peut-être que monsieur le directeur m'aurait appelée même si ce n'était pas la vérité, mais il n'aurait sans doute pas été aussi… perturbé.

Schlesinger s'était surpris à faire la grimace. Il s'était dispensé de faire remarquer que lui aussi s'était trompé sur elle.

– Terminez-le, Pavol, et au plus vite. Je ne sais pas d'où viendront toutes les pressions. Gita va vous donner un coup de main.

Elle avait désigné la reporter qui partageait son bureau.

Être chapeauté par Gita comme conseillère pédagogique était plus un honneur qu'une humiliation. Elle n'était pas seulement l'unique amie et confidente de la cheffe à la rédaction, c'était aussi une vétérane expérimentée qui produisait un article de fond par semaine. Elle provoquait en même temps un nombre infini de procès, mais c'était normal, maintenant que tous les fumiers du monde avaient découvert le miracle de la plainte pour diffamation et que même le théorème de Pythagore n'aurait pu être défendu devant un juge bien motivé. Cela faisait partie des risques standards du bizness de l'information.

***

Il avait fait une nouvelle fois le tour de tous ceux qui étaient disposés à parler et enregistré toutes les conversations. Il avait écrit un brouillon et l'avait envoyé à Gita pour contrôle. Deux heures plus tard, son mobile sonnait, sur le cadran s'afficha le numéro d'une ligne fixe locale. À l'autre bout, il entendit une voix jeune et féminine.

– C'est bien monsieur Schlesinger ?

– Oui ?

– Au téléphone société East Invest, secrétariat de M. Kipta. Monsieur Kipta a entendu dire que vous prépariez un article qui concerne entre autres notre société. Il vous prie de passer le voir pour qu'il puisse s'exprimer à ce sujet.

Schlesinger était étonné : jusqu'à présent, il n'était parvenu à joindre par aucun intermédiaire ni Rigan ni Kipta. Ils n'étaient pas intéressés.

– Quand ?

– Maintenant, si cela vous convient.

East Invest était à dix minutes de marche.

– J'arrive.

Le bureau de Kipta était décoré de tableaux qui avaient plus de valeur que l'immeuble tout entier.

Kipta avait désigné un sofa de bois massif sombre et de cuir fin couleur crème. À la fois coûteux, c'était clair, mais, fait curieux, confortable.

– S'il vous plaît, monsieur le rédacteur, j'aimerais vous expliquer que vos informations ne sont pas correctes.

– Je ne sais pas de quoi vous parlez exactement.

– Je veux dire votre article sur Lokomotor et le fameux dîner avec M. Potočný à la Bergerie. Vous écrivez qu'il a refusé notre proposition, mais ce n'est pas vrai. Je ne comprends pas d'où vous tirez cela.

– Et d'où avez-vous appris que j'écris quelque chose de semblable ?

– Ce n'est pas vrai, peut-être ?

Schlesinger avait senti son self-contrôle commencer à lui échapper. Kipta n'avait de grand que ses oreilles décollées, sinon c'était un petit bonhomme qui faisait penser à un nain dans un conte illustré. Il avait eu une envie irrépressible de l'attraper par ces oreilles et de le secouer un peu. Il avait pris une profonde inspiration et décidé qu'il n'allait plutôt pas s'étendre sur ce sujet.

– Oui, j'ai appris que Potočný avait refusé de vous laisser entrer dans son entreprise.

– Mais ce n'est pas vrai. Nous nous sommes entendus avec lui. Le lendemain, nous devions signer le contrat. Lorsqu'il a disparu, c'est nous qui avons eu le plus à perdre. Vous pouvez le vérifier sans problème auprès de M. Vajšung.

– Vajšung ne communique pas.

– Comprenez, c'est très personnel pour lui. C'était un ami proche de M. Potočný.

– Je n'en doute pas. En fin de compte, c'est la dernière personne à l'avoir vu vivant. Ce qui représente une vraie relation, n'est-ce pas ?

– Monsieur le rédacteur, cette ironie est vraiment déplacée. Je vous assure que nous n'avons vraiment rien à voir avec la disparition de M. Potočný et si vous vouliez suggérer publiquement quelque chose dans ce sens, nous irions défendre notre bonne réputation par tous les moyens à notre disposition.

– Alors je peux bénir le ciel que Marron ne soit plus disponible.

– Bien entendu, je parle de moyens légaux, monsieur le rédacteur, et vous le savez fort bien. Ce que vous essayez d'insinuer est blessant à mon égard.

– Et moi, ce qui me blesse, c'est que vous me preniez pour un idiot, mais très bien, je vais vous citer. Je vous enverrai votre déclaration pour autorisation par mail. Je peux le faire sur n'importe quelle adresse, n'est-ce pas ?

***

À partir de ce jour, Gita et lui avaient commencé à chiffrer leurs mails. Il avait préféré ne pas envoyer le texte final. Il l'avait mis sur disquette, en avait gravé un exemplaire et avait acheté un billet de train.

– Tu arrives quand ? Je viendrai te chercher, lui avait écrit Gita.

Si cela continuait ainsi, ils lui dérouleraient le tapis rouge avant son arrivée à la rédaction.

– Personne ne sera au travail avant encore une heure. On va prendre un café et pendant ce temps, on passe ça en revue, avait dit Gita en l'accueillant devant la gare. Ça déchire, avait-elle dit en levant les yeux sur lui quand elle eut fini de lire. Un boulot de première, chapeau bas.

La rédactrice en chef était plus prudente, l'investigation n'était pas son domaine.

– Lis-le et dis-moi si ça tient le coup, avait-elle dit en regardant Gita.

– Je l'ai déjà lu.

– Et ?

– Ce n'est pas publiable. Pas de preuves, juste un tas d'hypothèses et de calomnies.

***

Schlesinger était de nouveau assis avec l'enquêteur dans la gargote de village. Il était désespéré, au fond du trou. Gita l'avait brisé. Il était poursuivi par le sentiment qu'il devrait raccrocher les gants et chercher un travail honnête. Les armes, les drogues, les jeux de hasard, la prostitution, n'importe quelle activité qui le mettrait en contact avec des gens corrects.

– Elle m'a tout bonnement massacré sans ciller. Je ne comprends toujours pas. La cheffe n'a pas enterré l'article définitivement, elle a dit qu'on pourrait y revenir quand j'aurais de vraies preuves. Mais qu'est-ce qu'on peut encore trouver ?

– Et vous avez vraiment travaillé là-dessus avec Gita ? Cette Gita-là ?

– C'est clair. C'est elle la meilleure.

L'enquêteur avait ri pendant longtemps. Ce n'était pas un rire joyeux, mais il venait du cœur.

– Vous voulez dire cette même Gita qui prend son café tous les vendredis avec le directeur de la BIA et bourre votre feuille de chou avec toutes ses campagnes de désinformation et de compromissions ?

***

Ces derniers temps, Schlesinger passait sa vie en voiture et dans les stations-service. Cette fois-ci, il s'était garé dans l'une de celles où il se retrouvait avec Roth. Il tenait à la main un gobelet de liquide suspect qui aurait pu être n'importe quoi sauf du café. Il se demandait s'il ne ferait pas mieux de le verser dans son réservoir, mais finalement il en avait bu une gorgée prudente. Elle lui avait donné des frissons. Il cherchait où verser cette eau de vaisselle quand la voiture de Roth apparut enfin.

Schlesinger savait quand il avait perdu, ce n'était pas la première fois. Mais ce n'était pas la fin du monde et l'affaire ne passerait pas de mode de sitôt. Il voulait fixer une autre rencontre avec le Yeti. Ne serait-ce que parce qu'il lui devait une explication.

– Les hommes du Yeti t'attendront à dix heures du soir à la première station-service à l'entrée de la ville, sois ponctuel, lui avait annoncé Roth. Et tu ne dois pas oublier ton dictaphone.

Schlesinger connaissait les routes locales mieux que son propre appartement, il était arrivé pile à l'heure. Il s'était garé, avait verrouillé sa voiture et était entré dans la station-service. Casse-Dalle était assis à la table avec trois autres types. Il fit une grimace de dégoût en buvant une gorgée de son gobelet en plastique.

– Vous feriez mieux de verser ça dans votre réservoir, peut-être que ça améliorera le rendement, avait dit Schlesinger en guise de salutation en prenant un air rude.

C'est-à-dire, il espérait avoir l'air rude. Casse-Dalle continuait à lui donner des frissons.

– Les clés.

Le type qui lui tendait la main avait certainement creusé dans sa vie assez de trous pour y loger tout le parking souterrain d'un grand centre commercial.

– Les gars vont t'emmener chez le chef.

Schlesinger lui avait donné sa clé de voiture, mais cela ne lui faisait pas bonne impression.

– Ne craignez rien, rédacteur, si je voulais vous descendre, je ne vous attendrais pas dans une station-service avec des caméras.

Schlesinger était monté dans une Passat noire. Une deuxième voiture semblable les suivait. Ils avaient passé un moment à errer en ville avant d'entrer dans une rue étroite à sens unique. Les deux voitures s'étaient arrêtées.

– Dépêchez-vous de changer de véhicule, dit le conducteur en désignant la voiture qui les suivait.

Schlesinger obéit. Il monta dans la voiture de derrière, la première quitta la ruelle à toutes blindes. Il entendit le crissement des pneus et le hurlement du moteur lancé à pleine puissance. Son chauffeur à lui attendit quelques minutes, puis ils partirent vers l'usine du Yeti à une vitesse réglementaire.

– Si par hasard ils nous ont suivis, ils vont penser que nous avons bloqué la rue et disparu avec vous en vitesse, ces balourds à trois lettres. Ils vont se coller au collègue et faire une balade touristique dans le parc national. Mais d'après moi, ils sont en train de se promener avec Casse-Dalle.

– Vous n'êtes pas un peu parano ? avait demandé Schlesinger sur un ton anodin.

– À notre place vous le seriez aussi, mais il ne s'agit pas de cela. Nous savons qu'ils s'intéressent à vous. Nous le tenons d'eux, avait dit le conducteur en riant.

Quelques minutes plus tard, ils se garaient dans la cour de l'usine. Le chauffeur le conduisit dans le bâtiment administratif, monta en ascenseur au troisième étage et lui ouvrit la porte d'une petite salle de conférence. Le Yeti était assis derrière la table, une épaisse enveloppe brune posée devant lui.

– Alors, rédacteur, vous êtes en panne ?

– Et comment.

– Cela ne fait rien. Si j'avais pensé qu'ils vous l'éditeraient, je ne vous aurais peut-être même pas tout raconté. Tout le monde sait maintenant que vous savez et ce que vous savez. Cela suffit. Les hommes d'Hexagon feront le reste.

C'est alors que Schlesinger avait compris qu'il avait juste servi de levier dans le jeu du Yeti.

– Vous avez votre dictaphone ? demanda le boss de la Minuscule Chaîne de Hautes Montagnes. Je vais tout raconter encore une fois. Enregistrez-le. Voilà tous les documents, mettez-les dans un coffre quelque part.

– Vous vous servez de moi comme assurance-vie ?

– C'est aussi la vôtre. S'il arrivait quelque chose à l'un de nous, les journaux se l'arracheraient.

– Et qu'est-ce qui me prouve que vous n'allez pas vous arranger pour qu'il m'arrive quelque chose ? Histoire que les journaux commencent à se l'arracher, avait demandé Schlesinger en regardant le Yeti droit dans les yeux.

– Ma parole.

Mettre en doute la parole du Yeti était un suicide encore plus sûr que de prendre ses documents.

Ils avaient presque fini lorsque Casse-Dalle était entré dans la salle de réunion, s'était assis en silence dans un coin, avait sorti un sandwich de sa poche et s'était mis à manger.

– Casse-Dalle, emmène monsieur le rédacteur chez lui, lui demanda le Yeti.

– Juste à la station-service, j'y ai laissé ma voiture, l'avait corrigé Schlesinger.

– Ta voiture est garée devant chez toi, là où tu la laisses d'habitude, dit Casse-Dalle.

– Nous ne nous reverrons sans doute plus, monsieur le rédacteur, dit le Yeti en lui tendant la main. Mais nous avons un contrat.

***

Monter en voiture avec Casse-Dalle semblait à Schlesinger l'idée la plus débile de sa peut-être courte vie, mais il aurait été pire encore de vexer le Yeti. Il espérait que les pactes conclus avec lui étaient aussi fermes qu'on le prétendait. Il respirait profondément et s'efforçait de ne pas laisser voir à quel point il avait peur.

– Tu chies dans tes bottes ou quoi ? demanda Casse-Dalle quand ils sortirent de la ville.

Schlesinger soupira profondément. Il jugea que ses efforts avaient été vains.

– Oui.

– C'est bien. Ça veut dire que tu n'es pas aussi con que tu parais.

Schlesinger devint blanc comme un linge. Il ne savait pas si cela voulait dire qu'il était intelligent parce qu'il savait que Casse-Dalle était un homme dangereux ou s'il fallait en déduire qu'il allait l'enterrer quelque part en chemin. Casse-Dalle avait savouré un peu le moment. Il l'avait laissé penser à la vie et à la mort pendant vingt kilomètres. Ça ne ferait pas de mal au jeune de se rendre compte des enjeux de la partie. On disait que Schlesinger n'avait pas l'instinct de survie, mais ce n'était pas l'avis de Casse-Dalle. Il pensait qu'il lui ressemblait un peu. Il faisait ce qu'il croyait juste. Ce n'était pas une question de courage mais d'honneur. Et le chef le pensait certainement aussi, sinon il ne lui aurait pas confié l'enregistrement et les documents.

– C'est bien que tu aies peur, car la peur est une bonne chose. Quand on a peur, on sait qu'il faut faire gaffe. La peur peut te sauver la vie. Seul un crétin n'a pas peur. Mais maintenant, tu n'as rien à craindre. Vous avez un pacte avec le chef.

– Oui, c'est vrai, dit le journaliste sans grande conviction.

– Tu sais ce qu'on dit de moi, non ?

– Justement.

– Tu vois, c'est une connerie. Je n'ai creusé qu'environ cinq trous de mes mains.

Schlesinger l'avait regardé, surpris. Il n'avait pas envie d'être le témoin des aveux de Casse-Dalle.

– Alors c'est une espèce de… mythe ?

– Une connerie, oui. Ils ont creusé presque tous les trous eux-mêmes. Je ne sais pas combien il y en a eu, au bout d'un certain temps on arrête de compter. Je vais te le dire tout net : si tu arnaques le chef, je te mets dans ma voiture, je t'emmène quelque part en forêt, tu touches une pelle et toi aussi tu creuses ton trou. Mais si tu tiens parole, alors tu n'as rien à craindre de moi. Nous ne serons sans doute pas potes, mais quand nous nous croiserons quelque part, on peut très bien boire un café ensemble.

La voiture de Schlesinger était garée à sa place. Cela lui fit un effet bizarre.

– Comment le saviez-vous ? Vous m'avez suivi ?

– J'ai veillé sur toi. Après ta rencontre avec Strýk. Le chef avait peur qu'on te descende. Parce que la peur fait du bien aux vrais mecs, mais les sacs à foutre, quand ils ont peur, ils font des conneries. Et les trois lettres avaient peur à ce moment-là. De ce qu'il t'avait raconté.

– Il ne m'a rien raconté.

– Oui, ça, ils le savent déjà, par ta copine. Tu n'as plus besoin d'avoir peur. Range bien les papiers du chef et la cassette et oublie tout ça.

Schlesinger avait regardé s'éloigner la Passat noire jusqu'à ce qu'elle disparaisse de sa vue. Il savait que Casse-Dalle était un assassin. Il venait de l'avouer comme si ce n'était qu'une petite saloperie, qui ne faisait pas honneur à celui qui l'avait commise mais ne représentait pas non plus un handicap social grave. Un peu comme d'avoir grillé un feu rouge ou d'avoir une maîtresse clandestine. Il savait que s'il enfreignait le pacte avec le Yeti, Casse-Dalle l'obligerait sans hésiter à creuser sa propre tombe et le tuerait ensuite. Il n'y pouvait rien, même ainsi, le type lui était sympathique.

Intermezzo

Schlesi a déjà raconté cette anecdote à tout un chacun. Après tant d'années, elle ne peut pas faire de mal et il la considère comme relativement instructive. Surtout pour ses jeunes collègues qui ont des idées romantiques.

– Alors moi, Schlesi, je n'en aurais pas eu le courage, il faut un autre courage pour faire ça, dit Ondro en levant son verre.

– Tu parles d'un courage ! Tu marches sur une merde, tu ne sais même pas comment, et ensuite tu ne fais que ce qu'il faut pour survivre, dit Schlesinger en agitant la main. À l'époque, nous faisions du journalisme minable. Comme de vrais cow-boys. Ce que tu fais, c'est quatre niveaux au-dessus. Je n'avais pas bien vérifié mes sources, c'est pour ça qu'ils ont pu mettre l'article au frigo. Mais aujourd'hui, de toute manière, peu importe. Le Yeti s'est retiré depuis longtemps, Casse-Dalle travaille pour le Hongrois. Il y a quelques années, ils ont retrouvé le corps de Potočný, ils ont collé le meurtre à Marron et à d'autres types morts, l'affaire est terminée. La famille est contente de pouvoir enfin avancer. Ça fait vingt ans. Vajšung continue à être un chef d'entreprise respectable, un pilier de la société.

– Ne sois pas aussi pessimiste, Schlesi, dit Ondro en souriant. C'est bientôt Noël, le petit Jésus t'apportera peut-être un cadeau.

– Ce serait vraiment la première fois que Lucifer m'apporterait quelque chose sous le sapin, dit Schlesinger en s'assombrissant.

– Il faudrait d'abord que tu en installes un dans votre antre, renchérit le rédacteur-chef d'Ondro.

– Pour ton chat je ne sais pas, mais moi, je pourrais bien avoir quelque chose pour toi, dit Ondro, l'œil brillant. Ton Vajšung, je le retrouve dans des affaires immobilières qui ne sont pas bien belles. Je travaille sur quelque chose avec Petra, tu sais, la journaliste d'investigation tchèque, et j'y ai repéré son nom. Ça n'arrivera sans doute pas sous le sapin, mais je vais regarder de plus près. Tu sais bien qu'Al Capone est tombé pour une histoire d'impôts.

– Là, je commencerais vraiment à croire au petit Jésus.

Schlesinger s'arrange pour que sa voix soit à la fois pleine d'espoir et de scepticisme.

– Tu vois, Ondro, peut-être que ce n'est pas aussi dynamique aujourd'hui que dans l'ancien temps, mais finalement, ce sont tes bases de données et pas les cowboys de Schlesi qui auront raison de ces types, conclut le rédac-chef. Allons, on va se la manger, cette kapustnica, tant qu'il en reste encore.

***

– Les Albanais ont répondu à mes questions, dit Ondro en tendant un document au rédacteur-chef.

L'en-tête porte le nom et l'adresse d'un cabinet d'avocats quelque part dans un trou du Sud.

– Tu as vraiment dû leur poser les bonnes questions, puisque leurs juristes nous menacent de toutes les poursuites dont j'aie jamais entendu parler, constate le chef après avoir parcouru le document. C'est l'histoire sur laquelle tu travailles avec cette Tchèque ?

– Oui, avec Petra, sur cette mafia italienne.

– Ça fait presque un an que tu te fais chier avec ça.

– C'est compliqué. Nous n'avons toujours pas tous les documents.

– Tu vas presque te faire un plan quinquennal pour programmer tes sujets. Tu ne veux pas laisser tomber ?

– Non, j'ai promis à Petra que j'allais récupérer tout ce qui est possible. C'est une grosse affaire, elle travaille dessus avec les Italiens depuis des années. Mais je fais d'autres choses entre-temps, je voulais juste que tu saches qu'ils nous menacent de poursuites.

– Ça y est, je le sais. Et maintenant, tu vas gentiment essayer de pondre quelque chose à me mettre sous la dent d'ici, disons, la fin de l'année. Et si tu arrivais à le faire carrément pour l'édition de demain, je te posterais même ta paie ce mois-ci.

***

Auparavant, on disait simplement « des Yougos » pour désigner tous ces types. Les gens d'ici ne commencèrent à les distinguer qu'au moment de la désintégration de leur pays et des massacres qui s'ensuivirent. Ekrem Begu n'expliquait pas qu'il était un Turc de Macédoine et non un Albanais. On ne l'aurait pas aimé mieux pour autant, et la réputation que s'étaient faite les Kosovars lui convenait.

Allah avait béni le Joli Petit Pays sous la Minuscule Chaîne de Hautes Montagnes. La vie y était belle.

Chaque village était pourvu d'une route et de courant électrique. Même les hameaux roms. Ils avaient tous de quoi bouffer et c'est avec de l'eau potable qu'ils tiraient la chasse sur leurs merdes. Les gens du cru ne s'entretuaient pas. Du moins pas sans raison. Avec de l'argent, on pouvait tout acheter. Des maisons, des voitures, des femmes, des policiers, des juges. Ekrem achetait surtout des terres. Les habitants vendaient pour pas cher, il suffisait de deux générations sous le régime communiste et ils avaient oublié à quoi servait leur terre. C'étaient des capitalistes danois et hollandais qui la leur cultivaient. Ekrem s'extasiait de voir comment ils parvenaient à en tirer un bénéfice correct grâce aux technologies modernes. Quant à lui, il préférait exploiter des entreprises qui rapportaient.

Les dotations agricoles permettaient d'en tirer des millions quand on savait s'y prendre. Les fonctionnaires savaient. Ils vous préparaient eux-mêmes les requêtes, de manière à être obligés de les exécuter aussitôt, il suffisait de partager avec eux. Ekrem partageait volontiers. Une mathématique simple – cinquante pour cent de quelque chose, cela fait plus que cent pour cent de rien. On avait de quoi se payer un café, comme disaient les autochtones.

Sa façade de respectable arnaqueur aux subventions était parfaite. Il volait Bruxelles, ça ne faisait de mal à personne. Personne ne s'y intéressait, personne n'enquêtait là-dessus. Jusqu'à présent.

***

Ekrem sourit à la présidente du tribunal de district lors d'un déjeuner partagé.

– Tous les marchands de glaces n'ont pas des caves pleines d'armes et d'héroïne.

– Mais tous ceux qui ont une cave pleine d'armes et d'héroïne sont des marchands de glaces, ne peut s'empêcher de lancer le chef de la police de district.

– Tu sais bien que la famille d'Ekrem vit de l'agriculture et n'a rien à voir avec ça, l'arrête la juge en attaquant sa salade. D'ailleurs que te veut exactement ce journaliste ?

– Il demande pourquoi j'ai entreprise en commun avec les Italiens, comment nous nous sommes connus, quelles affaires nous faisons ensemble et il a posé beaucoup questions sur celles dotations. Et aussi ce que j'ai avec un certain clan Hasani.

La juge lève la tête.

– C'est quoi, le clan Hasani ?

– C'est exactement ce que j'ai demandé à cet journaliste. Qu'est-ce que c'est, le clan Hasani ? Il a dit qu'il s'agissait de mafia albanais. Qu'est-ce que j'ai à voir avec un mafia ?

Le chef de la police termina son goulash de bœuf et but une bonne rasade de bière pression.

– Et d'où tient-il ces conneries, ce gratte-papier ?

– Il dit que j'ai un entreprise en commun avec Metin Bardhi et lui, il est de ce clan Hasani.

Ekrem s'était installé dans la petite ville parce qu'il s'y sentait comme chez lui. Tous ceux qui comptaient se connaissaient entre eux. Ils savaient tous qui était Ekrem Begu. Auprès de lui, tout le monde allait bien. On le respectait, on ne l'emmerdait pas. Aucun journaliste ne s'était jamais égaré par ici. Jusqu'à présent.

– Si cet article paraît, nous pensons porter plainte avec MM. Begu et Bardhi pour atteinte aux droits de la personne et pour calomnie, intervint le quatrième participant au déjeuner.

Le juriste local n'était pas l'un des leurs, mais ils le connaissaient tous. Il représentait les intérêts de Metin Bardhi.

Le vieux Bardhi régnait pratiquement sur tout le district voisin, mais il était quasiment impossible de le rencontrer en personne. Il ne sortait que rarement de son immense maison sur un vaste terrain, ne rencontrait exclusivement que sa famille et quelques compatriotes choisis. Il redoutait encore un attentat, même après plus de quinze ans. Et ce n'était pas de la paranoïa.

***

Metin Bardhi s'était installé dans la région dès les années soixante-dix du siècle précédent. On l'avait envoyé s'occuper de ses compatriotes. Ils venaient tous du même village et pendant des dizaines d'années avaient fait commerce de glacier, un métier qui s'héritait de père en fils. Une des tâches de Bardhi était de leur rappeler qu'ils avaient de la parentèle et des responsabilités au pays.

Ainsi, les glaciers choisis se lancèrent sous sa supervision dans la gestion de cercles de jeux illégaux et dans la prostitution. La concurrence était nulle, les trafiquants de monnaie ne s'intéressaient qu'aux devises et dans l'état policier les mafias n'avaient aucune chance. La Sûreté d'État laissait les gens de Bardhi tranquilles, il était protégé par la police secrète. Il appartenait aux services de renseignement yougoslaves qui n'étaient ni un allié officiel, ni un ennemi impérialiste occidental. Ils avaient quelques intérêts communs qu'ils coordonnaient justement par l'entremise de Bardhi.

Quand la Yougoslavie se désintégra et que leurs anciens collègues de la police secrète UDBA commencèrent à massacrer les hommes de Bardhi en Bosnie et au Kosovo, il prit tout à fait normalement le parti de son sang et de sa foi.

Il avertit un jeune ingénieur qui travaillait pour les renseignements économiques.

– Ne reviens pas à Belgrade. On nous y tue carrément comme des rats, ils te tueront toi aussi.

Ekrem Begu faisait officiellement commerce de pièces détachées pour machines agricoles. Celles-ci relevaient de la production d'une grande entreprise d'armement et il avait de bons rapports avec les membres de la direction. Il avait fait quelques parties de cartes avec eux, ils s'étaient une ou deux fois amusés ensemble avec des filles et ensuite, quand il eut des photos de toutes leurs transgressions vis-à-vis du mode de vie socialiste, ils se mirent à lui transmettre des informations techniques. Il les payait généreusement sans y être obligé. Dans les pays du tiers-monde, on s'arrachait les clones yougoslaves des armes du pacte de Varsovie.

– Là-bas, il ne t'attend rien de bon et moi j'ai besoin ici de quelqu'un comme toi. Un homme qui comprend le commerce et en qui je puisse avoir confiance, l'encouragea Bardhi.

Il lui proposa de s'associer et d'avoir part aux gains. Ils aidèrent les Albanais du Kosovo à s'enraciner sous la Minuscule Chaîne de Hautes Montagnes et à financer la résistance anti-Serbes. Quand les premiers Italiens arrivèrent peu après, ils durent s'entendre avec les anciens résidents.

– Ce sera une bonne transaction, avait dit Ekrem en essayant de convaincre le vieux monsieur.

Au début, Bardhi ne faisait aucune confiance aux catholiques occidentaux.

– Ils ne sont pas comme nous. Tu verras, on aura des problèmes avec eux.

– Nous ne sommes pas en concurrence. Ils font la cocaïne, nous, l'héroïne. Nous ne ferons que développer nos marchés réciproques. Et si nous joignons leur logistique à la nôtre, nous réduirons les coûts du transport même après la légalisation des marchés.

Bardhi dut finalement reconnaître que les Italiens n'étaient pas tellement différents. Eux aussi donnaient la priorité à une vie provinciale sans histoires en ouvrant des cafés et des pizzerias. La famille était tout pour eux, ils honoraient leur Dieu, même si ce n'était pas le vrai, et respectaient les bonnes vieilles mœurs. Ils savaient le prix de la terre et celui des fonctionnaires d'État. Il finit par les apprécier. Mais quand ils attirèrent sur lui la curiosité des journalistes, il ne tarda pas à se souvenir de ses réserves.

– J'avais raison. Je t'avais dit qu'ils n'étaient pas comme nous, que ça ferait des problèmes, reprocha-t-il à Ekrem.

Il contacta ses juristes, se fit apporter un téléphone satellite codé et appela Kerim Hasani. C'était son frère, Batur Hasani, qui était officiellement à la tête du clan, mais on ne téléphonait pas à Batur. Quand on en arrivait à ce point, c'était Batur qui appelait.

– Ce n'est rien, c'est certainement ce syndicat international des journalistes d'investigation qui est derrière ça, ça fait des années que ces sales porcs nous emmerdent, mais ils n'ont pas de billes, ils n'ont que des spéculations et des ragots. Vous leur envoyez vos juristes et ils vont se calmer. Mais soyez un peu plus prudent que d'habitude pendant un certain temps, stipulèrent les instructions de Londres.

– Dis à ton fils de s'acheter une voiture normale et d'arrêter d'énerver les gens avec sa Maserati, ne put s'empêcher de dire Bardhi. Ça lui donne un air ridicule.

Il laissa Ekrem régler le reste.

***

Ekrem finit son mouton aux légumes et attend que l'avocat passe en revue les différentes options avec la juge et le chef de la police. Il est bon dans les affaires commerciales, mais ceci est pour lui tout à fait nouveau. Et il doit encore être à l'heure pour son rendez-vous avec le Hongrois.

– Pardon, je dois presser, maintenant il y a beaucoup travail, mais maître sait mieux que moi, je ferais que vous faire perdre le temps, s'excuse-t-il.

Il n'a pas besoin de dire au serveur qu'il doit mettre sur son compte toutes les consommations de la dame et des messieurs.

***

Ekrem et le Hongrois sont installés au siège d'Horus Security et finissent d'harmoniser les détails de la transaction.

– On vous le facture comme service de sécurité ? se fait confirmer le Hongrois.

Ekrem hoche la tête.

– Comme d'habitude.

– Et nous sommes d'accord que nous livrons la marchandise directement à Bonfatti, à la ferme ?

– C'est cela, confirme-t-il à nouveau.

C'est la veille de Pâques, des troupeaux entiers d'agneaux vivants vont migrer vers l'Italie. Cinq cents pistolets mitrailleurs modèle 1958 vont voyager avec eux, sans le moindre risque. Personne ne fera sortir les animaux stressés et bêlants des camions pour démonter les planchers. Trop de chiures.

– Qu'est-ce qu'ils veulent avec ça, ces dingues de macaronis ? Ils se préparent à renverser le gouvernement ?

La question du Hongrois est purement oratoire, en fait ça ne l'intéresse pas.

Ekrem hausse les épaules.

– Je m'en fiche, ils m'ont fourni des voitures, je leur fournis les pistolets mitrailleurs. C'est du pur bizness.

Rares sont les personnes qui réalisent que le prix de vraies voitures de luxe s'écrit à sept chiffres. Le Hongrois connaît bien le topo. Transférer un million d'euros d'une banque italienne vers la Macédoine ou le Kosovo est une opération suspecte. Se rendre à Tirana depuis Monaco avec une voiture qui vaut un million est une virée pleine d'aventures. Si on vous la vole là-bas, vous passez pour un débile, mais vous n'êtes pas suspect. Vous êtes une victime. Les assurances feront des manières et ne paieront peut-être pas, mais sur le marché local, la voiture vous rapportera un bon prix. Et si on parvient à toucher l'assurance au moins une fois de temps en temps, le transfert est quasiment indolore.

– Vous avez raison, ça ne nous regarde pas, dit le Hongrois en faisant un geste de la main.

S'il savait où ses armes vont arriver, il serait moins insouciant.

– Nos frères de Bosnie continuent à vivre sous le siège des Serbes, s'était enflammé Kerim Hasani en personne lors de leur rencontre à Vienne. Ils sont en danger constant. Ils auront besoin d'armes pour se défendre quand ces bestiaux impies s'en prendront de nouveau à eux.

Sa colère était juste. Les atrocités auxquelles s'étaient livrées les unités paramilitaires serbes pendant la guerre n'avaient certes pas touché leurs familles, mais tous connaissaient quelqu'un qui les avait vues de ses propres yeux. Quant aux patrouilles maritimes italiennes, elles s'intéressaient surtout aux navires qui pénétraient dans leurs eaux, elles n'en avaient rien à faire des pêcheurs autochtones. On débarquait les caisses de pistolets mitrailleurs sur la côte albanaise où on les divisait en petits colis qu'on expédiait par voie terrestre à Sarajevo en passant par la Macédoine, le Kosovo et le Monténégro. En échange de ce petit service, Bonfatti recevrait un droit d'entrée sur les terres d'Ekrem. Elles ont le plus long ensoleillement à l'année, un endroit idéal pour les panneaux solaires.

Cela n'aurait pas plu au Hongrois, mais le Hongrois n'avait pas besoin de tout savoir. Pour le moment, Ekrem se gardera de lui parler du problème avec les journalistes, il serait capable de se dégager du marché.

***

La collègue tchèque a un avantage injuste par rapport à Schlesinger : elle est ravissante. Ce n'est pas voyant, criard, à faire se retourner sur elle les types dans la rue. Sur elle, tout est pratique et fonctionnel. Une coupe de cheveux courte qui semble ne pas avoir besoin d'entretien et met en valeur ses traits fins, un vêtement de coupe simple, des baskets confortables. Ce qui le déroute surtout, c'est son calme intérieur. Schlesinger a des sentiments mélangés à son égard. Si ce n'était pas

Ondro qui lui avait envoyé Petra et s'il ne connaissait pas son travail, il penserait qu'elle est cinglée. Quand elle l'a interrogé sur le clan de la mafia italienne qui s'est paraît-il installé dans l'extrême est du pays, il était certain que quelqu'un lui avait fait une mauvaise blague. Mais elle dirigeait la branche praguoise du Syndicat international des journalistes d'investigation ISIJ et publiait sur son site des textes pointus à portée sérieuse. Donc elle n'était sans doute pas naïve. Durant sa carrière, Schlesinger avait vu des affaires moins vraisemblables, mais s'il n'avait pas senti le besoin irrationnel de lui être agréable, il l'aurait envoyée promener poliment mais fermement. Si Petra usait de cette capacité à bon escient, cela faisait d'elle quelque chose comme une arme journalistique de destruction massive.

– Je vais essayer de contacter d'anciennes sources, mais cela fait plus de dix ans que je vis dans la Capitale et je ne fais plus d'investigation depuis longtemps, je ne vous promets rien, répond-il, en tentant avec tact de lui faire comprendre ce qu'il pense de ce sujet.

Mais il tient parole et il appelle.

– Il y a bien des macaronis, des espèces de gadjos italiens, pas une mafia, dit la réponse. Le jeune se balade en Ferrari, mais il s'est fait casser la gueule par ses propres manœuvres parce qu'il ne les avait pas payés. Ce n'est pas un mafieux, c'est un connard.

– Tu vas poser quelques questions ?

– Oui, mais c'est sûrement une connerie. Quand est-ce que tu viens prendre un kawa ? Ça fait des années que je ne t'ai pas vu.

– Je ne viens qu'une fois par an, pour la Toussaint, et seulement en coup de vent, s'excuse-t-il et il ne pense plus aux ritals.

Il ne s'en souvient qu'au bout de quelques semaines, quand il rencontre un ancien collègue de l'Est.

Il est venu à la Capitale pour un rendez-vous ; pour le moment il dirige l'agence de RP la plus efficace de la région et il est encore parvenu à rester propre et digne de foi. Il réagit aussitôt.

– Elle voulait sûrement dire le vieux Bonfatti et son gendre Fredo. Quelqu'un lui a mis en tête de bonnes balivernes. Ils font de l'agrobusiness douteux, ils ne paient personne, ils ont des tas de dettes partout, mais ils sont absolument inoffensifs. Fredo s'est fait tabasser par ses propres employés parce qu'il ne les avait pas payés. Et récemment il est venu me voir parce qu'on ne veut pas lui prolonger son contrat de location au Fonds territorial, pour savoir si je ne pouvais pas faire quelque chose pour lui. Je l'ai envoyé chier en lui expliquant que je ne fais pas ce genre de lobbying.

– On ne dirait vraiment pas des mafieux.

– Des mafieux, tu parles ! Des péquenauds de Calabre tout ce qu'il y a d'ordinaire, ils n'ont pas réussi chez eux, alors ils tentent le coup chez nous. Ceux qui s'en prennent à eux doivent être les mêmes fumiers qui liquident aussi mes clients. Ça, ça pourrait d'ailleurs t'intéresser.

– Tu sais que je ne fais plus ça.

– Pas toi, mais quelqu'un de votre rédaction. C'est vraiment une bonne histoire, assez rude.

– De l'agro rude ?

Schlesinger ne veut pas écouter, mais il sait qu'il ne lui proposerait pas un sujet à la con.

– Alors vas-y.

– C'est comme dans un mauvais western. Les huiles d'Hexagon ont calculé combien d'argent on peut se faire par le biais des dotations et maintenant ils confisquent la terre aux fermiers locaux. Et quand je dis « confisquent », je veux dire par la force brute. Ils ont presque tabassé à mort un de mes clients, un autre a préféré plier l'affaire et partir à Prague avec sa famille.

***

Maxo tentait de limiter les dégâts. Des deux côtés. Il était assis près du chef régional de la NAPA et essayait de lui botter les fesses pour le faire réagir.

– Tu n'as qu'à le sortir des affaires pendant quelque temps, mettons deux mois, pour nous permettre de régler tout ça. En détention, ça lui donnera l'occasion de se calmer et de se demander où il a commis une faute. Mes clients ont un contrat de location normal pour ce champ, le sien n'est plus valide.

Le type dans son grand fauteuil, avec ses médailles dans la vitrine et le titre de colonel sur sa carte de visite, était tordu comme un sabre turc et c'était de plus un imbécile. Quand Maxo avait quitté la police pour s'enrôler de l'autre côté et qu'il s'était mis à travailler pour Saša le Grand, il lui achetait ses informations. Grâce à lui, il savait toujours qui s'intéressait à Saša et ce qu'ils avaient contre lui.

Le policier faisait sentir son manque de motivation intérieure. Il attendait l'argument qui se termine par le symbole « euros ».

– Je ne sais pas s'il a commis une erreur ou si vous en avez eu marre de l'employer comme prête-nom, alors ne t'étonne pas qu'il vous rende la monnaie de votre pièce.

– Je te serais très reconnaissant de ton aide.

Il y avait longtemps que Saša n'était plus dans le coup, voilà un an qu'il moisissait en détention, avec peut-être la perpétuité à la clé. Ils n'avaient rien contre Maxo, mais il avait dû s'adapter aux nouvelles conditions. Le crime était devenu plus complexe mais aussi plus payant et plus sûr. À présent, on volait en accord avec la loi. Et soudain, voilà deux de ses voitures qui avaient brûlé. Il avait trouvé une bombe sous la suivante, qui n'avait pas explosé uniquement parce qu'elle avait été salopée par un dilettante total quelque part dans un garage.

– Maxo, depuis quand tu as besoin d'aide pour régler son affaire à un cul-terreux, hein ?

C'est sûr, il aurait pu régler ça n'importe quand par lui-même. Comme tous ceux de sa profession, Maxo avait dans les forêts un grand cimetière privé. Ce serait de la routine. Mais il ne voulait pas. Il n'y avait jamais enterré quelqu'un qui ne l'ait pas mérité d'une manière ou d'une autre. Et ce pauvre fermier, même si c'était un zozo agressif, n'avait fait que défendre sa terre.

– Les temps changent, répondit-il en posant une enveloppe sur la table.

***

Quand on avait bouclé Saša le Grand et jeté la clé, Maxo avait réuni les hommes les plus capables de son gang et avait créé une société de surveillance. Petite, mais efficace. Comme ancien policier et naguère le bras droit de Saša le Grand, il avait une bonne réputation, il ne manquait pas de clients. Quand ces deux gosses gâtés avec un petit QI et un ego surdimensionné étaient venus le voir, il avait eu envie de les envoyer se faire voir ailleurs. Sauf qu'ils étaient protégés par Hexagon avec tous ses juristes et son argent. Il s'était dit que ce serait de l'argent facile et avec moins de problèmes que s'il les foutait à la porte et se les mettait à dos.

– Nous avons des complications avec les autochtones. Ces paysans ne comprennent pas que leurs contrats avec le fonds foncier ont été résiliés et que c'est maintenant nous qui sommes en charge ici. Ils attaquent nos ouvriers et les chassent de nos champs, lui avait expliqué le va-t-en-guerre aux cheveux gominés et aux mocassins sans chaussettes.

Maxo ne s'étonnait pas de la réaction des fermiers. Même lui n'arrivait pas à comprendre comment on avait pu leur résilier des baux qui auraient dû rester valides encore quatre-vingt-dix ans. Sûrement pas par des voies légales. Mais il doutait qu'eux-mêmes les avaient acquis à la loyale. Ce n'étaient pas des indigents qui se seraient échinés sur cinquante ares de terre derrière une baraque à moitié en ruines. Certains d'eux travaillaient des milliers d'hectares.

– Nous allons fournir une protection à vos employés

– Nous ne nous comprenons peut-être pas, avait dit l'autre.

Maxo n'arrivait pas à les distinguer vraiment. À les voir, on aurait dit le résultat d'un clonage raté d'un homme plus beau et plus futé, avec une bonne éducation et une entreprise prospère.

– Nous ne vous demandons pas de veiller sur nos ouvriers. Nous voulons que les fermiers comprennent ce qui se passe et rentrent dans leurs trous sous terre.

– Je vous comprends. Je vous assure que si nous assurons la protection de vos employés, ils comprendront dès le premier incident… et (« le client est roi », s'était-il dit intérieurement)… et ils rentreront dans leurs trous.

Il avait envoyé Pat et Mat. Les jumeaux à la grande tête difforme faisaient aux gens l'effet de deux monstres débiles. En fait, seul Pat était arriéré mental. Mat était un psychopathe sadique d'une intelligence supérieure, mais il se mettait en quatre pour que les gens ne s'en aperçoivent pas. La seule personne à l'avoir démasqué et à pouvoir encore en parler, c'était Maxo. Il ne s'en vantait pas. S'il n'était pas venu les contrôler, l'homme serait mort. Un fermier était venu dans un champ qu'il considérait lui appartenir au moment même où un puissant tracteur labourait ce qu'il avait semé deux jours auparavant. Il avait pété les plombs, perdu tout instinct de conservation et s'en était pris aux jumeaux. Mat, dans une transe sadique, regardait son frère qui rebondissait sur les côtes du malheureux homme à terre. Visiblement, il n'avait pas l'intention d'intervenir.

– Tu es devenu fou, espèce de crétin ?

L'arrivée de Maxo avait déçu Mat, mais il avait attrapé son frère par l'épaule et l'avait entraîné ailleurs. Maxo avait appelé une ambulance en priant que le type reste en vie.

– On aurait dû l'achever et l'enterrer, parce que s'il crève là-bas, ce sera la merde pour nous, grommelait Mat dans la voiture.

Pat se contentait de regarder par la vitre, l'air contrit. Ils étaient tous en colère. Aussi bien Mat que le chef. Pat craignait qu'ils soient fâchés contre lui. Il ne voulait pas être méchant, il ne faisait que ce que Mat lui ordonnait. Il obéissait toujours aux ordres de son frère. Mat était le penseur, lui, l'exécutant.

– Ne soyez pas fâchés, je n'ai pas fait exprès.

Maxo avait eu pitié de lui.

– Ce n'est pas ta faute.

C'était la faute de Maxo. Il aurait dû depuis longtemps retirer des affaires ces dinosaures des années quatre-vingt-dix. Les envoyer surveiller un entrepôt ou les laisser faire les vigiles devant une boîte, pour faire de l'effet aux clients.

***

Le colonel de la NAPA avait ouvert l'enveloppe. Il avait compté la moitié des billets, en rendant le reste à Maxo.

– Maxo, je ne vais pas le faire parce que c'est impossible. Tu sais qu'ils ont montré à la télé comment vous l'avez amoché. Tu ne veux pas savoir ce que ça m'a coûté pour que tes deux connards n'aillent pas en taule. Aucun procureur ne me suivra là-dessus. Laisse tomber, fais une pause et je vais essayer de lui parler.

***

Schlesinger se souvient avoir entendu parler d'un fermier qui s'était fait tabasser.

– Oui, c'est ça, mais il manquait le contexte.

– C'est trop compliqué pour la télévision. Tu ne peux pas l'expliquer en une minute trente.

Ils s'entendent : ce sera un sujet pour un hebdomadaire.

***

Au bout d'un certain temps, le rédacteur-chef s'enquiert de nouveau de la *story** italienne. Il lui semble qu'Ondro y passe un temps disproportionné, du moins au vu des résultats.

– Attends, je vais te montrer quelque chose. Ce n'est qu'un détail, mais ça t'aidera à comprendre de quoi il s'agit, dit Ondro.

L'instant d'après il revient avec une grosse liasse de documents. Le rédac-chef lève les yeux au ciel.

– Sérieux, regarde, intervient le secrétaire de rédaction de l'équipe d'investigation.

– Ah, voilà les entreprises BMBB zéro une à BMBB vingt. Toutes fondées par les Italos et les Albanais, dit Ondro en commençant à poser sur le bureau les extraits du registre de commerce.

– Je suis déjà perdu, dit le chef en levant les bras.

– Pas de panique, ça, c'est vraiment simple, l'arrête le secrétaire de rédaction. Voilà leurs entreprises photovoltaïques. Seize d'entre elles sont encore à leur nom, mais quatre ont abouti chez un certain Jožko Mako, un quidam qui ne sait même pas compter combien il a d'entreprises, parce qu'ils en ont mis plus à son nom qu'il n'a de doigts aux mains et aux pieds.

Le rédacteur-chef ouvre de grands yeux, secoue la tête, la penche et pousse un profond hennissement.

– C'est clair, c'est un cheval blanc. Il possède deux autres entreprises qui produisent de l'électricité solaire, poursuit Ondro.

– Et donc ?

– Montre-le-lui, dit le secrétaire de rédaction en grimaçant vers Ondro qui commence à étaler la copie du plan cadastral.

– Ces entreprises produisent de l'électricité solaire sur le territoire cadastral de ce petit village, sur un ancien terrain d'aviation militaire de réserve qu'on a curieusement délimité pour l'adjoindre à la commune. Tu vois sur la carte que c'est une espèce de limace, une piste d'atterrissage typique.

– Oui, je vois ça.

– La centrale électrique a une licence numéro deux, accompagnée d'une généreuse convention de la part de la compagnie d'électricité, dit Ondro en sortant un autre document. Ce qui est en soi plutôt intéressant, car une des conditions de base pour obtenir une licence est qu'il faut avoir la possibilité de se brancher au réseau. Là, ils ont été obligés de tirer onze kilomètres de lignes à haute tension. Un non-sens total.

– C'est sûrement très intéressant, mais je dois encore écrire un édito, les gars, dit le rédac-chef qui commence à s'y perdre un peu.

– C'est le village où habite la mère de Président.

Le chef met ses lunettes et regarde la carte.

– C'est une connerie, ce n'est pas son village natal.

– Non, mais c'est là que vit sa mère. Elle a sans doute déménagé quand elle est devenue veuve, explique Ondro.

– On dirait qu'on a trouvé l'homme de paille de Président, dit le secrétaire de rédaction.

– Alors les quatre entreprises des ritals et des Albanais…

– Quatre sur vingt, exactement. Vingt pour cent tout rond. Le montant standard d'un racket, dit le secrétaire de rédaction en hochant la tête.

– Mais nous n'avons pas de preuves.

– C'est pour ça que je ne veux pas encore écrire là-dessus, reconnaît Ondro. Je voulais seulement te montrer que ça va vraiment loin. Les flics pouvaient se mettre en quatre, ils n'avaient aucune chance. C'est couvert d'en haut, c'est sûr et certain. Selon moi par Doudou en personne.

Faucheux
Paire-de-Baffes apprend la survie

Ce que Paire-de-Baffes préfère, ce sont les armes avec lesquelles on peut tirer pour de bon. Faucheux perd son ami, le commandant, ses nerfs. Casse-Dalle prend une pelle.

Une petite brune aux longues jambes, toute mince, un visage de poupée, transpire sur un vélo stationnaire. Si elle avait des nichons un peu plus gros, elle serait parfaite. Paire-de-Baffes regarde pendant cinq bonnes minutes, il bande ses muscles mais n'arrive pas à s'en lasser. Il lorgne sur le miroir pour voir si la mignonne regarde elle aussi, mais celle-ci ne fait que pédaler et s'en fout de lui. Encore une traînée qui ne sait pas apprécier un vrai mec. Toutes des putes, qui ne s'intéressent qu'au fric. Il devrait peut-être essayer une deuxième série, mais il ne veut pas se crever. Il a devant lui un dur week-end. Il part en manœuvres.

– Espèce de dingo, à quoi ça te sert d'aller à cette salle de gym ? le tanne Faucheux.

Lui aussi avait des bras et des jambes tout minces, seule sa bedaine de buveur de bière était proéminente.

« On dirait un faucheux qui a avalé un petit pois », le chambrait le lieutenant quand ils s'étaient enrôlés avec Paire-de-Baffes dans la section de la Milice nationale. Ça lui est resté, mais maintenant, rares sont ceux qui se permettent de mettre Faucheux en boîte.

– Ta gueule, eh, dopé, lance Paire-de-Baffes en montant dans sa Felicia qui comporte plus de rouille que de tôle blanche.

– Qu'est-ce qui t'a pris tant de temps ? Tu t'es payé un pédé sous la douche ou quoi ? Ça fait vingt minutes que je poireaute ici comme un gland. On va encore se payer cent sauts-de-grenouille, espèce de connard, se lamente Faucheux qui passe la vitesse et part en direction de la salle de réunion.

Le commandant n'est pas un clown. Il a fait quinze ans dans l'armée, il est parti deux fois en mission. Ils arrivent au dernier moment, ils ont juste le temps de passer leurs uniformes et se présenter à l'appel.

Le commandant entre dans le vif du sujet.

– Ceux qui ne sont pas en forme feraient mieux de foutre le camp. Ça ne s'appelle pas exercice de survie pour la risée des lapins ! Ceux qui n'en ont pas ne survivront pas ! Pas dans mon unité ! Les faiblards ne nous servent à rien ! Ceux qui n'en ont pas n'ont qu'à rentrer chez leur maman ! Seuls les vrais mecs peuvent sauver la nation !

Le commandant réussit même à prononcer « bonjour » comme si c'était un ordre. Non qu'il souhaite le bonjour à ses gaillards de la MN.

– Garde-à-vous ! En garde[1] !

1. *« Na stráž ! »* Salutation officielle de la Garde Hlinka, police pro-hitlérienne de l'État slovaque lors de la Seconde Guerre mondiale.

– En garde ! hurlent les engagés en chœur et ils se transportent au pas de charge vers l'autobus sur le parking.

Ils savent défiler comme à la parade. Ils portent fièrement les pistolets mitrailleurs neutralisés que le commandant a sortis pour eux de l'entrepôt. Paire-de-Baffes n'est pas ravi, il préfère sa kalache airsoft qui permet de tirer vraiment. Bien sûr, seulement des billes en plastique, mais même ça peut faire plutôt mal.

– La neutro, c'est de la merde, grogne-t-il à Faucheux. C'est rien de plus qu'une arme factice améliorée.

– Qu'est-ce que tu t'énerves ? Quand notre jour viendra, je te transforme en dix minutes cette arme factice en machine de première classe à décimer les parasites, lui cloue le bec son copain.

Faucheux dit vrai. C'est le serrurier de l'unité. Leurs 58 sont officiellement neutralisés à destination de collectionneurs, mais il suffit de quelques minutes et de quelques outils adéquats pour les rendre capables de tirer à balles réelles. Le commandant en a tout un entrepôt et Faucheux affirme qu'il y a même vu quelques caisses de munitions de l'armée.

L'autobus emprunté au club de foot local les dépose à la lisière de la forêt. Les recrues ne portent pas de sac, elles n'ont le droit de rien emporter, pas même leur mobile, juste les armes.

– Vous allez apprendre comment survivre sans rien dans la forêt ! Si vous n'étiez pas une bande de demoiselles mollassonnes, vous iriez tout nus !

Malgré son surpoids important, le commandant s'élance vers la forêt à un rythme que Paire-de-Baffes n'arrive à suivre qu'en bandant toutes ses forces. Le pistolet mitrailleur lui frappe la hanche, il aura un bleu, il en attrape immédiatement. La courroie lui écorche douloureusement l'épaule. Il aurait besoin de boire, mais ils n'ont même pas eu le droit d'emporter de l'eau. Il sent la première ampoule se former à son pied droit.

Au bout de quatre heures et vingt kilomètres, les recrues sont au cœur des montagnes, loin des villages et des chemins touristiques. La nuit tombe. Le commandant s'arrête dans une clairière près d'un ruisseau. Il leur permet de boire et les envoie dare-dare construire des abris de branches et de feuillage. Il leur a expliqué la théorie dans la salle de réunion, maintenant ils doivent montrer comment ils maîtrisent la pratique. Cette partie du boulot l'emmerde carrément, mais c'est toujours mieux que de moisir dans l'armée et risquer qu'un crétin d'amateur incompétent lui fasse sauter le cul avec une bombe.

***

Il s'est tapé deux tournées en Afghanistan. Cela avait l'air d'un bon job. Il avait la charge du dépôt. Les enculeurs de chèvres locaux n'avaient rien, sauf de l'héroïne de première classe. Il la troquait contre la bouffe, les couvertures, les frusques et surtout des munitions. Personne ne contrôlait les soldats à l'arrivée, hormis la police militaire avec laquelle on pouvait s'entendre, à condition de partager. Peu importe, il y avait de quoi.

Ensuite, un fou furieux avait percuté le portail de l'entrepôt et s'était fait sauter avec une fourgonnette pleine d'explosifs. Il l'avait vu de ses propres yeux, il venait juste de sortir du dépôt et n'était même pas à deux cents mètres de là. Le portail était adapté à ce genre d'incidents, si bien qu'hormis le kamikaze il fut le seul à être victime de l'explosion. Tremblements, tics, énurésie nocturne, accès d'angoisse. Le commandant américain de la base l'envoya chez le psychiatre. On l'expédia chez lui en diagnostiquant un TSPT, ou trouble de stress post-traumatique. Son pote, l'autre vétéran qui lui avait trouvé des clients pour la marchandise afghane, lui dénicha ce job, pour améliorer sa pension de retraite.

***

– Monsieur le commandant, permettez-moi de vous adresser la parole !

Faucheux se met au garde-à-vous réglementaire et crie comme il a vu le faire dans les films.

– Repos ! Je vous écoute.

Faucheux configure aussitôt son corps anabolisé en position de repos réglementaire. C'est un imbécile, mais il a des mains en or, on est obligé de le supporter dans l'unité.

– Mon commandant, nous avons perdu Paire-de-Baffes.

– Comment ça, perdu ? On peut perdre une épingle, pas un soldat !

– C'est-à-dire, nous l'avons sans doute perdu en chemin. Il n'a pas pu garder le rythme.

Le commandant crache par terre et lâche un jet continu de jurons.

– On part à sa recherche, commandant ?

– Et après, qui vous cherchera, hein ? Comment voulez-vous le chercher en forêt dans le noir, hein ? Disparaissez de ma vue et continuez ! Nous le chercherons au matin !

Le commandant sent son œil gauche qui commence à tressaillir, ses mains se mettent à trembler. Un semi-débile avec une arme neutralisée pour laquelle il n'a pas de permis, voilà une mauvaise nouvelle. S'il panique et se laisse prendre quelque part, ça sera une merde incroyable. Mais cela n'a vraiment aucun sens de le chercher maintenant. Ça serait juste bon à perdre aussi les autres. Il fait sombre. C'est la nouvelle lune, quand il tend la main devant lui, il la voit à peine.

***

Paire-de-Baffes avançait à tâtons dans la forêt. Il n'avait pas réussi à suivre le rythme des autres, mais il avait eu honte de leur crier de l'attendre. Il avait fini par les perdre totalement de vue. Il essaya de chanter *Rež a rúbaj*[1] pour se donner du courage, mais le souffle lui manqua.

Une ou deux fois, il se prit les jambes dans des branches ou des racines et il tomba. Il se blessa aussi avec son propre pistolet mitrailleur qui devait peser aux environs d'une tonne. Il s'aperçoit seulement maintenant que l'expression « broussailles impénétrables » n'est pas qu'une métaphore présente dans les lectures imposées. Les épais fourrés sont comme une paroi élastique, il n'y a aucun moyen de les traverser. Il y en a partout. Il ne comprend pas comment il est arrivé en leur cœur. Cette fois-ci, il va sûrement se faire éjecter de l'unité par le commandant, même s'il est le meilleur ami de Faucheux. Il n'a rien d'autre, sauf Faucheux et la Milice nationale. Épuisé, il se roule en boule et fond en larmes. Il a soif. Il a peur et il a faim, mais le pire, c'est la soif. Pour finir, il se met à trembler de froid, il est obligé de se lever et de sautiller sur place. Dès qu'il fait un

1. « Taille et frappe jusqu'au sang… », chant fasciste de la Seconde Guerre mondiale.

peu jour, il retrouve le passage étroit par lequel il s'est fourvoyé dans les broussailles durant la nuit.

– Dommage pour moi, se plaint-il tout haut et il part à la recherche de son unité.

Les hommes ne peuvent pas être loin, il a réussi à les suivre deux bonnes heures, puis il a continué dans la direction initiale et il n'a pas parcouru beaucoup de terrain dans le noir. Peu après, il trouve un ruisseau. Il boit à grosses lampées, il traverse à gué et continue d'avancer. Il transfère son pistolet mitrailleur d'une main dans l'autre, c'est plus facile de le porter ainsi.

Le soleil se couche de nouveau au-delà de la colline la plus proche. Paire-de-Baffes est à la limite de l'effondrement physique et psychique. Enfin, il tombe sur des gens. Un type, dans un trou, creuse. Un second, tourné de flanc, est assis par terre, adossé à un arbre, il tient un sandwich dans la main gauche et il mâche. Pas loin de là est garé un Defender vert. Trois autres hommes sont assis à l'intérieur, ils fument et boivent de la bière en canettes. Sans doute des ouvriers forestiers.

C'est typique, se dit Paire-de-Baffes. Voilà pourquoi le pays est comme ça. Un homme bosse, quatre fument, bouffent et éclusent. Pas de morale, pas de discipline. Il s'avance vers eux et leur souhaite poliment le bonjour.

L'homme sous l'arbre sursaute et tourne la tête. Même à contre-jour dans le soleil couchant, il reconnaît l'uniforme et le pistolet mitrailleur portés par la silhouette sombre. Il crache son pain. La bouchée n'a même pas le temps de retomber dans l'herbe clairsemée qu'il lève le bras et tire deux coups rapides dans le ventre de Paire-de-Baffes.

Le type dans le trou tombe à genoux, il couvre sa tête de ses mains et chie dans son pantalon. Dans le silence qui s'est répandu après les coups de feu, on l'entend faire dans toute la forêt. Le chauffeur s'asperge de bière.

– Espèce de connard, Casse-Dalle, qu'est-ce que tu déconnes ?

Les types dans la voiture n'ont pas eu le temps de voir ce qui s'est passé.

– Fais gaffe, ce fumier a une sulfateuse, dit Casse-Dalle en se levant, et il désigne de son pistolet la silhouette qui se tord par terre. Continuez à creuser, monsieur l'ingénieur, ce n'était pas encore à votre tour, dit-il d'un ton encourageant au débris écroulé dans la tranchée, et il s'approche prudemment de Paire-de-Baffes.

D'un pied, il retient le fusil mitrailleur, de l'autre, il retourne sur le dos le type qui gémit.

– Aidez-moi s'il vous plaît, marmonne le gosse au crâne rasé à travers l'écume sanglante qui lui sort de la bouche. S'il vous plaît, j'ai très mal…

– Qu'est-ce que c'est que ce pisseux ? dit la voix étonnée du chauffeur dans le dos de Casse-Dalle.

– C'est ni un flic ni un soldat, dit Casse-Dalle en haussant les épaules.

Il arrache le pistolet mitrailleur des doigts raidis et contractés du gamin et le tend au chauffeur. Celui-ci le regarde pensivement, il éjecte le chargeur, inspecte le chien et le canon.

– Non fonctionnel, constate-t-il sèchement.

Un gémissement léger se fait entendre depuis le sol.

– De l'eau, s'il vous plaît. J'ai mal…

Paire-de-Baffes se raidit et crache un peu de sang.

– Ça va aller, n'aie pas peur, dit Casse-Dalle d'une voix rassurante en lui tirant une balle dans la tête.

Avec le chauffeur, ils le traînent jusqu'au trou, en le tenant chacun par une jambe. Ce n'est pas difficile, le terrain est en pente légère et le gars doit peser quelque soixante kilos.

Monsieur l'ingénieur n'a pas repris l'excavation, il est à genoux dans la tranchée, il se balance, tient sa tête entre ses mains serrées et marmonne des paroles inintelligibles. Il savait ce qui l'attendait, mais c'est seulement maintenant qu'il y croit.

– C'était quoi, ce pisseux ? demande à nouveau le chauffeur en allumant une cigarette avant d'expulser la fumée par le nez pour couvrir la puanteur des excréments. Tu n'avais pas dit qu'il n'y avait personne par ici ?

– Sans doute un de ces bouffons qui cavalent dans la forêt en jouant aux soldats. Je parie qu'il n'était pas seul. On n'a pas de temps à perdre, soupire Casse-Dalle.

Et il abat l'homme dans le trou.

– Magnez-vous, les gars, prenez des pelles dans le coffre et on s'y met. Il faut le faire plus profond pour qu'ils y tiennent tous les deux et il faut le faire dare-dare, parce qu'il y en a d'autres qui risquent de débarquer d'un moment à l'autre. Et s'il y en a plusieurs, on va creuser jusqu'au matin, ordonne Casse-Dalle et il balance dans le trou son calibre 9 mm au numéro limé.

Le cœur lourd, il y lance aussi le reste de son sandwich. C'était un bon sandwich. Du jambon, du fromage, plein de beurre, tout ce qu'il fallait. Quel dommage.

***

Quand le Defender s'extirpe du terrain boisé, ils s'arrêtent sur la méchante route goudronnée, collent sur les portières des feuilles aimantées avec le logo Horus Security et retournent à l'usine. Le Hongrois attend dans son bureau pour entendre le rapport.

– Ça devait être un de ces membres de la défense de la patrie ou comment ils s'appellent ? dit-il en réfléchissant tout haut et en regardant le pistolet mitrailleur. Ça fait sans doute partie de ces pistolets neutralisés que nous leur avons vendus.

Il rentre dans l'ordinateur le numéro de l'arme.

– C'est clair, c'est un des nôtres.

– Qu'est-ce qu'on en fait ?

– Nous ne l'avons pas perdu, c'est pas notre problème. Donne-le demain matin aux types de l'atelier, qu'ils liment les numéros et qu'ils l'ajoutent à l'envoi pour ces bougnoules en France.

Le Hongrois congédie Casse-Dalle et rentre chez lui retrouver sa femme.

Quand il y a un homme, il y a un problème

Le futur chef de la NAPA règle un problème. Paire-de-Baffes devient le martyr de l'unité, mais son arme se retrouve du mauvais côté de la barricade culturelle.

Le Hongrois rencontre vers midi le policier en blouson de cuir à l'inscription voyante « Diesel » et à la Luminox de pilote au poignet. Ils se font livrer le déjeuner dans la suite.

– C'est réglé, dit-il au policier pour lui annoncer la bonne nouvelle. La victime n'existe pas, ils n'ont rien d'utilisable contre toi. Mais tu fais trop d'esbroufe, dit-il en désignant la montre voyante à deux mille.

– J'ai une épouse riche, dit le policier en grimaçant en attaquant le repas.

– Je sais, mais les gens t'envient. C'est pour ça qu'ils s'en prennent à toi comme ça.

– Qu'ils le fassent, et après ?

La voix du Hongrois laisse pointer une certaine irritation.

– On ne peut rien prouver contre toi, mais tout le monde est au courant, Doudou veut faire de toi le chef de la NAPA. Tu lui as bien compliqué les choses, plein de gens vont meugler. Nous avons quelques partenaires dans ce gouvernement et ils vont se servir de toutes les occasions pour nous faire chanter, les fumiers. Tout ce cirque pour quelques sous, juste de quoi se payer un café. Ne refais plus ça.

***

Le Hongrois dit vrai. Même si le policier fait le dur à cuire, il sait que c'était moins une. Mais qui pouvait prévoir qu'un simple rien du tout aurait opposé tant de résistance ? Ce type n'avait personne derrière lui, ils avaient vérifié. La première fois qu'ils étaient entrés avec son partenaire dans sa jardinerie, ils y allaient en confiance.

– Nous sommes meilleurs qu'un service de sécurité privé, croyez-moi, avaient-ils commencé, en essayant d'abord la méthode douce. Une bonne entreprise réglera peut-être les petits détails, mais nous, nous pouvons vous protéger contre le plus grand des voleurs – l'État.

Ils lui avaient soumis une offre que pas grand monde ne se serait permis de refuser.

Le jardinier avait rejoint la minorité suicidaire.

– Je ne comprends pas ce que vous insinuez, messieurs, je n'ai aucun problème avec l'État. Je paie mes impôts, je fais vérifier ma comptabilité par un expert, nous respectons toutes les directives, même les européennes, celles qui n'ont aucun sens. Jusqu'à la dernière virgule. Je ne dois rien à personne, je n'ai de problèmes avec personne. Merci pour votre proposition, mais elle ne m'intéresse pas.

Ils lui avaient laissé une dernière chance :

– Personne n'est parfaitement en règle, aucune entreprise n'est sans problèmes, croyez-moi, j'en ai déjà réglé un certain nombre. En cherchant bien, on trouve toujours quelque chose.

– Si vous me soupçonnez de quelque chose, faites-vous plaisir, cherchez. Mais maintenant, excusez-moi, j'ai une affaire importante.

Le jardinier s'était levé pour les raccompagner.

Deux semaines plus tard, il faisait beaucoup moins le fier avec un cagoulard de l'antidrogue agenouillé sur son dos tandis que les autres mettaient son magasin à sac. Et quand ils eurent trouvé deux cents grammes de mauvaise héroïne des Balkans entre les sacs de tourbe, il avait compris qu'on ne pouvait vraiment pas plaisanter avec l'État. Il s'était ramolli dès la première nuit en cellule. Ils avaient vite trouvé un accord.

L'enquêteur avait constaté que le commerce était accessible à n'importe qui, le coupable pouvait être un employé ou un client. On avait relâché le propriétaire et classé l'affaire. Mais les journaux en avaient déjà parlé, sa réputation avait pris un coup.

Ils lui calculèrent le prix et annoncèrent la manière d'encaisser l'argent.

– Normalement nous prenons deux mille par mois, mais vous êtes devenu douteux, alors ça fera trois. Nous avons un petit jardin. Mon épouse travaille comme économe, c'est son violon d'Ingres. Elle fait ça pour se relaxer et c'est une passionnée, elle fait donc partie de vos clientes régulières. Chaque premier samedi du mois, vous le lui emballerez avec ses achats.

Le type payait à temps et jusqu'au dernier cent. Quand il ne put plus tirer l'argent de la comptabilité familiale, il commença à piocher dans la caisse de l'entreprise et se fit prendre sur le fait, un vrai amateur. C'était d'ailleurs typique. Celui qui n'a rien à se reprocher se fait toujours prendre à la première tentative. Une bêtise, on aurait pu l'arranger d'un seul coup de fil. Ils savaient vraiment régler les problèmes, voilà pourquoi la plupart des entrepreneurs ne se faisaient pas prier pour les payer, ils le faisaient de leur propre initiative. Mais celui-ci s'était effondré et s'était mis à table pour expliquer ce qui l'avait poussé à cet acte désespéré. Un petit idiot envieux de la criminelle du district avait aussitôt appelé l'inspection.

Le fils du Hongrois avait attendu le policier au blouson de cuir Diesel dans le parking souterrain du centre commercial

– Tu dois passer chez mon père. Laisse-moi ton téléphone et tes clés de voiture. Prends la mienne, moi je vais faire un petit tour dans les environs. Je reviens dans deux heures.

– L'inspection s'intéresse à toi, à cause de ce jardinier, lui avait annoncé le Hongrois. Tu n'as vraiment pas de quoi te payer un café, pour faire des conneries pareilles ?

Heureusement qu'ils avaient leurs hommes partout, sinon il serait entré directement dans le piège.

– Tu es surveillé de partout, le mobile, la voiture, le bureau et le domicile. Si la juge qui a donné son accord ne m'avait pas appelé, tu serais en cellule en moins d'une semaine.

– Et qu'est-ce qu'ils ont ?

– Seulement les aveux de ce malheureux. Mais c'est la merde. S'ils se mettent à enquêter sur toi, tu ne seras plus utilisable et Doudou a besoin de toi. On ne peut pas attendre que ça pourrisse, il faut en finir au plus vite.

***

Ils avaient attendu le jardinier sur un parking, à son retour de chez un fournisseur. Ils lui montrèrent leur insigne de police et lui demandèrent poliment de les suivre. Ils avaient eu une information comme quoi il pourrait être en danger, il fallait qu'ils le cachent quelque part pendant quelque temps. Il valait mieux qu'il n'appelle personne, ils allaient lui amener sa famille. Ils l'assirent entre eux sur le siège arrière pour qu'il ne soit pas une cible vivante. Il commença à se sentir mal quand le lourd tout-terrain quitta la route et monta lentement dans les collines par un terrain boisé.

– Nous avons un chalet par-là, le tranquillisait Casse-Dalle, mais on voyait bien que le jardinier ne le croyait pas, tout en refusant encore d'accepter la réalité.

Ils trouvèrent un emplacement convenable, ils lui posèrent encore quelques questions pour savoir à qui il avait parlé puis ils lui donnèrent une pelle.

La dernière partie de l'opération ne présentait pas de risque. Des cagoulards et des maîtres-chiens de l'anti-drogue envahiraient de nouveau l'entrepôt. Cette fois-ci ils trouveraient un demi-kilo. Ils mettraient le propriétaire de l'entreprise en examen, mais celui-ci, qui avait dû être prévenu, avait mis les voiles la veille du raid.

***

Doudou sourit amicalement au chef de l'inspection. Il ne l'a pas fait venir, c'est lui-même qui est venu le voir.

– Je ne veux pas marcher sur vos plates-bandes, monsieur le directeur, mais vous bloquez un de nos meilleurs hommes à cause d'un dealer qui vous a raconté des insanités à son sujet.

L'homme gris en complet gris se relâche un peu.

– Certainement, Monsieur le Ministre, cela fait partie de nos priorités.

– C'est tout ce que je vous demande. C'est aussi dans mon intérêt que vous enquêtiez sur lui autant que possible. Je compte sur lui pour une position très sensible. Mais faites au plus vite, je vous en prie.

Moins d'une semaine plus tard, Doudou nomme le nouveau directeur de la NAPA.

***

Paire-de-Baffes est recherché, mais les enquêteurs de la police croulent sous des histoires de pensions alimentaires impayées et de types qui ne se sont pas présentés pour exécuter leur peine. Les adultes qui se perdent en randonnée hors des chemins touristiques sont laissés aux soins de la recherche en montagne ou à leur sort.

– Recrues, garde-à-vous ! En garde !

– En garde ! retentit la réponse collective.

– Je n'entends pas !

– En garde !!!

– Recrues, re-pos !

Le commandant s'offre une pause dramatique.

– Soldats, notre camarade a disparu il y a un mois sans laisser de trace ! Il est introuvable ! Mais la police ne le recherche pas ! La police est au service du système ! Mais nous savons qui l'a éliminé ! C'est notre ennemi judéo-fasciste ! La police ne nous aidera pas ! La police est au service du système et le système est au service des impérialistes américains judéo-fascistes qui occupent notre patrie ! L'ennemi s'attaque à nous ! Chacun d'entre vous est la cible de l'ennemi ! Ils ont pris l'un des nôtres, mais nous ne nous laisserons pas briser ! Nous allons lutter encore plus durement ! Nous allons venger notre camarade ! Soldats, en l'honneur de notre frère de combat, trois fois en garde !

– En garde, en garde, en garde !

C'est une connerie totale, mais il est obligé de leur dire quelque chose s'il veut qu'ils gardent le moral.

***

À Paris, des islamistes massacrent une rédaction où on s'est moqué du Prophète. Ils utilisent deux pistolets mitrailleurs tchèques modèle 58. Les Français s'aperçoivent avec horreur que dans certains pays les armes neutralisées s'achètent plus facilement qu'un fusil de chasse de gros calibre.

Un semblant de happy end

Faucheux fait une bonne action avec des résultats catastrophiques. Il fait un serment de sang, mais finalement tout tourne pour le mieux.

Tout ce qui était ridicule sur Paire-de-Baffes rendait Dominika magnifique. La sœur de Paire-de-Baffes évoquait à Faucheux une vampire cinématographique sexy. Une silhouette frêle, une peau presque transparente, des cheveux noirs, des yeux gris, de petites dents blanches. Sans doute un peu comme Kate Beckinsale de *Underworld* lorsqu'elle avait quatorze ans. Leur mère aussi avait dû être jolie avant que le cancer ne lui plante ses crochets dedans.

– Bisous, ma tante. Je suis allé aux commissions, alors j'ai fait vos courses pour que vous ne soyez pas obligée de traîner ça par toute la ville avec Domča, dit Faucheux en déposant quelques sacs en plastique sur la table écaillée en contreplaqué.

– Tu n'aurais pas dû… je ne sais pas si j'ai assez d'argent à la maison… comment est-ce que je vais te payer ça ?

– Laissez donc, ma tante, vous me paierez quand vous pourrez, ça ne va pas me manquer maintenant, répond-il en lui souriant.

De toute manière, il ne prendrait pas un cent. Depuis qu'elles ont perdu les revenus de Paire-de-Baffes, elles ont du mal à payer leur loyer.

– Merci.

On dirait presque un soupir douloureux. La femme s'affaisse sur la chaise, pleine de honte. Elle regarde d'un air absent les sacs de nourriture. Des larmes commencent à couler.

– Que va devenir Dominika quand je ne serai plus là ?

Faucheux se sent gêné, il ne sait pas où poser les yeux.

– Mais pourquoi vous ne seriez plus là, vous êtes solide.

Il voulait lui remonter le moral, mais lui-même ne croit pas ce qu'il dit. Elle lutte depuis longtemps, des années, mais la disparition de son fils a eu raison d'elle. Faucheux prend peur, il croit qu'elle ne va pas se relever de sa chaise de bois bancale.

– Viens t'étendre, maman. Je vais ranger ça, dit Dominika.

Elle se tient dans l'embrasure de la porte. Sous ses yeux apeurés, le sourire forcé vient d'un tout autre film. Sans doute de *Walking Dead*. Faucheux aide la femme à se lever. La mère s'appuie sur la fille, Dominika peut la retenir sans problème. Elle ne pèse presque rien. Elle évoque à Faucheux la fiancée morte de Burton, mais quelque cent ans plus tard. Elle dépérit, seuls ses immenses yeux gris sont encore là. Dominika l'installe dans la chambre, revient dans la cuisine auprès de Faucheux et commence à déballer les provisions. Ses yeux s'illuminent en voyant les bananes.

– Maman adore ça. Et elle arrive à les avaler. Elle ne mange presque plus rien. Et elle a toujours ses douleurs. Elle ne me le dit pas, mais je le vois, je ne suis pas stupide. Elle n'achète pas tous les médicaments, parce qu'on n'aurait pas assez pour manger. Pour moi.

Faucheux ne sait de nouveau plus où regarder.

– Ton paternel ne te paie toujours rien ?

– Il devrait nous donner quatre-vingts euros, mais où les prendrait-il ? Il a déjà trois moutards avec sa traînée et il picole tout.

Faucheux extirpe quelques billets de son portefeuille.

– Tiens, prends ça et achète les médicaments, je me suis fait quelques à-côtés ces derniers temps.

Il se fait un supplément en servant comme videur dans le club du fils du Hongrois. Il voulait se commander un nouveau tatouage avec un guerrier viking, mais ça peut attendre.

– Tu ne peux pas nous donner tout le temps de l'argent, proteste Dominika. Écoute, Faucheux, trouvemoi un taf, il doit y avoir quelque chose dans votre discothèque. Je ferai n'importe quoi.

– Domi, tu n'as même pas quinze ans et c'est un night-club.

– Dis-leur que je ferai n'importe quoi, même nettoyer les chiottes, sans problème, et pour moins que les autres.

– Domi…

– Tu ne comprends pas, il faut que je travaille ! Elle est en train de mourir. Il faut que je travaille !

Faucheux n'avait encore jamais entendu quelqu'un crier en chuchotant. Dominika éclate en sanglots convulsifs sans émettre un seul son. Elle a appris à pleurer de façon à ce que sa mère ne l'entende pas. Faucheux l'étreint maladroitement et lui tapote le dos. Il a honte de ce qu'il ressent en le faisant. C'est la petite frangine de Paire-de-Baffes. Elle n'a même pas quinze ans. Il se recule un peu.

– D'accord, Domi, j'essaierai de te trouver quelque chose, mais arrête de chialer, hein ?

***

Au Stardust, c'est une de ces soirées nulles où on n'aurait en fait pas besoin de Faucheux. Dans un coin sont installés quelques types bien habillés qui regardent prudemment deux blondes peintes et peroxydées près du bar, mais ils n'ont pas encore assez bu. Trois ouvriers intérimaires à l'usine qui sont venus prendre une bière et une vodka essaient justement de les baratiner. Ils n'ont pas pigé que les dames fournissent exclusivement des services tarifés. Mais ils ne sont pas du genre à poser des problèmes. Quand ils auront fini de boire, ils rejoindront gentiment leur foyer, tout en grommelant que c'étaient sûrement des putes pour qui un type correct n'est pas assez bon et que de toute manière ils sont fidèles à leurs femmes qui élèvent leurs gosses dans un trou perdu quelque part dans l'Est. Junior et ses potes sont installés au petit salon. Faucheux attend que le fils du Hongrois s'esquive et le saisit au vol à son retour.

– Patron, je peux vous parler une petite minute ?

– Qu'y a-t-il ?

Junior est un fumier, mais un fumier avare, ce qui pourrait être utile.

– J'ai une amie, une étudiante, qui aurait besoin d'un taf parce qu'elle n'a pas assez de fric pour se payer ses études. On n'aurait pas quelque chose pour elle ?

Le vendredi et le samedi, ils prennent des extras qu'ils paient directement après le service. Les barmen et les serveurs permanents ne suffisent pas, il faut des gens pour ramasser les verres, faire la plonge, sortir les poubelles et nettoyer les W-C si besoin est.

– Elle est comment ?
– Adroite. Sûre.
– Elle ressemble à quoi, espèce d'andouille.
– Elle… elle est mignonne. Un vrai mannequin.
– Je ne veux pas de boudins ici, ça nuit au bizness.
– Elle est vraiment bonne.
– Tu la tringles ?
– Hein ? Non, pas moi…
– Alors elle n'est sans doute pas si bonne que ça.
– C'est pas pour ça, c'est la sœur d'un pote, ce serait… vous comprenez.
– Non. C'est une tare, que ce soit la sœur de ton pote ? Ça resterait au moins dans la famille, non ?

Faucheux rougit et Junior éclate de rire.

– Tu voudrais la tringler à mort, espèce de cochon, ça se voit sur ton visage. Bien, d'accord, dis au manageur qu'il appelle cette pute aux pattes tordues qui ressemble à une planche que je n'ai plus envie de baiser, qu'il lui dise de ne plus revenir, que nous l'avons remplacée. Les vendredis et les samedis, quatre euros de l'heure, de la main à la main après le service. Et je te préviens, elle n'a pas intérêt à être une guenuche traîne-savates.

Les autres touchent cinq euros, mais Faucheux ne discute pas. L'essentiel, c'est qu'il n'ait pas demandé son âge. Si Domča arrive à faire son trou, on la prendra peut-être aussi dans la semaine pour faire le ménage et de temps en temps il lui ajoutera quelque chose de ses propres fonds. Comme prime de la part du manageur.

***

– Maquille-toi un peu et fais quelque chose avec tes cheveux pour ne pas avoir l'air d'une gamine. Mets quelque chose de sexy, les petites qui travaillent au

Stardust doivent en jeter. Je passe te prendre avant le boulot et ensuite je te ramène à la maison, lui a-t-il rappelé au téléphone.

Quand Dominika sort de l'immeuble, il a du mal à la reconnaître. Il ne saurait pas dire ce qu'elle a fait avec ses cheveux ni comment elle s'est maquillée, mais soudain elle ne fait vraiment pas son âge. Elle porte des baskets ordinaires blanches de chez le Vietnamien, une jupe noire simple jusqu'à mi-cuisse et un tee-shirt blanc en coton léger sous lequel on devine de petits seins joliment moulés. Même ainsi, on dirait qu'elle vient de descendre d'un embarcadère à Milan. On la recruterait sans hésiter dans n'importe quelle boîte. Elle pourrait vraiment faire le mannequin, si elle était un peu plus grande, se dit Faucheux. Elle reçoit un baiser ravi sur les deux joues. En route, il la chapitre sur la manière de se comporter.

– Tu fais ce qu'on te dit, tu bosses sans te plaindre, tu souris tout le temps et tu ne te laisses provoquer par personne. Les nouvelles, on les teste toujours. Ce ne sera pas du gâteau, mais tu es une grande fille, tu tiendras le coup et ça se tassera avec le temps. Surtout, tu n'arrêtes pas de sourire. Tu dois faire de l'effet, hein ?

Le manageur va certainement la faire souffrir, il se faisait baiser régulièrement après le service par la pétasse aplatie aux jambes tordues, pendant que les autres faisaient le ménage. Domča est la copine de Faucheux, ce petit bigleux ne se permettra rien avec elle, mais il ne sera pas ravi.

– Si tu as des problèmes avec quelqu'un, tu viens me voir directement, c'est clair ?

– Oui, papa.

– Et ne sois pas insolente.

– Non, papa, mais arrête d'être aussi sérieux ! dit-elle en riant et elle se met à lui chatouiller le bas des côtes.

– Arrête de déconner, on va s'emplâtrer !

***

La Maserati se gare peu avant minuit directement sur le trottoir devant le club. Faucheux connaît bien les trois types qui en sortent. Tout le monde les connaît. Normalement il ne laisserait entrer aucun Albanais puant dans la boîte, mais là, ce sont des potes de Junior. Le jeune Begu et ses cousins Onan et Oral. Évidemment, ces noms paraissent risibles à tout le monde, mais les gens ont vite appris à ne pas en rire. Le premier qui a ri marchera avec une béquille et portera une cicatrice dégoûtante sur sa gueule jusqu'à la fin de ses jours. C'est Kasim Begu qui lui a amoché la gueule avec une bouteille cassée, et la jambe, c'est les flics quand il a refusé d'admettre qu'il ne connaissait pas ses assaillants. Faucheux n'arrive pas à décider qui est la plus grande ordure dans cette histoire, les enculeurs de chèvres ou les poulets. Le juge au moins a été correct. Il n'a collé au mec qu'une peine conditionnelle pour trouble à l'ordre public et agression contre un dépositaire de l'autorité. Il savait sans doute lui aussi ce qui s'était vraiment passé. Tout le monde le savait.

Ils passent auprès de Faucheux comme s'il n'existait pas. Il arrive tout juste à remarquer leurs yeux injectés de sang, tous les trois sont déjà bien partis. Si le vieux Begu savait ce que trafique Kasim avec ses cousins, il l'écorcherait vif. Mais qui se permettrait d'aller raconter ça au vieux monsieur ? Le patron ne s'est pas encore montré, c'est le manageur qui installe les Albanais à la table privée de Junior. Faucheux a envie de dégueuler quand il voit à quel point, même debout, cet idiot arrive à ramper devant eux.

– Ce peuple est sans doute génétiquement idiot, murmure-t-il tout bas.

Quand Kasim renverse une demi-bouteille de cognac, on envoie Dominika nettoyer.

– Tu es nouvelle ici ?

Le type aux cheveux noirs et à la peau basanée a l'air d'un étranger, mais il parle sans accent. Kasim est né dans ce Joli Petit Pays sous la Minuscule Chaîne de Hautes Montagnes.

– Oui, répond Dominika en souriant comme Faucheux lui a ordonné.

Ces trois-là ne lui disent rien qui vaille. En fait, ils sont plutôt beaux, avec leurs cheveux frisés, leurs traits aigus et leurs yeux sombres pénétrants qui ne seraient sans doute pas si inquiétants s'ils n'étaient pas injectés de sang. Elle sent une force qui émane d'eux, mais ils ne sont pas aussi musclés que Faucheux. Ils sont secs, comme faits de câbles d'acier tressés. Ils lui font un peu peur. Surtout celui qui lui a parlé. Il la regarde comme un clodo fixerait un plat alléchant.

– Comment tu t'appelles ?

– Dominika.

– Assieds-toi, prends un verre avec nous.

Il s'empare de la bouteille neuve et verse un décilitre de cognac dans un verre de Coca sale.

– Excusez-moi, je ne peux pas, je dois travailler, lance-t-elle en s'efforçant d'essuyer un peu plus vite la table.

Le type l'attrape par le poignet.

– Quoi, on n'est pas assez bons pour que tu boives avec nous ?

Dominika sent la rage qui émane de lui.

– Non… vous êtes adorables, ne soyez pas fâchés, je suis nouvelle ici, il faut que je travaille, c'est mon premier jour et je n'ai pas le droit de m'asseoir avec les clients, je ne veux pas qu'on me renvoie, lâchez-moi, s'il vous plaît…

– Fous le camp, dit-il en la repoussant de la table. Ça va comme ça.

Dominika cherche Faucheux des yeux, mais il est justement en train de discuter avec des types soûls en jogging qui veulent forcer la porte de la boîte. Elle se dépêche de ramasser les verres vides sur les tables et se calme un peu tout en les lavant. Elle n'est pas assez petite pour courir voir Faucheux avec la moindre bêtise. Elle remarque que le manageur est avec les trois types et quand ils regardent ensemble dans sa direction, elle prend un peu peur. S'ils se plaignent, c'en est fait de son taf. Quand le manageur s'avance vers elle, elle est sûre d'avoir merdé et d'être renvoyée.

– Quand vous aurez fini avec les verres, allez aux toilettes hommes pour les nettoyer, quelqu'un y a vomi. Frappez à tous les box avant de commencer. Remettez du savon, du papier et des serviettes, vous trouverez tout ça dans la réserve derrière le bar. Le barman va vous montrer.

Dominika est soulagée. Elle prépare tout et guette le moment où il n'y a personne aux toilettes. Elle suspend à la clé le panneau qui indique que les toilettes sont en cours de nettoyage. Elle ne trouve pas la vomissure, mais ce n'est vraiment pas bien propre. Elle commence par le dernier box. Elle est en train de laver la cuvette quand elle entend la porte.

– Un instant, c'est presque fini ! crie-t-elle.

Il n'a pas dû l'entendre, les pas se rapprochent. Elle passe la tête par la porte pour avertir la personne qu'il y a une femme. Ce sont les trois types. L'un garde la porte, le deuxième s'appuie contre le lavabo et allume une cigarette. Celui qui lui a pris la main près de la table s'avance lentement vers elle. Il ne dit rien, mais grimace d'un air satisfait. Dominika continue à sourire comme une idiote.

– Ça va êt…

Elle ne sait pas d'où est venue la claque. Elle se cogne la tête et tombe à genoux.

– Reste comme ça et ne fais pas de bruit.

Il faut encore quelques gifles avant qu'elle fasse ce qu'il lui demande. Et quelques autres pour qu'elle parvienne à le faire comme il veut. Ensuite c'est lui qui va garder la porte.

***

Quand ils partent, elle s'enferme dans le cabinet. Elle entend des gens entrer, tirer la chasse, se laver les mains. Elle n'arrive pas à sortir. Elle saigne et elle est toute sale. Elle a terriblement honte. Personne ne la remarque, personne ne s'occupe de rien, il y a assez de cabines et elle sait pleurer sans un bruit. Quand le barman commence à manquer de verres, on se met à la chercher. Finalement Faucheux doit faire sauter la porte.

Il essaie de lui faire dire ce qui s'est passé, mais Dominika est recroquevillée au sol et refuse de le regarder. Quand il remarque enfin le bas blanc aux cœurs bleus qui bouche la cuvette, cela fait tilt dans sa tête. Il devient fou de rage. Heureusement, le barman a appelé Junior dès que Faucheux a attaqué la porte des toilettes à coups de pied. Il arrive juste à temps pour éviter le pire. Le manageur ne bouge plus, mais s'en sort avec une commotion cérébrale, des côtes cassées, une mâchoire fracassée et une déchirure de la rate. Si Faucheux l'avait tué, même le vieux Hongrois n'aurait sans doute pas pu le camoufler. Les types d'Horus prennent aussi quelques coups, le temps de calmer le videur déchaîné et de l'escamoter dans le bureau.

– Dominika, je suis terriblement désolé de ce qui vous est arrivé, s'excuse Junior et on dirait qu'il le pense vraiment cette fois-ci.

Dominika ne lève pas les yeux sur lui. Elle n'arrive à regarder personne. Elle fixe ses jambes. Une de ces taches de sang ressemble à une tête de lapin. Un œil, de grandes oreilles, un petit museau…

– Dominika !

Elle sursaute quand Junior l'effleure, mais continue à détourner le regard.

– Dominika, on peut passer cet accord ?

Elle a perdu le fil.

– Cent euros de la main à la main à chaque service et ceci pour la soirée d'aujourd'hui, d'accord ?

Dominika serre machinalement la poignée de billets qu'il lui presse dans la main. Elle les tient, elle ne sait pas ce qu'elle doit en faire.

– Faucheux, emmène-la chez elle et reste avec elle, veille sur elle et ne fais pas de connerie. Tu as ma parole qu'on va régler ça, mais toi, tu ne touches plus à personne et fais des prières pour que ce tas de merde n'y reste pas.

Faucheux est assis au volant de sa Favorit rouillée et essaie de trouver le contact d'une main tremblante.

– Je vais les tuer, Dominika, je le jure sur la vie de ma mère, je vais les planter comme des chiens galeux, ces putains d'enculeurs de chèvres.

Il ne crie pas, sa voix est ferme, comme s'il annonçait une affaire réglée. Comme si c'était déjà arrivé. Enfin, Dominika lève les yeux sur lui.

– Faucheux, on va d'abord chez toi. Il faut que je m'arrange. Maman ne doit rien savoir.

***

La Maserati de Kasim n'apparaît plus en ville. Le vieux Begu a expédié son fils illico en Macédoine avec ses cousins. Seul Kasim revient, au bout de sept mois, avec son épouse albanaise, enceinte. Son père lui octroie une Octavia combi bleue, pratique, avec le moteur le plus poussif possible. Il n'a le droit de sortir de chez lui qu'avec sa femme ou sa mère.

Faucheux n'est pas vraiment ravi de la chose.

Il n'en a plus rien à cirer de la Milice nationale. Eux non plus n'en ont eu rien à cirer de Paire-de-Baffes. Ils étaient tout morveux d'avoir perdu cette arme neutralisée, mais Paire-de-Baffes ne les intéressait nullement. Faucheux avait demandé poliment qu'on aide un peu sa mère, ils n'avaient pas bougé le petit doigt. Ils n'avaient même pas réussi à envoyer une gerbe pour l'enterrement.

Le vieux Hongrois se montra équitable. Le lendemain de cette nuit folle, il lui envoya Junior et le fit amener à l'Aurore Ambrée.

– Tu travailles dans la serrurerie, fils ? lui demanda-t-il.

– Oui, je suis serrurier.

– Nous avons toujours besoin d'un serrurier habile. Tu ne veux pas travailler pour moi ?

Il lui proposa une paie royale et le meilleur boulot du monde. Ils achetaient toutes les serrures existantes et il devait essayer de les ouvrir.

– Nous devons savoir comment elles fonctionnent pour nous assurer qu'elles sont sûres, expliqua le Hongrois.

Chaque fois que Faucheux parvenait à déverrouiller une serrure, il établissait une documentation détaillée et formait ses collègues.

À la mort de la mère de Dominika, il alla trouver le Hongrois. Ce dernier les aida avec la même évidence que s'ils avaient été sa famille. Il s'arrangea au tribunal pour que Dominika soit confiée aux parents de Faucheux. D'un seul coup de fil. Le vieux monsieur n'eut besoin de rien expliquer, il se contenta de prier quelqu'un à l'autre bout du fil d'être compréhensif.

En fait, Dominika habitait chez Faucheux, maintenant qu'il pouvait louer son propre appartement. Il lui aménagea une chambre. Le Hongrois leur prêta une fourgonnette, ils allèrent ensemble faire des achats à la Capitale et passèrent le week-end à monter le nouveau mobilier de Dominika. Cela le contraria que ce fût une chambre d'enfant. Il l'aimait, mais il ne l'avait jamais touchée. Peut-être qu'il faudrait des années, mais il attendrait qu'elle arrive à s'en sortir. Soit elle viendrait d'elle-même, soit les choses resteraient en l'état. Mais surtout, personne ne lui ferait plus jamais de mal.

***

– Comme ça, je ne l'aurai jamais.

Peu après la mort de la maman de Dominika, Faucheux était venu une dernière fois au cercle de la Milice nationale. De nuit. Il avait déverrouillé la porte plus vite que le commandant ne l'aurait fait avec sa clé. La serrure du magasin était un peu meilleure, mais pas de taille à résister à Faucheux. Il suffisait de la faire vibrer à la bonne fréquence et elle s'ouvrit toute seule. Il prit un des pistolets mitrailleurs qui, conservés dans la vaseline, attendaient l'arrivée du Grand Jour. Il prit aussi des munitions, rangea derrière lui et referma à clé. Il était sûr que quand viendrait le Jour de ces débiles, le commandant se soûlerait à mort et les autres auraient depuis longtemps oublié l'existence d'un quelconque Faucheux. Jusque-là, ces petites choses ne manqueraient à personne.

– J'ai juré de le tuer comme un chien, mais on ne le laisse sortir que pour faire les courses, cet enculeur de chèvres putride.

– Arrête de ruminer tes conneries, lui cloue le bec Casse-Dalle. Tu ne peux pas le dézinguer, tu aurais toute l'Albanie sur le dos. Ça vaut pas la peine. Et qui s'occuperait de Dominika après ça, hein ?

Casse-Dalle a raison. C'est une brute, au début Faucheux en avait un peu peur. Mais il est réglo. Et c'est sans doute le type le plus malin qu'il connaisse. Il a l'air d'un vrai paysan et il a toujours sur lui les sandwiches que lui donne sa femme, mais il sait comment marchent les choses. Jamais il ne lui a donné de mauvais conseils. Il est infiniment reconnaissant au vieux Hongrois, même son propre père ne s'est pas occupé de lui comme ça. Il a même appris à prononcer le nom du Hongrois. Kérešfejidemeter. Il est devenu un peu ami avec Junior dans la salle de sport d'Horus. Il doit reconnaître qu'il a beaucoup appris auprès de lui. Il a arrêté les anabolisants et perdu du poids, mais gagné nettement en vitesse. Mais c'est Casse-Dalle qu'il préfère dans toute la boîte.

– Bon, viens, le jeune, on va acheter des pelles, parce que j'ai complètement usé les vieilles.

Les siciliens ont la mer

Faucheux tient son serment et hérite de la pelle de Casse-Dalle. Il emmène Dominika à la mer, mais n'arrive toujours pas à lui déclarer son amour. Junior tient parole.

Le Hongrois sait qu'il ne faut pas prendre les choses à la légère. Il a immédiatement envoyé sa voiture chercher la femme de Casse-Dalle. Il veut l'entendre en personne.

– Amenez-la et trouvez Faucheux. Allez chez lui, peut-être que sa Dominika sait quelque chose.

L'alerte a été donnée le lundi matin quand la femme de Casse-Dalle a appelé en larmes pour dire que son mari avait disparu. Le samedi soir, il était parti dare-dare avec Faucheux. Il n'avait pas dit où. Depuis, il avait disparu. Elle n'a pas réussi à joindre Faucheux non plus. Elle a appelé les hôpitaux, elle n'est pas encore allée à la police.

Aucun des deux ne s'est présenté au travail. Faucheux est jeune, on peut s'attendre à n'importe quoi de sa part, mais Casse-Dalle n'est pas du genre à s'oublier quelque part avec des putes et une bouteille. Le Hongrois sent bien qu'il s'agit d'une affaire sérieuse, et sa formation dans le renseignement lui a appris à ne pas se fier à son seul instinct. Il a besoin d'informations.

– Ne craignez rien, on va le retrouver. Essayez de vous souvenir de tout ce que vous savez, encourage-t-il la femme de Casse-Dalle.

Il se dit qu'elle ressemble à une rose desséchée que quelqu'un aurait conservée en souvenir. On voit qu'elle a été très belle. Jadis. Maintenant ses yeux pleins de larmes sont cernés et elle s'est habillée n'importe comment. Un blouson de ski orange, un pantalon de tailleur noir, un tee-shirt vert et des escarpins de cuir fin marron à hauts talons. Ce n'est sûrement pas une tenue délibérée.

– Je n'en sais vraiment pas plus. Nous étions en train de dîner et Faucheux a sonné en bas. Mon mari lui a dit de monter pour manger avec nous mais il n'a pas voulu. Mon mari est allé le retrouver. Quand il est revenu, il a dit qu'il avait un travail urgent, qu'il rentrerait tard, que je ne l'attende pas. Il s'est changé, il est parti et depuis je n'ai pas de nouvelles.

– Qu'est-ce qu'il avait comme vêtements ?

– Son espèce de blouson militaire, un pantalon noir et des chaussures de marche. Ce qu'il met normalement quand il va travailler.

– Ce week-end, on n'avait pas de travail pour lui.

– Il a dû aller aider Faucheux avec quelque chose.

– Faucheux aussi était en congé. Et aujourd'hui il n'est pas venu travailler non plus.

Elle fond en larmes.

– Il leur est sûrement arrivé quelque chose.

– Nous n'en savons rien. C'est peut-être un malentendu. Mais mieux vaut avertir la police. Je vais envoyer quelqu'un pour vous emmener. Il vous y attendra et veillera à ce qu'ils soient corrects avec vous. Ne craignez rien. Nous allons vous le retrouver, la réconforte le Hongrois.

Il la fait accompagner à la police par un des jeunes juristes d'Horus.

– Vous allez directement chez le chef de district. Qu'ils prennent la déposition, mais qu'ils ne lancent pas de recherches tant que nous ne savons pas ce qui s'est passé. Ensuite vous l'emmenez chez elle et vous m'appelez. Envoyez une voiture avec deux types devant sa maison. Si Casse-Dalle se pointe, qu'ils le chopent et me l'amènent aussitôt.

***

Le Hongrois appelle Junior.

– Tu as essayé d'appeler Dominika ?

– Ça sonne, mais elle ne répond pas.

– Prends deux types et allez chez eux. S'il le faut, entrez et fouillez la maison. Prends un collègue de Faucheux, n'allez pas leur enfoncer la porte.

– Je ne suis pas complètement débile, se défend Junior.

Heureusement, Faucheux ne souffre pas de déformation professionnelle. Il a une porte de sécurité, mais d'un modèle commercial courant. Son collègue parvient à s'en sortir relativement vite.

Junior fait son rapport à son père.

– C'est comme s'ils s'étaient juste absentés un moment, ils n'ont même pas pris leurs mobiles. Dans la cuisine il y a des tasses sur la table, une avec du café pas terminé. Des vêtements dans l'armoire, des affaires encore sur le séchoir. Mais nous n'avons pas trouvé leurs papiers, et la voiture de Faucheux n'est pas là.

– Les téléphones ?

– Le dernier contact a été entre eux. Samedi à l'heure du déjeuner, Faucheux lui a écrit qu'il allait être retardé en ville.

– Des traces de lutte ?

– Rien.

– Les voisins ?

– Tous au travail. Nous n'avons trouvé personne à l'étage.

– On dirait qu'ils se sont barrés en vitesse. Sans bagages.

– Et ils auraient laissé leurs téléphones chez eux ?

– Faucheux n'est pas idiot. Il a appris des choses chez nous. Il sait qu'on pourrait tracer son téléphone. D'ailleurs, la voiture de Faucheux, c'est une des nôtres, non ?

– Oui, nous lui avons vendu un de ces vieux Forester, pour un prix symbolique.

– Il avait un navigateur ?

– Je crois qu'ils l'avaient tous.

– Contacte les gars de l'informatique. Qu'ils le trouvent.

Junior revient au bout d'une demi-heure.

– La voiture est à Trapani.

– Où ça ?

– À Trapani. En Sicile.

– Je sais où est Trapani, mais qu'est-ce qu'il ferait là-bas, Faucheux ?

– Je ne sais vraiment pas. J'ai fait vérifier deux fois. Ils sont sûrs à cent pour cent.

Le Hongrois n'a pas l'habitude de se guider à l'instinct, mais la pensée est irréfutable.

– Écoute, il n'aurait pas pu apprendre cette histoire avec le frère de Dominika, ce Demi-Baffe ou quoi ?

– Paire-de-Baffes. Non. Je ne peux pas m'imaginer comment.

– Les types de Casse-Dalle ? Quelqu'un n'aurait-il pas trop ouvert sa gueule ?

– Ce ne sont pas des génies, mais ils sont pros. Ils savent la fermer.

– Demande-leur quand même. L'un après l'autre. Et mets-leur un peu la pression.

– Et même s'il l'avait appris, c'est pas possible que Faucheux… Casse-Dalle ? Non, papa, c'est une connerie. C'est moi qui l'entraîne, je sais de quoi il est capable. Il ne ferait pas ça.

– Merci pour ton opinion et file les interroger.

***

À l'heure du déjeuner, c'est Ekrem Begu qui appelle et porte un nouvel éclairage sur l'affaire. Ses neveux Oral et Onan ont disparu. Le préfabriqué où ils se cachaient a été réduit en cendres. Personne n'a remarqué l'incendie nocturne dans un champ. Le Hongrois rencontre Ekrem dans le café du vieux Bardhi.

– Des corps ?

– Non, tout a brûlé, quelqu'un a tout incendié. On a arrosé la cabane d'essence et mis le feu, a dit le pompier. Il ne reste rien, personne, ils les auraient trouvés s'ils avaient été là.

– Je vais envoyer mes hommes, peut-être qu'ils découvriront quelque chose qui a échappé aux pompiers et aux policiers.

Il ne révèle pas encore à Ekrem qu'il lui manque deux hommes, à lui aussi.

Une cabane a brûlé dans un champ, c'est un incendie criminel manifeste, mais les dommages sont minimes, il n'y a pas de victimes, personne ne va se mettre en quatre. L'enquêteur du Hongrois trouve une chose que les policiers et les pompiers n'ont même pas cherchée.

– Une balle. Luger, 9 mm, dit Junior.

– Une seule ?

– Une seule.

– Fouillez encore une fois.

– On l'a déjà fait, j'y ai veillé en personne. Tu penses comme moi, non ?

– Et qu'est-ce que je pense d'après toi ?

– Que ces deux cinglés y ont attiré Faucheux d'une manière ou d'une autre. Peut-être qu'ils ont enlevé Dominika. Faucheux a appelé Casse-Dalle à l'aide. Les Albanais les ont descendus, ils se sont débarrassés d'eux quelque part, ils ont mis le feu à la baraque pour couvrir leurs traces, ont pris la voiture de Faucheux et ont disparu en Sicile. Ils ont des contacts chez les ritals. Rien d'autre n'a de sens.

Le Hongrois hoche la tête. Il pense vraiment la même chose. Ils vont avoir besoin d'aide.

– Je vais aller voir Bonfatti. Je vais l'appeler, entre-temps prends la Merco et attends dehors.

***

Trapani, ce n'est pas New York. Trouver deux étrangers dans une petite agglomération de soixante-dix mille habitants, en hiver, hors saison, ne pose aucun problème aux hommes du cru. La voiture est garée devant un appartement de vacances payé pour deux mois d'avance. Cela leur a valu un rabais de vingt pour cent.

– Tu y vas et tu leur fais cracher le morceau, dit le Hongrois en envoyant Junior. Tu as les billets d'avion et le numéro du type qui parle anglais. Il s'occupera de tout. Bonfatti a promis qu'on t'attendra à l'aéroport. Tu règles ça comme tu juges utile, je te laisse les mains libres. Ensuite tu reviens immédiatement.

En Sicile, il fait quinze degrés même en hiver et la température est agréable, mais les nuits sont fraîches. Il est difficile de dire s'ils tremblent de froid ou de peur. On les a ramassés tard le soir, directement dans l'appartement dont ils ne sortaient que pour faire des courses. C'est la logeuse qui a ouvert la porte. Elle habite à l'étage du haut et loue le bas aux touristes. Pendant tout le temps, elle regarde par terre, elle évite de lever les yeux sur eux. Elle a disparu dès qu'ils ont appuyé sur la poignée de porte. C'est une Sicilienne, elle sait quand il vaut mieux ne rien savoir. Le couple n'a opposé aucune résistance. Ils les ont tirés du lit en les visant avec quatre armes. Ils n'avaient aucune chance. Ils les ont fait monter dans une fourgonnette, personne n'a rien remarqué dans la rue déserte. Maintenant ils sont tous deux agenouillés devant Junior, nus, les mains liées dans le dos par des liens en plastique. Ce n'est pas qu'ils puissent s'enfuir où que ce soit. Les Siciliens ne vont pas en forêt. Ils ont la mer pour ça.

– Maintenant tu vas me dire ce que tu as fait. Si j'ai l'impression que tu me trompes, je ne te ferai rien, mais je laisserai les types s'amuser un peu avec Dominika, annonce-t-il à Faucheux d'une voix neutre.

Cela les avait étonnés quand Bonfatti les avait appelés pour dire qu'ils n'avaient pas trouvé deux types à Trapani, mais une jeune fille et un gars tatoué – avec un guerrier viking sur un bras et sur l'autre une araignée avec une double croix bizarre sur le dos.

– Elle n'y est pour rien, elle ne sait pas ce qui s'est passé, supplie Faucheux.

Dominika a les yeux écarquillés de terreur. Elle est agenouillée sur le pont de bois du vieux rafiot de pêche, elle tremble et elle pleure.

– Dis-moi la vérité et tu as ma parole que je ne les laisserai pas la toucher, promet Junior.

***

Faucheux se tenait devant l'entrée de l'immeuble. Il avait hésité longtemps, mais avait finalement pris sa décision. À part Casse-Dalle, il n'avait personne à qui faire confiance. Il avait sonné.

– Qui est là ? demanda la voix de Casse-Dalle dans l'interphone.

– C'est moi, Faucheux, descends un moment.

– Monte donc, nous sommes en train de dîner. Tu peux manger avec nous.

– Non… je dois te dire quelque chose.

– Tu me le diras en mangeant.

– Non, il vaut mieux que tu descendes.

– Attends un peu.

Quand Casse-Dalle sortit dans la rue en jogging, on voyait qu'il était énervé.

– Tu débloques, le jeune ? Ma femme va penser que j'ai une copine ou quoi. De toute manière elle ne supporte pas quand on quitte la table. Ça ne se fait pas.

– Il faut que je te dise quelque chose.

– Et ça ne peut pas attendre jusqu'au matin ?

– Non, je ne pense pas. Il faut que je te le dise maintenant.

– Alors fais vite, mon goulasch à la choucroute va refroidir.

– J'ai… je l'ai fait.

Faucheux n'avait vraiment pas l'air bien. Casse-Dalle espérait qu'il n'avait pas fait de mal à Dominika. Parce qu'il n'était pas normal qu'un jeune type en pleine santé vive avec une femme dont il était amoureux et la traite comme sa petite sœur. Ça ne pouvait pas bien finir, il lui avait toujours dit de lui avouer enfin ses sentiments et de régler ça d'une manière ou d'une autre.

– Qu'est-ce que tu as fait ?

***

Quand Faucheux avait vu l'Octavia de Kasim au carrefour devant le centre commercial, il avait eu une montée d'adrénaline. Il lui suffisait de penser à ce type pour entrer dans une rage folle. Il voulait au moins lui faire un doigt d'honneur, mais le salopard regardait devant lui sans prêter attention à personne. C'est alors que Faucheux avait réalisé que Kasim était seul dans sa voiture. Le feu venait de passer au vert pour lui et il avait démarré. C'était samedi, les rues étaient presque vides. Faucheux avait grillé le feu rouge et lui avait collé au train. Si Kasim se rendait seul quelque part, il fallait qu'il sache où.

Quand ils quittèrent la ville, Faucheux laissa une bonne avance à Kasim. Il ne pouvait pas le perdre dans la plaine au milieu des champs. Kasim bifurqua dans un chemin de terre bordé de buissons d'un côté et de quelques arbres chétifs çà et là de l'autre. Faucheux poursuivit sa route, trouva l'entrée du champ à l'autre bout du chemin et se gara sur le talus derrière des buissons épars. Il sortit ses jumelles de la boîte de son Forester. La voiture de Kasim se gara devant une clôture qui séparait la partie supérieure du champ d'une centrale photovoltaïque. Il sortit quelques sacs du coffre, on aurait dit qu'il portait des commissions. Il déverrouilla le portail et s'avança vers un préfabriqué au-delà des panneaux solaires. Il frappa, quelqu'un lui ouvrit. Faucheux n'avait pas vu qui.

***

– Salut à vous, dit Kasim en embrassant ses cousins quand ils eurent ouvert au signal convenu. Je vous apporte de quoi manger et de l'eau… et j'ai pris aussi quelque chose de plus sympa.

Il sortit une bouteille de whisky avec un rictus.

– Puisque vous êtes obligés de moisir dans ce lisier, que vous ayez au moins de quoi vous réchauffer.

– Seulement le soir, quand Allah ne nous verra pas, dit Onan en riant.

Il prit la bouteille et étudia attentivement l'étiquette.

– Vingt et un ans d'âge, mûri dans des fûts de sherry. Il y a bien longtemps que nous n'avons pas eu un tel nectar.

– C'est vraiment si terrible ?

Ils avaient commencé par envoyer les frères dans une école wahhabite en Bosnie pour leur inculquer un peu de la vraie foi. Peu après le mariage de Kasim avec la petite-fille du vieux Bardhi, ils les avaient déplacés tous deux dans un camp d'entraînement au Pakistan où on leur infligea de la discipline et le moral du combattant.

– Non, ce n'est pas si terrible, mais c'est beaucoup mieux ici, dans ce champ, dit Onan en se rembrunissant. Nous ne resterons pas longtemps ici, mais quand nous aurons réglé ce qu'il faut et que nous aurons fait notre temps au Pakistan, ensuite ton père… peut-être.

On ne les avait fait venir que pour cette occasion spéciale. Ils savaient qu'il faudrait au minimum des années, mais tous deux continuaient à croire qu'un jour ils seraient autorisés à rentrer en Macédoine et, s'ils s'y mariaient, on leur permettrait de revenir au pays. Même si personne ne l'avait dit ainsi, si leur oncle leur avait confié cette mission importante, il ne pouvait tout de même pas les rayer d'un seul trait de crayon.

– Vous pouvez réparer votre faute et laver une part de votre honte, leur avait annoncé leur oncle Ekrem quand il était venu les chercher en personne en Turquie.

Ils étaient passés par Istanbul et Vienne, chacun par un vol différent. À l'aéroport Vienne-Schwechat les attendait une voiture de Horus Security qui les déposa devant le préfabriqué dans le champ. Ils reçurent un pistolet militaire sans numéro de série, deux chargeurs pleins et ils devaient attendre de nouvelles instructions. Le chauffeur leur apprit le signal en tapant et vérifia qu'ils ne l'oubliaient pas. Ils reçurent aussi une bouteille d'eau et chacun un sandwich au beurre et fromage – authentiquement halal, paraît-il. Ils dormirent une nuit et dans la matinée ils entendirent le signal de Kasim.

– On devrait régler ça avec cette pute et son débile, grogna Kasim.

– Non, cousin, dit Onan en lui posant la main sur l'épaule. Pas encore.

– Ils manqueraient à qui ? Ce sont des nullités. Des cas-soc. Si on s'en débarrassait, pas même un chien n'aboierait sur leur sort.

– Tu ne peux pas aller contre ton père, Kasim. Tu n'es pas encore le chef de la famille. Plus tard. Tu sais ce que disent nos amis italiens – la vengeance est un plat qui se mange froid, c'est comme ça qu'elle a le meilleur goût. Dis-nous plutôt ce qu'il y a de neuf à la maison. Que se passe-t-il ? Pourquoi nous a-t-on fait venir ? Nous ne savons toujours rien.

– Moi non plus je ne sais pas, mon père ne me parle pas. Mais je crois que ce sera un boulot pour le Hongrois. Quelque chose d'important, c'est sûr, s'ils ne veulent pas le faire faire à leurs hommes.

***

Faucheux avait attendu une bonne heure que Kasim ressorte du préfabriqué. Cette fois-ci, accompagné d'une deuxième silhouette. Le type embrassa Kasim pour lui dire au revoir et le regarda partir pendant un moment. Faucheux fit le point avec les jumelles militaires mais il était sûr même sans cela. Il aurait reconnu la gueule ignoble d'Oral même sans jumelles et dans le noir. Il attendit que l'Octavia s'extirpe du champ et disparaisse en direction de la ville. Il observa encore la baraque quelques minutes mais personne ne sortait, et Dominika l'attendait à la maison. Il était seulement sorti acheter des croissants frais et du lait pour le café. Il avait envoyé un SMS pour dire qu'il aurait du retard mais son mobile vibrait toutes les cinq minutes.

– Désolé, Domi, quelque chose s'est compliqué au travail, s'excusa-t-il. On ira au ciné demain. Il faut que je prépare quelque chose et que j'aille voir Casse-Dalle ensuite. Ne m'attends pas, je rentre tard.

Elle avait tiré un peu la gueule, mais il le faisait pour elle. À la cave, il avait un atelier improvisé. Il sortit de l'armoire métallique cadenassée l'arme neutralisée volée aux engagés. Il n'avait pas d'outils professionnels chez lui. Ce fut plus long qu'il ne pensait, mais une heure plus tard, il était déjà dans la voiture et retournait vers la centrale solaire des Begu. Cette fois-ci, il dépassa l'intersection d'un bon kilomètre. Il quitta la méchante route goudronnée près d'un bosquet. Il manœuvra prudemment la Subaru tout-terrain entre les arbres et les fourrés, attendit que la nuit commence à tomber et partit à pied en direction du préfabriqué. Il chargea les munitions dans le pistolet mitrailleur. Celui-ci avait une béquille pliable et son blouson trois-quarts de cagoulard le dissimulait parfaitement. Le temps d'atteindre la clôture, la nuit était totale. Il aurait su ouvrir la serrure rudimentaire même à l'aveugle, elle ne lui prit pas dix secondes. Il se glissa entre les panneaux pour avoir une bonne vue sur la porte du préfabriqué. Ils devaient bien sortir de là à un moment ou un autre, il n'y avait sûrement pas de toilettes dans la bicoque.

Les vitres étaient recouvertes de vieux journaux, il ne voyait pas à l'intérieur. Mais il entendait des voix étouffées et le tintement des couverts. Enfin, la porte s'ouvrit et Onan sortit. À la lumière du préfabriqué, ce n'était qu'une silhouette sombre, mais même ainsi Faucheux le reconnut aussitôt.

Onan se tourna et dit quelque chose en albanais à son frère. Une réponse sèche se fit entendre de l'intérieur. Quand Onan regarda à nouveau devant lui, ce fut dans le canon du pistolet mitrailleur. Confus, il fronça le sourcil.

– Tu viens de la part du Hongrois ?

– Rentre dans ton trou, baiseur de chèvres, lança Faucheux les dents serrées et il leva le canon pour viser sa tête.

Il était à moins de trois mètres de lui.

– Tu es le videur du Stardust ?

La voix d'Onan montrait plus de surprise que de peur, mais il recula prudemment dans le préfabriqué. Faucheux entra à sa suite. Dans l'espace exigu se trouvait une table de jardin en plastique avec trois chaises d'école. Au sol étaient dépliés deux matelas de camping avec des sacs de couchage, près du mur arrière deux grandes valises à roulettes. Dans un coin, il y avait un bureau avec une lampe, et à côté, un dossier gris classique, comme celui dans lequel le pédiatre de Faucheux rangeait ses cartes médicales. Un néon au plafond éclairait la pièce de sa lumière verdâtre. Oral était assis à la table, sur laquelle se trouvaient pêle-mêle des assiettes jetables sales et des verres, plusieurs bouteilles d'eau en plastique et une en verre avec du scotch. Faucheux visait soigneusement Onan, même si à cette distance il aurait pu tirer à l'aveuglette.

– Voilà pour Dominika.

Il fixa haineusement les yeux d'Onan à travers le viseur. Il se représentait la tête éclatée de ce fumier et son cerveau puant de chameau dégoulinant sur le mur sale de la cabane puante, confinée, dans laquelle les deux types avaient passé une nuit et toute une journée. Ça empestait comme dans une ménagerie. Il regardait Onan et se représentait le résultat quand il appuierait sur la détente. Il allait le faire. Maintenant, tout de suite. Il suffisait de penser à ce qu'ils avaient fait à Dominika. Ils méritaient de clamser, tous les deux. En fait il devrait leur tirer dans le ventre. Pour les faire déguster. Il baissa un peu le canon et regarda le ventre d'Onan. Ils ne méritaient pas une balle dans le crâne, ces enculeurs de chameaux.

– Alors, qu'est-ce qu'il y a ? dit Oral en brisant le long silence. Tu chies dans ton froc, hein ? Tu croyais que c'était si facile, de tuer un homme ?

Une fraction de seconde, Faucheux détourna le regard sur Oral qui était toujours assis à la table. À l'instant où il avait prononcé le mot « homme », un coup était parti et Faucheux avait senti une douleur à la cuisse. Oral avait tiré avec le pistolet qu'il tenait sous la table. Ç'avait été juste un petit coup sec. Suivirent deux secondes d'un bruit assourdissant. Quelque chose déchiquetait en morceaux la paroi arrière du préfabriqué. Onan disparut de son champ de vision, la tête d'Oral explosa et il s'effondra sur la table. Quelque chose secouait les mains de Faucheux. Cela s'arrêta en même temps que le vacarme. Il se tenait là sans comprendre ce qui s'était passé. Il fallut un bon moment avant qu'il se rende compte qu'il continuait à presser convulsivement la détente.

Le 58 tirait huit cents coups à la minute, il avait trente munitions dans le chargeur. « Si tu ne fais pas gaffe, tu les tires en gros en deux secondes », lui revint l'enseignement du commandant au cercle de la Milice.

Il entendit un râle. Onan était étendu au sol dans une flaque de sang. Il était encore en vie. L'estomac de Faucheux se souleva. Il se détourna et vomit violemment. Onan marmonnait quelque chose d'inintelligible. Il devait l'achever. Après quelques essais, il parvint à remplacer le magasin. Il actionna le sélecteur pour régler l'arme au coup par coup. Il se plaça au-dessus du type blessé. Celui-ci avait les yeux ouverts mais il regardait quelque part où lui seul pouvait voir. Sans doute son Allah ou quoi. Faucheux lui colla l'arme sur le front et se détourna. Il fallait qu'il l'achève. En fait, ce serait lui rendre service. Il n'avait aucune chance et souffrait terriblement, c'était sûr. Il s'était dit qu'il voulait le voir souffrir. Maintenant il ne le voulait plus. Il voulait seulement que ça cesse. Que ça ne soit jamais arrivé. Il devait tirer, le plus vite possible. Il regarda de nouveau Onan. Celui-ci avait cessé de râler. Il avait les yeux ouverts, mais il ne regardait plus nulle part. Soulagé, il abaissa le canon et mit la sécurité. Dehors, il vomit une nouvelle fois. Puis il se rendit compte d'une douleur lancinante à la cuisse. Le pantalon de cagoulard était déchiré et imprégné de sang. À cette vue il se sentit de nouveau mal. Il mit un moment à assembler son courage, puis il entailla l'étoffe et regarda ce qu'il en était. La balle n'avait fait que l'effleurer. Elle avait entamé la peau et peut-être le dessus du muscle, mais ce n'était pas pire qu'une éraflure, comme s'il était tombé de vélo.

Il entra en évitant de regarder les corps, éteignit la lumière, referma la porte derrière lui et ferma le portail à clé. Il revint à la voiture, monta et alla chercher Casse-Dalle.

***

– Mais qu'est-ce que tu as fait, nom de Dieu, allez, accouche ! répéta Casse-Dalle en s'efforçant de prendre un ton plus aimable.

– J'ai… je les ai descendus. Je l'ai fait. Je les ai tués.

– Tu as bu ?

– Non, je le jure. Ils sont morts. Tous les deux.

– Qui est mort ?

– Onan et Oral. Je les ai tués.

– Tu débloques ou quoi, Faucheux ? Onan et Oral sont au fin fond de la Bosnie ou quelque part à Pétaouchnock.

– Non, ce n'est pas vrai. Ils étaient dans un préfabriqué, là où Ekrem Begu a sa centrale solaire.

Casse-Dalle toisa attentivement Faucheux comme s'il le voyait pour la première fois. C'est seulement là qu'il remarqua le pantalon déchiré avec la tache sombre.

– J'étais parti faire des courses et j'ai croisé Kasim, il était tout seul, alors je l'ai suivi jusqu'à ce champ et j'ai vu qu'il était allé les retrouver, alors je suis rentré, j'avais dans ma cave une arme neutralisée que j'ai volée à la Milice nationale avec deux chargeurs, alors je l'ai remise en état et j'y suis retourné, je voulais les tuer, mais je n'arrivais pas à le faire, et alors Oral il m'a tiré dessus et… moi… je ne sais pas vraiment comment j'ai… seulement tout était en miettes là-bas et il y avait du sang partout et ils sont morts. Tous les deux. Je ne sais pas quoi faire maintenant.

Casse-Dalle le prit par les épaules et le regarda droit dans les yeux.

– Alors là, tu as vraiment déconné, le jeune. Tu les as laissés là-bas, comme ça ?

– Oui. Je ne savais pas quoi faire, alors je suis venu te trouver.

– Tu ne peux pas les laisser là-bas. S'il n'y a pas de cadavre, il n'y a pas de meurtre. C'est la base de tout. Il faut qu'on les remise quelque part. Et aussi qu'on fasse le ménage. Ils sauront qu'il est arrivé quelque chose, mais si on les laisse là-bas, les autres vont devenir fous et ils descendront tous ceux qui pourraient être impliqués. Et toi en premier.

– Mais là-bas tout est en miettes. Il y a du sang partout. Ça ne peut pas se nettoyer.

– Tout peut se nettoyer. Je vais me changer, toi tu te gares près de chez vous, mais ne va pas voir Dominika, laisse juste la caisse devant l'immeuble, bien en vue. Je viens te chercher avec le Defender. Prends aussi la sulfateuse, il faut qu'on s'en débarrasse. Attends-moi devant l'immeuble, c'est clair ?

– Oui. Merci, Casse-Dalle.

– Ne me remercie pas encore. Je ne te garantis vraiment pas que tu vas survivre à ça. Si on se fait prendre, on ne survivra ni l'un ni l'autre. Et le pire, c'est qu'ils vont aussi descendre Dominika parce que c'est par elle que c'est arrivé.

Faucheux ne savait pas comment il s'était retrouvé devant chez lui. Il gara le Forester pour qu'on ne le voie pas depuis leur fenêtre. Il désirait plus que tout aller voir Dominika au moins cinq minutes, la serrer dans ses bras et lui dire que tout irait bien, mais Casse-Dalle avait raison. Domča ne devait même pas se douter de ce qui s'était passé.

Casse-Dalle rejoignit Faucheux en moins de dix minutes. Celui-ci monta avec lui et ils partirent. En route ils s'arrêtèrent à la station-service. Ils firent le plein de diesel et garnirent d'essence deux jerricanes de dix litres. Casse-Dalle alla payer. C'est à ce moment que la porte des W-C s'ouvrit, et Schlesinger apparut. Quand il vit Casse-Dalle, il s'arrêta net.

– Qu'est-ce que tu fais par-là, rédacteur ? demanda Casse-Dalle en le toisant d'un air sombre.

– Je suis venu prendre de l'essence, dit le journaliste en pâlissant visiblement.

– Justement ici ?

– Vous allez me croire si je vous dis que j'ai pris la mauvaise sortie de l'autoroute et que je me suis perdu ?

– Oui. Tu as toujours été un pignouf.

La mémère grasse de cinquante ans à la caisse ajusta ses lunettes puissantes à la monture épaisse.

– Je mets le diesel et l'essence sur la même facture ? cria-t-elle de derrière son comptoir.

– Oui, merci, répondit Casse-Dalle.

Il regardait Schlesinger qui avait froncé le sourcil.

– Vous êtes à deux voitures ?

Schlesinger regretta sa réaction spontanée presque aussitôt qu'il eut posé la question, mais c'était trop tard.

– C'est pour la tondeuse.

Le journaliste avait assez de jugeote pour ne pas se lancer dans une conversation sur le temps qu'il faisait et la saison de l'année.

– On se prend un café ? dit-il en montrant le distributeur à côté des rayons de confiseries.

– Une autre fois, ma femme m'attend avec le dîner. Donne des nouvelles.

Il dicta son numéro à Schlesinger et lui tendit la main après un instant d'hésitation. Il paya en vitesse et ficha le camp tandis que le rédacteur farfouillait parmi les sandwiches racornis. La seule chose qui semblait mangeable était le plastique qui les enveloppait.

Casse-Dalle avança la voiture jusqu'au préfabriqué.

– C'est merdique parce qu'il va rester des traces, mais on ne peut pas les tirer sur un kilomètre à travers champs, grommela-t-il en ouvrant le coffre. Sors les bidons, je prends le plastique.

Casse-Dalle se doutait à peu près de ce qu'il allait trouver, mais même ainsi il se prit la tête entre les mains.

– Une chose pareille, c'est vraiment un vrai connard qui a pu faire ça, s'exclama-t-il. Tu as tout un champ, la sulfateuse en main et toi tu les dézingues à l'intérieur. Même un amateur n'aurait pas salopé les choses comme ça, ronchonna-t-il. Allez, le jeune, ils ne vont pas s'emballer tout seuls.

Faucheux parvint à gerber encore trois fois le temps qu'ils enveloppent les deux cadavres dans un plastique comme celui qui sert à emballer les valises dans les aéroports et qu'ils les chargent dans la voiture.

– Récupère aussi le mobile, et ensuite on fera les cendrillons et on sortira toutes les cartouches de cette fosse à fumier. On ne partira pas sans en avoir trente, commanda Casse-Dalle.

Quand ils eurent fini, il arrosa tout le préfabriqué copieusement d'essence et y mit le feu.

– Voilà, ce n'est pas très professionnel, mais on n'a pas le temps d'en faire plus. Il ne restera aucune trace biologique. Ils vont se creuser la cervelle, ils vont sans doute te soupçonner, mais s'ils ne trouvent pas les cadavres ils mettront un certain temps à accepter qu'ils soient morts. Et tu es un tel trou du cul qu'on t'en croirait incapable. Un serrurier merdique. S'ils ont assez de temps pour réfléchir, ils soupçonneront de meilleurs ennemis que toi. Espérons.

Le Defender partit vers les collines, Casse-Dalle n'emprunta que des chemins de terre. Cela faisait dix ans que le Yeti avait laissé Lokomotor à Hexagon, il s'était mis au vert et lui avait procuré un taf chez le Hongrois. Il connaissait parfaitement les environs. Après le troisième croisement, Faucheux fut complètement désorienté. Finalement, le Defender commença à grimper vers la forêt et une petite demi-heure plus tard, Casse-Dalle s'arrêta dans une clairière. Il sortit deux pelles, en donna une à Faucheux et se mit à creuser sans mot dire.

Il ne gelait pas, mais le sol était dur. Tous les muscles de Faucheux étaient endoloris.

– Allez, bosse, le jeune, on n'en est même pas à la moitié.

– Je n'en peux plus.

– Quand on sait tirer, il faut aussi savoir creuser. Et que ce soit bien profond, parce que tu ne veux pas qu'un ours ou un chien de chasse vienne les déterrer. Et dépêche, il fera bientôt jour. Qu'on ne se fasse pas prendre sur le fait par un touriste, parce que alors on n'aura pas fini.

Quand le trou fut creusé à la satisfaction de Casse-Dalle, le jour commençait à se lever. Faucheux n'arrêtait pas de regarder nerveusement de tous côtés. Il se sentait plus en sécurité dans la nuit. La nuit où Paire-de-Baffes avait disparu, il sursautait au moindre bruit inconnu.

Maintenant, il comprenait que le plus dangereux qu'on puisse croiser en forêt est ce type qui creuse le trou avec lui et qui lui sauve les fesses. C'était de toute évidence un pro qui ne faisait pas ça pour la première fois. La chose fit tilt dans sa tête au moment où ils jetaient les corps dans le trou.

– Va chercher la sulfateuse. Essuie-la bien pour qu'il n'y reste pas des empreintes, on la laissera dans la tranchée avec eux. Si quelqu'un les déterrait par hasard, on pensera que c'est ta Milice nationale. Ça n'étonnerait personne de voir qu'ils ont descendu des espèces d'enculeurs de chèvres, hein ?

Faucheux prit le pistolet mitrailleur dans le coffre et il revint vers le trou. Il s'arrêta à quelques pas de Casse-Dalle en le regardant comme s'il le voyait pour la première fois.

– Qu'est-ce qu'il y a, le jeune ? Allons, grouille, il faut encore les enterrer et le soleil va bientôt se lever.

Faucheux se tenait là et craignait de poser sa question à haute voix.

– Qu'est-ce qu'il y a encore… ?

Casse-Dalle se tut. Ils se regardèrent longtemps en silence.

– C'est comme ça que ça s'est passé ? demanda Faucheux.

Il eut du mal à sortir les mots, ils étaient comme coincés.

– Il s'est égaré dans la forêt et tu avais justement un travail ?

– C'était un accident.

– Un accident ?

– Il portait l'uniforme et il avait un pistolet mitrailleur.

– C'était le frère de Dominika. Un gosse. Il ne faisait que jouer au soldat.

– Et comment je pouvais le savoir ? Qu'est-ce que tu ferais si quelqu'un sortait de cette forêt avec une sulfateuse à la main ? Hein ? Tu lui demanderais gentiment qu'il ne dise rien à personne ? Hein ?

La deuxième fois fut plus facile. Il parvint même à porter le coup de grâce. Il n'arrivait pas à le regarder dans les yeux, il se détourna, mais appuya sur la détente. Il espérait que la tranchée pourrait contenir les trois corps. Le temps de la recouvrir, la fatigue et les larmes l'avaient totalement anéanti.

***

Il laissa la voiture de Casse-Dalle devant son immeuble. Le dimanche matin il n'y avait pas âme qui vive. Il se déshabilla et jeta ses habits dans un sac-poubelle noir. Il resta longtemps sous la douche. Il se fit couler de l'eau très chaude, il écoutait son bruissement. Il avait la tête vide.

Il se frotta soigneusement, mit des habits propres, ajouta ses chaussures dans le sac avec les affaires boueuses et ensanglantées, alla au bout de la rue et balança le tout dans le container. Il revint à l'appartement et réveilla Dominika.

– Domi, debout, j'ai une surprise pour toi, dit-il en s'efforçant de sourire.

– Il est arrivé quelque chose ?

Même toute bouffie de sommeil, ébouriffée et sans maquillage, elle était belle.

– Tout va bien. Lève-toi vite, on part en voyage.

– Quel voyage ? Où ça ?

– Tu verras. C'est une surprise.

– Faucheux, c'est dimanche, je voulais faire une grasse mat'.

Elle était un peu grognon, mais c'était toujours le cas tant qu'elle n'était pas tout à fait réveillée. Il fit du café et attendit.

– Ne prends que tes papiers, laisse le mobile à la maison. Moi non plus, je ne prends pas le mien, pour que tout le monde nous laisse en paix.

– Tu déconnes ? Et s'il arrivait quelque chose ?

– Qu'est-ce qui peut arriver ? Habille-toi vite et on y va. Et laisse la vaisselle, on la lavera à notre retour.

Quand la femme de Casse-Dalle essaya d'appeler Faucheux, ils étaient déjà en route. Dominika s'endormit et ne se réveilla que sur une autoroute autrichienne.

– Où sommes-nous ?

– Nous serons bientôt à la frontière italienne, dit Faucheux en montrant le système de navigation.

– Où ça ? Nous allons où ? Sérieusement !

– Quelque part en bas où il ne fait pas froid.

– Faucheux, je dois être en classe demain matin, j'ai une interrogation…

– Domi, nous devons disparaître pendant quelque temps. Je ne voulais pas te faire peur, mais on va se faire rares. Chez nous, ça ne sera pas sûr en ce moment.

– Tu vas enfin me dire ce qui est arrivé ?

– Onan et Oral sont revenus.

Il la vit aussitôt se figer de terreur. S'il avait eu des remords juste avant, ils étaient désormais passés.

– Casse-Dalle a dit que nous devions disparaître pendant quelques jours, juste par précaution. Il va essayer d'arranger un peu les choses et il nous appellera quand nous pourrons revenir. Ça ne devrait pas durer longtemps.

Elle fondit en larmes.

– Ne pleure pas, dit-il en lui caressant la joue. N'aie pas peur, je ne les laisserai pas te faire de mal. Nous allons quelque part au chaud, en Italie. Je t'emmène à la mer, nous ne sommes encore jamais allés à la mer. Nous allons mener la belle vie et quand nous reviendrons, tout rentrera dans l'ordre. J'expliquerai les choses à l'école. Au pire, c'est le Hongrois qui réglera ça avec eux.

En Italie, il acheta un smartphone bon marché avec une carte prépayée et une connexion internet. Il le donna à Dominika.

– Essaie de trouver quelque chose sur internet. Ce qui te plaira.

Il avait besoin de réfléchir en paix à la suite des choses. Il avait quelques économies, le Hongrois le payait royalement, mais elles ne leur dureraient pas plus de six mois même en faisant très, très attention. Il leur fallait quelque chose pour le voyage et un nouveau départ. L'Australie ? La Nouvelle-Zélande ? Un bon serrurier arrive à faire son trou partout, d'une manière ou d'une autre. Il allait apprendre la langue, de plus bêtes en étaient capables. Dominika parlait plutôt bien anglais. C'était une bonne élève et elle n'arrêtait pas de télécharger des séries sur internet pour les regarder en anglais.

C'est elle qui avait choisi Trapani, elle connaissait la ville par une série sur la mafia. C'est aussi elle qui avait trouvé l'appartement. Il n'y avait qu'un grand lit double, mais le prix était intéressant. Elle n'arrêtait pas de grogner qu'il passait plus de temps sous la douche qu'elle, mais de tout le séjour, il ne la toucha même pas. Peut-être que Casse-Dalle avait raison, Faucheux devrait peut être vraiment lui avouer ses sentiments, mais il pensait qu'elle n'était pas encore prête. Il n'avait pas le courage de lui avouer son amour. Ni ce qui était arrivé à son frère. Ni tout ce qu'il avait fait. Qu'il les avait vengés tous les deux.

***

Ce n'est qu'une fois agenouillée sur le pont de bois du vieux rafiot qu'elle apprit la vérité. Elle regardait Faucheux comme si tout était sa faute.

– Pardon, je ne voulais pas ça. Je ne comprends pas comment ça a merdé à ce point.

Faucheux est tourné vers Junior, mais c'est à elle qu'il parle.

– Tu ne voulais pas ?

La voix de Junior est pleine d'une rage froide, meurtrière.

– Tu n'imagines même pas à quel point tu as merdé, espèce de skinhead à la noix.

Dominika se tait. Elle a le même air que cette nuit-là au Stardust. Comme si quelqu'un l'avait débranchée. Junior tient parole. Il ne laissera pas les Italiens la toucher. Il se la tape lui-même et force Faucheux à regarder. La jeune fille ne se défend pas, elle est comme morte, mais les hurlements de Faucheux donnent un peu de piment à la chose. Il laisse le reste aux Siciliens. Ils les expédient en silence, avec chacun quelques mètres de chaîne métallique au bout des jambes. Le deuxième plouf arrête enfin les hurlements de Faucheux.

Intermezzo

Le rédacteur-chef serait ravi s'il parvenait à persuader Ondro de disparaître quelque part. Il prévoit justement d'écrire la *story** italienne.

– Choisis ce que tu voudras, même les Seychelles, si tu en as envie, le presse-t-il. Tu prends ton portable et tu l'écris là-bas. Je le paierai sur mon compte privé, personne ne saura où tu es. Ensuite nous réglerons ça avec l'éditeur au moment de la publication.

– Ce n'est vraiment pas la peine. Miška s'en va pour trois mois, je vais m'enfermer chez moi comme si de rien n'était et boucler l'affaire. Tant que j'écrirai, il ne se passera rien. Ensuite Petra me rejoindra et nous irons voir Bonfatti et Moro pour leur demander de s'exprimer. C'est là que ça commencera à être problématique. Ils vont sûrement hurler et menacer de procès. Mais ça ne fait rien, nous avons des documents pour tout.

– Alors, c'est d'accord, on commence à publier la semaine prochaine ?

– C'est clair, jeudi j'envoie les articles au rédacteur, il ne manquera plus que la réponse des Italiens. S'ils nous en donnent une.

– Alors l'article principal avec deux autres le lundi, deux le mardi, un le mercredi et encore un le jeudi, c'est ça ?

– Il y en aura peut-être plus, selon les réactions, intervient le rédacteur de la cellule d'investigation. Pour le moment nous l'avons divisé en gros comme ça, pour que le lecteur ne s'y perde pas totalement. La ligne directrice est la mafia italienne et ses marchés chez nous. Nous aurons un article séparé sur le détournement des dotations agricoles, un sur les centrales solaires, le marché des armes, le blanchiment d'argent et les connexions avec le gouvernement. Et un sur cette branche de la mafia en Italie pour expliquer qui ils sont et comment ils fonctionnent.

– Et vous avez des documents pour étayer tout ça ? s'assure le rédac-chef au moins pour la dixième fois.

– C'est pour ça que j'ai mis tant de temps, grommèle Ondro.

– Ce que je ne comprends pas, c'est comment ils ont réussi à ne pas se faire prendre pendant toutes ces années. Écoute, Ondro, peut-être que tu ne devrais vraiment pas écrire tout ça depuis chez toi.

– Personne ne sait ce que nous allons écrire. Il n'y a absolument aucun risque.

– D'accord, mais dès qu'on le publie, tu pars rejoindre Miška en Turquie. C'est un ordre. Un voyage prénuptial. Un ordre, c'est clair ?

– À vos ordres, chef ! salue Ondro en commençant à rassembler les documents. Demain j'emmène Miška à l'aéroport et je ne m'arrête plus tant que je n'ai pas fini d'écrire.

Ondro
Il y a une première fois à tout

Wagner continue à être intouchable mais il est mortifié par un séjour en cellule. Notre homme lui vient en aide, car la situation demande une solution radicale.

Le chef de la NAPA sait que Wagner ne sera pas content, mais là où il n'y a rien, même la mort ne peut rien prendre.

– Ce mec est absolument propre. Hormis son travail, sa maison et sa copine, il ne touche à rien d'autre.

Il tend à Wagner un dossier avec le résultat d'un trimestre de surveillance.

– Et la maison ? Où ce traîne-misère a-t-il trouvé de quoi se la payer ? Sur sa paie de journaliste ?

– C'est une ruine à moitié délabrée en bordure d'un village, pour laquelle ils ont pris un prêt avec sa fiancée, tout ce qu'il y a de normal. Ils se marient bientôt.

– Et ses articles ? Il ne se fait pas payer en douce ?

– Nous avons son téléphone, son e-mail, même les écoutes de sa maison. Ces gosses ne font absolument pas attention, ils sont persuadés qu'il n'y a rien à voler chez eux. Ça ne leur vient même pas à l'idée qu'on pourrait y planquer quelque chose. On peut glisser un peu d'herbe dans la maison, ou quelque chose de plus fort si vous voulez. On pourrait installer un peu de pédopornographie dans son portable, il le laisse chez lui de temps en temps. Mais pour le moment, on n'a rien à lui reprocher. Vous devriez tout de même jeter un coup d'œil sur ce que nous avons. Nous savons sur quoi il travaille maintenant et je pense que ça va vous intéresser.

Wagner commence à feuilleter le dossier. Il se fige. Il s'arrête sur certaines pages. Quand il le referme, il reste un long moment silencieux. Il semble interloqué.

– Moro, Bonfatti, Emmi, Begu, Bardhi, tout le clan Hasani, même notre ami le Hongrois et Horus Security, Fulva Aurora… comment a-t-il pu trouver tout ça, bon Dieu ?

– Normalement, tout est en accès public.

– Tu veux dire qu'il a googlé tout ça ?

– Non, mais il envoie des demandes d'information comme un forcené, y compris à des institutions dont j'ignorais jusqu'à l'existence. Il doit y en avoir des centaines. Un type normal se noierait dans tout ça, mais lui arrive à en tirer des choses, je ne sais pas comment.

– Bien, en fait, il n'y a pas que du mauvais dans tout ça, dit Wagner en tendant au flic une enveloppe de billets. Attendez encore un peu.

Il feuillette à nouveau le dossier, en sort quelques pages.

– Portez ceci à Bardhi. Qu'il sache que ça lui chauffe sous le cul.

***

Le Chauve casse deux allumettes avant de parvenir à allumer sa cigarette.

– Depuis quand est-ce que tu fumes des cigarettes ?

Le Hongrois se lève et ouvre la fenêtre.

– Depuis à peu près deux heures. Excuse, tu aurais un cendrier ?

– Non.

Le Hongrois pousse vers lui une tasse à café vide.

– Si c'était quelqu'un d'autre, je la lui éteindrais dans l'œil.

– Pardon, s'excuse à nouveau le Chauve et il éteint sa cigarette. J'ai arrêté il y a quinze ans. Peut-être que je n'y arrive plus.

– Je comprends. Je te dirais que moi aussi je chierais sans doute dans mon froc si je devais aller annoncer ça à Wagner.

– Et moi qui pensais que c'était la nicotine qui m'avait débloqué les intestins, dit le Chauve, les dents serrées. Dommage que je ne puisse pas le lui dire au téléphone. Je préférerais être à distance quand il va exploser.

– Il vaut mieux que tu y ailles. Plus tôt tu lui diras, plus vite il refroidira.

***

La Mercedes luxueuse du Chauve entre dans le garage. Un couloir relie le service de maintenance à un immeuble décati en panneaux de béton abritant des bureaux. Certains hébergent des dizaines de sociétés écrans, dans d'autres, des désespérés qui ne peuvent pas prétendre à mieux font des affaires.

Le Chauve se gare, salue les mécaniciens et passe dans le bâtiment principal. Il fait un signe de tête au vigile derrière son comptoir et celui-ci l'introduit dans un court corridor menant à un escalier privé. Au dernier étage sont situés les bureaux luxueux qui abritent les sociétés exclusives de Wagner. Ils recèlent des archives, des coffres et des ordinateurs qui contiennent assez de documents pour donner de quoi les fouiller pendant des mois à d'éventuels contrôleurs. Tout ce qu'ils y trouveraient respecte parfaitement la loi. Avec parfois une petite erreur, parce que rien n'est aussi suspect que des documents trop parfaits. Même les inspecteurs doivent avoir de quoi vivre, ce n'est pas la peine de les exposer à une frustration inutile. Il faut leur donner ce qu'ils attendent. Quelques menus écarts. Une enveloppe pour améliorer leur paie misérable. Pas trop, pour ne pas les revoir trop souvent. Assez pour qu'ils ne soient pas déçus.

Mais le Chauve se dirige vers les sous-sols. Le sanctuaire intérieur se trouve tout en bas. Son ameublement ne comporte rien de somptueux, hormis des systèmes de sécurité dont le prix dépasse plusieurs fois la valeur de l'immeuble entier. La pièce n'a pas de fenêtres, elle n'a ni internet ni signal de portable.

Le Chauve s'installe en face de Wagner sur une chaise de bureau bleue derrière une grande table à manger. L'ameublement semble être fait de bric et de broc. On voit au premier coup d'œil que la pièce a été installée par des techniciens de sécurité, pas par des architectes. Les murs blancs et les sols de ciment gris sont nus, plus faciles à contrôler ainsi.

– Alors, qu'est-ce qui se passe ? Accouche donc ! l'encourage Wagner.

– J'ai deux informations, une mauvaise et une catastrophique. Je ne sais pas par laquelle commencer.

Wagner ne l'aide pas, il se contente d'attendre en silence. Il tambourine des doigts sur la table, un sourire sur les lèvres, les yeux sombres.

– Les Albanais sont crevés. Et les hommes de Bouledogue vont venir te chercher, dit-il, résumant ainsi la catastrophe de la décennie en deux courtes phrases.

– Comment ça, crevés ?

– Ils avaient trouvé des types parfaits pour ce travail. Des professionnels, de la famille. Formés en Bosnie et au Pakistan, mais nés ici, si bien qu'ils se débrouillaient dans le pays et ne se faisaient pas remarquer. Ils devaient exécuter le travail en vitesse et disparaître, mais avant qu'ils aient eu le temps de commencer, ils sont tombés sous les coups d'une vendetta locale.

– Et tu dis que c'étaient des professionnels, hein ?

– Surtout, c'était de la famille. Ils étaient absolument fiables.

– Ma femme aussi est absolument fiable, et tu ne l'enverrais sans doute pas là-bas, hein ?

– Le Hongrois s'est déjà mis en relation avec les Italiens, ils vont trouver des spécialistes. Mais maintenant ce n'est pas ça, notre plus grand problème. Bouledogue veut te faire incarcérer. Ça fait déjà deux semaines.

– Et comment il voit ça, ce crétin ?

– Je ne sais pas. Il paraît qu'ils ont trouvé une information-clé dans le dernier article sorti. Ils disent que ça les a fait beaucoup avancer. Bouledogue a ordonné de te faire inculper et coller en détention. Pour que tu ne t'échappes pas et n'entraves pas l'enquête.

La nouvelle ne semble pas ébranler Wagner. Il reste assis là, adossé, à tambouriner constamment des doigts sur la table. Le Chauve ne sait pas si c'est un bon ou un mauvais signe. Quand il parle, il va droit au fait. Comme toujours quand il règle une transaction.

– Je veux voir ici le directeur de la NAPA et le Juge dans l'heure.

Il n'a pas besoin d'expliquer qu'il ne s'agit pas de n'importe quel juge, mais de ce Juge-là. C'est le juriste le plus cher du pays, et il a déjà réglé plus de problèmes que tous les avocats réunis.

***

L'attente est un peu plus longue. Le premier à arriver est le policier élégant. Ces derniers temps, il s'est pris d'affection pour les costumes coûteux. Une confection tape-à-l'œil, criarde, sortie des boutiques de Milan, qui rappelle au Chauve le mauvais goût de Wagner. À première vue, le Juge se fiche bien de son apparence. Peut-être que ce n'est pas vrai, mais ça n'aide pas beaucoup. Cela tient à ses yeux et à son visage. Le Chauve l'a déjà vu dans plusieurs délibérations avec chaque fois l'impression immuable d'avoir devant lui le chef d'un gang de mendiants qui aurait volé quelque part une robe de juge.

– Je pensais que vous étiez déjà au courant. J'ai aussitôt informé le ministre, se justifie le directeur de la NAPA même si personne ne lui reproche rien. Je l'ai appris hier soir et j'ai fait un rapport en personne ce matin.

– Cela ne fait rien. Ce que je voudrais savoir, c'est ce que ce chien enragé s'imagine, dit Wagner en s'inclinant et en sortant le menton. Il demande des cagoulards et un hélico pour le faire. Dimanche soir ou lundi matin, d'ici deux semaines. Il veut me serrer comme une espèce de gangster, hein ?

– Je ne peux rien y faire, monsieur Wagner. Il a composé sa propre équipe et notre enquêteur reçoit des instructions précises sur ce qu'il doit faire et comment. Il y a placé son homme. Un de ces débiles fanatiques avec lesquels on ne peut pas négocier. Je n'ai plus aucun pouvoir là-dessus.

– Du calme, messieurs, interrompt le Juge. Écoute, Lolo, ils peuvent te faire chier. Ils peuvent te garder en cellule une nuit ou deux. Mais tout le reste dépend du tribunal, alors ce n'est toujours qu'un petit ennui, poursuit-il sur un ton jovial.

Bien qu'il ait perdu ces derniers temps la plupart de ses postes officiels, il continue à avoir plus d'influence dans les milieux judiciaires que le ministre de la Justice ou la chef de la Cour suprême.

– Ça va passer par la Cour spéciale, ce qui est bien. Nous y avons notre homme. Un bon gars, c'est moi-même qui l'y ai installé dans le temps. Un gars de notre bord.

– Et comment feras-tu pour que l'affaire lui revienne à lui justement ?

– Tout est une question de timing. Ils sont obligés de te présenter à un juge ou de te relâcher au bout de soixante-douze heures. Les services alternent de semaine en semaine. Par un concours de circonstances, je sais que c'est lui qui est de service la semaine prochaine, parce qu'il y a une affaire que nous avons besoin de régler.

– C'est pour cela que Bouledogue veut qu'on vous serre seulement dimanche, dit, songeur, le chef de la NAPA.

– Mais nous ne le laisserons pas faire, sourit le Juge.

– Et comment veux-tu l'en empêcher ? demande Wagner en fronçant le sourcil.

– Nous n'empêcherons rien. Au contraire. Nous allons accélérer les choses. Lolo, tu vas écrire une lettre polie à l'enquêteur pour lui dire que tu ne seras pas disponible le mois prochain parce que tu pars en voyage quelque part au soleil, par exemple aux Caraïbes. Le Belize, ce serait idéal.

– Là, je leur fournis une raison d'incarcération pour prévenir le délit de fuite, non ?

– Mais tu ne fuis nulle part, tu coopères. Tu vas même jusqu'à leur annoncer que tu pars en vacances, même si la loi ne t'y oblige pas. Mais les flics, ces débiles, excusez, monsieur le directeur, vont évidemment paniquer.

– Mais non, tout va bien, je connais mes subordonnés. Vous avez raison, opine le chef de la NAPA.

– Il est important que la lettre arrive le lundi, poursuit le Juge. Tu peux être sûr qu'ils te serreront mercredi au plus tard. Sans bruit, sans hélicos et sans cagoulards. Ils laisseront tomber la comédie, mais voudront éviter la fuite des informations. Ensuite, c'est notre homme qui s'occupera de ton affaire au tribunal et le pire sera derrière toi.

Wagner n'est pas ravi, mais s'il ne veut pas finir sa vie au Belize pour de bon, il n'a tout simplement pas de meilleur plan pour le moment.

***

Wagner apostrophe le Chauve dès que le Juge et le chef de la NAPA sont partis.

– Le problème, c'est que nous traitons les symptômes et pas la maladie. Vous êtes totalement incapables, tout autant que vous êtes. Si je ne règle pas les choses moi-même, je n'obtiens rien.

– Ça s'est un peu enrayé, mais les Italiens ont pris les choses en main. Ça sera bientôt réglé. Pour de bon.

– C'est vraiment ce que je vous conseillerais, mes petits gars. Je suis un homme patient, très patient, mais maintenant ma patience est à bout. Fais dire au Hongrois que je ne souhaite pas que ça ait de nouveau l'air d'un cambriolage raté. Ça doit être un avertissement clair et net à tous les salopards qui me font chier. Que tout le monde voie qui est Lolo Wagner.

– Je ne sais pas si c'est une bonne chose, Lolo. Le gratte-papier ne fait que son boulot et les gens l'apprécient. On va faire de lui un martyr.

– Et alors ?

– Ils vont tous s'en prendre à toi.

– Personne ne s'en prendra à moi. Tous ceux qui le pourraient ont les burnes prises dans un étau. Et les autres vont chier dans leur froc. Une fois ce débile crevé, il ne restera personne qui se permette de s'en prendre à moi.

***

Wagner est arrêté dans sa société. Deux policiers en civil viennent le chercher et lui demandent poliment de les suivre. Il lit attentivement le mandat de dépôt, prend ses papiers et part avec eux. Ils ne lui mettent même pas les pinces.

– Je n'ai rien à déclarer, annonce-t-il au procureur de Bouledogue. Si vous me pensez coupable de quelque chose, je vous en prie, prouvez-le. Je ne vous dirai rien.

Quand la grille se referme derrière lui, il a envie de pleurer. De rage. Ces fumiers ne se rendent même pas compte à qui ils ont affaire. Il se maîtrise, il sait qu'on le surveille. Il sourit aux caméras au plafond et leur fait un signe amical.

***

Le plan du Juge fonctionne comme sur des roulettes. Les trois nuits en cellule ne lui ont pas fait trop de bien, mais Wagner s'est un peu rasséréné. Il a de nouveau les choses parfaitement sous contrôle. Il a donné les ordres. Il se laisse finalement convaincre d'accepter un compromis. Ce sera une exécution, mais ils la réaliseront de façon à ce que les soupçons ne retombent pas sur lui. Tout pointera en direction de Bonfatti et de Moro.

– Et les Italiens ne savent vraiment pas qu'on enquête sur eux ? s'assure Wagner.

– Non, nous ne leur avons rien dit et les journalistes ne les ont pas encore mis en cause, lui assure le Hongrois. Ça fait presque vingt ans qu'ils se tiennent à carreau, personne n'a rien sur eux. Ils se sentent en sécurité. Et dans cette histoire, je les ai complètement court-circuités. J'ai utilisé des contacts qu'on m'a donnés en Sicile quand on a réglé cette catastrophe des Albanais.

– Et les Siciliens ne vont pas leur raconter ?

– Pourquoi le feraient-ils ? Les mafias ne sont pas toutes pareilles. C'est une tout autre famille. Ils se connaissent, se rendent des services de temps en temps, mais ils ne font pas de bizness ensemble. Et même s'ils en faisaient, ils n'iront sûrement pas se vanter d'une telle besogne.

– Ouais, alors ce sera à mourir de rire.

– Ouais. En tout cas, j'ai conseillé aux Albanais de partir passer quelques semaines chez eux en Macédoine. De toute manière ils émigrent tous en masse là-bas dès que la saison des glaces est terminée. Rien ne nous relie aux Italiens, ils sont le problème de Président.

– Alors il n'a qu'à se bouffer ce qu'il s'est préparé, ce débile. C'est lui qui tenait la chaîne que Bouledogue a arrachée. Il n'a qu'à se débrouiller tout seul !

Et ils vécurent heureux jusqu'à leur mort

Il y a d'autres morts. Des bons et des méchants. Wagner fait tomber son propre gouvernement.

Junior rencontre son homme à Palerme. Le petit restaurant aux nappes rouges à carreaux et aux chaises en bois n'est fréquenté que par les gens d'ici. On propose deux sortes de vin au pichet – du blanc et du rouge, tous deux excellents. Seule la nourriture les surpasse. Le Sicilien parle anglais avec un fort accent mais sans faute. Junior se sent comme un benêt quand il hésite et cherche ses mots. Il se promet de ne plus se moquer des Italiens ni des Albanais quand ils estropient sa langue maternelle.

– Avec les informations que vous nous avez fournies, ce sera facile, dit le Sicilien en haussant les épaules. Nous allons étudier le terrain avec Street View. Il suffit de s'approcher une fois, peut-être deux, pour qu'on le voie aussi du côté que ne couvre pas Google Maps. Ce ne sera pas compliqué, c'est une cible molle.

– Sûr, mais les conséquences seront d'autant plus mauvaises. Mon père suppose que la police va mobiliser toutes ses forces. Ce n'est peut-être pas beaucoup, mais même ainsi, il vaudra mieux que la personne en question disparaisse aussitôt sans laisser de trace.

– Vous voulez absolument qu'elle disparaisse ?

– C'est notre condition. Il doit disparaître au-delà des frontières sitôt le travail terminé.

– Pardon, je voulais demander à quel point il doit rester disparu, je me suis un peu mal exprimé, dit le Sicilien en souriant. Il peut disparaître pour toujours, mais ce serait un peu plus cher. Je peux trouver quelqu'un d'extérieur, assez qualifié pour réaliser le travail, puis le faire disparaître.

– Vous voulez dire disparaître comme…

– Comme votre couple à problèmes. Le garçon à l'araignée et sa copine.

Junior réfléchit. Le risque que l'assassin se fasse prendre est minime, mais pourquoi ne pas jouer la sécurité ? Son père lui fait confiance, c'est la première fois qu'il lui a confié une opération aussi importante. Il a passé des années à trimer pour lui montrer qu'il pouvait être utile à la firme. S'il le déçoit, il n'aura pas d'autre chance.

– Plus cher de combien ?

– Le double. Mais j'ai une proposition avantageuse pour les deux parties. Vous pourriez payer en marchandise.

– En marchandise ?

– Monsieur Bonfatti nous soutire des marges abominables. Si vous nous livriez les produits directement, tout le monde y trouverait certainement son compte.

Ils se serrent la main. S'il donne le même prix aux Siciliens que celui qu'ils pratiquent pour les Calabrais, ses frais réels se monteront en gros au prix initial. Il n'y a vraiment pas de quoi hésiter.

***

Ondro se gare devant la vieille maison au bout du village perdu. Le cube gris ressemble à une ruine, mais les fondations, les murs et le toit sont sains. Quand ils l'auront arrangé, ce sera une belle maison. À l'arrière, il y a un grand jardin au bout duquel commence la forêt. L'idéal pour des enfants.

La voiture est en parfaite harmonie avec la bâtisse devant laquelle elle est garée. Il glisse sur son épaule le sac avec l'ordinateur portable, ouvre le coffre de la voiture qu'il a achetée pour le prix d'une bonne bicyclette et en sort un carton de documents. Il stocke les plus délicats sur le réseau, mais le papier lui donne l'impression de tenir quelque chose de tangible et de fiable.

Il pousse la porte d'entrée – elle s'ouvre si difficilement qu'ils ne ferment généralement même pas à clé. La serrure ne vaut pas grand-chose et quand ils sont au travail, ils emportent tout ce qui a une valeur quelconque. Miška devrait être là, à faire ses bagages. Il la trouve à la cuisine. Son visage est enflé comme si elle avait pleuré.

– Ne sois pas triste, j'ai une bonne nouvelle, je viens te rejoindre dans deux semaines. C'est la rédaction qui paie, il paraît que je dois me faire rare après ces articles sur la mafia, lui annonce-t-il en s'efforçant de prendre un ton joyeux, mais à lui non plus cela ne lui est pas tout à fait égal.

Ils viennent juste d'emménager, et on s'habitue vite à la belle vie. La vision des jours sans Miška est sombre.

– Nous n'allons nulle part, ils nous ont annulé nos visas.

– Quoi ? Pourquoi ?

– Je ne sais pas. Il paraît que notre financement ne leur plaît pas. Nous avons une bourse des Américains. Ou alors quelqu'un a compris sur le tard que c'est en territoire kurde.

– Ouais, on ne peut pas appeler la Turquie une démocratie standard, mais j'imagine que l'université arrivera à régler ça d'une manière ou d'une autre.

– Je ne sais pas. Le professeur va sûrement essayer, mais je crois qu'il n'a aucune chance. S'ils attendent un pot-de-vin, alors nous sommes fichus.

– Ce sera plutôt d'ordre politique, ou c'est de la paranoïa, soupire Ondro en la prenant dans ses bras. Alors on va au moins passer quelques jours ensemble. Je vais essayer de rédiger ces Italiens au plus vite et nous nous ferons un bon week-end.

Miška lui rend son étreinte et elle aussi sourit d'un sourire forcé pour lui faire plaisir.

– Mais aujourd'hui, je ne fais pas de cuisine. On va manger quelque part.

– D'accord, c'est moi qui invite.

Ondro pose ses affaires pendant que Miška s'habille. Il l'emmènera manger une pizza dans la petite ville voisine. Les patrons sont des Italiens, mais Ondro a déjà vérifié qu'ils n'ont rien à voir avec la mafia. Ou du moins pas avec la branche sur laquelle il travaille.

***

L'homme se tient dans la forêt derrière le jardin. Il fait frais, il n'a pas l'habitude d'un temps pareil. Il a étudié les environs sur l'internet, est passé dans la rue en voiture, mais il voudrait aussi voir l'intérieur de la maison. Pour savoir où il met les pieds. La fille est là toute la journée, mais demain elle doit partir pour plusieurs semaines. La nuit tombe doucement, il est grand temps de quitter les lieux. Il sort le téléphone acheté uniquement à cet usage et s'apprête à appeler le chauffeur. Il viendra le chercher de l'autre côté du petit bois. C'est alors qu'il voit le couple sortir de la maison et monter en voiture. Il range le portable. S'ils partent en voiture, alors c'est sans doute un peu loin. Ils en ont au moins pour vingt minutes. Il ne lui en faut pas plus.

Il attend que la voiture disparaisse à sa vue et traverse le jardin jusqu'à la porte d'entrée. Il prend la poignée, pousse la porte. Ils ne ferment vraiment pas à clé. Les gens de ce pays doivent être complétement givrés.

« Ou peut-être pas », se dit-il en visitant la maison. Elle ne contient que les meubles vieillots qu'ils ont achetés avec la baraque. Seuls le lave-linge et le réfrigérateur sont neufs, mais aucun voleur ne s'embêterait avec ça. Ils n'ont même pas de télévision. Ils ont laissé leurs ordinateurs à la maison. Des portables bon marché pour du travail de bureau. Il ne les toucherait pas même s'il était venu cambrioler la maison. Il passe dans toutes les pièces, grave leur disposition dans sa mémoire. S'il avait besoin d'une issue de secours, les fenêtres du rez-de-chaussée qui donnent dans le jardin sont assez grandes. Il les teste par acquit de conscience pour voir si elles ne sont pas grippées comme la porte d'entrée. Il essuie soigneusement les poignées derrière lui et s'en va. Cela ne lui a même pas pris dix minutes. Le chauffeur met une demi-heure environ.

Cette région resserrée sous les Hautes Montagnes minuscules lui plaît. Dans une heure et demie ils seront au-delà des frontières, dans un hôtel bon marché. Il est surtout fréquenté par des étrangers qui viennent faire leurs affaires dans le parc industriel voisin.

***

– C'est pour demain. Chaque jour augmente inutilement le risque qu'on se fasse remarquer, annonce-t-il le soir au chauffeur.

Ils sont assis dans la chambre d'hôtel et mangent des sandwiches achetés à la station-service.

– Il l'emmène à l'aéroport tôt le matin, ensuite il devrait aller au travail. Nous paierons la note et nous quitterons l'hôtel, tu me laisseras près de la forêt, on l'attendra. Je t'appelle dès qu'il revient chez lui. Tu te gares près du terrain de foot, de là, tu auras une bonne vue. Tu arriveras par l'autre côté. J'entre et j'exécute la commande. Tu attends exactement cinq minutes. Ensuite tu démarres et tu me prends au même endroit qu'aujourd'hui.

Le chauffeur fait oui de la tête et il ouvre une nouvelle canette de bière.

– C'est ta dernière, lui fait-il remarquer. Demain sera une longue journée, j'ai besoin que tu sois en forme.

Le type râblé et tendineux aux épaisses boucles grises fait de nouveau oui de la tête. Il ne parle pas beaucoup, c'est pour cela que l'homme aime bien travailler avec lui. Il se lève et tire le rideau. Il sort de son sac de sport la petite boîte de munitions et en pose quelques-unes sur la table. Il ouvre chaque cartouche, fait tomber une partie de la poudre, juste à l'œil, et la referme. Il va tirer au cœur d'un village. Le pistolet 9 mm ne fait pas beaucoup de bruit, mais il préfère tout de même arranger les munitions. La plupart des gens normaux ne savent sans doute pas que ce n'est pas la charge de poudre qui fait du bruit, mais le choc aérodynamique quand le projectile franchit le mur du son. Avec une charge plus faible, on ne risque rien. Il n'aime pas les silencieux, ils ne sont pas pratiques et ont des ratés au plus mauvais moment. Avec ces munitions arrangées, il peut arriver que le pistolet ne se recharge pas du fait d'une pression plus faible, mais de toute façon il suffira d'un seul coup. Il n'envisage pas un échange de tirs.

***

Ondro travaille presque toute la nuit pour pouvoir se consacrer à Miška durant la journée. Vers quatre heures, il s'étend sur le divan avachi de la cuisine et ne se réveille qu'un peu avant neuf heures. Il laisse Miška dormir et va faire un saut en ville pour acheter des provisions. Dehors il fait un temps particulièrement dégoûtant, il bruine, il y a du vent, une température à peine au-dessus de zéro. Il supprime la balade de ses plans originels.

En revenant, il prépare pour Miška un petit déjeuner au lit, histoire de lui remonter un peu le moral. Il fait du thé, du café, des œufs brouillés. Il met tout cela sur un plateau et l'apporte dans la chambre. Miška est déjà réveillée mais n'a pas envie de sortir du lit.

– Tant pis pour toi, Ondro. Dorénavant, je veux toujours un petit déjeuner au lit, dit-elle en riant.

Enfin d'une voix vraiment gaie.

– Je me doutais bien qu'on aurait un matriarcat chez nous.

– Tu veux une petite conférence pour t'apprendre où ce genre de chose marchait et même marchait bien ?

– Plutôt pas maintenant, peut-être.

Ils s'extirpent de la chambre vers midi.

– C'est trop tard pour déjeuner, mais puisque nous n'allons nulle part, je vais au moins te préparer un bon dîner et pendant ce temps tu peux écrire, qu'on ait vraiment un week-end de libre, dit Miška en l'envoyant au boulot. Entre-temps, je vais jeter un coup d'œil sur ce que tu as écrit dans la nuit.

– Le texte principal est presque terminé, il ne manque que les déclarations des intéressés. Je l'ai envoyé au secrétaire de rédaction, mais si tu veux, tu peux encore le revoir.

Après quelques moments d'écriture, Ondro se rend compte qu'il fait très froid dans la maison. Il a certes ouvert la fenêtre de la chambre à coucher, mais quand même, cela lui semble trop. Il se lève et va à la cuisine.

– Miška, toi aussi tu te cailles ?

– Maintenant que tu en parles…

Elle lève les yeux de l'ordinateur. Elle écoute de la musique en lisant la production nocturne d'Ondro.

– Je fais du café et toi, va voir un peu la chaudière. Le fusible a encore dû sauter.

– Il faut la changer, elle est vraiment à bout.

– Pour le moment, il suffira que tu changes le fusible, pour éviter qu'on crève de froid. Dépêche-toi d'y aller.

***

Ils ne se pressent pas : par ce mauvais temps, l'homme n'a pas envie de se geler à attendre que la cible rentre du travail. Ils s'arrêtent pour un déjeuner normal dans la petite ville voisine. Tant qu'ils restent de l'autre côté de la frontière, il n'y a pas de risque qu'on fasse le lien entre eux et le boulot. L'après-midi, le chauffeur le dépose près de la forêt. Le temps de s'approcher de la maison, il remarque la voiture garée. Il semble que la cible ait emmené sa copine à l'aéroport et qu'elle soit rentrée directement à la maison. Tant mieux, au moins il n'a pas besoin d'attendre.

Il observe la maison un moment. Le bout du village est désert. Les gens qui travaillent ne sont pas encore rentrés, ceux qui sont chez eux sont contents d'être au chaud et au sec. Il sait que c'est le moment idéal. Depuis toutes ces années il a pour ça un instinct exceptionnel.

Il appelle le chauffeur. Il attend de voir la voiture de l'autre côté du terrain de foot et traverse le jardin. Il s'accroupit un peu devant la fenêtre ouverte sur le jardin et, attentif, tend l'oreille. Dans la maison on entend de la musique, sans doute la radio, sinon c'est le silence.

Il balaie rapidement la rue du regard. Elle est toujours vide. Son arme est dans sa poche, chargée, il suffit d'enlever la sûreté. Il se glisse vers l'entrée, presse la poignée et pousse. La porte s'ouvre en grinçant. Il entre dans le couloir et referme. Il sort de sa poche son pistolet compact à canon court et il enlève le cran de sûreté.

– Ondro ?

Ça vient de la cuisine. Il ne comprend pas les paroles, mais reconnaît une voix féminine. Cela le surprend. Est-ce qu'il a amené une maîtresse ? C'est pour ça qu'il est resté là sans aller au travail ? Quelques pas rapides l'amènent vers la cuisine. La porte est entrouverte ; près de la table à manger, une femme lui tourne le dos. Elle est penchée sur le portable. Les semelles élastiques étouffent le bruit des pas, mais le vieux plancher en bois grince. Le temps que la femme tourne la tête vers lui, il est à mi-chemin d'elle. Une jeune femme, sa compagne. Elle ne devrait pas être là, et c'est tant pis. Il ne sait pas où est la cible, mais il doit régler cette complication vite et sans bruit. Miška ne remarque pas l'arme, cependant elle est surprise de voir un inconnu dans la maison. Sans doute un des voisins, qu'elle n'a pas encore rencontré. Il vient sûrement voir Ondro.

– Bonjour, Ondro est…

Elle commence à se lever de sa chaise.

Trois pas vifs et il est derrière elle. Elle est presque debout, mais elle ne s'est pas encore tout à fait retournée. Il lui couvre la bouche de sa main libre tout en pressant le canon sous son menton. La jeune femme n'a même pas le temps d'avoir peur. Il retient un peu le corps et le laisse lentement retomber au sol. Il est couvert de sang, mais on réglera ça plus tard.

– Miška, qu'est-ce qu'il se passe ?

La voix vient de la cave. L'entrée se trouve en face de la cuisine. Il entend des pas dans l'escalier. L'arme ne s'est pas rechargée. Il réarme le pistolet deux fois tout en marchant, deux douilles tombent au sol. L'arme est de nouveau prête.

Il ouvre violemment la porte et vise devant lui. Le garçon écarquille les yeux de surprise. Il est à trois marches du haut. Il veut dire quelque chose mais n'en a pas le temps. Cette fois-ci, le tir ne rate pas, les deux coups partent l'un après l'autre. Il ne peut pas manquer à cette distance, les deux balles atteignent le cœur. Le temps que la tête retombe sur la plus haute marche, il est mort.

Il visite toute la maison, une pièce après l'autre. Il espère qu'il n'aura pas d'autre surprise. Il se maudit intérieurement de ne pas être venu le matin et de ne pas s'être assuré que la jeune femme était vraiment partie. Si la cible n'avait pas été à la cave, elle aurait pu entendre quelque chose et appeler la police ou se défendre. Elle n'aurait eu aucune chance, mais les mecs peuvent faire des choses inattendues quand ils protègent leur femme. Il s'en est fallu de peu qu'il ne salope l'action ou qu'il se la complique sérieusement.

Avant de partir, il les contrôle encore tous les deux, mais il n'y a pas de problème. Pas besoin de les achever. Il sort par la porte principale. Le minutage est parfait, le transport arrive au moment même où il atteint le chemin.

***

– Maximum plus dix à l'heure, comme le font les gens d'ici, ordonne-t-il au chauffeur.

La frontière n'existe que sur papier, il se débarrassera de ses habits sanglants et du pistolet quand ils l'auront franchie. Et même si par hasard quelqu'un le découvrait, on ne fera pas le lien avec le double meurtre absurde de pauvres malheureux dans l'État voisin. Il ne comprend pas qu'ils aient représenté une telle valeur pour quelqu'un, mais ce n'est pas son affaire. En approchant de l'autoroute, ils traversent un pont sur une rivière. Il enveloppe le pistolet dans les frusques sanglantes et le jette à l'eau. Ils dînent dans un motel autrichien, traversent la frontière italienne dans la nuit. Ils s'installent dans une petite pension de famille à la limite d'Udine. Pour atteindre Villa San Giovanni, il leur faut presque toute la journée suivante. Plus ils approchent du Sud, plus les routes sont mauvaises. Il appelle et annonce qu'ils devraient arriver vers les huit heures. Ils ne s'embarqueront pas pour aller jusqu'à Messine, ils rendront la voiture au client au port. De là, on doit les amener en bateau directement à Palerme où ils seront payés.

Trois types les attendent. Il ne les connaît pas, mais ils sont à l'endroit convenu. L'un d'eux prend les clés sans mot dire, attend qu'ils sortent leurs affaires et part avec la voiture. Elle a été légalement achetée et est enregistrée au nom d'une entreprise de construction locale, mais ils déposeront plainte pour vol d'ici deux jours et la revendront en Albanie.

Les deux autres non plus ne sont pas très loquaces. Cela ne les intéresse pas de savoir qui ils transportent. Ce sont des Siciliens, visiblement le père et le fils. Ici le silence n'est pas d'or, il représente la vie. Il envoie un message au client, il l'attendra au port le matin. Ils montent tous les quatre dans un petit bateau de pêche et se mettent en route.

Les Siciliens ne vont pas en forêt, les Siciliens ont la mer. À Palerme, les deux pêcheurs sont seuls à descendre.

– Bonjour, saluent-ils l'homme sur la jetée.

Ils lui témoignent le respect qu'il mérite.

– Bonjour, leur répond l'homme.

À première vue, on ne dirait pas qu'il règne sur l'essentiel du port. Il n'en a pas besoin. Tout le monde ici sait qui il est.

– Tu as réglé ton compte ?

– Vous aviez raison. Ce fils de pute ne m'a même pas reconnu, dit le plus vieux des deux en crachant par terre.

– Il ne pouvait sans doute pas. Cela fait déjà vingt-cinq ans. Depuis, il a descendu plus d'hommes que la grippe espagnole.

– Il n'aurait pas dû s'en prendre à mon père.

– Tu te souviens ? Je t'ai dit ce jour-là que la vengeance est un plat qui se mange froid car c'est là qu'elle a le meilleur goût.

– Et vous aviez raison.

Il avait attendu un quart de siècle, mais son heure était venue.

Il savait qu'ils ne seraient pas armés. Il avait pris un fusil à plombs traditionnel à canon scié. L'autre, il l'avait tué d'un coup dans la tête, mais il avait eu une longue conversation avec l'assassin de son père avant de le prendre en pitié et de lui porter le coup de grâce.

Il remercie encore une fois le parrain et rentre chez lui avec son fils. C'est trop tard pour la pêche, les autres bateaux rentrent juste au port avec leur prise fraîche.

***

Le chef de la NAPA ramasse ses affaires. C'est vendredi. Rester au travail au-delà de treize heures serait un péché. Il enfile justement son manteau lorsque son adjoint entre dans la pièce.

– Un moment. C'est peut-être une fausse alerte, mais de toute manière vous devriez être au courant.

Le chef aboie, impatient :

– Quoi encore ?

– La maison de ce journaliste. Elle n'émet plus.

– Comment ça, elle n'émet plus ?

– Ils m'ont envoyé la dernière transcription de mercredi. Sa copine lui a dit d'aller à la cave remettre la chaudière en marche, parce qu'elle a de nouveau disjoncté. Et ensuite plus rien.

– C'est celle qui doit partir dans un trou du cul du monde, en Turquie ou quelque part par là, non ?

– Elle n'est pas partie. Les Turcs leur ont résilié le visa au dernier moment et leur ont interdit l'entrée dans le pays.

– Alors ils ne sont sans doute pas chez eux, hein ?

– Peut-être, mais de toute manière ça semble bizarre. Elle l'a envoyé à la cave et depuis, plus un mot. Rien.

– Nos écoutes fonctionnent ?

– J'ai appelé. Les techniciens affirment avoir un signal fort. Mais il n'y a que du silence.

– Les jeunes auraient pu trouver le matériel ?

– Je ne peux pas imaginer comment ils l'auraient trouvé, mais j'y ai pensé moi aussi. Ce n'est pas normal, hein.

– Ça peut attendre jusqu'à lundi. Lundi on ira jeter un coup d'œil.

Finalement, il n'est pas tranquille. Il habite tout près, il va passer près de la maison au cas où. Il y a de la lumière dans une pièce, il n'est pas question d'y pénétrer. Il ne remarque rien d'inhabituel et ne peut pas moisir là plus longtemps. Ça doit sûrement être une panne. S'ils avaient trouvé les micros, on aurait déjà un cirque médiatique. L'adjoint le réveille dimanche dans la nuit.

– Nous avons un meurtre de journaliste.

Il se réveille aussitôt.

– Où ? Qui ça ?

Quand il lui donne l'adresse, il sait qu'il s'agit d'une merde capitale.

– Il y a qui sur place ?

– Pour le moment seulement le district. Ils n'ont pas compris de qui il s'agit. Ils considèrent ça comme un double meurtre ordinaire.

– Double, comment ça ?

– Ils sont morts tous les deux. La fille aussi. Ça faisait quatre jours que la mère n'avait pas réussi à la joindre, alors elle a appelé police secours. Ils ont envoyé une patrouille, ils sont entrés, ce n'était pas fermé. Ils sont morts tous les deux. On les a abattus.

– J'y vais. Toi, file au boulot et attends les instructions.

Il passe son pantalon et son pull-over par-dessus son pyjama. Il tire des chaussettes du panier à linge sale.

– Qu'est-ce qu'il y a ? Tu vas où ?

La voix de son épouse est tout ensommeillée. Elle se tient dans l'ouverture de la porte de la chambre à coucher et le regarde d'un air soupçonneux.

– On m'a appelé du travail, nous avons un meurtre, il faut que j'aille voir.

– Toi ? Depuis quand tu vas à des tueries domestiques ?

– Là, c'est du sérieux. Dors, je vais revenir.

– Alors tes putes te tirent du lit même au milieu de la nuit ?

– Ma chérie, vraiment…

– Va donc, de toute manière, à la maison tu ne bandes plus, mon pauvre.

– Ils ont tué un journaliste et sa compagne.

– Alors c'est bien fait, dit la femme du policier en bâillant et elle retourne se coucher.

***

Les rues sont complètement vides et il les connaît à la perfection, il roule le pied au plancher. Il arrive sur le lieu du crime une demi-heure après le coup de fil. De toute manière, c'est trop tard. Il n'a pas besoin de s'identifier, tout le monde le connaît. Il a jadis travaillé avec la plupart d'entre eux.

– Entre donc, ça sera sans doute pour toi, l'appelle l'enquêtrice du district depuis l'intérieur de la maison.

Il n'a aucune chance de collecter les microphones. Il a beau savoir où les chercher, il ne pourra pas s'en approcher maintenant. Reste à espérer que personne ne les découvrira. Au matin, ses hommes récupéreront la scène de crime et arrangeront tout. Des techniciens traînent dans toute la maison. Près du corps de la jeune fille est agenouillé ce docteur arabe qui travaille pour Solis.

– Bonsoir docteur. Que pouvez-vous me dire ?

– Ils sont morts. Abattus, tous les deux.
– Étonnant, mais depuis quand ?
– Je ne sais pas encore exactement.
– Vous n'avez pas besoin d'être exact. Quelques heures ?
– Sans doute plus. Un jour ou deux, peut-être.
– Merci, pour le moment cela me suffit.

Il va trouver l'enquêtrice.

– Laisse le docteur faire son travail et occupe-toi des corps. Sécurisez la scène de crime, mais laissez-nous les empreintes et tout le reste. À moins que le docteur ne se trompe de beaucoup, ça n'a plus d'importance. Le meurtrier a passé les montagnes depuis longtemps. Il s'agit d'un journaliste, ça va faire un cirque sans pareil. Nous saurons le gérer mieux que le district.

Elle le regarde avec surprise. Ce serait la première fois qu'il aiderait ses collègues et rendrait service à quelqu'un. Elle connaît des gens qui ont une meilleure réputation que le chef de la NAPA et qu'elle a personnellement envoyés passer quinze ans au trou.

– Pourquoi penses-tu que le meurtrier a disparu ? Ça peut être n'importe quoi. Je pencherais pour un amoureux jaloux ou un créancier impatient.
– C'est un journaliste. On envisage le pire des cas : qu'il écrivait sur quelqu'un de dangereux.

L'enquêtrice hausse les épaules sans discuter, mais on voit qu'elle ne le croit pas. Peu importe, elle ne distingue pas sa droite de sa gauche et sait encore moins où se trouve le nord. Il monte en voiture et envoie un message à sa femme, qu'elle ne l'attende pas. Il part pour la Capitale. Son adjoint l'attend déjà dans le bureau.

– Ce ne sont pas mes affaires, mais selon moi il s'est fait descendre par celui pour qui tu le faisais surveiller, lui lance l'adjoint au visage en guise de salutation.

Cela, il le savait déjà. Il a eu assez de temps pour réfléchir en route.

– Soit lui, soit un des autres sur qui il se préparait à écrire. Les Italiens ?

– Je ne crois pas, ce n'est pas leur style. Mais le vieux Bardhi a plus d'un tour dans son sac.

– Tu penses qu'il le lui a livré ?

– J'ai personnellement remis le dossier entre les mains de Bardhi. À sa demande.

– Putain. Ça va faire un bordel terrible.

– Il faut qu'on en fasse un drame domestique. Ou une histoire de drogues. N'importe quoi. Il faut qu'on arrive à le salir.

– Je te souhaite bien du plaisir. Je n'ai jamais de ma vie vu un connard aussi propre. Vraiment, jamais. Tu n'as aucune chance de lui coller quoi que ce soit. Plus maintenant. Si on avait essayé de son vivant, on aurait pu lui fourrer quelques sachets de meth dans la maison, ou lui mettre des gosses dans son ordi, mais maintenant personne ne le croira, même si c'était vrai.

– Je devrais peut-être réveiller le ministre.

– Oui, tu devrais. Pendant ce temps je vais faire du café et m'en griller une. Je ne veux pas entendre ça.

***

Schlesinger continuerait bien à dormir, mais le matou a ses habitudes : une sonnerie tôt le matin, ça veut dire de la bouffe. Il a mis la même tonalité sur le réveil et sur les appels, mais la feinte commence à ne plus faire effet. Si Lucifer ne lui avait pas mordu le gros orteil, il se serait tourné de l'autre côté et aurait continué à dormir. Il verse la bouffe dans la gamelle, se fait du café et s'affale sur son canapé avec le portable. Il ne se passe pas grand-chose et écrire son édito sera un tourment.

Quand il attrape son mobile, le matou ouvre un œil et miaule, irrité. Lucifer n'apprécie pas que son esclave humain se livre sous lui à des mouvements imprévus. Sur l'écran apparaît le nom du collègue de la concurrence. Encore un talent à abattre, ils se multiplient comme des rats. Si ça continue comme ça, on va bientôt envoyer Schlesinger à la casse. Et ils viennent encore l'emmerder pendant son café du matin, ces morveux malappris.

– On a tué Ondro. Il s'est fait descendre.

Et ils essaient encore sur lui leurs blagues de mauvais goût.

– Allô, Schlesi ? Tu m'entends ? Ondro… ils l'ont…

La voix dans le téléphone se brise. Soudain il comprend qu'il ne s'agit pas d'une mauvaise blague. Le mobile devient fou. Il prend encore deux appels, mais personne ne sait rien. On a tué Ondro. Et Miška avec lui.

Le lendemain, la rédaction d'Ondro publie son dernier texte. Les gens sortent dans les rues, par dizaines de milliers. Plus nombreux qu'au moment de la chute du régime communiste. Les banderoles portent la photo des deux jeunes assassinés. Ils demandent la tête de Président.

Epilogue

Président, Doudou et le Chauve sont assis dans Vulva. Sans filles. Ils attendent le Hongrois.

– Qu'est-ce que vous voulez faire avec ça ? demande le Chauve.

Il sait qu'ils ne peuvent rien en faire, même pas autant qu'ils se l'imaginent, mais il ne supporte plus ce silence pesant.

– Rien, répond Président. Nous allons attendre. Comme toujours.

– Là, ça ne va pas pourrir, dit le Chauve.

– Tout finit par pourrir. Ça prendra juste un peu plus de temps, cette fois.

– Je t'avais dit que la Petite Pute serait un problème, ne peut s'empêcher de dire le Chauve.

Tous les journaux ont publié l'article en préparation. Selon lequel l'État était gouverné par la mafia italienne. C'était un peu exagéré, mais le moment était mal choisi pour se disputer avec les journalistes.

– Qu'est-ce qu'Emmi a à voir avec ça ? Nous savons tous que ce n'est ni Moro ni Bonfatti qui a fait ça. Fiche-lui enfin la paix, espèce de pédé ! fulmine Président.

Doudou vient à sa défense.

– Tout le monde sait que c'est Wagner qui l'a fait tuer, c'est le seul à en avoir le mobile et les moyens.

– Revenez sur terre, lance le Chauve. Savoir qui l'a fait tuer n'a absolument aucune importance. Ce qui est important ce sont les soixante mille personnes qui sont venues sur la place par moins dix de froid avec leurs banderoles qui montrent ses nichons à poil, en demandant votre tête.

– Si on leur donne le meurtrier, ils arrêteront, marmonne Doudou.

– Ah, tu as trouvé des preuves ?

– Non, mais tout le monde le sait.

Soudain le Chauve se rend compte à quel point ces deux-là sont désespérés.

– Et quelles sont les prévisions ?

– Les analyses de la BIA disent que ça monte. Même s'il faisait plus mauvais, l'estimation basse pour la prochaine manifestation est de quatre-vingts mille. Seulement pour la Capitale.

– Et l'estimation haute ?

– Cent vingt mille, répond Doudou, assombri.

– Vous devriez peut-être vraiment démissionner. Au moins toi, Doudou, le temps que les passions s'apaisent un peu.

– Jamais ! lance Président. Nous ne céderons pas à la pression de la rue. Jamais de la vie. Qu'est-ce qu'ils pensent, ces racailles ? Nous avons été démocratiquement élus. Nous n'avons rien fait. Nous ne partons pas. Nous ne ferions qu'avouer quelque chose avec quoi nous n'avons rien à voir. Qu'il en vienne même deux cent mille. Et alors ? Il y a deux ans jusqu'aux élections. Ça ne les amusera pas durant deux ans. Ça ne les amusera même pas deux mois. Deux cent mille débiles dans la rue, et après ? J'ai eu beaucoup plus de votes favorables. Nos hommes le comprennent. Le bordel, c'est seulement dû à ce ramassis qui se traîne dans les cafés. S'ils continuent comme ça, je jure que…

Président se tait au milieu de la phrase. Il fronce les sourcils et regarde l'entrée de la salle. Comme s'il n'était pas sûr de bien voir.

– C'est… c'est cet enfoiré ?

Wagner arrive avec le Hongrois. Tout le monde sait qui il est, mais Président et Doudou ne l'ont encore jamais rencontré face à face. Il ne joue pas dans leur cour. C'est un racketteur professionnel qui parasite les grands joueurs. Un chancre pourri qui leur a causé des problèmes.

– Qu'est-ce qu'il fait là, ce nabot ? demande Président au Hongrois d'une voix abrupte.

Celui-ci se contente de baisser les yeux et de se mettre de côté. Wagner s'assoit, très à l'aise, comme s'il était chez lui. Il sourit.

– Bonjour, les mecs, dit-il d'une voix mielleuse. N'ayez crainte, je ne vais pas vous retenir longtemps.

Président ouvre la bouche, mais Wagner pose l'index sur ses lèvres.

– Chut… silence, mon garçon, maintenant, c'est oncle Lolo qui parle.

Curieusement, cela fait taire Président plus efficacement qu'un coup de poing.

– Je vous apporte un message de notre amie commune.

Wagner savoure l'effet de la pause dramatique.

– Evelyn vous fait dire qu'elle en a fini avec vous. Elle n'a plus besoin de vous. Elle ne vous protégera plus. Mais si vous la laissez tranquille, elle vous laissera tranquilles elle aussi. Tu fiches la paix, tu as la paix. Nous nous comprenons, les gars ?

Il n'attend pas la réponse. Il sait qu'ils ne pourront pas répondre. Le Chauve se lève et part sans mot dire avec Wagner et le Hongrois. Il ne se retourne même pas.

***

Schlesinger suit longtemps la piste italienne. Wagner n'est tout de même pas assez bête pour tuer un journaliste qu'il a menacé. Finalement ses collègues amassent suffisamment de faits pour qu'il soit obligé d'accepter la réalité. C'est contraire à tout son instinct de journaliste. Les théories de conspiration complexes sont pour les débiles qui se sentent plus intelligents grâce à elles. Les événements ont toujours une explication simple, il suffit de connaître tous les faits.

Il réalise enfin que même cette histoire est simple dans le fond. Le pouvoir, l'argent et le sexe. Sans doute aussi les drogues et la gnôle. Une poignée d'hommes qui se sont crus tout permis. Et un racketteur ordinaire qui en tient la plupart par les couilles. Le système a marché comme sur des roulettes jusqu'à ce qu'il commence à s'enrayer avec Ondro. Rien de compliqué. Même pas besoin de faire un dessin. Il sait parfaitement qu'on ne pourra presque rien prouver de ce qu'il a appris ces dernières semaines. Et qu'on ne pourra pas le publier. Le métier est tout à fait ailleurs de nos jours. Il faut un document pour la moindre phrase. Ou deux, mieux encore, et un témoin avec le nom complet et la photo. Lucifer, irrité, siffle quand il l'éjecte du clavier. Il ouvre un nouveau dossier et commence à écrire :

L'auteur de ce livre est un prostitué de journaleux et affabule sans le moindre scrupule.

Son roman ne contient pas la moindre parcelle de vérité. Si malgré tout vous vous reconnaissiez dans l'un des personnages, n'hésitez pas et allez tout de suite vous dénoncer au commissariat ou à la procurature la plus proche. N'oubliez pas votre carte d'identité et votre brosse à dents.

FIN

Remerciements

Je remercie mon aimable épouse pour les longues semaines qu'elle a endurées dans une maison silencieuse, pour le café et les repas, sa sollicitude et tout son amour. Parce qu'elle a réussi à me faire cracher mon texte quand j'avais l'impression de ne pas y arriver et que cela n'avait aucun sens. Je remercie le personnel d'Ikar qui m'a fait confiance pour y arriver. Et personnellement Matúš Kyčina qui m'a permis de donner au chaos initial la forme d'un roman. Je remercie la télévision JOJ de m'avoir laissé du temps. Un remerciement personnel à Ďura Červenák qui m'a débloqué et m'a fait démarrer. Sans lui, j'en serais encore à avoir les yeux posés sur un écran vide. Et je remercie aussi mon matou misanthrope Lucius František de m'avoir généreusement laissé l'usage du clavier pendant deux mois entiers.

RÉALISATION : NORD COMPO À VILLENEUVE-D'ASCQ
IMPRESSION : CPI FRANCE
DÉPÔT LÉGAL : SEPTEMBRE 2021. N° 145783 (3043472)
IMPRIMÉ EN FRANCE